忽如一夜春风来

周啸天 著

四川人民出版社

图书在版编目（CIP）数据

忽如一夜春风来 / 周啸天著. -- 成都：四川人民
出版社，2025.1. -- ISBN 978-7-220-13807-2

Ⅰ. I207.227.423

中国国家版本馆 CIP 数据核字第 2024CW6014 号

HURU YIYE CHUNFENGLAI
忽 如 一 夜 春 风 来

周啸天　著

责任编辑	刘姣娇
封面设计	张　科
版式设计	张迪茗
责任校对	刘　静
责任印制	周　奇

出版发行	四川人民出版社（成都三色路 238 号）
网　址	http://www.scpph.com
E-mail	scrmcbs@sina.com
新浪微博	@四川人民出版社
微信公众号	四川人民出版社
发行部业务电话	(028) 86361653　86361656
防盗版举报电话	(028) 86361653
照　排	四川胜翔数码印务设计有限公司
印　刷	四川机投印务有限公司
成品尺寸	145mm×210mm
印　张	11.5
字　数	325 千
版　次	2025 年 1 月第 1 版
印　次	2025 年 1 月第 1 次印刷
书　号	ISBN 978-7-220-13807-2
定　价	68.00 元

凡例

一、本书性质为中国传统诗词歌赋之历代名篇赏析，分为《大风起兮云飞扬》《江畔何人初见月》《忽如一夜春风来》《此情可待成追忆》《一江春水向东流》《只留清气满乾坤》六册。

二、全书析文累计一千三百余篇。为读者便携、便览计，每册分量大致相当。作品排列，大体上以时代先后为序，并附作者小传。

三、《大风起兮云飞扬》含"诗经楚辞""八代诗赋"；《只留清气满乾坤》含"元明清诗词曲""近现代诗词"；"唐宋诗词"为全书重点，居十分之七，累计析文九百六十篇，故《大风起兮云飞扬》《江畔何人初见月》《忽如一夜春风来》《此情可待成追忆》《一江春水向东流》《只留清气满乾坤》六册皆有收录。

序

文学研究最基础的工作，是对具体文学作品的阅读。而对于一篇具体文学作品的阅读，实包含着三个要素：一，文本解读。二，艺术分析。三，审美判断。

首先，我们要读懂作者在"说什么"。这就是"文本解读"。文本解读有两种不同的定位："作者定位"与"读者定位"。所谓"作者定位"，是指读者以作者为本位，不带任何先入为主的有色眼镜，尽可能做到客观、冷静，在作品文字所给定的弹性范围内，披文入情，力求对作品做出有可能最接近作者本意的解读。它关注的焦点，是作者的创作。所谓"读者定位"，是指读者以自我为本位，带有强烈的主观色彩，不关心作者想说的是什么，只关心我从作品中读到了什么。这种定位，理论后盾是西方的"接受美学"与"读者反应批评"，在中国古典传统则是"六经注我"，"作者未必，读者何必不然"。它关注的焦点，是读者的接受。作为一般读者，普通文学爱好者，爱怎么读就怎么读，这是他的自由，不容他人置喙。但作为学者，专业研究者，当我们在对具体作家具体作品创作的本身进行研究，而非对其作品的大众接受进行研究时，通常都采取"作者定位"。

然而，光读懂作者在"说什么"还不够。还要探讨作者"怎样说"，审视其写作技术，这就是"艺术分析"。然而，光读懂作者在"说什么"，弄明白作者"怎样说"，也还不是我们的终极目的。最终，我们还必须对该作品作出评价：它"说得怎样"？"说"得好还是不好？好到什么程度，不好到什么程度？这就是"审美判断"。文学之区别于其他文字著述的本质属性，在语言艺术之审美。其他文字著述，或求真，或求真且善，至于其语言运用，辞达而已，作者说得清楚，读者看得明白，目的便达到了。而文学作品则不仅求真，求善，更求其美。因此，将文学等同于其他各类文字著述，阅读文学作品仅求其真、其善，而不提升到审美的层次，即无异于对蒙娜丽莎做人体解剖，真正是煞风景了。

总的来说，在古典文学的各类文体中，"诗词"是篇幅最短小，语言最精练，技术含量最高，从而被人们公认为最难读懂，最难鉴赏的一类文体。一般读者不必说了，一般学者也不必说了，即便是资深的专家，乃至于大师级的学者，对具体诗词作品的文本阅读，误解的现象也时有发生；对某些诗词作品的艺术分析与审美判断，也未必切中肯綮，甚或不免于隔靴搔痒。

笔者这样说，并非信口雌黄，而是以事实为根据的。三十多年前，笔者还在攻读博士学位，承蒙上海辞书出版社信赖，诚邀笔者作为《唐宋词鉴赏辞典》的总审订者之一，与上海古籍出版社原副总编辑陈振鹏先生共同审订了该书的全稿。该书是上海辞书出版社继《唐诗鉴赏辞典》开创体例并获得巨大成功、巨大社会效益之后编辑的第二部鉴赏辞典，约稿规格是很高的。撰稿人当中，不乏当时诗词研究界的著名专家学者乃至大师级的学者。但即便如此，书稿在文本解读、艺术分析与审美判断这三个方面，还是存在着大量的失误。笔者前后花了一年多时间，细细审读，写下了数千条具体的审定、修改意见。这些意见，绝大多数都经陈振鹏先生裁决认可，由他亲自操刀对原稿做了订正；或反馈给作者，请他们自行修改。

在笔者的审读印象中，鉴赏文字质量最高，几乎无懈可击的撰稿人为数并不太多。而在这为数不多的撰稿人当中，笔者印象最深刻的一位便是周啸天先生。当时啸天硕士生毕业不久，尚未成名，笔者与他素昧平生，缘悭一面，亦无通讯往来。但每读其文，辄击节叹赏，钦服不已。笔者在与《唐诗鉴赏辞典》《唐宋词鉴赏辞典》的责任编辑汤高才先生闲谈时，对啸天所撰鉴赏文章曾做过大意如下的评价：别人没有读懂的诗词，啸天读懂了；别人虽然读懂了，但没能读出其好处来，而啸天读出来了；别人虽然读懂了，也读出好处来了，但下笔数千言，刺刺不能自休，却说不到位，而啸天的鉴赏文章，既一语破的，文字又简净明快，绝不拖沓，行于所当行，止于所不可不止。高才先生对此评价深为赞同，并说他在《唐诗鉴赏辞典》的组稿过程中就已发现啸天的长才，因此一约再约，以致在此两部鉴赏辞典中，啸天所撰稿件篇数独多。高才先生实在是一个爱才的前辈，真能识英雄于风尘之中，不拘一格用人才啊！

三十年后，笔者与啸天已成为熟识的朋友。啸天应四川人民出版社之约，将其历年精心撰写的古典诗词鉴赏文章汇编出版，而不以笔者为谫陋，来电命序。义不容辞，乃重述当年所见如此，今日所见依然如此的评价，以为喤引。如此精彩的古典诗词鉴赏文集，必将得到广大读者的宝重，其传世是必然的！

2017 年 5 月 23 日，钟振振撰于南京仙鹤山庄寓所之酉卯斋

目录

| 柳宗元 |

【岑参】(715—770) 唐荆州江陵 (今属湖北) 人,郡望南阳 (今属河南)。玄宗天宝五载 (746) 进士及第,天宝间曾两度出塞,充任安西、北庭节度使府掌书记、节度判官。肃宗时历任右补阙、起居舍人、虢州长史等职。代宗大历二年 (767) 任嘉州刺史。客死成都。有《岑嘉州集》。

走马川行奉送封大夫出师西征

君不见走马川,雪海边,平沙莽莽黄入天。轮台九月风夜吼,一川碎石大如斗,随风满地石乱走。匈奴草黄马正肥,金山西见烟尘飞,汉家大将西出师。将军金甲夜不脱,半夜军行戈相拨,风头如刀面如割。马毛带雪汗气蒸,五花连钱旋作冰,幕中草檄砚水凝。虏骑闻之应胆慑,料知短兵不敢接,车师西门伫献捷。

岑参笔下人物多是理想化的英雄,有其现实基础最直接、最当指出的便是节度使封常清。岑参有不少杰作都是献给此人的。封常清是一个富于传奇性的人物,瘦瘠跛足,精通兵法,是唐代武将中起自细微而位至公卿的奇才。今存为岑诗中为封氏所作的多篇出征歌和凯歌,乃是诗人平生最得意之作。这首诗是岑参在轮台时为封常清出师播仙而写的,是作者的代表作之一。全诗三句一韵,韵自为解。

前三句写平沙万里的西部风光,其中运用西部地名"走马川""雪海",顿觉有异国情调。"平沙莽莽黄入天",既言"平沙",就不是指飞沙 (如"大漠风尘日色昏"),而是展现"平沙万里绝人烟"的沙碛昼景,为紧接写飞沙走石蓄势。夜来风云突变,打破了日间的寂静,静动相生,构成奇趣。这是怎样一种"飞沙走石"!民谣倒反歌中的"直刮得石头满街滚",在西部却是一种事实,句有奇趣,——一位新诗人拟曰"轮台的风吹落斗大陨石，一块雹子砸死一匹骆驼，热海的月亮烙熟葱饼"，颇为神似。风云突变又预示着战局突变，或突如其来的军机。果然，气象预兆落实在军情上，本节匈奴的张狂与唐将的从容，形成对照。

接下来就写夜行军，这是本篇独出心裁的构思。全诗没有一句写接仗，通过夜行军中唐军纪律的严明、精神的振奋、士气的高涨，暗示战斗的必然结果。便是所谓不著一字，尽得风流。"将军金甲夜不脱，半夜军行戈相拨，风头如刀面如割"三句，一句见将士上下一心（这与高适《燕歌行》的取向完全不同），一句见军纪严明（兵戈撞击的声音反衬出行军的肃静），一句以句中排形式、通过人的感觉写霜风之厉害，像刀子在脸上拉。黑夜霜风，越是环境艰苦，越是衬托出将士的英勇无畏。夜袭敌人，兵贵神速，又增加了成功的机遇。

然后，作者通过马背热汗、砚中墨汁瞬息成冰，以小见大，状出天气酷寒程度，既极富西北生活实感，又颇具奇趣，一再以环境的艰苦，衬托主人公无畏形象。经过两度烘托，决胜信心已溢于言表，故跳过接仗，预想敌人闻风胆丧，大军兵不血刃，捷报倚马可待。干净利落，出乎意外，得其圜中。

本篇在写景状物、叙事抒情方面颇多奇趣，体现了岑诗的特点。尤其突出的是三句一韵的体式，乃吸收了汉代以后民间歌谣中三三七和七言三句构成句群的形式，扩成长篇，意思三句一转，韵脚三句一变，句位密集，平仄交替，从而形成强烈的声势和急促的音调，成为以语言音响传达生活音响的成功范例。

轮台歌奉送封大夫出师西征

轮台城头夜吹角，轮台城北旄头落。羽书昨夜过渠黎，单于已在金山西。戍楼西望烟尘黑，汉兵屯在轮台北。上将拥旄西出征，平明吹笛大军行。四边伐鼓雪海涌，三军大呼阴山动。虏塞兵气连云屯，战场白骨缠草根。剑河风急雪片阔，沙口石冻马蹄脱。亚相勤王甘苦辛，誓将报主静边尘。古来青史谁不见，今见功名胜古人。

这首七古与《走马川行奉送封大夫出师西征》（下称《走马川行》）系同一时期、为同一事、赠同一人之作。但《走马川行》未写战斗，而是通过将士顶风冒雪的夜行军情景烘托必胜之势；此诗则直写战阵之事，具体手法与前诗也有所不同。

起首六句写战斗以前两军对垒的紧张状态。虽是制造气氛，却与《走马川行》从自然环境落笔不同。那里是飞沙走石，暗示将有一场激战；而这里却直接从战阵入手：军府驻地的城头，角声划破夜空，呈现出一种异样的沉寂，暗示部队已进入紧张的备战状态。据《史记·天官书》："昴为髦头（旄头），胡星也。"古人认为旄头跳跃主胡兵大起，而"旄头落"则主胡兵覆灭。"轮台城头夜吹角，轮台城北旄头落"，连用"轮台城"三字开头，造成连贯的语势，烘托出围绕此城的战时气氛。把"夜吹角"与"旄头落"两种现象联系起来，既能表达一种敌忾的意味，又象征唐军之必胜。气氛酿足，然后倒插一笔："羽书昨夜过渠黎（在今新疆轮台县东南），单于已在金山（阿尔泰山）西"，交代出局势紧张的原因在于胡兵入寇。因果倒置的手法，使开篇奇突警湛。"单于已在金山西"与"汉兵屯在轮台北"，以相同句式，两个"在"字，写出两军对垒之势。敌对双方如此逼近，以至"戍楼西望烟尘黑"，写出一种濒临激战的静默。局势之紧张，大有一触即发之势。

紧接四句写白昼出师与接仗。手法上与《走马川行》写夜行军大不一样，那里是衔枚急走，不闻人声，极力描写自然；而这里极力渲染吹笛伐鼓，是堂堂之阵，正正之旗，突出军队的声威。开篇是那样奇突，而写出师是如此从容、镇定，一张一弛，气势益显。作者写自然好写大风大雪、极寒酷热，而这里写军事也是同一作风，将是拥旄（节旄，军权之象征）之"上将"，三军则写作"大军"，士卒呐喊是"大呼"。总之，"其所表现的人物事实都是最伟大的、最雄壮的、最愉快的，好像一百二十面鼓，七十面金钲合奏的鼓吹曲一样，十分震动人的耳鼓。和那丝竹一般细碎而悲哀的诗人正相反对。"（徐嘉瑞）于是军队的声威超于自然之上，仿佛冰冻的雪海亦为之汹涌，巍巍阴山亦为之摇撼，这出神入化之笔表现出一种所向无敌的气概。

"三军大呼阴山动"，似乎胡兵将败如山倒。殊不知下面四句中，作者拗折一笔，战斗并非势如破竹，而斗争异常艰苦。"虏塞兵气连云屯"，极言对方军队集结之多。诗人借对方兵力强大以突出己方兵力的更为强大，这种以强衬强的手法极妙。"战场白骨缠草根"，借战场气氛之惨淡暗示战斗必有重大伤亡。以下两句又极写气候之奇寒。"剑河""沙口"这些地名有泛指意味，地名本身亦似带杀气；写风曰"急"，写雪片曰"阔"，均突出了边地气候之特征；而"石冻马蹄脱"一语尤奇：石头本硬，"石冻"则更硬，竟能使马蹄脱落，则战争之艰苦就不言而喻了。作者写奇寒与牺牲，似是渲染战争之恐怖，但这并不是他的最终目的。作为一个意志坚忍、喜好宏伟壮烈事物的诗人，如此这般写战场的严寒与危苦，是在直面正视和欣赏一种悲壮画面，他这样写，正是歌颂将士之奋不顾身。他越是写危险与痛苦，便越发得意，好像吃辣子的人，越辣得眼泪出，更越发快活。下一层中说到"甘苦辛"，亦应有他自身体验在内。

末四句照应题目，预祝奏凯，以颂扬作结。封常清于天宝十三载以节度使摄御史大夫，御史大夫在汉时位次宰相，故诗中美称为"亚相"。"誓将报主静边尘"，虽只写"誓"，但通过前面两层对战争的正面叙写与侧面烘托，已经有力地暗示出此战必胜的结局。末二句预祝之词，说"谁不见"，意味着古人之功名书在简策，万口流传，早觉不新鲜了，数风流人物，则当看今朝。"今见功名胜古人"，朴质无华而掷地有声，遥应篇首而足以振起全篇。上一层写战斗艰苦而此处写战胜之荣耀，一抑一扬，跌宕生姿。前此皆两句转韵，节奏较促，此四句却一韵流转而下，恰有奏捷的轻松愉快之感。在别的诗人看来，一面是"战场白骨缠草根"，而一面是"今见功名胜古人"，不免生出"一将功成万骨枯"一类感慨，盖其同情在于弱者一面。而作为盛唐时代浪漫诗风的重要代表作家的岑参，无疑更喜欢强者，喜欢塑造"超人"的形象。读者从"古来青史谁不见，今见功名胜古人"所感到的，不正如此么？

全诗四层写来一张一弛，顿挫抑扬，结构紧凑，音情配合极好。有正面描写，有侧面烘托，又运用象征、想象和夸张等手法，特别是渲染大军声威，造成极宏伟壮阔的画面，使全诗充满浪漫主义激情和边塞生活的气息，成功地表现了三军将士建功报国的英勇气概。就此而言，又与《走马川行》并无二致。

白雪歌送武判官归京

北风卷地白草折，胡天八月即飞雪。忽如一夜春风来，千树万树梨花开。散入珠帘湿罗幕，狐裘不暖锦衾薄。将军角弓不得控，都护铁衣冷难着。瀚海阑干百丈冰，愁云惨淡万里凝。中军置酒饮归客，胡琴琵琶与羌笛。纷纷暮雪下辕门，风掣红旗冻不翻。轮台东门送君去，去时雪满天山路。山回路转不见君，雪上空留马行处。

此诗是一首咏雪送人之作。天宝十三载（754）岑参再度出塞，充任安西北庭节度使封常清的判官。武某或即其前任，为送他归京，写下此诗。"岑参兄弟皆好奇"（杜甫《渼陂行》），读此诗处处不要忽略一个"奇"字。

此诗开篇就奇突，未及白雪而先传风声，所谓"笔所未到气已吞"——全是飞雪之精神。大雪必随刮风而来，"北风卷地"四字，妙在由风而见雪。"白草"，据《汉书·西域传》颜师古注，乃西北一种草名，王先谦补注谓其性至坚韧。然经霜草脆，故能断折（如为春草则随风俯仰不可"折"）。"白草折"又形出风来势猛。八月秋高，而北地已满天飞雪。"胡天八月即飞雪"，一个"即"字，惟妙惟肖地写出由南方来的人少见多怪的惊奇口吻。

塞外苦寒，北风一吹，大雪纷飞，诗人以"春风"使梨花盛开，比拟"北风"使雪花飞舞，极为新颖贴切。"忽如"二字下得甚妙，不仅写出了"胡天"变幻无常、大雪来得急骤，而且再次传出诗人惊喜好奇的神情。"千树万树梨花开"的壮美意境，颇富有浪漫色彩。南方人见过梨花开繁的景象，那雪白的花不是一朵一朵，而是一团一团，花团锦簇，压枝欲低，与雪压冬林的景象极为神似。春风吹来梨花开，竟至"千树万树"，重叠的修辞表现出景象的繁荣壮丽。"春雪满空来，触处似花开"（东方虬《春雪》），也以花喻雪，匠心略同，但无论豪情与奇趣都得让此诗三分。诗人将春景比冬景，尤其将南方春景比北国冬景，几使人忘记奇寒而内心感到喜悦与温暖，着想、造境俱称奇绝。要品评这咏雪之千古名句，恰有一个成语——"妙手回春"。

以写野外雪景作了漂亮的开端后，诗笔从帐外写到帐内。那片片飞"花"飘飘而来，穿帘入户，沾在幕帷上慢慢消融，"散入珠帘湿罗幕"一语承上启下，转换自然从容，体物入微。"白雪"的影响侵入室内，倘是南方，穿"狐裘"必发炸热，而此地"狐裘不暖"，连裹着软和的"锦衾"也只觉单薄。"一身能擘两雕弧"的边将，居然拉不开角弓；平素是"将军金甲夜不脱"，而此时是"都护铁衣冷难着"。二句兼都护（镇边都护府的长官）将军言之，互文见义。这四句，有人认为表现边地将士苦寒生活，仅着眼这几句，谁说不是？但从"白雪歌"歌咏的主题而言，主要是通过人和人的感受，通过种种在南来人视为反常的情事写天气的奇寒，写白雪的威力。这真是一支白雪的赞歌呢。通过人的感受写严寒，手法又具体真切，不流于抽象概念。诗人对奇寒津津乐道，使人不觉其苦，反觉冷得新鲜，寒得有趣。这又是诗人"好奇"个性的表现。

场景再次移到帐外，而且延伸向广远的沙漠和辽阔的天空：浩瀚的沙海，冰雪遍地；雪压冬云，浓重稠密，雪虽暂停，但看来天气不会在短期内好转。"瀚海阑干百丈冰，愁云惨淡万里凝"，二句以夸张笔墨，气势磅礴地勾出瑰奇壮丽的沙塞雪景，又为"武判官归京"安排了一个典型的送别环境。如此酷寒恶劣的天气，长途跋涉将是艰辛的呢！"愁"字隐约对离别分手作了暗示。

于是写到中军帐（主帅营帐）置酒饮别的情景。如果说以上主要是咏雪而渐有寄情，以下则正写送别而以白雪为背景。"胡琴琵琶与羌笛"句，并列三种乐器而不写音乐本身，颇似笨拙，但仍能间接传达一种急管繁弦的场面，以及"总是关山旧别情"的意味。这些边地之器乐，对于送者能触动乡愁，于送别之外别有一番滋味。写饯宴给读者印象深刻而落墨不多，这也表明作者根据题意在用笔上分了主次详略。

送客送出军门，时已黄昏，又见大雪纷飞。这时看见一个奇异景象：尽管风刮得挺猛，辕门上的红旗却一动也不动——它已被冰雪冻结了。这一生动而反常的细节再次传神地写出天气奇寒。而那白雪为背景上的鲜红一点，那冷色基调的画面上的一星暖色，反衬得整个境界更洁白，更寒冷；那雪花乱飞的空中不动的物象，又衬得整个画面更加生动。这是诗中又一处精彩的奇笔。

送客送到路口，这是轮台东门。尽管依依不舍，毕竟是分手的时候了。大雪封山，路可怎么走啊！路转峰回，行人消失在雪地里，诗人还在深情地目送。这最后的几句是极其动人的，成为此诗出色的结尾，与开篇悉称。看着"雪上空留"的马蹄迹，他想些什么？是对行者难舍而生留恋，是为其"长路关山何时尽"而发愁，还是为自己归期未卜而惆怅？结束处有悠悠不尽之情，意境与汉代古诗"步出城东门，遥望江南路，前日风雪中，故人从此去"名句差近，用在诗的结处，效果更佳。

充满奇情妙思，是此诗主要的特色（这很能反映诗人创作个性）。作者用敏锐的观察力和感受力捕捉边塞奇观，笔力矫健，有大笔挥洒（如"瀚海"二句），有细节勾勒（如"风掣红旗冻不翻"），有真实生动的摹写，也有浪漫奇妙的想象（如"忽如"二句），再现了边地瑰丽的自然风光，充满浓郁的边地生活气息。全诗融合着强烈的主观感受，在歌咏自然风光的同时还表现了雪中送人的真挚情谊。诗情内涵丰富，意境鲜明独特，具有极强的艺术感染力。诗的语言明朗优美，又利用换韵与场景画面交替的配合，形成跌宕生姿的节奏旋律。诗中或二句一转韵，或四句一转韵，转韵时场景必更新：开篇入声、起音陡促，与风狂雪猛画面配合；继而音韵轻柔舒缓，随即出现"春暖花开"的美景；以下又转沉滞紧涩，出现军中苦寒情事；末四句渐入徐缓，画面上出现渐行渐远的马蹄印迹，使人低回不已。全诗音情配合极佳，当得"有声画"的称誉。

热海行送崔侍御还京

侧闻阴山胡儿语，西头热海水如煮。海上众鸟不敢飞，中有鲤鱼长且肥。岸旁青草常不歇，空中白雪遥旋灭。蒸沙烁石燃虏云，沸浪炎波煎汉月。阴火潜烧天地炉，何事偏烘西一隅。势吞月窟侵太白，气连赤坂通单于。送君一醉天山郭，正见夕阳海边落。柏台霜威寒逼人，热海炎气为之薄。

岑参是一个与平庸无缘的诗人，他生性好奇，喜欢富有刺激性的生活。三十及第受官后，曾一度陷入苦闷，然而一窥塞垣，则精神为之振奋。嵩高与京华的一切离他远了，然而他有了写不完说不尽的冰川雪海，火山沙漠，烽火杀伐，以及比这一切更刺人心肠的悲恸与快乐。在新印象与强刺激中，岑参进入了创作的成熟期和丰收期，成为大西北的豪迈歌手。岑参诗歌创作有一种独特现象，即其每逢上司或僚友出征或还京之际，总忘不了唱一首大西北的赞歌为之送行，诗歌标题大抵相类：《白雪歌送武判官归京》《走马川行奉送封大夫出师西征》《天山雪歌送萧治归京》《火山云歌送别》，这类诗歌中，杰作极多，《热海行送崔侍御还京》也属于这类诗作。

"热海"即今吉尔吉斯境内的伊塞克湖，唐时属安西都护府辖区。岑参出塞"行到安西更向西"（《过碛》），仍未能达到直线距离去安西都护府约有千里之遥的热海。"侧闻阴山（此泛指边地的山）胡儿语，西头热海水如煮"，表明作者对热海的了解来自传闻，而这传闻得自当地土著"胡儿"。"水如煮"三字形象地渲染热海之"热"，是内地人闻所未闻的。大概崔侍御（侍御史是居殿中纠察不法的官吏）还没听说过，所以诗人要对他夸一夸这比"火山"更稀奇的热海。

篇首八句便糅合传闻与想象，对热海绘声绘色，加以渲染：热海气候之酷热难以形容，海水烫得快沸腾了。别处"胡天八月即飞雪"，而热海则十分反常，白雪还没有到达其地，就早已化灭得无影无踪。这里，诗人的超凡出奇处在于，他一面夸张自然环境的恶劣，一面赞美顽强的生命：鸟儿纵然避开了炎热的湖面，然而湖中却出产一种赤鲤，它们不但活泼存在着，而且肥硕长大；这与岸旁经过严酷生存竞争考验，获得惊人的抗旱耐温性能的青草之生生不息，彼此辉映着，唱出了一支生命力的颂歌。尽管他一面骇人听闻地唱着"蒸沙烁石燃虏云"呀，"沸浪炎波煎汉月"呀，几乎令听者汗流浃背，却仍使人觉得诗人是在津津有味夸耀他最感兴味的事体，同时与之发生共鸣，感到痛快。"燃云""煎月"的说法，实在匪夷所思。一处有一处的云彩，故谓此处之云为"虏云"；月亮却只有一个，故此地之月亦即"汉月"，措辞惬心贵当。诗笔的挥纵自如，表明诗人兴会无前。

经过上述渲染，紧接四句是诗人的慨叹。他借用了贾谊《鵩鸟赋》"天地为炉"的说法，而扬弃了其"万物为铜"的感喟，说道：仿佛地底的"阴火"（相对太阳之炎而言）一齐烧向了西北边陲，令人不解其故。那炎热的威力不但统治了边地（"月窟"指西陲，"单于"指单于都护府所在地），而且影响东渐（"赤坂"在陕西洋县东龙亭山），甚至远达天庭的太白星。"吞""侵""连""通"四字一气贯注，准确、有力而又酣畅。诗人似乎在责问造物："阴火潜烧天地炉，何事偏烘西一隅？"然而从他作诗的兴头看，这与其说表示着遗憾，毋宁说是变相的惊喜。

末四句，诗人回到送别的话题："送君一醉天山郭，正见夕阳海边落。"以景色转换话头，十分自如。饯宴座中哪能看见热海？夕阳西下的景色却是能看到的。这时宾主俱醉，既醉于酒，又陶醉于那关于热海的传说，也就好像看到"夕阳海边落"。"正见"的口气，却又写幻如真。这时的热海，又和神话中日浴处的咸池合二为一了。《汉书·朱博传》谓"御史府中列柏台"，诗中即以"柏台"代称崔侍御。又因为侍御史为执法吏，有肃杀之气，故谓之"霜威寒逼人"。这里写人，用了一个寒冷的喻象，与诗中的热海折中一下。给"热海炎气"浇了一瓢凉水。既承上写足热海主题，使人感到余兴不浅，又十分凑手地表达了对崔侍御的敬爱和赞美。不勉强，不过头。将唱热海与表送行，挽合得天衣无缝。

诗虽作于社交场合，却是积累有素，文如宿构。既牵涉饯别，又是"醉翁之意不在酒"，诗人深深爱上了边塞，爱上了塞外风光，借送别之由以发挥之，这就和一般的应酬之作有别。

送李副使赴碛西官军

火山六月应更热，赤亭道口行人绝。

知君惯度祁连城，岂能愁见轮台月。

脱鞍暂入酒家垆，送君万里西击胡。

功名只向马上取，真是英雄一丈夫。

诗作于天宝十载（751）六月。开篇就显示出别具一格的特色，不从酒家送别说起，而从出塞途中必经的"火山"和"赤亭"落笔，极富新奇感。据地质工作者说，火山确曾有过烈焰熊熊的历史，远在侏罗纪，地层中的煤层曾发生过自燃，紫红色的烧结层绵延起伏，看上去宛似一条火龙在飞舞，加之地处吐鲁番盆地，酷热异常，称之火山，更是名副其实。这火山、赤亭与雪海、大漠一样，给了岑参以太多的灵感，屡形于诗。

本篇一开始就说"火山"与"赤亭"，这两个地名给人的感觉，都是炎热，使人想起《西游记》"唐三藏路阻火焰山，孙行者三调芭蕉扇"的故事，为送别提供了一个特殊的背景。又以常人面对畏途的裹足不前，反衬诗中人身负使命，明知征途有艰险，越是艰险越向前的气概。以下再一次信手拈来河西地名——"祁连""轮台"，做成异域的情调。"轮台月"与"火山"有凉热的不同，形成一番对照，一种跌宕。"轮台月"有何可愁？愁在使人望而思乡。所以"岂能愁见轮台月"，是肯定诗中人以四海为家的襟抱，这是盛唐人胸襟与风貌的体现。而"惯度"二字，传达出一种夸口的语气和不屑一顾的神情。"知君惯度"与"岂能愁见"相呼应，是不容置辩的口气，与推心置腹的揣度，料想行者听了，一定浮一大白，道："知我者岑生也。"

正因为前四句写得饱满，写得够味，故以下四句直是骏马注坡一般迅疾，不妨其流走。这里仍须注意"脱鞍暂入酒家垆"所表现的壮怀，与"系马高楼垂柳边"同一声口，而地域的莽苍粗犷又有区别。"送君击胡"中嵌入"万里"，表现出一种"匈奴未灭，何以家为"式的豪情。而"功名只向马上取"，也有"乃公居马上而得之，安用诗书"（刘邦语）的胜概。"真是英雄一丈夫"一点即收，虽直白，却痛快。

逢入京使

故园东望路漫漫，双袖龙钟泪不干。

马上相逢无纸笔，凭君传语报平安。

　　诗人岑参与同时代许多人一样，有一番功名万里的抱负。尽管他离开颍阳故居到长安考取进士，但他那颗不安分的心是向往着边塞的。天宝八载，机会终于来到了。安西四镇节度使高仙芝入朝，岑参被奏为右威卫录事参军，到节度使幕掌书记。

　　人们将要离开自己多年居住的地方，告别亲友远走之际，不免会产生一种依依惜别之情。岑参这时离开的是繁华的首都长安，诗有《九日思长安故园》，诗中"故园"即指长安旧居。赴边路上备受艰辛："一驿过一驿，驿骑如星流，平明发咸阳，暮及陇山头。陇水不可听，呜咽令人愁。沙尘扑马汗，露雾蒙貂裘。"旅途劳顿，边地荒远，诗人回首来路，不免被唤起对长安故园的眷怀之情。"龙钟"是沾湿淋漓的样子，指袖子被泪打湿了一大片。它夸张地写出了行人内心的冲动，是"泪不干"的形象说明。

　　三、四句点题，写途中遇到入京使者，委托捎口信的情况。此联全是行者的口吻；因为走马相逢，没有纸笔，也顾不上写信了，就请你口头上替我报道一下平安的消息吧！语气十分安详，通脱。表面看来，这与诗前半部分感情很不一致，不协调。前半部分感情冲动，后半部分却平和安详；前半部分感情缠绵，后半部分却豪爽。其实二者是统一的。诗人的感情是复杂的，有两个方面。而其中主导的一面是赴边的决心和豪情。他的感情很丰富，却不脆弱，是坚韧的。他的泪是不轻弹之泪。

　　诗句谓不作家书，仅凭人传语；要最简要地给亲人传递信息，莫过于"平安"二字。表面看来，这样做全是因为"马上相逢无纸笔"的缘故。但在前半极写相思眷恋的情怀后，以"报平安"片语为口信全部内容，也表现出的是一种对前途自信、乐观的态度，使人能体会到这样做不仅是"马上相逢无纸笔"的缘故，更重要的是诗人有广阔的胸襟和不凡的抱负。这种平静安详的口吻，表现的恰是豪迈大度。诵读起来使人觉得气势磅礴，心胸开阔。

李大钊诗："壮别天涯未许愁，尽将离恨付东流。"表现革命志士的豪情壮怀。虽言"壮别"，也并非没有"离恨""别愁"，但他以革命利益高于一切，故能毅然把它们尽付东流。仅从诗中表现的追求理想，勇往直前，战胜个人感伤的积极乐观的精神看，与岑参此诗有类似之处。马背吟诗，其豪迈可与横槊赋诗媲美。

武威送刘判官赴碛西官军

火山五月行人少，看君马去疾如鸟。

都护行营太白西，角声一动胡天晓。

天宝十载（751）五月，西北边境石国太子引大食（古阿拉伯帝国）等部袭击唐境，当时的武威（甘肃武威）太守、安西节度使高仙芝将兵三十万出征抵抗。此诗是作者于武威送僚友刘判官（名单）赴军前之作，"碛西"即安西都护府。这是一首即兴口占而颇为别致的送行小诗。

首句似即景信口道来，点明刘判官赴行军的季候（"五月"）和所向。"火山"即今新疆吐鲁番的火焰山，海拔四五百米，岩石多为第三纪砂岩，色红如火，气候炎热。尤其时当盛夏五月，那是"火云满山凝未开，鸟飞千里不敢来"（《火山云歌送别》）的。鸟且不敢飞，无怪"行人少"了。此句就写出了火山赫赫炎威。而那里正是刘判官赴军必经之地。这里未写成行时，先出其路难行之悬念。常人视火山为畏途，便看刘判官的了。

接着便写刘判官过人之勇。"看君马去疾如鸟"，使读者如睹这样景象：烈日炎炎，黄沙莽莽，在断绝人烟的原野上，一匹飞马掠野而过，向火山扑去。那骑者身手何等矫健不凡！以鸟形容马，不仅写出其疾如飞，又通过其小，反衬出原野之壮阔。本是"鸟飞千里不敢来"的火山，现在竟飞来这样一只不避烈焰的勇敢的"鸟"，令人肃然起敬。这就形象地歌颂了刘判官一往无前的气概。全句以一个"看"字领起，赞叹啧啧声如闻。

"都护行营太白西"。初看第三句不过点明此行的目的地，说临时的行营远在太白星的西边——这当然是极言其远的夸张。显得很威风，很有气派。细细品味，这主要是由于"都护行营"和"太白"二词能唤起庄严雄壮的感觉。它们与当前唐军高仙芝部的军事行动有关。"太白"，亦称金星，古人认为它的出现在某种情况下预示敌人的败亡（"其出西失行，外国败"，见《史记·天官书》）。明白这一点，末句含意自明。

"角声一动胡天晓"，这最后一句真可谓一篇之警策。从字面解会，这是作者遥想军营之晨的情景。本来是拂晓到来军营便吹号角，然而在这位好奇诗人天真的心眼里，却是一声号角将胡天惊晓（犹如号角能将兵士惊醒一样）。这实在可与后来李贺"雄鸡一声天下白"（《致酒行》）的奇句媲美，显出唐军将士回旋天地的凌云壮志。联系上句"太白"出现所预兆的，这句之含蕴比字面意义远为深刻，它实际等于说：只要唐军一声号令，便可决胜，使西域重见光明。此句不但是赋，而且含有比兴、象征之意。正因为如此，这首送别诗才脱弃一般私谊范畴，而升华到更高的思想境界。

此诗没有直接写惜别之情和直言对胜利的祝愿。而只就此地与彼地情景略加夸张与想象，叙述自然，比兴得体，颇能壮僚友之行色，惜别与祝捷之意也就见于言外。

赵将军歌

九月天山风似刀，城南猎马缩寒毛。

将军纵博场场胜，赌得单于貂鼠袍。

冬日西线无战事，这首诗写军中博戏，却巧含暗喻。诗中那个称雄赌场、手气极佳的将军，想必在战场上也运气不坏。"场场胜"是个双关语，表面上是说赌场得意，隐义则是说常胜将军。赌场上的赌神，好比战场上的战神。末句中的"貂鼠袍"最有意味，这是纵博场上用来下注的抵押品，加上"单于"的定语，暗示这是一件战利品——这正是将军常胜、大胜的一个物证。

顺便说，岑参其人及其边塞诗的关怀取向，与高适、王昌龄不同。高适是个政治家诗人，关注的是军中弊端。王昌龄是个人道主义诗人，关注的是士卒疾苦。岑参则是个唯美诗人，从不以功利的、现实的目光去看待边塞的一切，而是取审美的态度，来歌唱边塞新鲜的、生气勃勃的景物、事物、人物。他喜欢边塞有写不完的冰川雪海、火山沙漠、烽火杀伐以及比这一切更刺人心肠的悲伤和快乐。岑参喜欢塑造超人，他的同情永远在强者的一边——"古来青史谁不见，今见功名胜古人。"

赵将军正是他喜欢的那一类人，也可以说是他喜欢塑造的那一类人。诗中不写其沙场英姿，而写其赌场风采，这是举重若轻，得绝句法。读之恍若看见了赵将军旗开得胜，刀尖上挑着一领单于貂鼠袍还归军营的飒爽英姿。其人的英勇善战，尽在不言之中。这就是绝句侧面微挑、偏师取胜的好处。

李白也有一首以博弈喻战争的七绝："六博争雄好彩来，金盘一掷万人开。丈夫赌命报天子，当斩胡头衣锦归。"（《送外甥郑灌从军》）以博弈喻战争，自是妙喻。然而，明喻何如暗喻。"报天子""衣锦归"，等等，挑得太明，反觉一览无余。单看也不失为一首好诗，但与岑参这首七绝比，就不免相形见绌了。

岑参这首诗只能这样讲吗？那也未必。因为他的诗集中还有《与独孤渐道别长句兼呈严八侍御》，其中有这样几句："军中置酒夜挝 zhuā 鼓，锦筵红烛月未午。花门将军善胡歌，叶河蕃王能汉语。"写边境和平时期，"蕃王"也能出席唐军营中的酒筵，那么"蕃王"或单于参与军中赌博，也不是完全没有可能。看来，"赌得单于貂鼠袍"可以有另一种讲法。只是这一种讲法，并不能否定前一种讲法。孟子说："以意逆志，是为得之。"谭献说："作者未必然，读者何必不然。"此诗之所以为诗也。作纪实读则浅，作隐喻读则倍有意味。

碛中作

走马西来欲到天，辞家见月两回圆。
今夜不知何处宿，平沙万里绝人烟。

这首诗当作于玄宗天宝八载（749）岑参第一次从军西征时，与《逢入京使》为同一时期之作。"碛 qì"指沙漠荒滩，此诗当作于十五月圆之夜的戈壁滩上。

"走马西来欲到天"二句，写赴边道里辽阔及途中新异的感觉。作者摄取了沙漠行军途中的一个剪影，"走马"一词语出《诗经》（《大雅·绵》："古公亶父，来朝走马"），是赶马疾行的意思。"西来"指赴安西、北庭都护府，"欲到天"是"天似穹庐，笼盖四野"（《敕勒歌》）给人形成的错觉。有作者其他的诗句相佐证："黄沙碛里客行迷，四望云天直下低。"（《过碛》）"寻河愁地尽，过碛觉天低。"（《碛西头送李判官入京》）"辞家见月两回圆"，是说时间，也是写景。作者离京，在西行的途中，走了将近两个月，但目的地还没有出现。戈壁滩上看到的月亮，因为没有遮拦，应该是更大更亮吧。而客中看到圆月，能不思家吗？一路上看到月的阴晴圆缺，能不感伤离别吗？何况这是塞上呢。此外，提到"见月"，可见夜幕降临，对三、四句写投宿，又是预为铺垫。

"今夜不知何处宿"二句，就投宿发出一问，而以景语作结。行人戈壁滩上，前不巴村，后不巴店的，连一处安全隐蔽的地方都找不到，一切都暴露在月光下。今夜上哪儿去住呢？这是一个令人发怵的问题，也是一个没有答案的问题。没想到作者不了了之，竟以景语结束："平沙万里绝人烟"。这可以是一声叹息，面对"绝人烟"的沙漠，欲投宿而无法可想；也可以是发自内心的赞叹，为月光下辽阔无边的"平沙万里"的景象，感到震撼。不管是边塞的圆月也好，万里平沙也好，都是在长安不曾有过的新感觉、新印象。

昔人读此诗，多从艰苦着眼："马上真境，未尝行边者，不知此苦。"（李攀龙）"投宿无所，则碛中无人可知矣。"（沈德潜）"此诗但言沙碛苍茫，时回首中原，自有孤客投荒之感。"（俞陛云）等等，不为无见。但是多数人忽略了岑参的个性。杜甫说："岑参兄弟皆好奇"（《渼陂行》）。殷璠也说："参诗语奇体峻，意亦造奇。"他常常以与其他人不同的、审美的态度，来歌吟边塞的新感觉、新印象；以外来者惊喜乃至错愕的神情，宣布着对边塞赏心悦目的发现。"今夜不知何处宿，平沙万里绝人烟。"就包含着发现的惊喜，诗人微妙的语气，最需要读者细心体会。

虢州后亭送李判官使赴晋绛

西原驿路挂城头，客散红亭雨未收。
君去试看汾水上，白云犹似汉时秋。

这首诗作于肃宗乾元二年（759）至上元二年（761）作者出任虢州（今河南灵宝）长史期间。从诗题看，是在虢州后亭举行的欢送李判官使赴晋绛的宴会上，分韵作诗。原注"得秋字"，作者是依所分得的韵脚作成这首七绝。"晋绛"是晋州、绛州之合称，分别属于今山西临汾和新绛，二地皆临汾河。

这首诗整个的感觉作得很空灵，没怎么抒情，也没发任何议论。只写到送行时的天气、景物，以及对李判官的一个寄语。首句"西原驿路挂城头"是写虢州后亭能看到城西南方向一条高出视平线的交通要道，用今天的话说，那是国道。"挂"字用得非常别致，别人想不出。在李白诗中，写风帆如"布帆无恙挂秋风"（《秋下荆门》）、写泉水如"遥看瀑布挂前川"（《望庐山瀑布》），都没有这样奇特。可见那条国道很陡，像是从高处垂下来的。那便是李判官的去路，意味着决不平坦。然后有一个跳跃，没说饯宴上的情形。次句"客散红亭雨未收"说天气有雨，李判官与老同事分手的时候，雨脚还未收住。"雨未收"，人就要出发，可见李判官使赴晋绛，是有期程的，必须赶时间。这样，他不久之后就当到达汾水。这就逼出了三四两句。

"君去试看汾水上"两句，紧扣"晋绛"生情，是对李判官的寄语：朋友，请你行至汾水，好好替我看一看，那空中的白云，是否还像汉武帝诗中所描写的那样壮美？原来汉武帝刘彻于元鼎四年（前113）率领群臣到河东郡汾阳县祭祀后土，又坐船在汾水上游览、饮宴，触景生情，感慨万千，写下了一首《秋风辞》。辞中写景的名句是："秋风起兮白云飞，草木黄落兮雁南归。"这便是"白云犹似汉时秋"这个问句的来历。诗中提到汉武帝的《秋风辞》，是有深意的。汉朝国力到武帝时达到鼎盛，遂幸河东祭后土，慷慨讴歌。唐自开国至天宝初，一百四十年间国力之盛，较汉时有过之而无不及。不料安史之乱爆发，局面一发不可收拾。而作者送李判官时，安史之乱尚未结束，而盛唐气象已如云烟过尽。后二句因友人之行，但问白云是否依旧，言下有无尽沧桑感慨。

此外，汉武帝《秋风辞》写景起兴，继写楼船中的歌舞盛宴的热闹场面，最后以感叹乐极生悲，人生易老，岁月流逝作结："欢乐极兮哀情多，少壮几时兮奈老何！"这种普遍的人生感喟，与作者所处历史时期国家所遭遇的深哀剧痛结合在一起，就使得"君去试看汾水上"两句的眼界更大，感慨更深。宋人谢枋得说："此诗为去国者作，末句隐然富贵不足道。汉公卿往来汾阴，不知几人在，唯白云似汉时秋耳，所以开广其襟胸郁抑也。"(《唐诗品汇》引)正因为此诗之空灵，方有如许之包容也。

山房春事二首（录一）

梁园日暮乱飞鸦，极目萧条三两家。
庭树不知人去尽，春来还发旧时花。

这首诗作于玄宗天宝元年（742）春，去秋作者由匡城至大梁，此年春游梁园。同题第一首云："风恬日暖荡春光，戏蝶游蜂乱入房。数枝门柳低衣桁 hàng，一片山花落笔床。"是写"山房春事"。而此诗则与"山房春事"无关，是粗心的编者凑合在一起的。此诗最恰当的诗题应为《梁园》。

"梁园"一名兔园，为汉梁孝王刘武所筑，故址在今河南商丘东，盛时园中有百灵山、落猿岩、栖龙岫、雁池、鹤洲、凫渚等景观，唐时园已荒废。"梁园日暮乱飞鸦"二句，写黄昏时分的梁园，作者看到的是一片荒凉景象，"乱飞鸦"的"乱"字，下得有力，而乌鸦乱飞的同时，是一定要乱啼的，这是画外之音了。"极目"写作者尽力展望，看到的不过"萧条两三家"而已，找不到一点梁孝王、枚生、司马相如等历史名人的痕迹，失望之情油然而生。

"庭树不知人去尽"二句，对前二句做反面文章，以拟人法写逢春开花的"庭树"，以"不知""还（发）"作勾勒，一呼一应，开合相关。从无情翻出有情，是诗味所在。既然是吊古，梁园的萧条自是作者所要着力描写的。前二句似已把话说完，不留余地。后二句别开生面，于寂寞的园林中拈出一树春花，给画面添了一点暖色，又并不冲淡感伤的主题，却因反衬的作用，大大加强了悲凉的意味。

这首诗关于七绝的一种作法，即在第三句做入否定词作诘问，或作负面陈述，为第四句预为铺垫，以取得风调。第三句做入"不知"二字，就是一种典型的做法。三、四句相连属，以"不知"引起诘问者，如"不知湖上菱歌女，几个春舟在若耶？"(王翰)是一种。只于三句以"不知"作诘问，而第四句别作陈述者，如"不知细叶谁裁出？二月春风似剪刀"(贺知章)是一种。三、四句以"不知"与"还"相勾勒，极意翻新，如此诗之"庭树不知人去尽，春来还发旧时花"，是又一种。此外变数，不一而足，形成多种模式，"后人为优孟者，家窃而户攘之，遂以此为套语"(唐汝询)。岑参从萧条中想见繁盛，不言人之感慨，似写树之无情，实属创获，堪称绝调。

戏问花门酒家翁

老人七十仍沽酒，千壶百瓮花门口。
道傍榆荚仍似钱，摘来沽酒君肯否。

这首诗当作于玄宗天宝十载(751)。时安西节度使高仙芝调任河西节度使，岑参和其他幕僚随之来到凉州(今甘肃武威)城。见当地花门楼口有一位老人卖酒，作者一定是见他性格和善开朗，故有此一番打趣，后来又口占一绝以纪其事。

"老人七十仍沽酒"，一个"仍"字，有"超期服役"的意思，这是引起作者关注的一点。"花门"即花门楼，乃凉州馆舍名。"千壶百瓮"，是说老人照管的货物很多，照料得过来吗？这是诗人关注的第二点。于是，他就凑上前去了。

"道傍榆荚仍似钱"二句，是作者打趣老人的话。也许老人说了一句有漏洞的话，比方说，客人掏钱出来拍在桌上道：你看清楚啊。老者随口说：只要像钱就可以。这就给诗人一个话把儿，他接得很快："你看，路边榆荚像钱了啊，摘来沽酒君肯否？"原来榆树枝条间所生榆荚，形状似钱、色白成串，俗称榆钱。这番戏谑的结果，当然是一笑了之。

严格地说这是一首打油诗，是作者心情愉快的产物。其风趣接近李白的《哭宣城善酿纪叟》，诗云："纪叟黄泉下，还应酿老春。夜台无李白，沽酒与何人？"只不过李白的心情没有那么愉快，因为他痛失了一位"酒家翁"。唐人杜确说岑参"每一篇绝笔，则人人传写，虽闾里士庶，戎夷蛮貊，莫不讽诵吟习焉"（《岑嘉州诗集序》）。原因之一，是岑诗接地气，雅俗共赏，难能可贵。

春梦

洞房昨夜春风起，遥忆美人湘江水。
枕上片时春梦中，行尽江南数千里。

为了准确理解这首诗的含义，有几个关键词需要特别说明一下。一是"春梦"，意思就是春天的梦，同时也是赋予了春天色彩的一个梦，今人用这个词意指好梦（如金陵春梦），或与爱情相关的梦，已经有一些引申。二是"洞房"，意思是深邃的内室，对女性来说就是深闺，今人用这个词，专指新房，是狭义化了。三是"美人"，沈祖棻讲得比较到位："古代汉语中，美人这个词，含义比现代汉语宽泛。它既指男人，又指女人，既指容色美丽的人，又指品德美好的人。在本诗中，大概是指离别的爱侣，但是男是女，就无从坐实了。因为作者既可以写自己之梦，那么，这位美人就是女性。也可以代某一女子写梦。那么，这位美人就是男性了。这是无须深究的。"需要补充的一点是，如果是作者写自己的梦，就是思念朋友，不必是异性朋友，也可以将对方称为"美人"的，这是《离骚》以来中国诗歌的一个传统。

常言道，日有所思，夜有所梦。"洞房昨夜春风起，遥忆美人湘江水"两句，如果不把"昨夜"理解太死的话，实际上就是写日有所思。被思念者，所谓"美人"，这个春天是身在湖南（湘江之滨），而上一个春天（或上上个春天），两个人可能曾经在一起，有一些美好的记忆。为什么这样讲呢？凡是诗中在某一特定时刻思念对方，那一时刻应该包含着一些记忆，如"忆梅下西洲，折梅寄江北""一曲新词酒一杯，去年天气旧亭台"，等等，都是这样的。笔者自己也有"去年君来时，相约诗文事；今年春已归，思君君不至"之句，所以对这种写法特有感触。

"枕上片时春梦中，行尽江南数千里"两句写夜有所梦。表面上只是说，枕上虽只片刻工夫，而在梦中却已走完江南数千里路程。"片时"与"数千里"的时空反差很大，的确是梦境才有的特征，它"写出了梦中的迷离惝恍，也暗示了双方平日的蜜意深情，用时间的速度和空间的广度，来显示了感情的强度和深度"（沈祖棻）。不仅如此，这两句丢下了一个话头没说，就是，梦者与被梦者在梦中到底相遇没有。可以肯定地说，没有。何以言之，这从"行尽江南数千里"一句可以体会，如果遇到了，又何必"行尽"？虽然"行尽"了，却未必找着，这就深刻地写出了思念之苦，唐诗类语有"妾梦不离江水上，人传郎在凤凰山""梦里分明见关塞，不知何路向金微"，等等，北宋晏幾道《蝶恋花》云："梦入江南烟水路，行尽江南，不与离人遇。"就明确地点出了这层意思。

本来诗人也可以写醒时无法做到的事，在梦中片时就实现了；但不如写醒时无法做到的事，在梦中依然无法做到。与其给一个廉价的团圆，不如留一个无尽的惆怅。

喜外弟卢纶见宿

静夜四无邻，荒居旧业贫。

雨中黄叶树，灯下白头人。

以我独沉久，愧君相见频。

平生自有分，况是蔡家亲。

　　此诗写在穷愁潦倒中可贵的亲情和友情。诗最有名的是第二联："雨中黄叶树，灯下白头人。"诗人为自己的诗找到了最好的意象。谢榛《四溟诗话》说："韦苏州曰'窗里人将老，门前树已秋'，白乐天曰'树初黄叶日，人欲白头时'，司空曙曰'雨中黄叶树，灯下白头人'，三诗同一机杼，司空为优，善状目前之景，无限凄凉，见乎言表。"

　　盖自然界中，树木与人关系密切，生长规律相似而寿命较长，树木的枯黄自会引起人的衰老的联想，故桓温"木犹如此，人何以堪"能成千古名言，故诗人用枯树黄叶作为衰老的象征意象。同一机杼，司空曙句所以为优，一是因为他使用了名词句，舍去了描写陈述的语法部分，由于静态的呈示而突出了"黄叶""白头"的视觉印象，比较耐味；二是多了雨景和昏灯作为背景，大大加强了悲凉的气氛。

　　按，"蔡家亲"谓表亲，用羊祜为蔡邕外孙故事。

云阳馆与韩绅宿别

故人江海别，几度隔山川。

乍见翻疑梦，相悲各问年。

孤灯寒照雨，湿竹暗浮烟。

更有明朝恨，离杯惜共传。

　　这首诗是作者与友人在云阳（今陕西泾阳县北云阳镇）旅舍对饮话别之作。题中韩绅《瀛奎律髓》卷二四作韩升卿，据李端诗题有《送韩绅卿》，当即此人。此诗与李益《喜见外弟又言别》，以五律形式写久别重逢，娓娓道来，俱成绝唱，并为中唐诗千里挑一的杰作，足与杜甫古风《赠卫八处士》比美。

　　"故人江海别"二句，从上次离别说起，是自然的开篇。明人唐汝询说："此诗本中唐绝唱，然'江海''山川'未免重叠。"（《唐诗解》）乃是隔膜的批评。这里的"江海"不但是指江湖，指天南海北，而且特指上次分别的场所，即江海中的某个地方，所以为妙，与"山川"何来重复？倒是前后照应，写出阔别的感觉。"几度隔山川"的"度"，作为量词，不是"次"的意思，而是"载"的意思。此句不是说有多次离别，而是说有多少年不见。措辞活络，所以耐味。坐实了了，反而乏味。

　　"乍见翻疑梦"二句，承上久别写"乍见"，与李益之"问姓初惊见，称名忆旧容"一样，是可圈可点、历代传诵的名句。但不同的是，此写熟识的老朋友骤然相会，彼此是不会记不起对方的姓名和容貌的，因此不必"问姓"，也不必"忆旧容"，倒是倏然间觉得对方老了一头，不免要叙叙年齿，发一通感慨的。同时，人生好梦成真之时，往往疑真如梦，疑梦如真，有飘浮感。“翻疑梦”三字，敏锐地把握特定情境下的感受，“相悲各问年”则是惊定的放松、乐极的生悲。短短两句，便将刹那间的细腻的心理波折，精确地描绘出来。所谓风尘阅历，有此苦语，与李诗有异曲同工之妙。

“孤灯寒照雨”二句，转写云阳馆之景况。律诗中两联，大体情景相间。或先情后景，如此诗是。或先景后情，如作者《喜外弟卢纶见宿》是。彼诗中四句云：“雨中黄叶树，灯下白头人。以我独沉久，愧君相见频。”“雨中”二句，以眼前景为象征意象，脍炙人口。此诗“孤灯寒照雨”，其中就有“灯下白头人”在。“湿竹暗浮烟”则是交代雨夜的环境。“孤灯”“寒雨”“湿竹”“浮烟”，有借凄凉之景以渲染离别气氛的作用。不仅如此，雨夜似乎特别适合于晤谈，既安全又温馨。谚云：“偷风不偷雨”，就是安全感的表现。而室外寒雨，对室内对饮的温馨，则是一种给力。如白居易有“能来同宿否，听雨对床眠”（《雨中招张司业宿》）、李商隐有“何当共剪西窗烛，却话巴山夜雨时”（《夜雨寄北》）、苏轼有“中和堂后石楠树，与君对床听夜雨”（《送刘寺丞赴馀姚》），等等，大家不约而同地写，不是偶然的。清人沈德潜评：“三四写别久忽遇之情，五六夜中共宿之景，通体一气，无饾饤习，尔时已为高格矣。”（《唐诗别裁集》）

“更有明朝恨”二句，写乍见又别，劝饮离杯。著一“更”字，是为离恨加码。“离杯”指饯别之酒，著一“惜”字，与其说是表示惋惜，不如说是劝勉珍惜，即有“对君今夕须沉醉”的意思。直译即：明朝更有一种离愁别恨，难得今夜相对举杯共饮。明明是眼前对饮，却翻过一层，说到明朝别后，波澜曲折，富有情致。

宋人范晞文点赞道：“唐人会故人之诗也。久别倏逢之意，宛然在目，想而味之，情融神会，殆如直述。前辈唐人行旅聚散之作最能感动人意，信非虚语。”“‘故人江海别，几度隔山川’，‘暮蝉不可听，落叶岂堪闻’，前一首司空曙，后一首郎士元，皆前虚后实之格，今之言唐诗者多尚此。”（《对床夜语》）诗家以抒情议论为虚，以写景纪事为实，贵在虚实相济，此诗得之。

金陵怀古

辇路江枫暗，宫庭野草春。
伤心庾开府，老作北朝臣。

这首诗当是作者因安史之乱，避地江南时所作，属于咏史怀古之题材。"金陵"是六朝（东吴、东晋、宋、齐、梁、陈）故都，此诗咏怀对象，便是南朝梁代著名文学家庾信。

"辇路江枫暗"二句，写金陵历经战争的衰败荒凉。"辇路"指帝王车驾所经之路，这里是专就六朝、更是专就梁朝而言的，与下文"宫庭"，暗寓有许多昔日的豪奢与繁华在内。"江枫暗"指枫林茂密，与下文"野草春"，暗示着自然规律于人事外的存在。"辇路"与"江枫暗"并置，"宫庭"与"野草春"并置，则有盛衰兴亡、物是人非之感，见于言外。这固然属于眼前景，更加入了历史的回顾，有无限铜驼荆棘之感。须知，作者在经历安史之乱后，亲眼见到过类似的景象，有许多现实的感受，所以这两句非常接近杜甫的"国破山河在，城春草木深"（《春望》），修辞手法亦复相同。

"伤心庾开府"二句，在上文铺垫的基础上，写对庾信的缅怀。庾信作为南北朝最杰出的诗人和辞赋家，是唐代文人共同的偶像。杜甫曾夸李白道："清新庾开府，俊逸鲍参军。"（《春日怀李白》）庾信初仕梁，为太子中庶子，以右卫将军出使西魏，梁为西魏所灭，庾信遂羁留北地，官至车骑大将军、开府仪同三司；北周代魏后，更迁骠骑大将军、开府仪同三司，故史称"庾开府"。"伤心"二字，下得极有分量。伤什么心呢？"老作北朝臣"！此语耐人寻味在于，庾信在北朝并没有受亏待，相反，他受到的待遇之隆重，实有逾于在梁朝时。北周君主对他的重视，到了宁放其他文人南归，也不肯放他走的程度。然而，"胡马依北风，越鸟巢南枝"（《古诗十九首》），谁没有乡愁呢？庾信的乡愁，集中表现在《哀江南赋》，那篇可以与《离骚》比美的杰作中："水毒秦泾，山高赵陉。十里五里，长亭短亭。……雪暗如沙，冰横似岸。逢赴洛之陆机，见离家之王粲，莫不闻陇水而掩泣，向关山而长叹。……班超生而望返，温序死而思归。李陵之双凫永去，苏武之一雁空飞。"作者写下"伤心庾开府，老作北朝臣"十字时，心里一定叨念着这样的名句的。

总之，这首诗不是为怀古而怀古，而是作者经历了国家的动乱，对庾信有了更深的同情，才能具有这样的力度。近人俞陛云揣度："此诗当是易代后所作，借兰成以自况。'北去萧综，惟闻落叶；南来符朗，只见江流。'文人之沦落天涯者，宁独《哀江南》一赋耶。"（《诗境浅说续编》）作者是中唐诗人，"易代"二字说不上。但考其行实，贞元初，曾以水部郎中衔在剑南西川节度使韦皋幕中任职，虽不算"沦落天涯"，对乡关之思也必有更深的体会，所以在写庾信时，能把自己放进去。

【郎士元】（? —780?）字君胄，唐中山（河北定）人。玄宗天宝十五载（756）进士及第。避安史之乱羁滞江南。代宗宝应元年（762）授渭南尉，大历元年（766）前后擢为拾遗，四年前后迁员外郎，复转郎中，德宗建中初（780）出为郢州刺史，持节治军。

柏林寺南望

溪上遥闻精舍钟，泊舟微径度深松。
青山霁后云犹在，画出西南四五峰。

唐代诗中如画之作为数甚多，而这首小诗别具风味。恰如刘熙载所说："画山者必有主峰，为诸峰所拱向；作字者必有主笔，为余笔所拱向。善书者必争此一笔。"（《艺概·书概》）此诗题旨在一"望"字，而望中之景只于结处点出。诗中所争在此一笔，余笔无不服务于此。

诗中提到雨霁，可见作者登山前先于溪上值雨。首句虽从天已放晴时写起，却饶有雨后之意。那山顶佛寺（精舍）的钟声竟能清晰地达于溪上，俾人"遥闻"，不与雨浥尘埃、空气澄清大有关系吗？未写登山，先就溪上闻钟，点出"柏林寺"，同时又逗起舟中人登山之想（"遥听钟声恋翠微"）。这不是诗的主笔，但它是有所"拱向"（引起登眺事）的。

精舍钟声的诱惑，使诗人泊舟登岸而行。曲曲的山间小路（微径）缓缓地导引他向密密的松柏（次句中只说"松"，而从寺名可知有"柏"）林里穿行，一步步靠近山顶。"空山新雨后"，四处弥漫着松叶柏子的清香，使人感到清爽。深林中，横柯交蔽，不免暗昧。有此暗昧，才有后来"度"尽"深松"，分外眼明的快意。所以次句也是"拱向"题旨的妙笔。

"度"字已暗示穷尽"深松"，而达于精舍——"柏林寺"。行人眼前豁然开朗。映入眼帘的首先是霁后如洗的"青山"。前两句不曾有一个着色字，此时"青"字突现，便使人眼明。继而吸引住视线的是天宇中飘飘的云朵。"霁后云犹在"，但这已不是浓郁的乌云，而是轻柔明快的白云，登览者怡悦的心情可知。此句由山带出云，又是为下句进而由云衬托西南诸峰作了一笔铺垫。

三句写山，着意于山色（青），是就一带山脉而言；而末句集中刻画几个山头，着眼于山形，给人以异峰突起的感觉。峰数至于"四五"，则有错落参差之致。在蓝天白云的衬托下，峥嵘的山峰犹如"画出"。不用"衬"字而用"画"字，别有情趣。言"衬"，则表明峰之固有，平平无奇；说"画"，则似言峰之本无，却由造物以云为毫、蘸霖作墨、以天为纸即兴"画出"，其色泽鲜润，犹有刚脱笔砚之感。这就不但写出峰的美妙，而且传出"望"者的惊奇与愉悦。

听邻家吹笙

凤吹声如隔彩霞，不知墙外是谁家。

重门深锁无寻处，疑有碧桃千树花。

"通感"是把视觉、听觉、嗅觉、味觉、触觉沟通起来的一种修辞手法。这首《听邻家吹笙》，在"通感"的运用上，颇具特色。

这是一首听笙诗。笙这种乐器由多根簧管组成，参差如凤翼；其声清亮，宛如凤鸣，故有"凤吹"之称。传说仙人王子乔亦好吹笙作凤凰鸣（见《列仙传》）。首句"凤吹声如隔彩霞"就似乎由此着想，说笙曲似从天降，极言其超凡入神。具象地写出"隔彩霞"三字，就比一般地说"此曲只应天上有"来得妙。将听觉感受转化为视觉印象，给读者的感觉更生动具体。同时，这里的"彩霞"，又与白居易《琵琶行》、韩愈《听颖师弹琴》中运用的许多摹状乐声的视觉形象不同。它不是说声如彩霞，而是说声自彩霞之上来；不是摹状乐声，而是设想奏乐的环境，间接烘托出笙乐的明丽新鲜。

"不知墙外是谁家"，对笙乐虽以天上曲相比拟，但对其实际来源必然要产生悬想揣问。诗人当是在自己院内听隔壁"邻家"传来的笙乐，所以说"墙外"。这悬揣语气，不仅进一步渲染了笙声的奇妙撩人，还见出听者"寻声暗问"的专注情态，也间接表现出那音乐的吸引力。于是诗人动了心，由"寻声暗问""吹"者"谁"，进而起身追随那声音，欲窥探个究竟。然而"重门深锁无寻处"，一墙之隔竟无法逾越，不禁令人于咫尺之地产生"天上人间"的怅惘和更强烈的憧憬，由此激发了一个更为绚丽的幻想。

"疑有碧桃千树花"。以花为意象描写音乐，"芙蓉泣露香兰笑"（李贺）是从乐声（如泣如笑）着想，"江城五月落梅花"（李白）是从曲名（《梅花落》）着想，而此诗末句与它们都不同，仍是从奏乐的环境着想。与前"隔彩霞"呼应，这里的"碧桃"是天上碧桃，是王母桃花。灼灼其华，竟至千树之多，是何等繁缛绚丽的景象！它意味着那奇妙的、非人世间的音乐，宜乎如此奇妙的、非人世间的灵境。它同时又象征着那笙声的明媚、热烈、欢快。而一个"疑"字，写出如幻如真的感觉。

此诗三句紧承二句，而四句紧承三句又回应首句，章法流走回环中有递进（从"隔彩霞"到"碧桃千树花"）。它用视觉形象写听觉感受，把五官感觉错综运用，而又避免对音乐本身正面形容，单就奏乐的环境作"别有天地非人间"的幻想，从而间接有力地表现出笙乐的美妙。在"通感"运用上算得是独具一格的。

【皎然】（730—799）俗姓谢，字清昼，湖州（浙江吴兴）人，谢灵运的十世孙，唐代著名诗僧、茶僧，吴兴杼山妙喜寺主持。在文学、佛学、茶学等方面颇有造诣。存诗近五百首，有诗论著作《诗式》。

寻陆鸿渐不遇

移家虽带郭，野径入桑麻。

近种篱边菊，秋来未著花。

扣门无犬吠，欲去问西家。

报道山中去，归时每日斜。

这是一首访隐者不遇的诗。作者如是今人，贴此诗到网上，一定会被众多初学者、半罐水骂为不懂作诗。因为它虽然是一首五律，却全然不顾对仗。明代大学者杨升庵云："五言律八句不对，太白、浩然集有之，乃是平仄稳帖古诗也。僧皎然有《寻陆鸿渐不遇》……虽不及李白之雄丽，亦清致可喜。"（《升庵诗话》）清人黄生评："极淡极真，绝似孟襄阳笔意。此全首不对格，太白、浩然集中多有之。二公皆古诗手，不喜为律所缚，故但变古诗之音节而创为此体也。"（《唐诗摘钞》）沈德潜说："兴到成诗，人力无与，匪垂典则，偶存标格而已。"（《说诗晬语》）此皆方家眼力，学者宜虚心采纳。

这首诗的受赠者陆鸿渐，乃是大名人，茶文化的祖师爷。名羽，终生不仕，著有《茶经》一书，被后人奉为经典，陆羽亦因称茶圣。全诗旨在为陆羽造像，却神似陶渊明。

"移家虽带郭"二句，写陆羽居家的环境。首句说他住近城边，使人想起陶渊明的"结庐在人境，而无车马喧。问君何能尔，心远地自偏"（《饮酒》）。"野径入桑麻"则令人想起："野外罕人事，穷巷寡轮鞅。……相见无杂言，但道桑麻长。"（《归园田居》）笔者尝戏言，诗人有"将进酒"和"将进茶"之分。李白是将进酒派，苏轼则是将进茶派。陶渊明虽饮酒，也是将进茶派。而陆羽更是将进茶的鼻祖。难怪与陶渊明精神相通。

"近种篱边菊"二句，写访陆羽不遇时所见景物。"篱边菊"语出陶渊明《饮酒》："采菊东篱下，悠然见南山。"鲁迅曾讽刺某些爱菊人士道："现在有钱的人在租界里雇花匠种数十盆菊花，便作诗，叫作'秋日赏菊效陶彭泽体'，自以为合于渊明的高致，我觉得不大像。"（《魏晋风度与文章及药及酒之关系》）但陆羽不属于鲁迅讽刺之列，而是真爱菊、真配菊的高人。老实说，下面一句要写成对仗并不难，比方说："未开枝上花"，不也挺好？想不到他来一句不对仗、很扫兴的"秋来未著花"！不过请教于方家，多半会同意作者这一句，不仅是即目所见，而且合于陶渊明"种豆南山下，草盛豆苗稀"（《归园田居》）的风度。明人钟惺说："'不遇'之妙，在此二语，不须下文注明。"

"扣门无犬吠"二句，写无人应门和作者临去时的情景。上句写敲门，是访问应有之事。养狗是为了看门防盗，"无犬吠"三字传递的信息之一是家无长物，信息之二是作者是不速之客，信息之三是主人不知道什么时候回来。"欲去问西家"，表明作者临去时，心有不甘，所以"问西家"也。"报道山中去"二句，是西家的如实回答。上句有点像贾岛或孙革笔下的"松下问童子，言师采药去。只在此山中，云深不知处"，令人神往而又怅然若失。"归时每日斜"，是西家描述陆羽平时的活动规律，言下对这个人有一点神秘莫测的意思。而"归时"二字则表明，作者没有傻等，而是采取了王之猷访戴安道的做法，乘兴而来，兴尽而返。

近人俞陛云点赞："此诗晓畅，无待浅说，四十字振笔写成，清空如活。唐人五律间有此格，李白《牛渚夜泊》诗亦然。作诗者于声律对偶之馀，偶效为之，以畅其气，如五侯鲭馔，杂以蔬笋烹茟，别有隽味；苦多作，则流于空滑。况李白诗之英气盖世。此诗之潇洒出尘，有在章句外者，非务为高调也。"（《诗境浅说》）闻一多曾经说，淡到看不见诗了，才是孟浩然的诗。此诗即绝类孟浩然之作。

【景云】中晚唐诗僧，生平不详。

画松

画松一似真松树，且待寻思记得无？

曾在天台山上见，石桥南畔第三株。

好的艺术品往往具有一种褫魂夺魄的感召力，使观者或读者神游其境，感到逼真。创作与鉴赏同是形象思维，而前者是由真到"画"，后者则由"画"见真。这位盛唐诗僧景云（他兼擅草书）的《画松》诗，就惟妙惟肖地抒发了艺术欣赏中的诗意感受。

一件优秀作品给人的第一印象往往就很新鲜、强烈，令人经久难忘。诗的首句似乎就是写这种第一印象。"画松一似真松树"。面对"画松"，观者立刻为之打动，由"画"见"真"，就是说画得太像。"一似"二字表达出一种惊奇感，一种会心的喜悦，一种似曾相识的发现。

于是，观画者进入欣赏的第二步，开始从自己的生活体验去联想，去玩味，去把握那画境。他陷入凝想沉思之中："且待寻思记得无？"欣赏活动需要全神贯注，要入乎其内才能体味出来。"且待寻思"，说明欣赏活动也有一个渐进过程，一定要反复涵泳，方能猝然相逢。

当画境从他的生活体验中得到一种印证，当观者把握住画的精神与意蕴时，他得到欣赏的最大乐趣："曾在天台山上见，石桥南畔第三株。"这几乎又是一声惊呼。说画松似真松，乃至说它就是画的某处某棵松树，似乎很实在。"天台"是东南名山，绮秀而奇险，"石桥"是登攀必经之路。"石桥南畔第三株"的青松，其苍劲遒媚之姿，便在不言之中。由此又间接传达出画松的风格。这又是所谓虚处传神了。

作为题画，此诗的显著特点在于不作实在的形状描摹，如"森森直干百余寻，高入青冥不附林""龙甲虬髯不可攀，亭亭千丈荫南山"（王安石咏松诗句）一类，而纯从观者的心理感受、生活体验写来，从虚处传画松之神。既写出欣赏活动中的诗意感受，又表现出画家的艺术造诣，它在同类诗中是独树一帜的。

【顾况】（725—814）字逋翁，号华阳山人，又号悲翁，唐苏州海盐（浙江海盐）人。肃宗至德二载（757）进士及第，曾官著作佐郎，以作诗嘲诮权贵贬饶州司户参军，后归隐茅山。有《华阳集》。

公子行

轻薄儿，面如玉，紫陌春风缠马足。双镫悬金缕鹘飞，
长衫刺雪生犀束。绿槐夹道阴初成，珊瑚几节敌流星。红肌
拂拂酒光狞，当街背拉金吾行。朝游冬冬鼓声发，暮游冬冬
鼓声绝。入门不肯自升堂，美人扶踏金阶月。

《公子行》是乐府旧题，多描写王孙公子的豪奢生活、娇骄二气，这
种人不能继承父辈的功业才华，倒有享不尽的荣华富贵，可恨的是仗势
欺人，扰乱社会秩序，为老百姓所深恶痛绝。作者予以无情揭露，批判
的矛头间接指向背后的靠山，有一定认识意义。

"轻薄儿，面如玉"（算一句）四句，写公子的形容装束。首句直呼
"轻薄儿"，是为公子定性。"面如玉"是其娇生惯养的写照，看上去很白
净。"紫陌"指京城大道，"春风"指季节，"缠马足"或指春风得意，或
指马蹄上有缠饰，"双镫"指马镫，"缕鹘"指绣有鹘鸟图案的马鞍，"犀
束"指犀牛皮所制的腰带。次句以下堆砌许多精美名物，意在形容其车
马服饰之盛，不是富贵人家，怎能置办得起。

"绿槐夹道阴初成"四句，写公子长街走马，胡作非为。"绿槐"句
扣上文"紫陌春风"，写大街绿荫覆盖，"珊瑚几节"指轻薄儿手中的镶
嵌珊瑚的马鞭，"敌流星"形容当街飙马（李白有"超腾若流星"可参），这已
是一种扰乱市面的行为。然而，轻薄儿不管不顾，"红肌拂拂酒光狞"形
容其面红耳赤，醉气熏天。于是，令人瞠目结舌的一幕发生了："当街背
拉金吾行"。"金吾"即执金吾，相当于皇家城管，轻薄儿借酒装疯，居然
当街倒拖"城管"。看来他不但有钱，而且有势，"金吾"也奈何他不得。

"朝游冬冬鼓声发"四句，写公子早出晚归，无非吃喝玩乐。唐时京城报时，有咚咚鼓。早上一敲，城中放行；晚上一敲，坊市关门。首句和次句"暮游冬冬鼓声绝"，只给出两个时间，言外之意是公子是"鼓声发"时出门，"鼓声绝"而归家。归来的状态是东偏西倒，"入门不肯自升堂，美人扶踏金阶月。"不是他扶美人，却是美人扶他，为什么这么没有风度？联系上文"红肌拂拂酒光狞"，可知是酩酊大醉了，读之如见膏粱纨绔之状。

中国古代小说和戏曲中有一类丑角，被唤作"衙内"。其共同特点是金玉其外，无恶不作。如关汉卿笔下的鲁斋郎，其上场白是："每日价飞鹰走犬，街市闲行。但见人家好的东西，怎么他倒有，我倒无！我则借三日，玩看了，第四日便还他，也不坏了他的。人家有那骏马雕鞍，我使人牵来，则骑三日，第四日便还他，也不坏了他的。我是个本分的人。"（《包待制智斩鲁斋郎》）但老百姓最怕这种"本分的人"。诗中所谓"公子"，实际上就是这类人物。作者针砭时弊，亦可谓不留面子了。

宫词

玉楼天半起笙歌，风送宫嫔笑语和。
月殿影开闻夜漏，水精帘卷近秋河。

宫词是以宫廷生活为题材的诗。谈到宫词创作，人们多追溯到中唐王建的《宫词》百首。王建《宫词》百首，当完成于敬宗时（参迟乃鹏《王建研究丛稿·王建年谱》）。从现存资料看，最早以《宫词》作诗题，当推唐诗人顾况，况今存宫词6首，此其一。

"玉楼天半"，几近九重，就不同寻常富贵人家。其上笙歌四起，也不是寻常的舞乐，而是"此曲只应天上有"，起首写出宫中华贵气象。次句进而写舞殿恩深，宫嫔笑语。这"笑语""笙歌"俱由"风送"传闻，大有"咳唾落九天，随风生珠玉"之致。一"和"字写出那声音的悦耳，也写出玉楼中人的欢乐。这正是秋来月圆之夜，"月殿影开"，夜分一天长似一天，而宫中行乐焚膏继晷，难以尽欢。"水精帘卷"便见银河（秋河），回应"玉楼天半"，景致优美。这不全是一幅宫中行乐图么？

然而这诗中隐隐有一个人——"宫词"的主人公在。那天半笙歌、风中笑语、月影夜漏、帘外秋河都是她的闻见。她显然不在那中天玉楼而遥在别殿。无论她是失宠还是根本未曾承恩者，都不免有万千感触。而这，正是此诗欲说还休的，然而又并非无迹可求。特别是最后两句，"月殿影开"，反见望月者之孤单，"夜漏"不尽，又见长夜难挨。而所有的景物中，最有挑拨性的还是那帘外"秋河"。它使人想到那佳期难逢、人神阻隔的牛女的传说。"近秋河"与其说是写景，不如说是表情，故妙。这宫女长夜不眠，偶然卷帘，不意见此"秋河"，此时又"风送宫嫔笑语"，她该是何等难堪呢。

由于将主人公放到画外，从她的角度来观察描写，读者与之处于同步地位，一时便感觉不到她的存在。作者又用"风送笑语""闻夜漏""近秋河"等语作强烈暗示，使读者于不经意中与诗意猝然相逢，感受极深。是之谓含蓄。

【窦叔向】生卒年不详，字遗直，京兆（今陕西省扶风）人，唐代宗大历初年进士。

夏夜宿表兄话旧

夜合花开香满庭，夜深微雨醉初醒。
远书珍重何曾达，旧事凄凉不可听。

去日儿童皆长大，昔年亲友半凋零。

明朝又是孤舟别，愁见河桥酒慢青。

这首诗的题目是记事性的，仅"夏夜宿表兄话旧"这句话，就可以引起无限温情的联想。从小在一块儿玩的兄弟辈，长大成人后偶尔见面，不用说有多亲热了。何况是"夏夜"，是正好乘凉聊天的时候，"话旧"指拉起过去的家常，该有几多感慨、几多温馨。

"夜合花开香满庭"二句，写夏夜表兄家的环境。"夜合花"又名夜香木兰，树姿小巧玲珑，夏季开出绿白色球状小花，昼开夜闭，幽香清雅，常以盆栽观赏。"香满庭"，表明表兄家的夜合花栽在庭院，晚上花香便弥漫在空气中。"夜深微雨醉初醒"，表明这个晚上下过小雨，褪去白昼的暑热，而在睡前兄弟间有过小酌，在凉意中醒来，兼有花气袭人，环境宁静，头脑清醒，遂有"话旧"之事。"醒"字读平声。

"远书珍重何曾达"二句，是话旧的部分内容。"话旧"的一个内容，是彼此阔别的情况，虽曾写过信，互道珍重，但都没有收到，收不到的原因很多，找不出原因的也有。清人金圣叹点赞："'珍重'下接'何曾'妙，'何曾'上加'珍重'妙。此亦人人常有之事，偏能写得出来也。"（《贯华堂选批唐才子诗》）"旧事凄凉不可听"，指款叙别情，一方谈到了对方所不知道的，说起来很感伤的话题，对方既想听，有时又不忍心听下去。当然，这不是就所有话题而言，但必是就留下深刻印象的话题而言。

"去日儿童皆长大"二句，是话旧中的感慨。"话旧"难免问到过去的小朋友，说起来都是拖家带口的成年人了。留下许多空白，读者可以自行填补。"昔年亲友半凋零"，提到过去的年长的人，就不免有许多的遗恨了。杜甫《赠卫八处士》也有："访旧半为鬼，惊呼热衷肠。"人事代谢，白衣苍狗，变化无常，也是人生之常情。金圣叹说："五、六是人人同有之事，是人人欲说之话，不叹他写得出来，叹他写来挑动。"（同前）作者抚今追昔，不禁感慨万端。

"明朝又是孤舟别"二句，是说到明朝的分手，双方都有恋恋不舍之意。"又是孤舟别"，行旅的一方是作者自己，他本是"孤舟"乘兴而来，又将"孤舟"兴尽而去，一个"又"字，表现出作者对动荡生活的厌倦。"愁见河桥酒幔青"，想象途中只有借酒浇愁，黄河边上酒家门前青色的酒旗，仿佛就在眼前。然而，诚如李白所说："抽刀断水水更流，举杯销愁愁更愁。"（《宣州谢朓楼饯别校书叔云》）此句以"愁见"领起，言外有此意。金圣叹评："'明朝又别'四字，隐然言他日再归，便是儿童亦已凋零，亲友并无半在也。可不谓之大哀也哉！"（同前）

这首诗起结自然，中本真情，不费斧凿，章法一句紧似一句，无凑泊散缓之病。只是最重要的中间四句"话旧"内容，除"远书"句外，大体是粗陈梗概，缺少细节；"去日"对"昔年"，措词太易，未免重复。总之，可以写得更好。不过，写到这样，在中唐七律中已算是佳作了。

【张潮】一作张朝，生卒年不详，曲阿（今江苏丹阳县）人，主要活动于唐肃宗、代宗时代。《全唐诗》存诗五首。

江南行

茨菰叶烂别西湾，莲子花开犹未还。
妾梦不离江水上，人传郎在凤凰山。

这首诗约作于代宗大历（766—779）年间。作者对城市和水上的生活及当地民歌比较熟悉，便用《江南行》这个现成的乐府诗题，写商人妇望夫之情。同时将人生飘忽之感，写到极致。

"茨菰叶烂别西湾"二句，写少妇掐算时间而游子归期未定，妙在具体。作者没有一般性地叙说季节，而是选择了富于江南水乡特色的两种景物，代替时间。一个是"茨菰叶烂"，表示去年秋冬之交，这是离别的时间。"茨菰"即慈姑，江南水生作物，地下有球茎可食。一个是"莲子花开"，表示今年的夏秋之交，也就是当下的时间。总之，快到一年了吧，人还没回来。这暗示着依照当初的约定，应该回来了。"茨菰叶烂"这个说法，甚至连"茨菰"这个字面，在《全唐诗》中仅此一例，所以令人耳目一新。诗中男女相别的地名，不是一般性的地名，而是具体的地名"西湾"。说得具体，是作品取信于读者的一种方法。

"妾梦不离江水上"二句，写少妇思念丈夫而游子行踪飘忽，妙在别致。别致在诗人设计的情节性：两句中有三个人，一个是"妾"、即女子自称，一个是"郎"、即女子思念的丈夫，第三个是传话的"人"；有两种境，一个是梦境，一个是传说，总非实境；接着便是错位，梦境在水上（因为游子是从水上去的），而传说在山上；梦是飘忽不定的，传说更是飘忽不定的，梦境与传说形成巨大落差，而事实呢，更是一个谜。于是，"妾梦"与"郎在"，就成了兜圈子、捉迷藏。与前言"西湾"一样，作者给出具体的山名"凤凰山"，使传说有板有眼，又使人想到《凤求凰》的歌名，这个山名也太有意思了。

明人李梦阳评："神思恍惚，词意宛曲，最得闺情。"（《唐诗选脉会通评林》）清人黄生点赞："'茨菰''莲子'并切水乡之物，'莲子花'三字酷似妇女声口。因在江上分手，故梦不离此处，不知行人却在凤凰山也。沈休文'梦中不识路，何以慰相思'，此似化其意用之。"（《唐诗摘钞》）此外，这首诗的上下两联，部分文字是相对的，但总体而言属于意对，不求对仗工整，而取信口成文。既有整饬之感，又显得流畅自然。

读着这样的诗，你会感到处在信息时代、有 GPS 定位系统的今天，要找一个人有多么地容易，生活在今天是多么地幸运。同时，也会感觉到有一些诗意，永远从我们的生活中消逝了。诗意不可重复，也将使这首诗成为永远。

【于良史】生卒年不详。唐肃宗至德年间曾任侍御史，德宗贞元年间，徐州节度使张建封辟为从事。今存诗七首。

春山夜月

春山多胜事，赏玩夜忘归。

掬水月在手，弄花香满衣。

兴来无远近，欲去惜芳菲。

南望鸣钟处，楼台深翠微。

这首诗写春夜山中赏月的乐趣。开篇提纲挈领，从"春山多胜事"说起，令人想起陶渊明的"春秋多佳日，登高赋新诗"（《移居》），笼罩得好。"胜事"指美好的事，难以空举，故以一"多"字囊括。于是流连忘返，不觉天色已晚，"赏玩夜忘归"。一、二句之间，有因果关系。既已入夜，下文自然说到月出。

"掬水月在手"二句，紧承"胜事"展开描写，堪称妙对。上句写水月，"掬水月在手"是神来之笔，如果不是在月下的溪边，断难得此兴到神会语。实际情况应是：月亮倒影在溪水中，似可以打捞，用手捧、以为捧到了；其实不然，到手的只是一捧水，月影还在溪中。做不到的事，作者偏说做到了："掬水月在手"。以一捧水反映出月亮的光辉，真是状难写之景，如在目前。下句写山花，是为了对仗找话说，《瀛奎律髓》道："'掬水''弄花'一联，恐是偶然道着。先得一句，又凑一句，乃成全篇。于六句缓慢之中，安顿此联，亦作家也。""先得一句，又凑一句"，乃是行家之言。然"弄花香满衣"，亦属妙想。"掬水""弄花"的动作，又表现出诗人兴致之高与童心未泯。

040

"兴来无远近"二句，更承"掬水""弄花"，写作者的流连忘返。王维诗云："兴来每独往，胜事空自知。"（《终南别业》）这首诗"兴来"一句，与上文"胜事"云云，均受王诗的影响。"欲去惜芳菲"的"芳菲"二字，紧承上文"弄花香满衣"，可见针线细密。相对于前两句写景，这两句是抒情，则是虚实相济。清人纪昀说："五六颇有新味"（《瀛奎律髓》汇评）是对的，但他接着说"好于三四"，便说过了。"南望鸣钟处"二句，加入声音的元素作结正好。而"楼台"的闯入，系由声音着想，正是月夜的感觉。"翠微"谓青翠幽深，泛指青山。读之，有绿荫深处隐楼台之感。

　　清末许印芳批评："小家诗多如此，其弊至于有句无联，有联无篇。大家则运以精思，行以浩气，分之则句句精妙，合之则一气浑成，有篇有句，斯为上乘。学者当以大家为法，此等不可效尤也。"（《瀛奎律髓》汇评）不无道理，但就这首诗而言，还不能指为"有联无篇"。此外，契诃夫说得好："大狗有大狗的叫法，小狗有小狗的叫法。"一样的叫法，反而不妙了。

【柳中庸】名淡，生年不详，约卒于775年，蒲州虞乡（今山西永济）人。大历年间进士，曾官鸿府户曹，未就。萧颖士以女妻之。与弟中行并有文名。与卢纶、李端等为诗友。《全唐诗》存诗十三首。

听筝

抽弦促柱听秦筝，无限秦人悲怨声。
似逐春风知柳态，如随啼鸟识花情。
谁家独夜愁灯影？何处空楼思月明？
更入几重离别恨，江南岐路洛阳城。

这首诗写听筝的感受。"筝"是一种拨弦乐器，相传为秦人蒙恬所制，故又名秦筝。汉人侯瑾《筝赋》形容筝乐云："于是急弦促柱，变调改曲，卑杀纤妙，微声繁缚。散清商而流转兮，若将绝而复续。""感悲音而增叹，怆憔悴而怀愁。若乃上感天地，下动鬼神。享祀视宗，酬酢嘉宾，移风易俗，混同人伦，莫有尚于筝者矣。"

"抽弦促柱听秦筝"二句，写秦筝演奏开始，可谓开门见山，甚至石破天惊。筝的音箱面上有弦十三根，一弦以一柱支撑，柱可左右移动以调整音量。弹奏时以手指或鹿骨爪拨弄筝弦，缓曰"抽弦"，急曰"促柱"。这个写法是古诗式的，近于白居易的"转轴拨弦三两声，未成曲调先有情"（《琵琶行》）。但曲中之情，不是一己之私情，而是一个族群的声音。这就是秦筝的特点了。"无限秦人悲怨声"，直指一个历史事件，就是项羽率领诸侯联军及章邯秦军在途经新安城南时，阬杀秦军二十万降卒的事件，这件事最终导致了项羽大失民心而最终走向失败。作者听到的筝曲，是从变徵之声开始的。

"似逐春风知柳态"二句，写筝曲的变化，从一端走向另一端，变得欢悦起来。这里运用了通感手法，描写音乐如灵丹妙药，将听觉意象转为感觉类似的视觉意象。听到变调后的筝曲，诗人脑海里一忽儿出现了春风杨柳万千条的景象，一忽儿出现了鸟啼花开的景象。有人把这两句往伤春惜别的方向上扯，其实不必。人有悲欢离合，月有阴晴圆缺，乐极生悲，破涕为笑，这是人生的常态。你并不觉得矛盾，只觉得卷在悲哀和欢乐的旋涡里，不知道什么时候悲哀没有了，变成欢乐。

"谁家独夜愁灯影"二句，转而写筝曲的弥漫及其感染力。作者给出的背景是月夜，"谁家""何处"形成对仗，写影响的普遍，使人想起张若虚的"谁家今夜扁舟子，何处相思明月楼"（《春江花月夜》）。上句写游子，下句写思妇，都是闻曲惊心的人。至于音乐的弥漫，则使人联想起李白的"谁家玉笛暗飞声，散入春风满洛城"（《春夜洛城闻笛》），高适的"借问梅花何处落，风吹一夜满关山"（《塞上听吹笛》）。总之，这两句是推己及人，由作者闻曲的感动，联想到他人听曲的动心。

"更入几重离别恨"二句，写筝曲最后的变调，结以离情。不知道什么时候欢乐没有了，变成悲哀。而这个变化与上一联写到游子、思妇，有直接的联系。与作者本人的处境更有关系。《秦州记》载："陇山东西百八十里，登山巅东望，秦川四五百里，极目泯然。山东人行役升此而顾瞻者，莫不悲思。"作者听及秦声，不免引起类似情绪。"江南岐路洛阳城"，句中点到"江南""洛阳"，一南一北两个地名，有"君向潇湘我向秦"（郑谷）的意味。

总之，作者思路开阔，联想与想象丰富，适当运用了通感手法，并引入离恨，均使作品生色。故能在唐代描写音乐的诗歌中占一席地位。

【孟云卿】（725？—？）唐河南（今洛阳）人。玄宗天宝中应举不第，代宗永泰中始进士及第，授校书郎。不久客游南海，大历初流寓荆州，后漂泊广陵。

寒食

二月江南花满枝，他乡寒食远堪悲。
贫居往往无烟火，不独明朝为子推。

在唐代的清明节前一两天，有一个更重要的节日，就是寒食。相传晋文公时代有位功臣介子推，在论功行赏时被遗漏了，他也不声张，躲进山中。晋文公记起了，找不到他，就在这一天放火烧山，想逼他出来。悲剧就发生了。后来为了纪念介子推，就把这天定为寒食节，民俗是当日不许生火，只吃熟食，又称熟食节。唐人写寒食的诗很多，孟云卿这首诗写在他天宝年间科场失意后，流寓荆州期间。

寒食节在冬至后一百零五天，农历三月初。"二月江南花满枝"，是说在寒食到来之前，江南地气已暖，仲春二月，居然花满枝头了。这是良辰美景，接下来本该写赏心乐事，不料第二句"他乡寒食远堪悲"，却用反衬手法，以乐景写哀。作者关西人，漂泊江南，远在他乡过寒食节，佳节思亲人，不禁悲从中来，止不住浓浓的乡愁。

三、四句翻进一层，扣住寒食节，却从"贫居"着想。"贫居往往无烟火"，这个"无烟火"本是寒食节的特点，对于贫居来说，断炊之事是经常的，"往往"二字表明经常性，所以"无烟火"的日子又不限寒食节了。"不独明朝为子推"，"明朝"二字表明诗是在寒食节前写的，诗的灵感，产生于"贫居"无烟火与"寒食"无烟火搭成了联想。换言之，诗人不是为写寒食而写寒食，而是为"贫居"而写寒食。诗的写作不在寒食的当天，而在灵感到来的时候（寒食节前一天，或前几天）。作者巧妙地把两种"寒食"联系起来，以"不独"二字轻轻一点，就写出当时穷人的辛酸。不独为子推而"寒食"，还为生生所资而"寒食"呢。世人一年过一个寒食节，而穷人天天过着"寒食"。这是反讽、是冷幽默、是含泪的笑。

此诗借咏"寒食"写寒士的辛酸，却并不在"贫"字上大做文章。试看晚唐张友正《寒食日献郡守》："入门堪笑复堪怜，三径苔荒一钓船。惭愧四邻教断火，不知厨里久无烟。"就其从寒食断火逗起贫居无烟、借题发挥而言，艺术构思显有因袭孟诗的痕迹。然而，它言贫之意太切，清点了一番家产不算，刚说"堪笑""堪怜"，又道"惭愧"；说罢"断火"，又说"无烟"。词芜句累，且嫌做作。

作者是一位清贫的寒士，诗中的"贫居"当然可以是夫子自道，但也可以是为"贫居"者代言，因为比诗人更贫穷的还多着呢。"往往"二字，也可以用来表明普遍性。因此，把这首诗看作一首访贫问苦的诗，则更有现实意义。始知扶贫工作，深合于古仁人之心。今天人已经不再过寒食节，而"贫居往往无烟火"的情形，亦将不复在中国的大地上发生。

【张继】（约715—779）字懿孙，襄州（州治在今湖北省襄阳市）人。玄宗天宝十二载（753）进士，曾担任过军事幕僚，后来又做过盐铁判官。代宗大历年间担任检校祠部郎中。《全唐诗》存诗一卷。

枫桥夜泊

月落乌啼霜满天，江枫渔火对愁眠。
姑苏城外寒山寺，夜半钟声到客船。

这首诗的诗题唐人高仲武《中兴间气集》作《夜泊松江》，《全唐诗》录此诗作今题，题下注：一作《夜泊枫江》。诗当作于安史之乱发生(755)后张继避地吴中时，"枫桥"在今苏州市阊门外。清人王闿运称赞张若虚《春江花月夜》"孤篇横绝，竟为大家"，这话也适合张继《枫桥夜泊》。它不但是中国人家喻户晓的唐诗，被清人管世铭列为唐代七绝首选篇目之一，而且"流传日本，几妇稚皆习诵之"（俞陛云），而且被日本选入小学课本。

这首诗的魅力所在，实有多端。诗中将最普遍的人情——客愁，置于深秋季节江南水乡的霜月之夜，而略去了安史之乱的特殊背景，不但把客愁推向极致，而且有了更大的包容。这是一端。"月落乌啼霜满天"一句，含有三个最能表现秋深与夜深的典型意象，"月落"是所见，"乌啼"是所闻，"霜满天"是所感。按常识应该是"霜满地"，而感觉却可以是"霜满天"，此之谓"无理而妙"（贺裳）。它表现出霜夜，寒气从四面八方压到客舟上来，使客子不可禁当。"江枫渔火对愁眠"一句，又含有三个意象："江枫""渔火""愁眠（之人）"，一个"对"字将它们衔接起来。可以是拟人："江枫""渔火"与"愁眠"的客子相对；也可以是倒装："愁眠"的客子与"江枫""渔火"相对。泊舟水乡的情景，有如画出。

诗中融入古城、古寺、古刹钟声等人文元素，从而有很强的沧桑感、历史穿越感。这是又一端。"姑苏城外寒山寺"一句，包含一个城名、一座寺名。"姑苏城"是苏州的别称，因城西南有姑苏山而得名，这里是春秋时吴国的首都，历史文化名城。"寒山寺"在今苏州市西枫桥镇，本名"妙利普明塔院"，始建于梁代，因唐代诗僧寒山、拾得曾住而得名。仅是这两个名称，就可以唤起多么悠远的历史记忆。两个名词合为一句，各司其职："姑苏城外"是表示方位的状语，而"寒山寺"是关键词，霜月之夜的夜半钟声，将从这里传出。"夜半钟声到客船"一句，是水到渠成。那是什么感觉？可以说是非人世间的声音。听到这种神圣的声音，敬畏之心会油然而生，使人相信冥冥之中有一个天国的存在。唐代不少前贤也写古刹钟声，如"东林精舍近，日暮但闻钟"（孟浩然）、"苍苍竹林寺，杳杳钟声晚"（刘长卿）等，诗里的钟声是弥漫的。而张继的出新之处，是给钟声以一个终端——"到客船"。神来之笔，却道得如此自然。若倒转说：诗人在客船上听到半夜钟声，便是凡笔。有人说："夜半钟声，非有旅愁者未必便能听到。"（刘永济）这表明，诗人处于失眠状态。

这首诗的前二句意象密集，精心追琢，有声有色有张力，历来脍炙人口。后两句直可以视为一句，意象较上两句为疏宕，几近白描，却同样是脍炙人口的名句。在通常情况下，一首诗尤其一首绝句，有一二佳句，诗就站住了。而这首诗极练如不练，无一句不佳，两联都是脍炙人口的名句。其情辞俱美，且声律和谐。除了符合平仄粘对，诗句之中有意无意运用了许多双声叠韵，或准双声叠韵的词语，如"月落"（两入声天然有叠韵感）、"霜满天"（一字韵尾为后鼻音，二、三字为前鼻音）、"江枫"（韵尾为后鼻音）、"姑苏"（叠韵）、"寒山"（叠韵）、"钟声"（韵尾为后鼻音），清人李重华说："叠韵如两玉相扣，取其铿锵；双声如贯珠相联，取其宛转。"（《贞一斋诗话》）使诗音节流畅，念起来上口、响亮，极利于传播。是又一端。

此外，话题价值也是一端。这首诗使寒山寺一夜名扬天下，千余年来，游客不断。在有掌故的唐诗中，关于它的研究资料特多。全诗除第三句，句句都有不同的解读，有胜解、有可备一说、有牵强附会。如末句解读之一是：钟声响起的时候，又一只客船到了。即可备一说。只是与"对愁眠"失了照应，显得节外生枝。又如"夜半钟声"，北宋欧阳修说："句则佳矣，其如三更不是打钟时。"（《六一诗话》）而陈岩肖则举出多首唐诗，如"定知别后家中伴，遥听猴山半夜钟"（于鹄）、"新秋松影下，半夜钟声后"（白居易）、"悠然旅榜频回首，无复松窗半夜钟"（温庭筠）等，证实唐代有半夜敲钟的情况。但也有人认为，诗人兴象所至，无关乎考据。

最后还应该提到，这首诗在后世的赓和之作、续貂之作、点窜涂改之作，无代无之，好事者辑为专集，可谓洋洋大观。按下七绝一体不表，单说 1994 年一首由陈小奇作词作曲，毛宁演唱的流行歌曲《涛声依旧》，其歌词就隐括了《枫桥夜泊》的大部分意象："带走一盏渔火/让它温暖我的双眼/留下一段真情/让它停泊在枫桥边"，"月落乌啼/总是千年的风霜/涛声依旧/不见当初的夜晚"，歌中的"渔火""枫桥""月落乌啼"都来自《枫桥夜泊》，而又巧妙地把"钟声"换成"涛声"。歌里有一个代表现在的"我"，和一个代表过去的"你"，可以理解为一段藕断丝连的恋情，也可以理解为传统与现代的绵延不绝的瓜葛。可以说，《枫桥夜泊》穿越一千年又传来了依旧动听的歌声。

【钱起】(722？—780)，字仲文。早年数次赴试落第，玄宗天宝十年（751）进士及第，初为秘书省校书郎、蓝田县尉，后任司勋员外郎、考功郎中、翰林学士等，世称"钱考功"。时称"前有沈宋，后有钱郎（郎士元）"，被推许为"大历十才子之冠"。

赠阙下裴舍人

二月黄莺飞上林，春城紫禁晓阴阴。

长乐钟声花外尽，龙池柳色雨中深。

阳和不散穷途恨，霄汉长怀捧日心。

献赋十年犹未遇，羞将白发对华簪。

    这是作者落第期间的投献之作，作于玄宗天宝十载（751）作者进士及第以前。裴舍人生平不详，舍人是职官名，即中书舍人，职责为草拟诏书，是皇帝的近臣，实权范围很大。"阙下"即宫阙之下，指帝王宸居之地，阙是宫门前的望楼。作者献诗的目的，当然是希望得到对方的青睐和援引。

    "二月黄莺飞上林"四句，写紫禁城即宫中早春二月的景象。"上林"即上林苑，本为汉武帝时据旧苑扩充修建的御苑，此处借指唐朝宫苑。首句"黄莺"一作"黄鹂"，是一种尽人皆知的鸟类，在诗中出现很早，《诗经》中谓之"黄鸟"（《秦风》"交交黄鸟止于桑"）、"仓庚"（《豳风》"春日载阳，有鸣仓庚"），黄莺飞入上林，是因为宫中有更好的环境，而它艳丽的羽毛和婉转的歌声，只给宫苑以美的点缀，有诗人甚至直呼为"宫莺"。"春城"指长安，"紫禁"指宫廷，"晓阴阴"则是感性化的写景，虽然没有直写树名，但给人以枝叶茂密的感觉，那正是吸引黄莺的去处。

    "长乐钟声花外尽"一联，承"上林""紫禁"写宫苑气象，又做入宫中两地名，"长乐"是汉宫名，代指唐宫，"龙池"是唐玄宗时兴庆宫的湖名，"钟声花外尽"本写花蹊深远，而借钟声形容，"柳色雨中深"则是"晓阴阴"的具体交代。两句天然富丽，气象宏远，诚为诗中警句。

这四句写景切题中"阙下"二字，意在恭维裴舍人是叨陪宸游之人。"宸游"是唐诗中出现频率较高的词语，指帝王的巡游。写宸游气象的诗如："暖谷春光至，宸游近甸荣。云随天仗转，风入御帘轻。"（顾况）"青门路接凤凰台，素浐宸游龙骑来。"（宋之问）"今朝扈跸平阳馆，不羡乘槎云汉边"、"宸游对此欢无极，鸟哢声声入管弦。"（苏颋）作者不直接说出这层意思，只写"阙下"早春的春光，"'花外尽'者，不闻于外也；'雨中深'者，独蒙其泽也。"（黄生）措意可谓含蓄蕴藉之至。

"阳和不散穷途恨"四句，是作者对裴舍人的陈情。"阳和"指仲春，与篇首"二月"照应，"不散穷途恨"是说自个儿有落第的遗憾，是一转。"霄汉长怀捧日心"是转折回来，说并不因此而影响自个儿葵花向日般的忠心。一作"捧日新"，误（出韵）。汉武帝时司马相如向朝廷献赋，而获大用，而唐代进士科试诗赋，故此以"献赋"喻参加科举考试。"犹未遇"，是多次落第的委婉表达。"华簪"有装饰的簪，指达官贵人的冠饰，按，古人戴帽用簪子固定于发髻，故有此借代。末句以"白发"自指，"华簪"指裴舍人。清人屈复评："前半羡舍人之得志，后半伤己之不遇。"（《唐诗成法》）虽只说自个儿的处境不顺，已接近赤裸裸的陈情了。"向达官而叹老嗟卑，此岂无意耶？"（乔亿）

唐代科举考试重视推荐，所以向达官贵人投卷、陈情是一种风气。所以属于这种性质的诗作数量不在少数，颇有名篇，如孟浩然《临洞庭湖赠张丞相》、杜甫《奉赠韦左丞丈二十二韵》等。此诗丝缕细密，词采华赡，妙于点缀，工致流丽，为中唐七律名篇，宜当时之脍炙人口。

暮春归故山草堂

谷口春残黄鸟稀，辛夷花尽杏花飞。

始怜幽竹山窗下，不改清阴待我归。

这首诗记作者在暮春时节返回故山草堂的所见所感，交织着两种心情，一是光阴易逝的感喟，另一是故地重游的愉悦。一作刘长卿《晚春归山居题窗前竹》。

"谷口春残黄鸟稀"二句，写作者重返故居所见晚春景象，感到岁月的变迁。"谷口"指蓝田谷口，作者曾长时间居住这里，故称之故山。作者有这样的描写："谷口好泉石，居人能陆沉。牛羊下山小，烟火隔云深。一径入溪色，数家连竹阴。藏虹辞晚雨，惊隼落残禽。"（《题玉山村叟屋壁》）"春残黄鸟稀"，黄莺是夏候鸟，春残多已迁徙，这是一重变迁。"辛夷花尽杏花飞"写谷口落花的景象，这是又一重变迁。"辛夷"指木兰树的花，一称木笔花，花瓣较杏花为大，花期较杏花为早。此句通过两种花飞情景，写出春残景象，暗示出时间之推移，季节的变化。这两句通过写景，抒发了时不我待的感喟。

"始怜幽竹山窗下"二句，写忽逢故物的欣喜及故地重游的愉悦。"始怜"二字是转折词，是由前两句的惋惜，向后二句的欣悦的过渡。作者从变迁中看到了不变，那就是"幽竹"。孔子曰："岁寒，然后知松柏之后凋也。"（《论语·子罕》）而竹子与松柏一样，是四季常青的，象征着禀性的坚贞。唐求这样写道："月笼翠叶秋承露，风亚繁梢暝扫烟。知道雪霜终不变，永留寒色在庭前。"（《庭竹》）作者用拟人法，赋予"幽竹"以人格："不改清阴待我归"，言下有无限欣慰。"清阴"指竹林所形成的荫凉。这两句通过对幽竹的点赞，间接表现出故地重游的喜悦。

一般情况下，七言绝句的写法，转折变化在三、四句，如"把酒看花想诸弟，杜陵寒食草青青"（韦应物《寒食寄京师诸弟》），三句说变，四句说不变；或"宿鹭眠鸥飞旧浦，去年沙嘴是江心"（皇甫松《浪淘沙》），三句说不变，则四句说变。而此诗转折变化，在前二句与后二句间，前二句说变迁，后二句说"不改"，以鸟稀花尽，反衬幽竹之不改清阴，全诗呈二元对立，是其结构的特点。

明人认为此诗"意深讽刺，却又不说出"（吴逸一）。敖英更是说"风韵含蓄，不落色相，较之'试问门前客，今朝几个来'，深浅自是不同"（《唐诗绝句类选》）。意思是，此诗有借"幽竹"讽刺世态人情之意，而比李适之《罢相作》为含蓄。清人宋宗元辩驳道："雅人自饶深致，正不必作讽刺观。"（《网师园唐诗笺》）这就是形象大于思想，没有谁对谁错。作者未必然，读者何必不然而已。

【戴叔伦】（732—789）字幼公，一作次公，唐润州金坛（今属江苏）人。早岁师事萧颖士，安史之乱中避地鄱阳。代宗初为秘书省正字，入刘晏幕。德宗建中元年（780）出为东阳县令，四年入江西节度使幕为判官。兴元元年（784）为抚州刺史，翌年封谯县开国男。贞元间授容州（广西容）刺史、容管经略使兼御史中丞。

过三闾庙

沅湘流不尽，屈子怨何深！
日暮秋风起，萧萧枫树林。

历代端午诗词，写得出色的不多。唐人文秀的"节分端午自谁言，万古传闻为屈原。堪笑楚江空浩浩，不能洗得直臣冤"（《端午》），宋人张耒的"竞渡深悲千载冤，忠魂一去讵能还。国亡身殒今何有，只留离骚在世间"（《端午》）都太实，又是公共之言。公共之言，是不能成为好诗的。而戴叔伦此诗，就好在独到之处。

"三闾（lú）庙"即屈原庙，以屈原曾任三闾大夫（主持宗庙祭祀，职掌贵族屈、景、昭三大氏子弟教育的官）而得名，在今湖南汨罗市境内。这首五言绝句是作者游三闾庙，为悼念屈原而作。屈原是咏史类诗的一个专题，二十字的小诗能说什么呢？《史记·屈原列传》写道："屈平正道直行，竭忠尽智，以事其君，谗人间之，可谓穷矣。信而见疑，忠而被谤，能无怨乎？"全诗就抓住这个"怨"字，而且结合着楚辞，展开写景抒情。

"沅湘流不尽"二句，以流水状屈子怨情。不是别处的流水，而是"沅""湘"二水。什么是楚辞？前人说"屈宋诸骚，皆书楚语，作楚声，纪楚地，名楚物，故谓之楚辞。"（黄伯思）"沅""湘"二水，就是"纪楚地"。这不但是楚国的水名，而且是屈原流放经过的水名，在屈原的作品中经常提到的。如《怀沙》："浩浩沅湘，分流汩兮。"《湘君》："令沅湘兮无波，使江水兮安流。"等等。"流不尽"三字，不但是"逝者如斯夫，不舍昼夜"（孔子）的感喟，而且关乎"屈子怨何深"，是比拟，类乎"问君能有几多愁，恰似一江春水向东流"（李煜），故清人沈德潜说："屈子之怨，岂沅湘所能流去耶？发端妙。"

"日暮秋风起"二句，紧扣秋风、落日、枫林景物，联想到楚辞，表达对屈原无尽的追思。这既可以是眼前景，季节是秋天，时间是黄昏，"萧萧"是秋风吹过枫林发出的声音，所以这些肃杀、衰飒、悲凉的意象，都和作者心中的感伤是联系在一起的。所以前人说："妙缀二景语在后，真觉山鬼欲来。"（黄生）更重要的是，"萧萧枫树林"语出有自，其来历是屈原长诗《招魂》的最后三句："湛湛江水兮上有枫，目极千里兮伤春心。魂兮归来哀江南！"郭沫若说是屈原招楚怀王之魂，前人认为是屈原为自己招魂。而在这首诗中，则是作者对屈原的招魂。

不仅如此。清人李瑛说："咏古人必能写出古人之神，方不负题。……凡咏古以写景结，须与其人相肖，方有神致，否则流于宽泛矣。"（《诗法易简录》）因为此诗后二句，来历是楚辞，是汨罗江上的情景，也是屈原的语气，所谓"与其人相肖"，"写出古人之神"。

总之，此诗既不摆事实，也不讲道理，"怨"情点到为止，然后只是描写沅湘秋景，便觉意味无穷，是妙于用虚者。作者将史实，预设为读者常识，反而获得了想象与发挥的自由。盖情不可尽，以不尽尽之。

题稚川山水

松下茅亭五月凉，汀沙云树晚苍苍。

行人无限秋风思，隔水青山似故乡。

山水诗向来多是对自然美的歌咏，但也有一些题咏山水的篇什，归趣并不在山水，而别有寄意。此诗即是一例。

从诗的内容可知，此篇当作于作者宦游途中。"松下茅亭五月凉，汀沙云树晚苍苍"，正写稚川山水，是行旅之中偶值的一番景色。这景色似乎寻常，然而，设身处地站在"五月""行人"角度，就会发现它的佳处。试想，在仲夏的暑热中，经日跋涉后，向晚突然来到一个有山有水的地方。憩息于"松下茅亭"，放眼亭外，在水天背景上，那江中汀洲，隔岸的青山，上与云平的树木，色调深沉怡目（"苍苍"），像在清水中洗浴过一样，给人以舒畅之感。"凉"字就传达了这种快感。

戴叔伦曾说："诗家之景，如蓝田日暖，良玉生烟，可望而不可置于眉睫之前。"（转引自《司空表圣文集》卷三）这里的写景，着墨不多，有味外味，颇似元人简笔写意山水，有"可望而不可置于眉睫之前"的意趣。

前二句写稚川山水予人一种美感，后二句则进一步，写出稚川山水给人一种特殊的感发。第三句的"秋风思"用晋人张翰因秋风起，思吴中家乡特产，遂命驾弃官而归。这里的"秋风思"代指乡情归思。它唤起人们对故乡一切熟悉亲爱的事物的深切忆念。"行人无限秋风思"，这一情感的爆发，其诱因非他，乃是一个富于诗意的发现，同时也是一个错觉——"隔水青山似故乡"！

艺术的灵感往往来自错觉，可以做一篇文章。这首诗便是如此。如按因果关系，行人在发现"隔水青山似故乡"之后方才有"无限秋风思"。三、四句却予以倒置，这是颇具匠心的。由于感情的激动往往比理性的思索更迅速。人受外物感染，往往有不自知其所以然者，那原委往往颇费寻思。把"隔水青山似故乡"这一动人发现于末句点出，也就更近情理，也更耐人寻味。

欧阳詹《蜀门与林蕴分路后屡有山川似闽中，因寄林蕴，蕴亦闽人也》一诗与此诗意近："村步如延寿，川原似福平。无人相与识，独自故园情。"它一开篇就写出那个动人发现，韵味反浅。可见同样诗意，由于艺术处理不同，也会有高下之分。

【李端】生卒年不详。字正己，唐赵州（今河北赵）人。代宗大历进士，授秘书省校书郎，官终杭州司马。曾隐衡山，自号衡岳幽人。有《李端诗集》。

胡腾儿

胡腾身是凉州儿，肌肤如玉鼻如锥。桐布轻衫前后卷，葡萄长带一边垂。帐前跪作本音语，拈襟摆袖为君舞。安西旧牧收泪看，洛下词人抄曲与。扬眉动目踏花毡，红汗交流珠帽偏。醉却东倾又西倒，双靴柔弱满灯前。环行急蹴皆应节，反手叉腰如却月。丝桐忽奏一曲终，呜呜画角城头发。胡腾儿，胡腾儿，家乡路断知不知。

这首诗为从西域传入中原的"胡腾"舞传神写照。"胡腾"是一种男子独舞，配回鹘乐曲，以摆袖、跳跃、踢踏、蹲行等动作为特色，既有雄健奔放的一面，又有柔软潇洒的一面。此舞流行于北朝，至唐代成为时尚。唐诗提到胡腾舞的诗句不少，但专写此舞的只有两篇，此诗即其一焉，固不失为反映东西文化交流融合的珍贵史料，值得一读。

"胡腾身是凉州儿"四句一韵平起，是对舞师即男主人公的外貌衣着描写。他是凉州人，"肌肤如玉鼻如锥"，表明他是高鼻子的白色人种。他穿的是本民族服装。"桐布（棉布，桐指木棉）轻衫"，用料宽大，前包后裹，系以长带，带上刺绣着"葡萄"图案。几句静态描写，叶浅予那样的画家读了，可以几笔勾画纸上。按，代宗广德二年（764）河西、陇右二十余州被吐蕃占领，原来杂处该地区的许多胡人沦落异乡，以歌舞谋生，主人公也属其中一员。对这些人的命运的关怀与同情，是此诗的另一主题。

"帐前跪作本音语"四句换仄韵，写舞蹈开始的场面。写起舞只有两句，上句交代演出在帐前进行，舞师先作汉儿跪拜，说的话有浓厚的民族口音。"本音语"不必为"胡语"，也可以是带口音的、夹生的汉语。下句写舞姿，"拈襟摆袖"四字，照应上文"桐布轻衫"，足见服装在舞蹈中道具般美妙的作用。"为君舞"三字，表现出舞师的教养和礼貌。"安西旧牧收泪看"，一个镜头给沦落中原的西域牧民，他在观舞时内心的激动，从拭泪的动作可以看出。"洛下词人抄曲与"，另一个镜头给中原人士，在舞者需要音乐伴奏的时候，现场提笔凭记忆抄出，他的配合、他的善意、他对歌舞的熟悉程度，都让读者感动而惊讶。

"扬眉动目踏花毡"四句换平韵，写舞蹈的高潮。"扬眉动目"写舞师情感的投入，表情十分生动，"踏花毡"的"踏"字，写出胡腾舞脚上的动作。另一篇描写胡腾舞的唐诗是这样写的："石国胡儿人见少，蹲舞尊前急如鸟。""跳身转毂宝带鸣，弄脚缤纷锦靴软。"（刘言史）舞者国度不同，但胡腾舞脚的动作为主，是一样的。"红汗交流珠帽偏"，是写舞者的卖劲。"醉却东倾又西倒，双靴柔弱满灯前"，写舞者的如醉如痴，脚上的动作使人眼花缭乱，诗情在这里达到高潮。

"环行急蹴皆应节"四句换仄韵（入声），写舞蹈进入尾声。"环行急蹴"指台步及踢踏动作，无论如何快速，"皆应节"指合于音乐节拍。"反手叉腰如却月"，写舞蹈临近结束时舞者下腰的动作，"却月"即弯月。"丝桐忽奏一曲终"，舞蹈亦应声结束。"呜呜画角城头发"，城上吹角报时，表明天晚，这是一个巧合，也是巧妙地描写舞蹈的效果。如果不是舞蹈出神入化，焉能在罢舞时得到城头角声的配合呢。

"胡腾儿，胡腾儿"（算作一句）两句回到篇首的平韵，联想到舞师（"胡腾儿"），表达出作者对时局的担忧。"家乡路断知不知"作为一个问题提出，可见舞师所表演的舞蹈，与时局是没有关系的。它是那样的豪放、热烈、优美、轻快，有一点歌舞升平的意思，有一点乐不思乡的意思。作者联系时局，想到唐王朝对外边事失利，而内有藩镇割据，不禁替舞师的未来担忧，也为唐王朝的未来担忧。

中唐大历年间的诗人，以五言律诗杰作最多，而歌行的创作比较冷落，李端这首诗虽然算不上杰作，却可算一首稀有的佳作。上世纪 80 年代，甘肃省山丹县文化艺术工作者在本地原生态舞蹈基础上，结合这首诗中对胡腾舞的具体描写，并参照国际友人路易·艾黎捐赠的"胡腾舞铜人"的造型，编排成双人的胡腾舞，在全省民族民间音乐舞蹈调演中获奖，成就了唐诗与舞蹈的一段佳话。

鸣筝

鸣筝金粟柱，素手玉房前。
欲得周郎顾，时时误拂弦。

筝是中国古代弹拨弦乐器。"鸣筝"谓弹奏筝曲。这首诗写一位弹筝女子为博取心上人的青睐，故意弹筝出错的情态，曲尽人情，耐人寻味。

"鸣筝金粟柱，素手玉房前。"前两句写女子坐在华美的房舍前，拨弄筝弦，是这首诗的引子。句中有两个装点字面——筝上支撑弦的构件称柱，"金粟柱"即以金粟装饰的弦柱。"玉房"是房屋的美称，犹金闺之类。"金""玉"字面，赋予诗句华美的外衣。"素手"表明弹筝者是女子。

"欲得周郎顾，时时误拂弦。"后二句即写女子故意弹错曲调，以博取心上人的青睐。这里有一个典故，周郎即周瑜，为吴将时年仅二十四岁，吴下呼之为"周郎"。据《三国志》本传说，周瑜精通音乐，听人奏曲有误时，即使喝得半醉，也要回过头去注目演奏者，故谣曰："曲有误，周郎顾。"诗中显然是借周郎以喻女子的知音。"时时"是强调她一再出错，以博得对方的注意。徐增有个说法："妇人卖弄身份，巧于撩拨，往往以有心为无心，手在弦上，意属听者。在赏音人之前不欲见长，偏欲见短。见长则人审其音，见短则人见其意。李君何故短得恁细?"（《说唐诗详解》）意思是说，女性为了引起知音的注意，有时故意卖弄破绽。为什么要这样做呢？无非是让对方来点拨一下自己，制造一个接近的机会而已。

现实生活中常常有这样的事，一个人（无论男女）想要和别人（通常为前辈、上司）套近乎，却找不到恰当的机会，只能韬晦一下，准备问题以求教的方式，去博得对方的好感。有时他准备的问题，其答案本来是心知肚明的，却偏要装作不知道，让对方显示他的高明。有些下级，就是这样巴结领导的。所以这首的寓意，实际是大于形象的，也就是说，是超出了表面内容的。

这首诗还有一种别解，作者未必然，读者何必不然——那女子出错不是故意的，只是因为失去了对方的关注，又"欲得周郎顾"，弹筝时不免心不在焉，闪了神，不在状态，这样，出错也就是难免的了。施肩吾有首《夜笛词》："皎洁西楼月未斜，笛声寥亮入东家。却令灯下裁衣妇，误剪同心一半花。"就是写的这种情况。

拜新月

开帘见新月，便即下阶拜。

细语人不闻，北风吹裙带。

《拜新月》属乐府杂曲歌辞。唐诗中提到拜月，例指拜新月，这个民俗与一个节日相关，此即农历七月初七，俗称七夕节。当天晚上相传是牛郎织女一年一度相会的佳期，民间女子有拜新月及向织女乞巧的风俗，故又称乞巧节、女儿节。李端（一作耿㳟）这首小诗，是唐诗名篇之一。涉及唐代民间拜月的习俗，同时塑造了一位渴望幸福的少女形象。

《全唐诗》另有吉中孚妻（一作张夫人）《拜新月》叙述较详："拜新月，拜月出堂前，暗魄深笼桂，虚弓未引弦。拜新月，拜月妆楼上，鸾镜未安台，蛾眉已相向。拜新月，拜月不胜情，庭前风露清，月临人自老。望月更长生。东家阿母亦拜月，一拜一悲声断绝。昔年拜月逞容仪，如今拜月双泪垂。回看众女拜新月，却忆红闺年少时。"读此可知，拜新月主要是少女的活动。

"开帘见新月"二句，预设情境是，诗中人并非"待月西厢下"，动作有些仓促。至于为何仓促，就是留白，读者可以自行设计了。"开帘"即出户，所为何来？当然是为拜月而来。只是没想到月亮出来恁快，"开帘见新月"，就有莫道君行早之意。"便即"一作"即便"，有赶紧、不敢怠慢的意思，可以想见她内心的虔诚。所以"拜新月"对女子，并不是娱乐项目，俗话说"诚则灵"。所以这两句动作描写，是反映出人物的心理活动的。

"细语人不闻"二句，写女子拜月的情态，就更妙了。按照当时习俗，拜月之前须陈瓜果于庭前，见到新月，须点燃香火，对月祝拜，并默默地许下心愿。为什么要默默呢？也是虔诚的表示，只能对月许愿，还得闭上眼睛，好像说给别人听见就不灵了。正是人同此心，心同此理，古今中外，人们许愿时大都如此。既是"细语"，却又"人不闻"。虽然"人不闻"，大致又猜得到。所谓"此时无声胜有声"也。诗中没有设定视角，读后觉得画出来一定是个背面的美人。大概是因为诗中无一字道及女子表情，却写"北风吹裙带"，给人以强烈的暗示。清人黄叔灿云："上三句写照，心事已是传神，但试思'细语人不闻'下如何下转语？工诗者于此用离脱法，'北风吹裙带'，此诗之魂，通首活现矣。"（《唐诗笺注》）

　　文学描写中，最好的动作描写，是须表现人物的心理活动的。例如张爱玲小说表现一个人心慌意乱时，却是描写"转身出去，一路扣纽子。不知怎么有那么多的纽子。"（《红玫瑰与白玫瑰》）再看这首诗，无一句不是动作，赶紧下阶的动作，隐约不清之细语，随风飘动的裙带，纯属动态描写，却无一句不是心理活动，这是作者最成功的地方。明人唐汝询说："心有所怀，故见月即拜，以情诉月，而人不闻，独风吹裙带耳。此《子夜歌》之遗声也。"（《唐诗解》）《子夜歌》哪有这般细腻的动作描写，这已是纯正的唐音了。

闺情

月落星稀天欲明，孤灯未灭梦难成。
披衣更向门前望，不忿朝来鹊喜声。

　　闺怨是古代诗歌的一个专题，这首诗题为《闺情》，也就是闺怨。为什么古代有那么多的闺怨呢？原因之一是男权社会，女子对男子有很强的人身依附关系。另一重原因，是男子为了生计或服役，长期在外不归。

从《王风·君子于役》算起，写家中妻子盼望丈夫归家的诗就层出不穷。这首诗为什么能从众多的闺怨之作中脱颖而出呢？是因为诗中涉及两个有趣的心理现象，一是强迫症，二是迁怒。

"月落星稀天欲明"二句，写女子思念成疾，夜晚失眠。明明经历过许多次期盼和失望，知道等待是无望的，却克服不了焦虑障碍。强迫症属于焦虑障碍的一个类型，一些毫无意义甚至违背自己意愿的想法或冲动反反复复侵入患者的日常生活。患者虽体验到这些想法或冲动是来源于自身，极力抵抗，但始终无法控制，二者强烈的冲突使其感到巨大的焦虑和痛苦，影响到生活起居，于是失眠。"月落星稀"语出曹操诗，这是信手拈来，写夜深同时暗示夜深前，主人公已熬过了从月出到月落的漫长时间，"天欲明"则是进一步写时光推移。其间女子未必没有"弃置勿复道"（古诗）的想法，但就是做不到。"孤灯未灭"也就是孤灯挑尽，为什么不熄灯呢？原来是睡不着，下意识里还在等待。"梦难成"是睡不着的结果，也是好梦不能成真的转语。

"披衣更向门前望"二句，写女子克制不住出门张望和迁怒于物的情态。"更向"二字表明，女子的强迫症有所加重。诗中女子认为，这一次可能奇迹会出现，但又一次以失望告终。那么，是谁给她以那样强烈的心理暗示呢？答案乃在最后一句："不忿朝来鹊喜声！""不忿 fèn"是唐诗语词，意即不满、恼恨。"朝来"和首句"天欲明"照应，天呀，她听到喜鹊的叫声。作者写的是"鹊喜"，而非"喜鹊"，将一个名词变成一个主谓结构的词组，意思是"灵鹊报喜"。"喜鹊喳喳叫，好事要来到。"这是民间广为流传的说法。女子本来就有期待，所以信得进去。却没有应验，所以她要迁怒、要责怪喜鹊对她的戏弄。近人富寿荪说："'披衣'二句，不怨良人不归，却咎鹊语无验，与施肩吾《望夫词》'自家夫婿无消息，却恨桥头卖卜人'，皆用意温厚，婉曲相似。"（《千首唐人绝句》）

敦煌曲子词则有一首《鹊踏枝》："叵耐灵鹊多谩语，送喜何曾有凭据？几度飞来活捉取，锁上金笼休共语。比拟好心来送喜，谁知锁我在金笼里。欲他征夫早归来，腾身却放我向青云里。"此词产生于民间，不一定是受李端的启发，却像是这首诗的续集，同时换了一个叙事角度，将妇人的角度换成灵鹊的角度。

【胡令能】（785—826），河南郑州中牟县人，隐居圃田（今河南中牟）。家贫，早岁以修补锅碗盆缸为生，人称"胡钉铰"。传说梦人剖其腹，以一卷书内之，遂能吟咏。今存七绝四首。

观郑州崔郎中诸妓绣样

日暮堂前花蕊娇，争拈小笔上床描。
绣成安向春园里，引得黄莺下柳条。

这首诗的作者是唐代贞元、元和间人，年轻时以修补锅碗盆缸为生，人称"胡钉铰"，是唐诗的草根作者。诗题一作《咏绣障》，虽简洁，却不如这个记事性的诗题能给人更多信息。大概是作者在郑州崔郎中家补锅时，偶然看到这家诸妓正在绘刺绣图样，一时兴起，口占而成。

"日暮堂前花蕊娇"二句，是诸妓比赛描绘绣样的情景。这不必是作者亲眼所见，而应该是掺和进了想象的成分。首句"日暮"交代一个时间，"堂前花蕊娇"是说崔家堂前鲜花盛开，此即"诸妓"绘图写生的对象。不过，这也不必信以为真。因为通常女子描绘绣样，都是依照粉本，进行临摹，未必人人有写生的功夫，而且写生的效果也未必有临摹那样好。但读诗不能这样较真，诗人怎么说，读者怎么听。"争拈小笔上床描"，形容诸妓比赛绘图的场景，"争拈"可见兴致之高，大家的积极性都调动起来了。"拈"字是指尖上的动作，女性化的动作。"床"是坐具，床上有桌，桌上有图样。

"绣成安向春园里"二句，赞美诸妓绣样之美，看上去之鲜活。注意，这不是表扬绘画的优胜者、夺冠者，而是兴之所至，一齐表扬。个个画得都不错，诗人想象，如果依样绣成花朵，"安向春园里"指把绣花与鲜花并置，那又怎样呢？"引得黄莺下柳条"，也就是说可以误导禽鸟。这真是匪夷所思，真要误导禽鸟，诉诸听觉（即模仿鸟语）比较容易，诉诸视觉（"安向春园"），使二维图像具有三维图像的效果，骗过禽类的眼睛，基本上不可能。还有，蜜蜂、蝴蝶对花朵有兴趣，"黄莺"对花朵有那么大的兴趣吗？崔家堂前的真花都没有引起"黄莺"的兴趣，假花会引起它的兴趣吗？然而"诗可以兴"，诗人在兴头上怎么说，怎么有理。甚至是无理而妙，无关乎考据。

这首诗之妙，在于它的鲜活。黄莺上当的这个想法，就很有诗趣、诗味。五代何光远说："王右丞有《题云母障子》，胡令能有《题绣障子》，虽异代殊名，而才调相继。右丞诗曰：'君家云母障，持向野庭开。自有山泉入，非关彩画来。'"（《鉴诫录》）这两首诗在构思上，确有异曲同工之妙，而胡令能这首诗更富于情节性，也更脍炙人口。

小儿垂钓

蓬头稚子学垂纶，侧坐莓苔草映身。
路人借问遥招手，怕得鱼惊不应人。

宋代诗人杨万里常取材于童趣，而多所发现，所作活泼自然，饶有谐趣，语言浅近流畅，自成一家称诚斋体。类似之作在唐诗中为数不多，而胡令能此诗，真可谓得诚斋体之先声。"小儿垂钓"这个诗题，就是一个新鲜的发现。

"蓬头稚子学垂纶"二句，写小儿垂钓时的情态。"蓬头"二字，一般与"垢面"连在一起，不爱整洁，本来是个缺点。可是入诗，就成为审美对象，反而有了一种趣味，显出乡间小儿的淳朴可爱。有这样一句名言："最干净的还是工人农民，尽管他们手是黑的，脚上有牛屎"（毛泽东《湖南农民运动考察报告》）。套用这话，则可以这样说：最入画的还是乡间小儿，尽管他蓬头垢面。"学垂纶"三字，表现出小儿并非钓鱼老手，但是初学者兴趣大。要不是兴趣大，是坐不住的。"侧坐莓苔草映身"是写小儿的坐法。何以"侧坐"？可能是坐得不舒服，导致坐相不好。"草映身"不但说草长，而且是说小儿故意躲着，怕被鱼发现，为下文预为铺垫。

　　"路人借问遥招手"二句，写路人对小儿垂钓形成的干扰和小儿感到恼火的情态。这是一出活剧，可以搬演为戏剧小品。正当小儿担心惊鱼的时候，"路人"的出现，便成为一种干扰。小儿更得借草藏身，怕被路人发现了。却是哪壶不开提哪壶，越怕被发现，越是很快被人发现。"路人"竟然招起手来，同时发声——喊话、问路，而且等着小儿回应。而小儿呢，则是坚决"不应人"。何以坚决？被说出来的原因是"怕得鱼惊"；没有说出的原因，则是小儿对"路人"莫名的恼恨。

　　这里出现了动机与效果的不协调——"路人"无意中干扰了小儿垂钓，后果并不严重这才能构成喜剧因素，即谐趣。而这首诗的成功，也就在于它的谐趣。如果让丰子恺来配画，那一定是诗画双绝的。

【严维】字正文，生卒年不详，越州（今绍兴）人。唐肃宗至德元年（756）前后在世。初隐桐庐，与刘长卿友善。玄宗天宝（742—756）中赴京应试不第。肃宗至德二年，以辞藻宏丽登进士第。授诸暨尉。后历秘书郎。代宗大历（766—779）间，入河南尹严郢幕府。迁余姚令。官终秘书郎。《全唐诗》存诗一卷。

丹阳送韦参军

丹阳郭里送行舟，一别心知两地秋。

日晚江南望江北，寒鸦飞尽水悠悠。

南宋严羽说："唐人好诗，多是征戍、迁谪、行旅、离别之作，往往能感动激发人意。"（《沧浪诗话·诗评》）这就是一首离别之佳作。送别时间是秋季，地点是丹阳（今江苏镇江），行者为作者的友人韦参军（参军是职官名），其去向是北方。诗中叠加了离思和秋思，是其特色所在。

"丹阳郭里送行舟"二句，写秋日江城送别的情景。因为丹阳在长江南岸，是一座江城，有水道通向长江，所以有"郭（外城）里送行舟"的描写，"行舟"的去向，将是沿大运河而北上。次句"一别心知两地秋"，不仅是说在这个秋天，彼此将相隔异地，而且是说，彼此人隔两地，都会有一种相思，遥起三句的"望"字。"一别""两地"在句中对举，唱叹有味。

"日晚江南望江北"二句，写分手以后的情景。诗人选择了最容易引起怀人情绪的"日晚"时分，"江南望江北"紧扣上文"两地"而言。三句所写的情景，可以是送别的当天，友人的"行舟"在视线中消失后的情景；也可以是送别后一段时间内，作者在流口眺望的情景："寒鸦飞尽水悠悠"。"寒鸦"是具有日暮特征的写景元素，故有"暮鸦""昏鸦"之说，当其飞尽后，只剩下水天空阔的江景和友人去后无尽的怅惘。这两句传目送之神，与李白《送孟浩然之广陵》同妙。

清人吴烶评："首一句完题面，后三句递生出一江之隔，故曰'两地'，曰'南''北'。'悠悠'则实写江水，送别之意渐探渐远，有味。"（《唐诗直解》）明人高棅评："作诗妙处，正不在多道，如'日晚'二句，多少相思，都在此隐括内。"（《批点唐诗正声》）近人俞陛云说："临水寄怀，不落边际，自有渺渺予怀之感。"（《诗境浅说续编》）各有见地，值得参考。

【韦应物】（737—792?）唐京兆万年（陕西西安）人。出身关中望族，玄宗天宝十载（751）以门资恩荫入官为三卫郎。肃宗乾元元年（758）进太学，折节读书。代宗广德元年（763）为洛阳丞。代宗大历九年（774）为京兆府功曹。贞元中曾任左司郎中，世称韦左司。在此前后曾任滁州、江州、苏州刺史，世称韦江州、韦苏州。有《韦苏州集》。

幽居

贵贱虽异等，出门皆有营。独无外物牵，遂此幽居情。微雨夜来过，不知春草生。青山忽已曙，鸟雀绕舍鸣。时与道人偶，或随樵者行。自当安蹇劣，谁谓薄世荣。

这首诗当作于德宗建中元年（780）在长安闲居，作者时年四十四岁。作者一生大多数时间居官，头一年七月以疾辞官，第二年迁尚书比部员外郎，所以这次居闲（"幽居"）的时间很短。对性近自然的作者来说，却是一段难得的人生经验。

"贵贱虽异等"四句，以众生的忙碌，衬托自己辞官后轻快的心情。一、二句对人生世相作一大的概括、笼罩，是说所有的人，无论贵贱贤愚，没有人能逃脱为生计奔波的。"出门皆有营"，即为稻粱谋吧。"独无外物牵"二句，是说自己能超然物外，独得悠闲，是多么幸运。就像陶渊明说："久在樊笼里，复得返自然"（《归园田居》），无官一身轻，一样满心的欢喜。这当然是需要一定物质基础的，更需要"性本爱丘山"的心情。

"微雨夜来过"四句，以白描手法，写幽居春晓的景色。"微雨""春草""青山""鸟雀"，这些在陶渊明、谢灵运诗中经常出现的元素，在这里出现了。而此诗最吸引人，也就是这些春天的景色和生命的活动，以及作者对于春天的景色和生命的活动的赞美。令人想起"微雨从东来，好风与之俱"、"众鸟欣有托，吾亦爱吾庐"（陶渊明）、"池塘生春草，园柳变鸣禽"（谢灵运）、"春眠不觉晓，处处闻啼鸟"（孟浩然）一系列的前辈的名句。"微雨夜来过"也好，"鸟雀绕舍鸣"也好，都是突如其来的。"不知""忽已"等词语，表现了发现的愉悦，不期然而然的惊喜。

"时与道人偶"四句，写脱离官场，混迹渔樵的快乐。作者提到的"道人""樵者"，不是修行的人，便是自食其力的人，在世俗眼中属于"安蹇劣"（抱朴守拙）的人，而陶渊明谓之"素心人"、李白谓之"澹荡人"，以其不存心机，无须设防。"时与""或随"表明，就连这种交往，也不是经常的、刻意的，而是随缘的。最后一句，是想不到的低调："谁谓薄世荣"！《三国志·王粲传》引裴松之注，谓徐幹其人"轻官忽禄，不耽世荣"。也就是清高吧。诗人特别声明，我可不是清高，只是自安蹇劣而已。明人唐汝询说："不以幽居骄人，何等浑厚！"（《汇编唐诗十集》）

四库馆臣评："应物五言古体源出于陶，而化于三谢，故真而不朴，华而不绮。"（《四库全书总目提要》）不为无见。在语言风格上，全诗字字和平，只如秀才对朋友说家常话，又深得古诗十九首之神髓。

初发扬子寄元大校书

凄凄去亲爱，泛泛入烟雾。

归棹洛阳人，残钟广陵树。

今朝此为别，何处还相遇。

世事波上舟，沿洄安得住！

这首诗作于代宗大历九年（774）。作者于上一年漫游淮海广陵（今江苏扬州），本年北返，自扬子津（今扬州市南）启程返航。元大（大为行第）乃作者友人，"校书"为职官名，掌校勘典籍。诗写辞别友人时，依依难舍的离情。

"凄凄去亲爱"二句，写"初发"广陵时，恋恋不舍的心情，辞别亲朋赴任。"亲爱"二字，措辞很重。包括元大在内的亲朋好友，都属于"亲爱"范围。这个词就像"情人"（张九龄"情人怨遥夜"）一样，与现代汉语中同样的字，所指有微妙的不同，即不专属于恋人。这两句一读，你会感到，作者之任，并不比王勃笔下的杜少府愉快，多少有些迫于生计的感觉，即王维所谓"偶寄一微官"（《漆园》）罢了。至于句调，则从蔡琰《悲愤诗》"去去割情恋，遄征日遐迈"来，同时也带来淡淡的哀伤。"泛泛"状行船漂浮，"入烟雾"是写景也是前途迷茫的象征。

"归棹洛阳人"二句，写彼此分手时的情景。据诗题，离别的地点当在扬子津，津（渡口）在长江北岸，地近瓜洲。"归棹"指归去的船，指作者自己从扬子津出发乘船北归洛阳，他的任所（今称单位）在那里。船离岸不久，他听到广陵寺庙的钟声隐隐传来，回头看时，只见一派平林漠漠："残钟广陵树"。不言而喻的是，友人元大就在那里。"亲爱"的，你在哪里？作者在写景中加入钟声的元素，钟声起来的时候，总会让人产生超越现实的遐想。无限的离情别绪，从字里行间溢出。

"今朝此为别"二句，写别易会难的感伤。表达同等感情的，李白的"此地一为别，孤蓬万里征"（《送友人》），更有沈约的"勿言一尊酒，明日难重持"（《别范安成》）。生活在靠马车、客舟为交通工具的时代，分手的人想再见，有多么困难。重逢成了一种奢望。"何处还相遇"，只就重逢的空间发问，而时间呢，也是一个问题。话虽如此，言外所表达的，还是对重逢的渴望。

"世事波上舟"二句，补充别易会难的原因。以行船喻人生，自是妙喻。汉代贾谊说："其生兮若浮，其死兮若休；澹乎若深渊之静，泛乎若不系之舟。"（《鹏鸟赋》）人生天地间，有许许多多的不自由。就像水上的船，或向上行，或向下行，总之得行，要在一个点上停靠，是不可能的。"沿"指顺流而下，"洄"指逆而上。语云："逆水行舟，不进则退。"顺流而下，更停不住。总之，"沿洄安得住"，既有时光匆匆不停息之意，又有不得自由之意。

清人陆次云说："韦诗醇古，之内又复坚深，用笔甚微。如此诗，令选者似可舍却，终不可舍却，细咏之，自得其味。"（《唐诗善鸣集》）这首诗的诗情沉郁，与作者的仕途不顺应有一定关系。但作者有意遮掩了一些特殊的、具体的现实内容，只淡淡地倾诉离情，自我疏导，做到了至浓至淡的统一。全诗前后散行，中二联对仗，看似五律，却用仄韵，句子亦多不就声律，在古近体之间，正是韦诗的特色之一。

淮上即事寄广陵亲故

前舟已眇眇，欲渡谁相待？
秋山起暮钟，楚雨连沧海。
风波离思满，宿昔容鬓改。
独鸟下东南，广陵何处在？

这首诗亦作于代宗大历九年（774），在写作《初发扬子寄元大校书》之后。作者东游广陵（今江苏扬州），曾遇从兄及故友，叙旧留连，离怀怅怅。此诗即写归途于淮上思念亲故之情，且寓世途感喟。

"前舟已眇眇"二句，写渡口误船的一个细节，诗题"即事"，就指这个事。诗人离开广陵作别亲友后，沿运河北上，将渡淮西行。到达渡口时，上一班船已经开离码头，下一班船却不知道啥时候到。在行旅中这种尴尬是难免的，只差那么一两分钟，但班船是不等人的，"欲渡谁相待"。赶脱一班船，不知道还要耽误多少时间。这种细节描写的开头，在五言律诗中并不多见。写出了一种人人遇到过，笔下却不曾有的人生况味：对于行旅来说，遵守时间是多么重要。但阴差阳错的事，有时也很难避免。

"秋山起暮钟"二句，承上写踟蹰河岸，暮钟响起，大雨忽至。正是："屋漏偏逢连夜雨，船迟又遇打头风。"不顺的事，凑到一起来了。这里又一次写进钟声，这是诗人的偏爱。韦集中写钟声的句子多达三十余处，时而和微雨联系在一起，此诗之外，如"楚江微雨里，建业暮钟时"（《赋得暮雨送李胄》）。心存敬畏的人听到钟声的时候，总会产生神往的感觉。加上"欲渡无舟楫"（孟浩然），再加上"楚雨连沧海"，不免迷茫。面对寥廓江天，诗人心事浩浩，深感人生的孤单和渺小，是"寄蜉蝣于天地，渺沧海之一粟"（苏轼）的感觉。"沧海"意指东海，并非即目所见，只是地近，与王之涣《登鹳雀楼》"黄河入海流"一样，是想当然耳。

"风波离思满"二句，紧承"楚雨连沧海"，而浮想联翩。由江上风波，想到人生道路不平坦，亲友离多会少，岁月蹉跎，青春易逝。"宿昔容鬓改"，即"只是朱颜改"（李煜）。人生是短暂的，时光是留不住的，机会是容易错过的，人是不能赶脱船的。作者所有的思绪，都与开篇的"前舟已眇眇，欲渡谁相待"有关系，所有的感想，都是从这里开始的。人生唯一能做，而且应该做好的事，就是把握当下，做好自己，于是过渡到最后两句话。

"独鸟下东南"二句，江上小鸟的去向，把诗思引向"广陵亲故"。在风雨迷茫的江上，诗人忽然看到了一只小鸟，向东南方向飞去。这是即目所见，偶然景、偶然语，同时也令人联想到杜甫"飘飘何所似，天地一沙鸥"（《旅夜书怀》），有自况的意味。人生漂浮于世，在精神上的依

069

靠，莫过于亲友了。中国古代是熟人社会，在所有社会关系中，唯亲情与友谊超于利害之上。"广陵何处在"，写出苦苦张望神情。使人想起晋人卫玠那句话："见此芒芒，不觉百端交集。苟未免有情，亦复谁能遣此！"（《世说新语》）

这首诗有一个"即事"的由头，全诗的写景抒情从这里出发，似散缓、实集中，而钟声、微雨两种意象的加入，大有助力渲染特定的气氛情调。诗用仄韵，而前三联不粘，高步瀛曰："神似宣城。"（《唐宋诗举要》）如在今人，必大惊小怪矣。北海若曰："方存乎见少，又奚以自多！"

登楼寄王卿

踏阁攀林恨不同，楚云沧海思无穷。

数家砧杵秋山下，一郡荆榛寒雨中。

这首诗作于德宗建中四年（783）秋作者任滁州刺史。王卿是作者友人，韦集中说到王卿的诗题共六首，有称"王卿郎中"者，大抵作于作者任滁州刺史期间，或表明二人相携同游所作。故学者认为王当是贬至滁州者。此诗诗题表明，这次登楼王卿未能偕同，当是独登，故有此寄。

"踏阁攀林恨不同"二句，写作者独上高楼，百端交集的感觉。"踏阁攀林"即攀林踏阁，"踏阁"即登楼，词语的腾挪和置换，都是为了调声的缘故。"恨不同"，就是为经常的游伴未能一同登楼感到遗憾，这就加重了登楼的孤独感。"楚云沧海思无穷"是登楼东向眺望所感，昔人或谓"楚云沧海，天各一方，离思固自无极"（唐汝询），是望文生义，而非知人（王亦在滁州）论世之说。"楚云沧海"，与"楚雨连沧海"（《淮上即事寄广陵亲故》）意近，不过易"雨"为"云"。表现的是人在登高望远时，常常产生的对此茫茫，不觉百端交集之感。而作者一己特殊的思想感情，则具体表现在了后两句的描写中。

"数家砧杵秋山下"二句，写作者登楼，所见雨中山下及滁州城中景象。上句点出秋季，所登之楼在城外山上，独立楼头听得见数处砧杵，可知人家正在制作寒衣。"数家"云者，不是看到的，而是从砧声辨认的。这是近处，也是城外。放远望去，滁州城尽收眼底，而市声是听不见的，只能是视觉印象："一郡荆榛寒雨中"。这就奇了怪了，既然是"一郡"，应该看到几许建筑、一片屋顶吧，诗人不说建筑、屋顶，却说"一郡荆榛"，这是形容郡城的残破荒芜，再笼罩以"寒雨中"，更有了一种凄楚迷茫之感和没落的情调。近人富寿荪说："下二句但写登楼闻见，而郡邑荒凉，怀人惆怅，具在言外。"（《千首唐人绝句》）刘学锴老师说："乍一看，可能会觉得诗人是用砧杵、秋山、荆棘、寒雨这一系列带有萧瑟凄清、荒凉冷落色调的物象所构成的氛围、意境，来表达因友人未能同游而产生的凄清寂寥情思。但联系诗人的特定身份——在任的滁州刺史，一郡的最高地方长官，特别是联系诗人在滁州的其他诗作，就会感到，其中自有更深广的内涵。"（《唐诗选注评鉴》）那就是经过安史之乱，滁州虽未遭直接破坏，但长期战乱所造成的苛重鱼担，却造成了这一带百姓流亡、人户稀疏的情景。这里虽然没有明说"邑有流亡愧俸钱"（作者《寄李儋元锡》），同样表现出一个官吏的良知。

明代杨慎说："绝句四皆对，杜工部'两个黄鹂'一首是也，然不相连属，即是律中四句也。唐绝万首，唯韦苏州'踏阁攀林恨不同'及刘长卿'寥寥孤莺啼杏园'两首绝妙，盖字句虽对而意则一贯也。"（《升庵诗话》五）说万首只两首如此，太夸张了。此诗后两句对结，以声音对画面，是工妙的对仗。前两句本无意于对（首句入韵便是证明），初读亦不觉其对，所以为妙。

寄李儋元锡

去年花里逢君别，今日花开已一年。

世事茫茫难自料，春愁黯黯独成眠。

身多疾病思田里，邑有流亡愧俸钱。

闻道欲来相问讯，西楼望月几回圆。

作于兴元元年（784）春滁州任所，诗中西楼当在滁州，去年朱泚叛军盘踞长安，德宗一直流亡奉天（陕西乾县）。李儋、元锡二人为作者诗友，李时官殿中侍御史。此诗叙离别及感时之思，谢榛《四溟诗话》谓律诗八句皆淡者，孟浩然、韦应物有之，本篇即是。

首联从前一年分别时说起，将花里话别的往事重提，出语淡雅，只于"又"字见情，足以引起对方同样的念旧。次联感时自伤。诗人离开长安，出守滁州这一年，政局发生了自安史之乱以来又一次动乱，事态严重；加之年近半百，又兼多病，国家和个人都看不到前途，看不到希望——"世事茫茫""春愁黯黯"，危苦孤寂之中，对故人也就特别思念。

由于政局不安，民生凋敝，在官者亦不能有大作为，看到邑有流亡的事实，自己不能不受良心谴责，感到惭愧，这就加强了本来就有的归田隐居的想法。两句语挚意切，向来为人传诵。宋人黄彻《碧溪诗话》说："余谓有官君子，当切切作此语。彼有一意供租、专事土木而视民如仇者，得无愧此诗乎。"

末联点明作意：听说你要来，故一直向人打听，可是看看西楼的月亮都圆了几回，还没有盼到。言下之意是盼对方快来，为什么不直说？因为这是写诗，寄情思于月缺月圆，与首联同归淡雅。因为诗写在那样一个特定的年头，调子不免低沉，又都是肺腑之言，所以笔笔实在，声声入耳。五、六两句表现从政者的良心发现，为全诗增价。

滁州西涧

独怜幽草涧边生，上有黄鹂深树鸣。
春潮带雨晚来急，野渡无人舟自横。

这首诗当作于德宗建中二年（781）滁州（今属安徽省）刺史任上。诗写作者公馀寻幽访胜之趣，颇使人想起王维在终南山，有诗曰"行到水穷处，坐看云起时"。北宋欧阳修知滁州时，读此诗，却没有找到西涧所在，疑心道："滁州城西乃是丰山，无西涧，独城北有一涧水极浅不胜舟，又江潮不到。岂诗人务在佳句而实无此景耶？"（据高棅《唐诗品汇》）可见所谓滁州西涧，实在是一个非常不起眼的去处，却因为韦应物的这首诗而名垂万古。

"独怜幽草涧边生"二句，主要用空间显现手法，描写同时并列于空间的物体，即诗中有画。心理活动点到为止，"独怜"是唯独喜欢，特别喜欢。因为雨后的溪边，青草长势异常茂密，又一尘不染，生气蓬勃，这是视觉印象。而在密林深处，又传来黄莺声声，这就是画外音了。两句分别诉诸视觉与听觉，极富感性色彩。绝句的前两句，可以写得随意。写到这样一字不能改动的程度，已是佳句了。但精彩之处，还在后头。

"春潮带雨晚来急"二句，写西涧野渡，雨后闲适幽静的情景。而第三句，在闲适幽静的基调上，垫以"春潮急"三字，则全诗俱活。这个做法，与李白《早发白帝城》第三句以啼不住的猿声所造成的速度感的消失，来衬托全诗对速度的审美，"走处仍留，急语仍缓"（施补华），貌似反对，意趣神合。有了"春潮急"的铺垫，那系在渡口的一条舢板小船，随波浪摇摆，才显得格外的闲适。一个"自"字、一个"横"字，写出无人之态，极饶画意。北宋宫廷画院曾取此诗末句为考试题目，画师或于船头画一鹭拳腿，以示无人；或添一舟人卧舟尾独弄横笛，则谓非无舟子，无行人也。成为佳话。顺便说，欧阳修看到的涧水"浅不胜舟，又江潮不到"，但只需要一夜的雨，溪流就会看涨而湍急起来，"潮"指涨水，非潮汐之谓也。

由于这首诗为作者写心，妙于意境的营造，极富艺术魅力。引起后人探索其魅力所在的兴趣，不免将一些"作者未必有"的用意，附加在诗的头上。"谢叠山（南宋谢枋得）云：'幽草''黄鹂'，此君子在野，小人在位。'春潮带雨晚来急'，乃季世危难多，如日之已晚，不复光明也。末句谓宽闲寂寞之滨，必有贤人如孤舟之横渡者，特君不能用耳。"（高棅《唐诗品汇》）今人读此诗，或能想起三毛所说："心似万丈迷津，亘古恒远（语本《红楼梦》警幻仙），其中并无舟子撑篙。除非自渡，他人爱莫能助。"这都是诗歌欣赏的正常现象，读者不妨各得所解，不穿凿附会就好。

南宋刘辰翁谈作诗，谓"好诗必是拾得，此绝先得后半。"（高棅《唐诗品汇》）盖古人称作诗为觅句，觅得好句，便如得到一颗种子，诗意就会蓬勃生长。如此诗，先有了三、四句，则不愁没有一、二句。

寒食寄京师诸弟

雨中禁火空斋冷，江上流莺独坐听。
把酒看花想诸弟，杜陵寒食草青青。

诗题为《寒食寄京师诸弟》，"空斋"当指放衙后的官署，诗当作于作者外任（滁州？江州？都有可能）时。寒食节不举火，加上雨天，官署便显得特别冷清。江上有黄鹂的歌声，当然不会很热闹，"流莺"暗示声音的出处不定，适衬出环境的幽寂，这是要联系上句体会的。为了强调环境的冷清，诗人特别指出，他是"独坐"在听。寒食本来是个祭扫的日子，遇上这样的天气，叫他如何不思念亲人？虽然春花已经开了，其奈无人共赏，虽然眼前有酒，其奈无人共享。自然会想起往年寒食在京师过节的情景，少不了的兄弟的聚会。兄弟聚会特别有意思，有许多共同的话题，共同的活动。今年寒食呢，京师的诸弟还是要聚会的，只是自己不能参加了。在京师，在杜陵，会是什么天气呢？诸弟是否一同郊游呢？他们一定会说着我，为我的缺席感到遗憾吧。

诗中同一时间，不同空间，有两个寒食节的情景，一是眼前、"雨中禁火空斋冷"的情景，一是京师、"杜陵寒食草青青"的情景，一是实景，一是猜景。沟通两者的便是亲情，是手足情深，是鹡鸰情深。的确，这首诗与王维《九月九日忆山东兄弟》在写法上有异曲同工之妙。只不过具有寒食节日的特色——雨中、禁火、空斋、江上、流莺、杜陵、草青青，诗中图景是冷调子的，符合寒食节给人的感受。蕴含其间的情意，却是温馨的。

调笑令

　　胡马，胡马，远放燕支山下。跑沙跑雪独嘶，东望西望路迷。迷路，迷路，边草无穷日暮。

《调笑令》这个词牌，是单调的小令，有许多别名，其一为《转应曲》。这是因为此调"平仄韵递转，难在平韵再转仄韵时，二言叠句必须用上六言的最后两字倒转为之，所以又名《转应曲》"。在形式上有游戏的意味，唱起来感觉很别致。韦应物是风味接近陶渊明的诗人，此词却属边塞题材，偶尔为之，也有游戏意味。前人或谓词意为："此笑北胡难灭之词。"（曹锡彤）未免穿凿。

全词看似咏马，"胡马"指西域所产的马。西域所产的马素以品种优良见称，汉朝就从西域引进过大批良马，汉武帝还为此发动过战争。词咏"胡马"，是为了显示其品种的优良。"远放燕支山下"，这里提到一个边塞山名"燕支山"，亦作焉支山，在甘肃境内，位于祁连、龙首二山之间。"燕支"、"焉支"通胭脂。胭脂为妇女化妆用品。《史记·匈奴列传》索隐载："匈奴失焉支山，歌曰：'失我焉支山，使我妇女无颜色。'"看来这个山名是意译的。

"跑沙跑雪独嘶"二句，写一匹失群的胡马，大草原上寻找同伴，迷路彷徨的情态。"跑沙跑雪"的"跑"，读如"刨"，刘商《胡笳十八拍》云"马饥跑雪衔草根"可证。有一个出自《韩非子》的成语叫"老马识途"，可见马是不容易迷路的。"东望西望路迷"对胡马来说，是一种非典型情态。然而用来形容草原之辽阔广大，一望无际，难以辨别方向，堪称神来之笔。"迷路，迷路"，是二言叠句，用上六言最后两字倒转为之，颇有游戏文字的趣味。末句"边草无穷日暮"，定格于草原黄昏景色，这就不光是迷马，更是迷人。它使我们想起一首名曲《草原之夜》："美丽的夜色多沉静，草原上只留下我的琴声。"

总之，《调笑令》的写作，关键是找好一个平仄相间、可以颠倒的双音词，如"路迷"，颠倒即为"迷路"，又如"断肠"颠倒则为"肠断"，"月明"颠倒则为"明月"，"管弦"颠倒则为"弦管"，等等。此词虽出以戏笔，看似咏马，实际上是一支草原的赞歌。在语言上非常贴近白话，所以有人说它："圆活自在，可谓笔端有舌。"（近藤元粹）

【戎昱】（744？—800？）唐荆南荆门（湖北江陵）人。少举进士不第，来往于长安、洛阳、齐赵、泾州、陇西之间。建中三年（782）一度为侍御史，次年出为辰州刺史。贞元七年（791）前后任虔州刺史。

移家别湖上亭

好是春风湖上亭，柳条藤蔓系离情。
黄莺久住浑相识，欲别频啼四五声。

诗人原先面湖居家，环境条件不错。湖上有亭，亭外有树，藤蔓蒙络，柳条茂密，小鸟甚多，生机盎然。"湖上亭"是这个环境中的标志性建筑。

春天景色正好，无奈因故搬家，诗人显然有些依依不舍。

明明是自己对"湖上亭"的依依不舍，诗人偏不这样说。却反过来说"湖上亭"及一切的景物，对居久的自己，是怎样的依依不舍。看那风中招展的柳枝、藤蔓，似牵衣待话，别情无极；而黄莺婉转的啼叫，又像是对诗人的款款话别、殷殷致意。

诗以"好是"（正是）开始，使前二句形成一个时间状语，而诗的主要内容在后二句，拟人法在这里起到了画龙点睛的作用：以"浑相识"言黄莺，休现了人与白然的和谐相处的关系，"啼"字的运用，尤具感情色彩，将诗人移居时的复杂微妙的心境和盘托出。

咏史

汉家青史上，计拙是和亲。
社稷依明主，安危托妇人。
岂能将玉貌，便拟静胡尘。
地下千年骨，谁为辅佐臣。

诗题一作《和蕃》，是一首政治讽刺诗。唐代从安史之乱后，藩镇割据，中央集权削弱，而边患严重。面对外侮，只能采取"和亲"这种妥协的办法，肃宗李亨、代宗李豫、德宗李适都曾采用过，但都不能从根本上解决问题。作者直面现实，而作此诗。

　　"汉家青史上"二句，对"和亲"政策作历史溯源。在西汉王朝建立之初，韩王信勾结匈奴发动叛乱，汉高祖刘邦亲征匈奴，被围困于白登山（今山西大同马铺山），后虽脱险，却再也无力解除边患。遂取本家女子号称长公主，嫁匈奴单于，这是汉代历史上第一次"和亲"。"和亲"之事，以后还有过多次，最著名的有汉武帝刘彻将细君嫁到乌孙国，汉元帝刘奭把王昭君嫁给匈奴单于，但所有这些"和亲"，都没有从根本上解除边患。所以作者一言以蔽之曰："计拙是和亲"。

　　"社稷依明主"二句，是诗中名句，对执行"和亲"政策的统治者之无能，作了辛辣的讽刺。诗人一针见血道：坐江山的是皇帝，而国家安危倒交付给妇人，议论直见性命，痛快淋漓。沈德潜点评道："人谓诗主性情，不主议论，似也而亦不尽然。""议论须带情韵以行，勿近伧父面目耳。戎昱《和蕃》云：'社稷依明主，安危托妇人。'亦议论之佳者。"（《说诗晬语》）

　　"岂能将玉貌"二句，紧承前两句的议论，继续发挥。"玉貌"指美女的容颜，"胡尘"指边塞的战争，以"岂能""便拟"作勾勒，极言将两事扯在一起的荒唐：怎么能希望用和亲这种方式，去消除边患呢？怎么能把颜值，当作武器呢？诚如马克思所说："物质力量只能靠物质力量来摧毁。"解决边塞问题只能靠两手：一手是外交谈判，一手是军事斗争。

　　"地下千年骨"二句，是最后的追问，"千年骨"即冢中枯骨，指"和亲"政策的始作俑者和继续执行者。"辅佐臣"则指外交和军事方面的人才。"谁为辅佐臣"，等于追问：外交家在哪里呢？军事家又在哪里呢？这首诗指汉骂唐，借古讽今，词严义正，持论正大，直指人心。但在艺术上稍嫌粗浅。

据唐人范摅记载：宪宗朝，以北狄频侵边境，大臣奏议"和亲"之有五利。宪宗曰："比闻有一卿能为诗，而姓氏稍僻，是谁?"宰相对以包子虚、冷朝阳等，皆不是。宪宗遂吟"山上青松陌上尘"诗，侍臣对曰："此是戎昱诗也。"宪宗悦，曰："朕又记得《咏史》（汉家青史上）一篇。此人若在，便与朗州刺史。"又曰："魏绛之功，何其懦也。"大臣公卿，遂息和戎之论（《云溪友议》卷八）。此诗所以传世，与范摅这个记载是分不开的。

【李益】(748—829) 字君虞，唐凉州姑臧（今甘肃武威）人。代宗广德二年（764）凉州陷于吐蕃前，随家迁居洛阳。代宗大历四年（769）进士及第，六年登制科举。代宗大历九年（774）到贞元十六年（800）间，在唐王朝连年举兵防秋的形势下，辗转入渭北、朔方、邠宁、幽州节度使等幕府，长期从戎。有《李益集》。

喜见外弟又言别

十年离乱后，长大一相逢。
问姓惊初见，称名忆旧容。
别来沧海事，语罢暮天钟。
明日巴陵道，秋山又几重。

这首诗写乱离时代中亲友乍然相见、悲喜交加的人生况味，写出了普遍的人情，成为最为传诵的唐诗名篇之一。诗中所写，当是表弟突然来访。只因二人幼遭乱离，一别多年，所以见面的刹那微微表现惊讶，不得不问对方贵姓，首联中的"一"字与"十年"呼应着，表现出这次相逢的偶然性和戏剧性。诗中人一面称作表弟的名字，一面还在端详对方的容貌，回忆儿时印象，加以确认。然后再是深谈。"别来沧海事，语罢暮天钟"二句容量极大，沧桑世事，冷暖人生，是一整夜的长谈。这种情况，每个人都会有自己的体会的。好不容易见面，明天表弟却一定要走，是多么令人难以割舍呀！表弟这一去，几时才得再见呀？诗人通过一次亲戚的邂逅，写出了荒乱年代一种最为普遍的世相。

同时诗人司空曙有一首《云阳馆与韩绅宿别》与此诗主题相同，风味接近，可以参读。

司空曙诗的前半为"故人江海别，几度隔山川。乍见翻疑梦，相悲各问年"，写老朋友骤然相见，彼此是不会记不起对方的名字和容貌的，只是倏然间觉得对方又老了一头，不免要叙叙年齿，发一通感慨。而此诗后半所写，与李诗内容就差不多了："孤灯寒照雨，湿竹暗浮烟。更有明朝恨，离杯惜共传。"这两首诗都以敏锐地把握住特定时期特定情境下的感受，并将刹那间细腻的心理波折精确地描绘出来，于是成为异常动人的艺术表现。范晞文《对床夜语》评："'马上相逢久，人中欲问难'、'问姓惊初见，称名忆旧容'、'乍见翻疑梦，相悲各问年'，皆唐人会故人之诗也。久别倏逢之意，宛然在目，想而味之，情融神会，殆如直述。前辈唐人行旅聚散之作最能感动人意，信非虚语。"这首诗在写作上，如行云流水，极为自然。中间两联都是流水对，一副不经意的样子，这是诗艺炉火纯青的表现。这是诗人要用一生去追求的境界。

同崔邠登鹳雀楼

鹳雀楼西百尺樯，汀洲云树共茫茫。

汉家箫鼓空流水，魏国山河半夕阳。

事去千年犹恨速，愁来一日即为长。

风烟并是思归望，远目非春亦自伤。

鹳雀楼位于唐代河中府城（山西永济蒲州镇）西南黄河中高阜处。北周宇文护所建，楼高三层，因鹳雀常栖息其上而得名，在唐代是一处名胜。唐诗人登览题咏鹳雀楼的传世佳作不少。据《全唐文》卷四三〇李翰《河中府鹳雀楼集序》，崔颢《登鹳雀楼》诗作于元和九年（814）七月。与会者无李益，此诗应是读崔诗后追和之作。

前四句由傍晚登临纵目所见，引起对历史及现实的感慨。人们在登高临远的时候，面对寥廓江天，往往会勾起对时间长河的联想，从而产生古今茫茫之感。此诗写登楼对景，出手便先写河中百尺危楼，与"烽火城西百尺楼，黄昏独坐海风秋"（王昌龄）、"城上高楼接大荒，海天愁思正茫茫"（柳宗元）等写法异曲同工。以"高标出苍穹"（杜甫）的景物，形成一种居高临下、先声夺人之感，发唱惊挺。此句写站得高，下句则写看得远："汀洲云树共茫茫。"苍茫大地遂引起登览者"谁主沉浮"之叹。

遥想汉武帝刘彻"行幸河东，祀后土"，曾作《秋风辞》，中有"泛楼船兮济汾河，横中流兮扬素波，箫鼓鸣兮发棹歌"之句（《汉武故事》）。所祭后土祠在汾阴县，唐代即属河中府。上溯到更远的战国，河中府属魏国地界，靠近魏都安邑。《史记·孙子吴起列传》："（魏）武侯浮西河而下，中流，顾而谓吴起曰：美哉山河之固，此魏国之宝也！"诗人面对汀洲云树，夕阳流水，怀古之情如洪波涌起。"汉家箫鼓空流水，魏国山河半夕阳"一联，将黄昏落日景色和遐想沉思熔铸一体，精警耐味。李益生经战乱，时逢藩镇割据，唐王朝出现日薄西山的衰象，"今日山川对垂泪"（李益《上汝州郡楼》），不独因怀古而然，于中也应有几分伤时之情。

后四句由抚今追昔，转入归思。其前后过渡脉络，为金圣叹所拈出："当时何等汉魏，已剩流水夕阳，人生世间，大抵如斯，迟迟不归，我为何事耶？""事去千年犹恨速"一句挽结前两句，一弹指顷，已成古今，站在历史高度看，千年也是短暂的，然而就个人而言，则又不然，应是"愁来一日即为长"。"千年犹速"、"一日为长"似乎矛盾，却又统一于人的心理感觉，此联因而成为至理名言。北宋词人贺铸名作《小梅花》末云："遗音能记秋风曲，事去千年犹恨促。揽流光，系扶桑，争奈愁来一日却为长！"就将其隐括入词。

倦游思归之意水到渠成："风烟并是思归望，远目非春亦自伤。"非春已可伤，何况春乎？无怪满目风烟，俱是归思。金圣叹评："人见是春色，我见是风烟，即俗言不知天好天暗也。唐人思妇诗甚多，乃更无急于此者。"全诗通过即景抒情，铸辞造语，皆见匠心。将历史沉思、现实感慨、个人感伤打成一片，而并入归思，意境十分浑成厚重。

竹窗闻风寄苗发司空曙

微风惊暮坐，临牖思悠哉。

开门复动竹，疑是故人来。

时滴枝上露，稍沾阶下苔。

何当一入幌，为拂绿琴埃。

这首诗是夏夕怀友之作，同一主题在唐诗中多有，如孟浩然《夏日南亭怀辛大》、喻凫《绝句》（今夜故人来不来）等。然而这一首的特别之处，在于有一个写诗的由头，那就是题中的"竹窗闻风"，导致了一个错觉（以为朋友到了），原来是判断失误。兴会由此而生，是此诗的新颖之处。苗发、司空曙，与作者同属"大历十才子"，关系亲密。

"微风惊暮坐"二句，写黄昏临窗而坐，骤来一阵微风。诗中虽然没有说明季节，读者的感觉应是夏季，不然主人不会临窗当风而坐。风作为名词，本义是空气流动的现象。引申义就多了，可以是信息、传闻，如"闻风而动"；也可以是仪形、举止，如"君子之风"等。因此，接下来是"临牖思悠哉"，那就是望风怀想的意思了。由此可见，作者与两位友人关系密切，是经常小聚的朋友。

"开门复动竹"二句，写声闻引起幻觉，空欢喜了一场。这阵"微风"也不算小，竹子在响，门也在响，难怪主人判断失误，以为又是他俩来了。两句一实一虚，"疑是故人来"，疑似恍惚，生动传达出主人潜意识里的等待，一旦有风吹草动，便因敏感而生错觉。两句语本南朝乐府《华山畿》："夜相思，风吹窗帘动，言是所欢来。"又为元稹《莺莺传》"隔墙花影，疑是玉人来"所本。因而广为人知。幻觉会引起惊喜，接下来会恍然大悟，接下来会失望、自嘲。

"时滴枝上露"二句，继续写微风的影响和作者的谛听。果然是夏夜，孟浩然《夏日南亭怀辛大》有句云"竹露滴清响"。夜里视觉减退，而听觉敏锐起来，连枝上滴露的声音都听得见，"稍沾阶下苔"都感觉得出。于是，作者进而拟人，把微风当作一位不请自来的客人，干脆对他发出邀请。

"何当一入幌"二句，对微风进行邀请。与其老是在户外徘徊不去，不如掀帘进屋来。屋里有张绿绮琴，不弹久矣。诗人希望微风进来，为他一拂琴上的尘埃。表面上看，全诗从头到尾，都是为"竹窗闻风"而发。其实已经是言在此而意在彼了。俗话说："是什么风把你吹来了？"作者希望真有一阵风，能把苗发、司空曙吹来，他一定要为之抚琴，奏一曲《高山流水》，那该多好啊。

清人贺裳说："中唐人故多佳诗，不及盛唐者，气力减耳。雅淡则不能高浑，雄奇则不能沉静，清新则不能深厚。至贞元以后，苦寒、放诞、纤缛之音作矣。唯李君虞风气不坠，如《竹窗闻风》《野田行》，俱中朝正始之音。"（《载酒园诗话又编》）这首诗因为紧扣"竹窗闻竹"的由头写来，将其与夏夕怀人的主题融会在一起，因风说事，语带双关，故能做到自然浑成，不落纤巧之习。

过五原胡儿饮马泉

绿杨著水草如烟，旧是胡儿饮马泉。

几处吹笳明月夜，何人倚剑白云天。

从来冻合关山路，今日分流汉使前。

莫遣行人照容鬓，恐惊憔悴入新年。

这首诗作于德宗贞元元年（785）至六年，作者在杜希全幕中时。《全唐诗》题作《盐州过胡儿饮马泉》，误。此从《御览诗》。五原为丰州（今内蒙古临河东）古称，是唐和吐蕃反复争夺的地区，离诗人的家乡陇西较近。饮马泉一名鹨鶒泉，作者自注："鹨鶒泉在丰州城北，胡人饮马于此。"作者自叙："出身二十年，三受末秩，从事十八载，五在兵间……自建中初，故府司空巡行朔野，迨贞元初又忝今尚书之命，从此出上郡、五原四五年。"（《从军诗序》）"故府司空"指崔宁，"今尚书"即指杜希全。全诗抒写作者经过收复后之五原时的复杂心情。

"绿杨著水草如烟"二句，从眼前看到的春色写起，回想围绕此地的一段战史。"绿杨著水"即柳条拂水，与"草如烟"俱是明媚的春色，春回大地，象征着和平又降临这片土地。"旧是胡儿饮马泉"，表面上看只是讲解地名，其实话中有话。作者习惯上称此泉为鹨鶒泉，如"破讷沙头雁正飞，鹨鶒泉上战初归"（《度破讷沙》）、"胡风冻合鹨鶒泉，牧马千群逐暖川"（《暖川》）等。而吐蕃称之"饮马泉"，译名如此。不同的称呼，包含着不同的民族感情，同时也表明着领土争端的存在。说"旧是"，可见其地已经收复。言下既有对失地收复的喜悦，也透露出对昔日弃地的感慨，所以耐人寻味。

"几处吹笳明月夜"二句，承上写此地属于前线，仍是壁垒森严。"几处""何人"以疑问词为对仗，可见戍守部队之多。"吹笳"即吹胡笳，指军中号角，"明月夜"暗示征人思乡者多，证以作者自己的诗即："碛里征人三十万，一时回首月中看"（《从军北征》）。"何人倚剑白云天"，措辞含混，可以是时无英雄之叹，也可以是遥想古人开疆辟土之功，令人感奋。两句一静一动，烘托出塞上辽阔、苍凉的意境和征夫复杂的心绪。五原一带眼下虽已收复，但形势还不容大意，还须将帅得人，随时严阵以待。

"从来冻合关山路"二句，写泉水春来解冻，暗示形势向好的方面发展。"从来冻合"写北方的严寒，饮马泉冻合的时间较长，令人想起东汉陈琳的"饮马长城窟，水寒伤马骨"（《饮马长城窟》）来。"关山路"即边塞之路，指经过五原的路。"今日分流汉使前"，写春天冰泉解冻，碧水分流，呈现出一派生机，写出满心欢喜。"汉使"系作者自指，缴足题面"过"字。两句以"从来""今日"领起唱叹，一冷一暖，"冻合""分流"对举，表现今非昔比，对照鲜明。

"莫遣行人照容鬓"二句，直抒胸臆，收束全篇。从字面上看，这是说"行人"（指作者，也指赴边之人）风尘仆仆，备尝艰辛的写照。多少年的军旅生活，耗尽了宝贵的青春，自然是面色憔悴，形容枯槁。泉水清澄如镜，却叫人不敢照影，恐怕破坏了万象更新的感觉："恐惊憔悴入新年"。两句以"莫遣""恐惊"相勾勒，唱叹有情。作者朱颜已老而壮志难酬之意，亦见于言外。"新年"二字照应篇首"绿杨著水"，收拾全篇，可谓神完气足。

清人方东树点评："起句先写景，次句点地。三四言此是战场，戍卒思乡者多，以引起下文自家，则亦是兴也。五六实赋，带入自家'至'字（按诗题一作《盐州过五原至饮马泉》）。结句出场，神来之笔入妙。此等诗有过此地之人、有命此题之人、有作此题诗之人之性情面目流露其中，所以耐人吟咏。"（《昭昧詹言》一八）颇具会心，可资参考。

立秋前一日览镜

万事销身外，生涯在镜中。
唯将满鬓雪，明日对秋风。

　　《全唐诗》诗题直接以《览镜》为题者，大约有十首。还有变相的览镜，如李白《秋浦歌》（白发三千丈），是以秋浦河为镜。这类诗的命意，宋人张先用六个字说完："临晚镜，伤流景。"也就是感伤时光易逝，容颜难驻。这首诗是即兴口占之作，内容也不外乎如此，但作者有一个特殊的写点，就是"立秋前一日"这个时间点，它给这首诗带来新意。

　　"万事销身外"二句，就览镜一事，写人生易老之感。"万事"即人间万事，刘叉诗云"人间万事细如毛"（《偶书》），包括一切的悲欢离合，喜怒哀乐，都在"万事"的涵盖之中。"销身外"即都成身外之物，换言之，就是自个儿已一无所有。《红楼梦》有一支《寄生草》云："赤条条来去无牵挂"。就是这个赤条条的躯壳，也不是一成不变。"生涯在镜中"是说所有沧桑都写在镜子里那张脸上，而脸是在变的，唐人邵谒诗云"一照一回悲，再照颜色衰"（《览镜》），李白诗云"君不见高堂明镜悲白发，朝如青丝暮成雪"（《将进酒》），而作者在立秋前一日所看到的镜中之人，已是满头白发，满面沧桑。作者另有《照镜》："衰鬓朝临镜，将看却自疑。惭君明似月，照我白如丝。"专从"疑"字上做文章。《罢镜》："手中青铜镜，照我少年时。衰飒一如此，清光难复持。欲令孤月掩，从遣半心疑。纵使逢人见，犹胜自见悲。"更从"罢"字上做文章。

　　"唯将满鬓雪"二句，写览镜有感。这一首专拿"立秋前一日"做文章，是全诗趣味所在。明天就是"立秋"，换言之，"立秋"明天就要来了。我拿什么去迎接它呢？既然"万事"皆空，只剩一头白雪了，就拿这个去迎接它吧。这里作者不但把"立秋"拟人化，而且巧妙地代之以"秋风"。其实毫无道理。因为节气的变化是个渐进的过程，不好说"秋风"是从"立秋"那天开始的，难道"立秋前一日"的风就不是"秋风"么？可是诗人抓住"立秋"这个名字，硬说"秋风"就是这一天开始的，就像杜甫写白露节，硬说"露从今夜白"（《月夜忆舍弟》）一样，这就叫无理而妙。本来驻颜无术是件无奈的事，只能面对。诗人把这种面对，说成是迎接"秋风"这位客人，不让它空手回去。就产生了浓厚的审美趣味。

所以这首小诗的成功，在于构思，诗人从"立秋前一日"着想，运用拟人法，将"秋风"设计成一个贵客，把"满鬓雪"设计为见面礼，于是产生了情节，产生了趣味，产生了自我超越——乐天知命的人生态度，去面对老年的到来。诗情不仅有感伤，同时也有旷达，读者在感喟之余，也会发会心的一笑。

鹧鸪词

湘江斑竹枝，锦翅鹧鸪飞。
处处湘云合，郎从何处归？

这首诗《全唐诗》题作《山鹧鸪词》。《鹧鸪词》为乐府《近代曲辞·羽调曲》名。鹧鸪鸟似雌雉，黑白成文。"头如鹑，臆前有白圆点如真珠，背毛有紫赤浪纹。"（《本草纲目》）其生活习性一是飞必南翥，二是叫声似"行不得也哥哥"，或曰"但南不北"。作为诗歌意象的鹧鸪，成为一种深负幽恨哀思的鸟类。此诗是以女子口吻写作的情歌。

"湘江斑竹枝"二句，以斑竹鹧鸪起兴，营造抒情气氛。首句用湘妃及湘妃竹的传说，相传舜之二妃、尧之二女娥皇、女英，以舜南巡亡于苍梧，沿湘水而追之，泪洒竹上而成为斑竹（竹竿上有紫褐色斑点）。所以提到"斑竹枝"，就会联想到这个传说。"湘江"除二妃故事，同时是屈原流放之地。故李涉《鹧鸪词》写道："湘江烟水深，沙岸隔枫林。何处鹧鸪飞，日斜斑竹阴。二女虚垂泪，三闾枉自沉。惟有鹧鸪鸟，独伤行客心。"可作此句注脚。"锦翅鹧鸪飞"，以鹧鸪鸶必南翔，寓游子故乡之思，直启此诗末句的"郎从何处归"。"斑竹""锦翅"的遣词，颇具文采。

"处处湘云合"二句，写女子盼郎，意眩目迷的情态。南朝诗人江淹有句云："日暮碧云合，佳人殊未来。"（《效惠休别怨》）"处处湘云合"即化用上句，隐含"佳人殊未来"之意。"湘云"指笼罩在湘江之上的阴云。本来远人未归，可以有许多理由，与天气不一定扯得上关系，但女子担心湘云四合，令郎迷路，恰恰表现出她痴迷和过虑的心情。清人杨逢春评："首二点题起兴，言只见鹧鸪飞不见郎归也。三四从己之望眼方迷不见郎归，由对面想到郎之不归，应亦为目迷之故，遂乃深怪'云合'，即曲为郎谅，是一头四望、一头转念神理，文心曲致，骚人哀怨之遗。"（《唐诗偶评》）

南朝诗人沈约《别范安成》云："梦中不识路，何以慰相思。"是说梦中找不到方向。此诗说："处处湘云合，郎从何处归？"是说对方找不到方向。将无限相思，置之江南水乡多云天气之中，足见诗人运思之妙，而亦深得乐府民歌之神髓。

上洛桥

金谷园中柳，春来似舞腰。
何堪好风景，独上洛阳桥。

这首诗是作者滞留洛中，感怀之作。题中"洛桥"，指洛阳城中洛水上之桥，常指天津桥。唐诗中咏及此桥者甚多，如"君不见天津桥下东流水，东望龙门北朝市"（苏颋）、"天津桥下阳春水，天津桥上繁华子"（刘希夷）、"津桥春水浸红霞，烟柳风丝拂岸斜"（雍陶），等等。在大唐盛世，曾是士女云集游春的好去处。但在安史之乱以后，已非昔比。

"金谷园中柳"二句，写金谷园感怀，为下两句作铺垫。"金谷园"是西晋富豪石崇园林，旧址在今河南洛阳西北郊，因地处金谷而得名。诗人说"园中柳""春来似舞腰"，不只是一般性比喻，说柳条婀娜多姿，在春风中摆动，仿佛美女的舞腰，而是同时联想到石崇美姬绿珠，《晋书·石崇传》："崇有妓曰绿珠，美而艳，善吹笛。孙秀使人求之。"石崇不予，孙秀怒，遂矫诏收崇，"崇正宴于楼上，介士到门。崇谓绿珠曰：'我今为尔得罪。'绿珠泣曰：'当效死于官前。'因自投于楼下而死。"这个凄婉的故事，引来后世许多的歌吟。但在此诗中，更多的是引起对昔日风流繁华的追思。

"何堪好风景"二句，写良辰好景中，独自上桥所感到的失落。这两句相当空灵，只描述了在好风景中，独自登上洛阳桥这个事实，别的一概没讲。然而"何堪"二字，却流露出失落的感觉。可以容纳三层意思：一是这次登上洛阳桥，与昔日登楼情况不同，是独登，"地经前度成惆怅，人对芳晨转寂寥。宜其低回不尽也。"（俞陛云）二是眼前的社会现实，即经过安史之乱，洛阳留下许多兵燹之迹，天津桥上往昔繁华景象已经消失殆尽。三是遥望金谷园，想起晋代歌舞，一种"繁华盛事逐香尘，流水无情草自春"（杜牧）之感，油然而生。作者独立洛桥，怎不感慨系之。

由此可知，读这样的小诗，必须有历史地理知识、写作背景的垫底，做到知人论事，才能读出滋味。否则面对二十字，除了合辙押韵之外，只会是莫名其妙。

汴河曲

汴水东流无限春，隋家宫阙已成尘。
行人莫上长堤望，风起杨花愁杀人。

这首诗当作于大历六年（771）到九年作者任郑县主簿期间。抒发由隋炀帝开凿运河而引起的感慨。"汴河"指隋炀帝所开的通济渠的东段，即运河从板渚（今河南荥阳北）到盱眙入淮的一段。诗中通过今昔盛衰的对比，表达历史沧桑感及借古鉴今之意。

"汴水东流无限春"二句，以汴河春色兴起历史的回忆。当年隋炀帝为游览江都，前后征用百余万民工凿通济渠，沿岸堤上种植柳树，世称隋堤。每到春来，沿堤杨柳拂水，便觉春意盎然。自从有了这条航道，也给社会经济与民生带来许多便利，因而长存不废。与此形成对照的，却是"隋家宫阙已成尘"，汴水边的炀帝行宫，却已经成为历史的劫灰被深埋地下了。这两句抒发的不是一般历史沧桑，而且包含有一种历史教训、令人困惑。这样一项伟大的工程，动机与效果这么不统一。人们对大运河的历史评价，与对隋炀帝的历史评价，也不是一回事。

"行人莫上长堤望"二句，以景结情，抒发历史感喟。上句是呼告，说行人莫上长堤望，间接表明作者正在河堤上眺望。呼告之后，应该是有话可说。然而，接下来诗人什么也不说，却以一阵风吹起长堤上的杨花漫天舞的景色作结："风起杨花愁杀人"，"愁杀人"是说愁得要命，愁到极点。这种结尾，是以兴语作结。梁代钟嵘说："文已尽而意无穷，兴也。"（《诗品·总论》）元人傅与砺说："古诗比兴或在起处，或在转处，或在合处。"（《诗法正论》）此诗即用在合处，也就是在诗情将尽未尽时，忽以景语收住，留下一个生动的画面，或伴以画外音。如"江暗雨欲来，浪白风初起"（何逊）、"挥手自兹去，萧萧班马鸣"（李白），等等。诗中"长堤"即隋堤，"杨花"有意无意与隋朝皇帝姓氏"杨"搭成联系，增加了诗味的含蓄。清人吴烶云："说得亡隋景象，令人不敢为乐矣。"（《唐诗直解》）言其有鉴戒之意。

　　同一主题的诗，晚唐皮日休《汴河怀古》云："尽道隋亡为此河，至今千里赖通波。若无水殿龙舟事，共禹论功不较多。"全主议论，发人所未发，也是好诗。而此诗全主情景，不著一字，尽得风流，故前人推为高格。

边思

<blockquote>
腰悬锦带佩吴钩，走马曾防玉塞秋。
莫笑关西将家子，只将诗思入凉州。
</blockquote>

　　这首诗用第一人称口吻，塑造了一位戎旅诗人的形象，很大程度上就是作者的自画像。"在塞外诗中，别开格调。"（俞陛云）

　　"腰悬锦带佩吴钩"二句，写主人公的飒爽英姿和戍边经历。"腰悬锦带"显示出主人公衣饰的华美和身份的尊贵，遥起下文"关西将家子"的身份；"吴钩"是古代吴地出产的一种弯形刀，杜甫《后出塞》有"少年别有赠，含笑看吴钩"之句，可见"带吴钩"是军人飒爽英姿的一种表现。"走马曾防玉塞秋"，交代主人公戍边经历。北方游牧民族常在草黄马肥季节入侵边境或掠夺内地，《旧唐书·陆贽传》："河陇陷蕃以来，西北边常以重兵守备，谓之防秋。""玉塞"是玉门关的别称，泛指边塞，则成为一个华美辞藻，与"锦带"照应，增加了诗句的文采。按大历九年（774），李益曾入渭北节度使臧希让幕，而当年唐王朝即有大举防秋之事，所以诗人有参与保卫边疆的生活经历，故此句有一种自豪感。所以这一句在诗中非常重要，有这一句和没有这一句是大不相同的。

"莫笑关西将家子"二句，以轻松调侃的语气，抒写"边思"。"关西"指函谷关以西，《汉书·赵充国传》："秦汉以来，山东出相，关西出将。"则李广便是该传中列举的关西名将之一。李益是陇西狄道（今甘肃临洮）人，以李广之后自居，故可称"关西将家子"。"只将诗思入凉州"，是说未能建立军功，只能将征戍的诗情写入诗歌之中。按作者是唐代边塞诗的重要诗人，《旧唐书·李益传》称其"长为歌诗。贞元末与宗人李贺齐名。每作一篇，为教坊乐人以赂求取，唱为供奉歌词。其征人歌、早行篇，好事者画为屏障"。《唐才子传》谓其"从军十年，运筹决胜，尤其所长。往往鞍马间为文，横槊赋诗，故多抑扬激厉悲离之作，高适、岑参之流也"。可见诗名之著。但是比起他所歌颂的"伏波惟愿裹尸还，定远何须生入关"（《塞下曲》），像汉代马援、班超那样立功边塞的英雄来，那是不能相提并论的。然根据传记资料，李益不见用的原因，是心理疾患所致，及为幽州刘济营田副使，献诗有"感恩知有地，不上望京楼"之句（见《唐诗纪事》）。用杜甫的话说，这个叫"自断今生休问天"（《曲江》），应该知足了。与次句"走马曾防玉塞秋"照应，其辞若有憾焉，实有自赏之意。故清人宋顾乐曰："写出豪慨！"（《唐人万首绝句选》评）

唐人张说诗云："昼携壮士破坚阵，夜接词人赋华屋。"（《邺都引》）是出将入相者的口气。近代郭沫若赠陈毅诗云："一柱天南百战身，将军本色是诗人。"只配元帅身份。不是所有戎旅诗人可比拟的。然被夜接而赋华屋之"词人"，在"诗思"的较量上，正不宜多让。刘拜山云："李益'莫笑关西将家子，自将诗思入凉州'是自负语，陆游'此身合是诗人未，细雨骑驴入剑门'是感慨语。同是从军之作，正可合看。"（《千首唐人绝句》）至于俞陛云说："此咏边将之多才"，"后二句言莫笑其豪健为关西将种，能载满怀诗思，而入凉州"，"隋、陆能武，绛、灌能文，此亦兼指之。"（《诗境浅说续编》）其说稍涉粗心（戎旅诗人不必是将军诗人），但在对此诗情感倾向的判断，是不为无见的。

从军北征

天山雪后海风寒，横笛偏吹行路难。

碛里征人三十万，一时回首月中看。

    这首诗作于德宗贞元元年（785）至六年在朔方军节度使杜希全幕中时，抒写征人怀乡之情，气象开阔，与盛唐边塞诗不同者，略含苍凉悲慨，是李益边塞七绝的代表作之一。

    "天山雪后海风寒"二句，写北方将士雪后行军的艰辛。"天山"是世界七大山系之一，呈东西走向，在中国境内占新疆面积约三分之一，海拔很高，常年积雪。"海风"指青海湖方向刮来的风。上句写雪后风寒，以见行军天气的恶劣，甚得物理（雪后必降温）。七个字就将地缘、季节、气候交代清楚。下句"横笛偏吹行路难"，不直接说将士行军之难，而通过哀怨的笛声、笛曲名《行路难》来暗示，语极含蓄耐味。"偏吹"一作"徧（遍）吹"，是形近致误。"偏"的意思是不该、却故意的意思。这就把笛声拟人化了，好像天气故意与行军将士作对，而笛曲又故意赶来加码。具有强烈主观色彩的表达，诗味由此而生。故作"偏"字佳。

    "碛里征人三十万"二句，写笛声引发戍边战士的思乡之情，不可收拾。这两句极具艺术张力和感染力，来自三个方面：一是"征人三十万"，是偌大口气、偌大数字而且是一个整数，不需要任何统计学的支撑，诗人凭常识、感觉和主观臆测，说得这样信心满满、不容辩驳，说三十万就是三十万，读来极有味道。二是"一时回首"，说得那么肯定，仿佛笛声就是命令，三十万人在做一个规定的动作，读者非但不以为不真实，反而击节叫好，认为诗就该这么写！三是在听觉（笛声）意象上，再加视觉元素：明月、月光，这可是表达乡愁的意象。于是"月中看"

三字，就给三十万人的思绪以定位，那就是思念故乡。事实上，叫驻守边关的三十万将士，在同一时刻抬起头来望着东升的月亮，是做不到的。然而诗人的本领就在于使在生活中做不到的事，在诗中铁板钉钉，这就是生活真实与艺术真实的区别。清人黄生评："'回首'望乡也，却藏一'乡'字。闻笛思乡，诗中常事，硬说三十万人一时回首，便使常意变新。"（《唐诗摘钞》）

李益不愧是李白、王昌龄之后最优秀的绝句诗人，这首诗的音节响亮，情思悱恻，就尽得征人意态，其风神即不减龙标。他的《夜上受降城闻笛》写道："回乐峰前沙似雪，受降城外月如霜。不知何处吹芦管，一夜征人尽望乡。"与此诗同一机杼（月光、乐声、人尽望），然不能相互取代。清人施补华说："'天山雪后'一首、'回乐峰前'一首，皆边塞名作，意态绝健，音节高亮，情思悱恻，百读不厌也。"（《岘佣说诗》）胡应麟认为"七言绝，开元之下便当以李益为第一"（《诗薮》）。虽说文（诗）无第一，但李益七绝成就之高，是得到历代诗家公认的。

听晓角

边霜昨夜堕关榆，吹角当城汉月孤。

无限塞鸿飞不度，秋风卷入小单于。

这首诗抒写征人的边愁乡思，也是李益边塞七绝的代表作。题目是"听晓角"，又属于听乐有感一类。与《夜上受降城闻笛》《从军北征》具有同等的感染力，而又不能相互取代。从这几首诗大抵可以看到诗人运思的奥秘，主要表现在诗歌元素或意象的选取。

首句"边霜昨夜堕关榆"，出现第一个元素（意象）即霜雪，在此诗是"边霜"，在彼诗可以是"天山雪"，甚至可以是霜雪的变相如"沙似雪""月如霜"，总之是表现边塞气候的苦寒。第二个元素是边关，在此诗是"关榆"，古代关塞边常植榆树，也可以用指边关。众所周知，山海关即称"榆关"，"榆关"也可以泛指边关。不过此诗写的是西部边塞，又为入韵，所以是"关榆"。在别的诗中，可以是"受降城""回乐峰"，以及别的边塞地名，甚至可以是"碛里"，总之是交代空间的概念。而"昨夜堕"三字，则把这两个意象联系起来，成为诗句，表现出持续在时间上的过程：是边塞霜降的时节了，就像读到"天山雪后海风寒"一样，读者感到凛冽的寒气扑面而来。

次句"吹角当城汉月孤"，出现了第三个元素即边乐，在此诗是"吹角"，在彼诗则可以是"吹芦管"，或"横笛偏吹"，这是李益边塞七绝中，最重要的意象，而且是听觉意象，就像音乐本身一样，能感染读者，读之如身临其境。"当城"是空间定位，表明角声是城上发出的。第四个元素即月亮，在此诗为"汉月"，在彼诗可以为"月中看"，或"月如霜"，这不仅是乡愁意象、视觉意象，而且代表着夜晚，与梦境、失眠、思家这些意念联系在一起。而形容月亮常用一个"孤"字，这是观察的实感，也是移情于物。

三句"无限塞鸿飞不度"，适时地出现了第五个元素即人物，在此诗变形为塞鸿，在彼诗直接是征人，并无本质的不同。加上数量的夸张，如"碛里征人三十万""一夜征人尽望乡"，等等，或给出确切数目（三十万），或给模糊概念（尽），在此诗中，"无限塞鸿"的"无限"犹言"无数""无穷"（作者有"洞庭一夜无穷雁"句），也是模糊概念。这句诗与张若虚的"鸿雁长飞光不度"（《春江花月夜》），语意极为相近。张诗是说飞不出月光的领域，此诗是说飞不出辽阔的关山，均有暗示"行路难"之意。有了夸张，诗情更见充沛。而同一元素在不同诗中的变形，可见诗人艺术手段的丰富，绝不单调。

末句"秋风卷入小单于"，不再出现新的元素，而是对以上元素的复习和重温。"秋风"照应首句的"边霜"，是寒冷、悲凉的意象。《小单于》是唐代"大角曲"的曲调名，在彼诗中则可以是《行路难》，或《梅花落》，等等。《小单于》这个曲名有极强的异域风情，而"单于"前加"小"字，似可解似不可解，令人玩索不尽。而曲声之呜咽悲凉，则如助人雁之叹息。有人说，这首诗中只有一片角声回荡，一群塞鸿在盘旋，始终没有征人出场。正说明上述种种元素，在诗中已融为一片，意极浑涵。

前人点评："塞鸿闻角声尚不能飞度，况《小单于》吹入征人耳乎？与《受降城》一首相印。"（《唐诗别裁集》）又，"鸿闻不度，人更何如？较《闻笛》《从军》之作，意更微妙。"（《唐人万首绝句选评》）可资参考。

宫怨

露湿晴花春殿香，月明歌吹在昭阳。
似将海水添宫漏，共滴长门一夜长。

《宫怨》属于乐府《相和歌辞·楚调曲》，写失恋宫人的哀怨。诗中提到两处汉宫名，一处是昭阳殿，为汉成帝皇后赵飞燕所居之地，唐诗中例以代指得宠宫人住地；一处是长门宫，乃汉武帝时陈皇后失宠后幽居之地，唐诗中例以代指失宠宫人住地。这首诗的特点之一，就是把这两个本不相干的宫名扯到一起，为我所用。

"露湿晴花春殿香"二句，以春宫良宵美景，与他人承宠，反形宫人之失宠。"露湿晴花"形容宫花的娇艳，雨露阳光代表的是恩泽，"春殿"飘香，形容的是春风得意。写上句是为了衬托下句，"月明歌吹在昭阳"，一下写到月夜昭阳的歌舞承欢，则上句拟人的意味益显。这两句对于失宠者来说，则是一种反形、反衬。本来，与赵飞燕相对应的，有一个著名的失宠宫人班婕妤，她在赵飞燕、赵合德姊妹承宠于汉成帝后，即自请到长信宫侍奉太后。王昌龄《长信秋词》"玉颜不及寒鸦色，犹带昭阳日影来"，说的就是这回事。但本诗不用班婕妤故事，而替以陈皇后故事，一则是"长信"与"长门"这两个宫名，一是仄收、一是平收，末句声律的需要，得取"长门"。二是意足不求颜色似，反正是借代，可以灵活运用，也避免了与王昌龄之作意复。

"似将海水添宫漏"二句，在更漏上做文章，极写失宠宫人失眠的痛苦。"海水添宫漏"的取譬夸张，极为出奇，意思是这一夜更漏滴个没完，似乎要将海水滴干似的，"共滴长门一夜长"，极写长夜之难明和失眠的痛苦，颇具创意。作者无意中把"长门"的"长"，与漏声之"长"也扯上关系。于是，与昭阳殿里歌舞人形成鲜明对比，这里没有花香、没有歌吹，而只有展不开的眉头、挨不明的更漏。作者的构思、措意，出人意表而效果奇佳，这叫想不到的好。这是此诗的特点之二。

关于夸张，鲁迅有一个意见："'燕山雪花大如席'是夸张，但燕山究竟有雪花，就含着一点诚实在里面，使我们立刻知道燕山原来有这么冷。如果说广州雪花大如席，那就变成笑话了。"同理，"似将海水添宫漏"是夸张，但宫漏在夜间究竟要添一次水的，这也含着一点诚实在里面，而失眠者觉得长夜难明，也是一个事实，有这点诚实或事实垫底，诗人的夸张就有了根基，所以开花结果。

春夜闻笛

寒山吹笛唤春归，迁客相看泪满衣。
洞庭一夜无穷雁，不待天明尽北飞。

这首诗是作者迁谪江淮时所作，也是李益七绝中的妙品。从诗中措辞看，诗人从军之驻地，在地缘上去洞庭不远。诗写春夜闻笛有感。"唤春归"三字，是关键词。

"寒山吹笛唤春归"二句，写春夜寒山闻笛，引发迁客归思。上句首先出现李益诗中最重要的意象——吹笛。按唐时笛曲有《落梅花》《折杨柳》，梅花、杨柳都是春天的景色，所以引起"唤春归"的联想。而"唤春归"三字，字面意义是召唤春天回来，同时遥起后两句雁归北地之意，而对于归期无日的迁客来说，则是一种反衬。"寒山"是呈现冷色的山，也是扣住"唤春归"（冬季刚刚过去）而言的。下句出现第二意象——人物，"迁客相看泪满衣"。"迁客相看"可以两解，一解是"迁客"为复数，"迁客相看"即彼此相顾，一解是用拟人法，谓迁客与笛声相对，如作后一种解会，则是化抽象为具象，以不孤强说孤，诗味由此产生。"泪满衣"是悲恸的夸张，恰如岑诗"双袖龙钟（泪不干）"是夸张，而"泪满衣"比"双袖龙钟"更是夸张。夸张的效果，是使悲情的释放更加有力。

"洞庭一夜无穷雁"二句，写笛声惊雁，使之提前北飞。"洞庭"是地理的定位，表明作者离此地不远。上句出现了"迁客"的辅助意象——鸿雁，"雁"在诗中实为兴象。也就是说，它与"迁客"是如影随形的关系，有象征的作用。这是此诗与《从军北征》《夜上受降城闻笛》《听晓角》等七绝的不同之处，那几首中，出现征人，即不出现鸿雁，出现鸿雁，即不出现征人，而这首诗迁客、鸿雁同时出现，可见诗人手法变化之妙。还有那个模糊的数量的夸张"无穷（雁）"，与《听晓角》中的"无限（塞鸿）"如出一辙，有异曲同工之妙。"不待天明尽北飞"，春雁北飞，宿于洞庭，而笛声惊雁，然何不待天明而北飞耶？适见笛声悲凉，雁亦不能自持；雁犹如此，人何以堪！大雁北飞，对南行的迁客来说，形成一种强烈的对照，间接表达出迁客的思归之意。注意这两句的语气，依然是那种想当然的全称（"尽"）判断，依然是不容置辩的口吻，一只都不留下，读来味道很足。

总之，大雁急待北飞，是因为自然界的春天已经到来；迁客羁迟未归，则是因为其政治上的春天还没到来。故清人乔亿谓之"意深于太白 (指《春夜洛城闻笛》)"。兴象的运用、构思的巧妙、语气的饱满，等等，使得此诗艺术圆满，遂为百读不厌之作。

行舟

柳花飞入正行舟，卧引菱花信碧流。
闻道风光满扬子，天晴共上望乡楼。

这首诗《御览诗》题作《舟行》，是作者客居扬州时所作。在游子思乡类诗歌中表现得特别阳光，所以为人传诵。

"柳花飞入正行舟"二句，写春日舟行江上的愉快心情。杨花柳絮飘飞，落到正在航行的船上，是阳春三月的景象。明媚的春光甚至冲淡了游子的乡愁。他的姿态是那样放松，甚至于放肆："卧引菱花信碧流。"把身体摊在船上 (使人想起一个网上新词：葛优躺)，那是人在非常闲散、非常自由的情况下，才能呈现的一种状态。一边用手去捞水中的"菱花"，更是开心的举动。"信碧流"是放任船儿自流，表明行船并没有目的，至少不是急着赶路，而更像是一次江上的春游。与别的诗中，一出现柳花就联想到离别大不一样。哪来什么落寞惆怅的情绪！

"闻道风光满扬子"二句，写大好春光，引起思乡的情怀。"闻道"二字表明诗人出游的原因，这是题前之事：听说扬子江上到处都是好风光。这种夸张的、饱满的语气，是李益诗的一个特点。在诗中，这句不但是传递一个美丽的信息，而且是诗情变化的一个触媒，它立刻引起了诗人对家乡的记忆。按作者是凉州姑臧 (今甘肃武威) 人，少年时代随家迁离故土定居洛阳。不管是凉州还是洛阳，风光都不可能有"扬子" (指长江今仪征、扬州一段) 江上的风光这样好，只不过在记忆中，故乡的春光也会变得比事实上要好一些。所以，末句"天晴共上望乡楼"，不能说这不是思乡，但也不能说这只是思乡，在望乡的同时，又何尝没有饱览扬子江上大好春光之意呢。

而这一点阳光心态，正是这首诗与同一类诗歌显著不同的地方。苏轼宦游杭州诗曰："从今潮上君须上，更看银山二十回。"（《望海楼晚景》）蜀中有么？同样，"闻道风光满扬子"，凉州有么？读者要跟着感觉走。不要一看到"望乡"一类的字面，就向愁苦的方向解说，那会唐突诗人多多。

隋宫燕

燕语如伤旧国春，宫花旋落已成尘。
自从一闭风光后，几度飞来不见人。

这首诗与作者《汴河曲》的主题相同，而且互为步韵（彼诗曰："汴水东流无限春，隋家宫阙已成尘。行人莫上长堤望，风起杨花愁杀人。"），诗中都提到隋宫，都说到"已成尘"三字。而在艺术手法上，则各有千秋。这首诗的特点，就在于将燕子和隋宫扯到一起，并命名为"隋宫燕"，全诗的意象非常集中，就像是一首禽言诗，通首都像燕子说的话，或者说，通首都是代燕子说话。

"燕语如伤旧国春"二句，借燕语表达对隋亡的感伤。鸟语禽言，真有其事，只是一般人听不懂，除了极个别通鸟语者。作者不属于鸟语者，所以用"如伤"二字，也就是凭直觉、凭臆断，感到那一对燕子（燕子一般都是成对的）之呢喃，是在感伤"旧国"即隋朝的灭亡，在这春回大地（反衬）的时候。注意，诗人将诗中燕子定位为"隋宫燕"，就是预设了一个前提，这对燕子是隋宫的老住户。次句"宫花旋落已成尘"，字面上好

100

像是说这个春天的事，其实与"隋家宫阙已成尘"是等价语，换言之，句中的"宫花"意味着当年的宫花，隋朝兴盛时的宫花。这就是诗句耐人咀嚼之处了。

"自从一闭风光后"二句，写隋亡之后故宫的荒芜，仍是代燕子立言。"自从""几度"的呼应，表示时光流逝，年复一年。诗人不直说隋宫倾圮了，而用了一种诗意的表达"一闭风光后"，能唤起读者对隋亡以前，"宫女如花满春殿"（李白）的联想。"几度飞来不见人"，从燕子角度，写物是人非之感。"不见人"有两重意思，一重意思是荒无人烟，眼前不见人；另一重意思是不见当时之人，也就是"隋宫燕"曾经见过的宫中之人，包括帝王侍臣、后宫嫔妃、普通宫女，等等，都被时光打扫一空了。

以燕入诗，《邶风·燕燕》即是。但"燕燕于飞"只是兴语，并非叙事角度。以燕子为叙事角度，甚至作叙事人是李益一大创举，从这个新颖角度，形象回顾隋亡的历史教训，抒发世事沧桑的感喟，便令人耳目一新。宋人洪迈说："末句中正含情无限，通首不嫌直致。"（《万首唐人绝句》）今人刘永济说："吊古之情由偶见春燕引起，即代燕说，构思颇巧。"（《唐人绝句精华》）这一手法，又被刘禹锡创造性地继承："旧时王谢堂前燕，飞入寻常百姓家。"（《乌衣巷》）到北宋，刘诗又被周邦彦化用："酒旗戏鼓甚处市。想依稀、王谢邻里，燕子不知何世，入寻常、巷陌人家，相对如说兴亡，斜阳里。"（《西河》）就这样奠定了燕子在中国诗史上的地位。

上汝州郡楼

黄昏鼓角似边州，三十年前上此楼。
今日山川对垂泪，伤心不独为悲秋。

这首诗约作于德宗贞元二十年（804），时淮西兵乱未定，中原汝州（今河南临汝）鼓角频传，给人以边塞的感觉。此诗因登楼而抒今昔之慨，特别含蓄。

"黄昏鼓角似边州"二句，写上汝州郡楼所见所闻，回想起三十年前登楼的情形。"黄昏鼓角"四字，写出一派森严壁垒的气氛，恰似到了塞上的感觉。然而，"似边州"即不是边州，只是像边州而已。因为河南临汝从古以来即属中原地区，防秋防不到这里来。"三十年前上此楼"，一句将读者穿越历史的时空，回到三十年前。照诗句给出的整数推算，那就是大历九年（774）以前，也就是安史之乱平定后十年左右。就在那一年，因吐蕃吞并河西、陇右之地，为国之大患，郭子仪与代宗讨论边事，以至涕泪交流。作者那时登楼，心中即应有不平之慨，具体内容，却一概不说。然字里行间，感慨系之。恰如后人评杜甫《江南逢李龟年》所说，"世运之治乱，年华之盛衰"，"俱在其中"。（《唐诗三百首》）这就是含蓄。

"今日山川对垂泪"二句，回到登楼的当下，抒写城郭依旧，人事全非之感。从前二句到这两句间，有三十年时间跨度。第一次登楼大致在作者初授华州郑县簿尉期间。几年后即远走边塞，先后入朔方、幽州、鄜坊、邠宁等节度使幕。在此期间，唐王朝在下坡路上越走越远，藩镇割据已成积重难返之势，不仅河北三镇形同异域，淄青、淮西等地也成了动乱的策源地。德宗建中四年（783），汝州一度被淮西节度使李希烈攻陷。直到此次，即第二次登楼时，淮西之乱也还没有平定。诗中"山川"一作"山城"，即指汝州。正是在这样的历史背景上，作者写出了沉重的结句："伤心不独为悲秋。"一方面补充交代登楼的季节，乃是秋天；另一方面由是百感交集，悲秋之情是难免的，何况是"不独为悲秋"哉！其实古人伤春悲秋的诗，往往会夹进政治感伤的含意。而作者明说"不独"悲秋，而"伤心"人别有怀抱之意甚明，仍觉浑涵，使人联想到东晋过江诸人新亭对泣之事，及"风景不殊，正自有山河之异"（《世说新语·言语》周颛语）之语，及杜甫《春望》的"国破山河在，城春草木深"，倍觉境界苍凉，寄意深远。

绝句体制短小，有时空灵是必须的。诗人不说是什么，只说不是（或不独是）什么；或者说别有一番滋味，仍不说是什么：都会留下弦外之音，令读者去玩味。孟子说："颂其诗，读其书，不知其人可乎？是以论其世也。"（《万章》下）读这种措辞空灵的诗，尤其需要知人论世。至少得查一查"三十年前"是何种样子。至于这种说半截、留半截，或语未了便转，也成为一种绝句法子。宋人杨万里最擅此道，如《夏夜追凉》结云"时有微凉不是风"，陈衍评道："若将末三字掩了，必猜是说什么风矣，岂知其不是哉！"（《宋诗精华录》）彼此内容相去甚远，法子则是一样的。

写情

> 水纹珍簟思悠悠，千里佳期一夕休。
> 从此无心爱良夜，任他明月下西楼。

在唐代诗人中，李益和元稹是被写进唐传奇的诗人。元稹撰有《会真记》（《莺莺传》），是情场忏悔之作，其《春晓》诗云："半欲天明半未明，醉闻花气睡闻莺。狷儿撼起钟声动，二十年前晓寺情。"李益没有自传体小说，却被同时代蒋防写进《霍小玉》。小说略云，李益早岁入长安应试，与霍小玉私订终身，不料回乡后其母已为之与表妹卢氏订婚，他亦不敢违拗，致霍小玉饮恨抑郁而死，他亦抱愧终身。这首诗写失恋、诀决之情，所流露的无奈与遗憾，和那件事是扣得上的。

"水纹珍簟思悠悠"二句，是从女子角度，写有约不来的懊恼。上句是闺房情景，"水纹珍簟"（编织有水纹的珍贵竹席）这一精美名物，实指床席，极富暗示性，应是包含有许多美好印象和记忆的。宋代李清照的"红藕香残玉簟秋"（《一剪梅》），与此极似。"思悠悠"表明有许多情事，早已成为过去，同时意味着不尽的期待。"千里佳期一夕休"，是写一次爽约。"千里佳期"，是分手之时，男女双方曾经约定的"佳期"，这个日子终于到来了。"一夕休"，在对方是没有任何解释的爽约，在自己是一点思想准备也没有，来得突然，所以特别灰心失望。在古代由于信息传递的不便，阴差阳错的事也是有的，如《西洲曲》所写的"日暮伯劳飞，风吹乌柏树""开门郎不至，出门采红莲"，即是一例。难言之隐也是有的，如此诗即是。有一种解会，认为诗中是写女方失约，男方躺在水纹珍簟上闹情绪，不免失之拘泥，撇开本事不论，也不合于人之常情。

"从此无心爱良夜"二句，写无绪之极，作诀决语以自遣。上句极写心情不好，从今以后良辰美景一概没意思，这是过情语。宋代柳永《雨霖铃》结云"此去经年，应是良辰好景虚设"，一样的意思，说得委婉些，接着说"便纵有千种风情，更与何人说"，正可以作为此句的注脚。诗的最后一句写景，是带有情绪的写景："任他明月下西楼"。交代出当夜景色，是月白风清的夜晚，却是最难将息的时候。此句语意奇佳——虚拟未来的良宵，管得他明月下不下西楼，意即不挽留明月了。然而，明月可是挽留得住的么？诗人可曾挽留过明月么？只是"弃捐无复道"（古诗《行行重行行》）之意，却说得如此别致，如此无奈，如此具有美感，堪称佳句。这两句所写的心境，可以属于女方，也可以属于男方。

不涉具体情事，专写无奈的心境，正所谓："不如意事常八九，能与人言不二三。"赋予这首诗很大的想象空间。清人郭麐谓其"含思凄惋，命意忠厚，殊不类薄幸人"（《灵芬馆诗话》），可见写诗，也可以拯救灵魂。全诗除"水纹珍簟"四字稍涉藻绘，基本上用白描。情绪化、风格化的语言，极直极尽，正复情味无穷，在古代的爱情诗中别具一格，故历来脍炙人口。

度破讷沙（录一）

破讷沙头雁正飞，鹈鹕泉上战初归。
平明日出东南地，满碛寒光生铁衣。

诗题一作《塞北行次度破讷沙》。据说唐代丰州有九十九泉，在西受降城北三百里的鹈鹕泉号称最大。唐宪宗元和初，回鹘曾以骑兵进犯，与镇武节度使驻兵在此交战。诗当概括了这样的历史内容。"破讷沙"系沙漠译名，亦作"普纳沙"（《新唐书·地理志七》）。

前两句写部队凯旋度过破讷沙的情景。从三句始写"平明日出"可知，此时黎明尚未到来。军队夜行，"不闻号令，但闻人马之行声"，时而兵戈相拨，偶有碰撞的声音。栖息在沙上的雁群，却早已警觉，相唤腾空飞去。"战初归"乃正写"度破讷沙"之事，"雁正飞"则是其影响所及。先写飞雁，未见其形先闻其声，造成先声夺人的效果。两句与卢纶《塞下曲》"月黑雁飞高，单于夜遁逃"，机杼略同，匠心偶合。

不过，"月黑雁飞高"用字警策，烘托出单于的惊惶；"雁正飞"措辞从容，显示出凯旋者的气派：彼此感情色彩不同。三句写一轮红日从地平线喷薄而出（因人在西北，所以见"日出东南"），在广袤的平沙之上，行进的部队宛如游龙，战士的盔甲银鳞一般，在日照下冷光闪闪，而整个沙原上，沙砾与霜华也闪烁光芒，鲜明夺目。

是何等壮观景象！风沙弥漫的大漠上，本难见天清日丽的美景，而现在这样的美景竟为战士而生了。而战士的归来也使沙原增辉：仿佛整个沙漠耀眼的光芒，都自他们的甲胄发出。这又是何等光辉的人物形象！这里，境与意，客观的美景与主观的情感得到高度统一。末二句在措辞上，分别化用汉乐府《陌上桑》之"日出东南隅"、北朝乐府《木兰诗》

之"寒光生铁衣",天然成对,十分巧妙。

清人吴乔曾说:"七绝乃用偏师,非必堂堂之阵,正正之旗,有或斗山上,或斗地下者。"(《围炉诗话》)此诗主要赞颂边塞将士的英雄气概,不写战斗而写战归。取材上即以偏师取胜,发挥了绝句特长。通篇造境独到,声情激越雄健,是盛唐余响。

塞下曲(录一)

蕃州部落能结束,朝暮驰猎黄河曲。
燕歌未断塞鸿飞,牧马群嘶边草绿。

唐代边塞诗不乏雄浑之作,然而毕竟以表现征戍生活的艰险和将士思乡的哀怨为多。即使一些著名的豪唱,也不免夹杂危苦之词或悲凉的情绪。当读者翻到李益这篇塞上之作,感觉便很不同,一下子就会被那天地空阔、人欢马叫的壮丽图景吸引住。它在表现将士生活的满怀豪情和反映西北风光的壮丽动人方面,是比较突出的。

诗中"蕃州"乃泛指西北边地(唐时另有蕃州,治所在今广西宜州市西,与黄河不属),"蕃州部落"则指驻守在黄河河套("黄河曲")一带的边防部队。军中将士过着"岁岁金河复玉关,朝朝马策与刀环"的生活,十分艰苦,但又被磨炼得十分坚强骁勇。首句只夸他们能"结束",即善于戎装打扮。通过对将士们英姿飒爽的外形描写,其善战已不言而喻,所以下句写"驰猎",不复言"能",而读者自可神会了。

军中驰猎,乃是一种常规的军事训练。健儿们乐此不疲,早晚都在操练,作好随时迎敌的准备。正是"为报如今都护雄,匈奴且莫下云中"(同组诗其四)。"朝暮驰猎黄河曲"的行动,表现出健儿们慷慨激昂、为国献身的精神和决胜信念,句中饱含作者对他们的赞美。

这两句着重刻画人物和人物的精神风貌，后两句则展现人物活动的辽阔背景。西北高原的景色是这样壮丽：天高云淡，大雁群飞，歌声飘荡在广袤的原野上，马群在绿草地撒欢奔跑，是一片生气蓬勃的气象。

征人们唱的"燕歌"，有人说就是《燕歌行》的曲调。目送远去的飞雁，歌声里诚然有北国战士对家乡的深切怀念。然而，飞鸿望断而"燕歌未断"，这开怀放歌中，也未尝不包含歌唱者对边地的热爱和自豪情怀。如果说这一点在三句中表现尚不明显，那么读末句就毫无疑义了。

"牧马群嘶边草绿"。在赞美西北边地景色的诗句中，它几乎可与"风吹草低见牛羊"的奇句媲美。"风吹草低"句是写高原秋色，所以更见苍凉；而"牧马群嘶"句是写高原之春，所以有油然生意。"绿"字下得绝佳。因三、四对结，上曰"塞鸿飞"，下对以"边草绿"，可见"绿"字是动词化了。它不仅是一片绿油油的草色，而且写出了"离离原上草"由枯转荣的变化，暗示春天不知不觉又回到草原上。这与后来脍炙人口的王安石的名句"春风又绿江南岸"，都以用"绿"字见胜。在江南，春回大地，是啼鸟唤来的。而塞北的春天，则由马群的欢嘶来迎接。"边草绿"与"牧马群嘶"连文，意味尤长：似乎由于马嘶，边草才绿得更为可爱。诗句所以有味。

夜上受降城闻笛

> 回乐烽前沙似雪，受降城外月如霜。
> 不知何处吹芦管，一夜征人尽望乡。

李益早年由于官场失意，曾浪游燕赵一带，并在军中干过事。在那个连年征战的时代，他对边塞生活有亲身体验，这成为他诗作的突出题材。他的边塞题材的七言绝句，当时就被谱入管弦，广泛流行。后人一直认为他可以追踪李白、王昌龄。

"受降城"是武则天景云年间，朔方军总管张仁愿为抵御突厥的入侵而筑的，共三座。中城在朔州，西城在灵州，东城在胜州。诗中提到的"回乐（县）"，故城位置在今甘肃灵武县西南。据此，这里的受降城当指西城。杜甫有"韩公（指张仁愿）本意筑三城，拟绝天骄拔汉旌"的诗句，可见筑城原是为了国防。然而安史乱后，征战频仍，藩镇割据，国防力量削弱，杜甫已有"胡来不觉潼关隘"的叹息。到李益时，局面不但没有好转，政治危机反而进一步加深，边疆也不得安宁。战士长期驻守，长期不能还乡，厌战情绪普遍。

诗的一、二句写登楼所见。万里沙漠和矗立的烽火台，笼罩在朦胧的月色里。月照沙上，明晃晃仿佛积雪，城外地面也像铺上一层白灿灿的霜，令人凛然生寒。边塞物候与内地迥乎不同。江南秋夜，月白风清；而塞外尘沙漫天，连月夜也是昏惨惨的。在久戍不归的兵士心中，该会唤起怎样一种感情？背井离乡，独为异客的人，明月往往唤起他对亲友的思念；而由月光联想到冰霜，更增添几分寒意，这不仅仅是一种视觉的错乱，更是一种心理作用。前面介绍的李白的《静夜思》，也是写这样的心情，可以参阅。

这两句除掉地名方位，写景就在六个字："沙似雪""月如霜"，却似图画一样的生动、鲜明，使人如身临其境，感受到边塞大漠月夜全部的苍凉。诗人何以能以极省的笔墨造成丰富的形象呢？这是因为语言艺术塑造形象，不同于绘画，它不是像绘画那样详尽到每一个细节；其塑造形象是依靠语言典型化的作用，因而比之绘画，具有更大概括性。当它抓住对象最有特征的细节予以刻画，往往可以收到事半功倍的效果。契诃夫曾说过：如果很好写出一个碎玻璃的反光，等等，就能写出整个月夜。诗人抓住"沙似雪""月如霜"，这样最有边塞特征的景色，就把整个塞上的单调、凄凉气氛表现出来了，达到了最经济的语言效果。

第三句写登楼所闻。紧承上两句而来。登楼者对着凛然生寒的大漠月色，难以禁持时，寒风忽然吹来一阵凄怨的笛声。"芦管"本是胡笳声别名。但诗题已明说"闻笛"，可见此处"芦管"指的就是笛。因为在荒漠的景色中，诗人听到的笛声，萧瑟凄凉，如怨如慕，如泣如诉，简直与幽咽哀怨的胡笳声相似。夜里寂静，而夜晚人的听觉最敏锐，因此，夜声给人的感觉印象也最深，造成的心理影响特别大。笛声随风而至，时断时续，所以说"不知何处"。这同时也表明登楼者在仔细倾听，心揪得更紧。

前三句对塞景边声的渲染，直接引起第四句。这句抒情，妙在一个"尽"字，诗人并不就此把思乡之情局限于一身，而是推及所有的"征人"。也就是和《从军北征》所谓"碛里征人三十万，一时回首月中看"一个意思。诗人心事浩茫，想到：此夜塞上何处无月？何处无征人？谁看到这如霜的月光不思家？谁听到这幽怨的笛声不下泪？厌战思归的心理，何止登楼者一己而已！这一个"尽"字，就把诗境大大深化，不但渗透诗人深刻的生活体验，而且容纳了丰富的社会现实内容，使诗歌艺术形象升华，获得了典型性。

【卢纶】（748？—800？）字允言，唐郡望范阳（今河北涿州），籍贯蒲州（今山西永济）。代宗大历十才子之一。天宝末举进士不第。安史之乱中避地鄱阳，与吉中孚为林下之友。代宗大历初宰相元载取其文以进，授阌乡尉，迁集贤院学士。官至检校户部郎中。有《卢纶诗集》。

送李端

故关衰草遍，离别正堪悲。

路出寒云外，人归暮雪时。

少孤为客早，多难识君迟。

掩泣空相向，风尘何所期。

　　这首诗是作者于乱离中送别友人之作，全诗情调凄怆，动人心弦，是唐人五律之杰作。《全唐诗》题作《李端公》，当有误。一作严维诗。

　　"故关衰草遍"二句，写严冬送别，别情更苦。一个"悲"字力透纸背，贯穿全篇。"故关""衰草"两个意象，都是衰飒、萧条的象征，而一个"遍"字，与"悲"字同具张力。首句可谓高屋建瓴，次句"离别正堪悲"则势如破竹矣。在这样的环境中送别，大大加重了离愁别绪。开篇得势，即为全诗定下了沉郁的基调。

　　"路出寒云外"二句，写送别情景，是话分两头。上句写友人离去、念征途之迢递，下句写自己归来、值暮雪之纷飞。在送别诗中，寒云、暮雪作为一种催化剂，是常见的意象。如"前日风雪中，故人从此去"（古诗《步出城东门》）、"天山三丈雪，岂是远行时"（李白）、"千里黄云白日曛，北风吹雁雪纷纷"（高适）、"纷纷暮雪下辕门，风掣红旗冻不翻"（岑参），等等。如单说他离去、我归来，便属常语。嵌入"寒云""暮雪"两个意象，不啻为离情别绪加码，又紧扣一个"悲"字。若依诗作画，定格在"山中相送罢，日暮掩柴扉"（王维），外加漫天飞雪，远山小路就可以了。

　　"少孤为客早"二句，是在写分手之景后，回过头去写彼此的交心，是这首诗可圈可点的名句。"少孤"是说自己少年丧父，这是伤心事；"为客早"是离家很早，也是伤心事；"多难"是说平生遭遇坎坷，还是伤心事。而伤心事，是不可以随便对人讲的。正所谓"君非知己莫与谈"。而"识君迟"三字，读者更须痛下眼看。但凡成功的人生，在关键时刻必有贵人相助。而"识君迟"所表达的，则是相见恨晚的遗憾。换言之，如果对方早一点出现，很可能是改变他命运的贵人。可惜时乎不再，一切都无从谈起。言念及此，彼此必有一番叹息。不过话说回来，虽然木已成舟，"识君迟"到底比不识君好。这可不是一般意义上的谈心，而是说掏心话。故清人潘德舆说："字字从肺肝中流露，写情到此，乃为入骨。"（《养一斋诗话》）在唐诗中，掏心话说到这个程度，真是不可多得。两句以"早""迟"二字相起，读来回肠荡气，更是唱叹有情。

"掩泣空相向"二句，写时局动荡，后会难期的悲哀。"掩泣"二字，直接由上文的掏心话引出。回想彼此交心的一幕，不禁泪流满面，而友人已不在眼前，一个"空"字，写出内心的失落。"风尘"指社会动乱，语出汉代班固："设后北虏稍强，能为风尘，方复求为交通，将何所及。"（《后汉书·班固传》）"何所期"即后会难期。话虽如此，言外流露的也有对未来的期待，作为结束，可谓饶有余韵。

刘勰云："音实难知，知实难逢。"（《文心雕龙·知音》）人生在世，知己是一种精神支柱。知心朋友的离去，难免使人难过。此诗所以能引起广泛共鸣，就是因为这个缘故。虽是律诗，风格浑厚朴质，沉郁激昂，实风雅、汉魏之苗裔，为作者之特色。

塞下曲（录二）

其一

林暗草惊风，将军夜引弓。

平明寻白羽，没在石棱中。

卢纶《塞下曲》共六首，分别写发号施令、射猎破敌、奏凯庆功等军营生活。诗题一作《和张仆射塞下曲》，语多赞美之意。

此为组诗的第二首，写将军夜猎，见林深处风吹草动，以为是虎，便弯弓猛射。天亮一看，箭竟然射进一块石头中去了。通过这一典型情节，表现了将军的勇武。诗的取材，出自《史记·李将军列传》。据载，汉代名将李广猿臂善射，在任右北平太守时，就有这样一次富于戏剧性的经历："广出猎，见草中石，以为虎而射之。中石没镞，视之石也。因复更射之，终不能复入石矣。"

首句写将军夜猎场所是幽暗的深林；当时天色已晚，一阵阵疾风刮来，草木为之纷披。这不但交代了具体的时间、地点，而且制造了一种气氛。右北平是产虎地区，深山密林是百兽之王的猛虎藏身之所，而虎又多在黄昏夜分出山，"林暗草惊风"，着一"惊"字，就不仅令人自然联想到其中有虎，呼之欲出，渲染出一片紧张异常的气氛，而且也暗示将军是何等警惕，为下文"引弓"做了铺垫。次句即续写射。但不言"射"而言"引弓"，这不仅是因为诗要押韵的缘故，而且因为"引"是"发"的准备动作，在一"惊"之后，将军随即搭箭开弓，身手敏捷之至。

后二句写"中石没镞"的奇迹，把时间推迟到翌日清晨（"平明"），将军搜寻猎物，发现中箭者并非猛虎，而是石头，令人读之，始而惊异，既而嗟叹，原来箭头竟"没在石棱中"。这样写不仅更为曲折，有时间、场景变化，而且富于戏剧性。"石棱"即石头的棱角，箭头要钻入殊不可想象。《史记》原文只说"没镞"，并没有说得这样具体。这一颊上添毫的笔墨，特别尽情够味，只觉其妙，不以为非。

清人吴乔曾形象地以米喻"意"，说文则炊米而为饭，诗则酿米而为酒（见《围炉诗话》），其言甚妙。因为诗须诉诸读者的情绪，一般比散文形象更集中，语言更凝练，更注重意境的创造，从而更令人陶醉，也更像酒。《史记》一段普普通通的文字，一经诗人提炼加工，便升华出如此富于艺术魅力的小诗，不正是化稻粱为醇醪吗？

其二

月黑雁飞高，单于夜遁逃。

欲将轻骑逐，大雪满弓刀。

此诗原列第三。它通过雪夜追击逃敌的情节，着重表现并热情歌颂了边防将士的不畏艰苦和英勇威武。

　　前两句写敌军趁夜遁逃。第一句"月黑雁飞高"，极力烘托寒夜气氛：彤云密布，没有月光，是漆黑阴森的夜。"雁"点出季节。塞下秋来，寒风凛冽，下雪是不必待到隆冬的。夜空飞雁，是凭听觉感到的。雁的啼声从远空传来，"高"就表达出了这种实际的感觉。黑夜雁飞，是很反常的现象。因为雁群晚来投宿沙滩或芦塘，要白天再次降临才继续远征。这种鸟儿十分警觉，一有动静即相呼而起。夜空惊雁的一笔，表明黑茫茫的夜幕正掩蔽着一个诡秘的军事行动，这就紧紧逼起下句："单于夜遁逃"——乃是惊雁的原因了。"月黑雁飞高"，既是赋，又兼有比兴作用。黑暗中作高空飞行的大雁，又是趁夜撤退的敌军一种象征。

　　后两句，以一极有力的"欲"字领起，写警觉的边防军已洞察敌人的动静，即将以轻骑兵追击。这时气氛突变，一瞬间漫天大雪纷飞。出击的情形，战斗的后果，被诗人一概舍去，独取一个"特写镜头"——"大雪满弓刀"：黑夜看不清人和马，雪光映射在战士们的刀剑上，发出闪闪冷光。所以在追兵中独见"弓刀"，这是极真切的描写。由于前两句诗充分地烘托了气氛，第三句只用"轻骑逐"三字，便极含蓄地写出了战斗胜利在望的气势，写出了将士们勇猛追击的精神面貌。它使人联想到"将军金甲夜不脱，半夜军行戈相拨，风头如刀面如割"，"虏骑闻之应胆慑，料知短兵不敢接，车师西门伫献捷"的诗句。其所写将士坚毅的意志，昂扬的士气，决胜的信心，此诗与之毫无二致。第四句写临发时突如其来的大风雪，于行军不利，然而这正是将士们坚忍不拔、一往无前的英勇气概的有力衬托。这可说是诗中最精彩的一笔。从句式上看，以"欲将"领起二句，有意造成一种引而不发、欲擒故纵的气势，诵读起来音情摇曳，回肠荡气。语极豪放又含蓄不尽。追击成功与否，诗人不写，读者已心领神会了。

逢病军人

行多有病住无粮，万里还乡未到乡。
蓬鬓哀吟古城下，不堪秋气入金疮。

　　此诗写一个伤病退伍在还乡途中的军人，从诗题看可能是以作者目睹的生活事件为依据。诗人用集中描画、加倍渲染的手法，着重塑造人物的形象。诗中的这个伤兵退伍后，他很快就发觉等待着他的仍是悲惨的命运。"行多"，已不免疲乏；加之"有病"，对赶路的人就越发难堪了。病不能行，便引出"住"意。然而住又谈何容易，离军即断了给养，长途跋涉中，干粮已尽。"无粮"的境况下多耽误一天多受一天罪。第一句只短短七字，写出"病军人"的三重不堪，将其行住两难、进退无路的凄惨处境和盘托出，这就是"加倍"手法的妙用。

　　次句承上句"行"字，进一步写人物处境。分为两层。"万里还乡"是"病军人"的目的和希望。尽管家乡也不会有好运等着他，叶落归根，"病军人"不过是愿死于乡里而已。虽然"行多"，但家乡远隔万里，未行之途必更多。就连死于乡里那种可怜的愿望怕也难以实现呢。这就使"未到乡"三字充满难言的悲愤、哀怨，令读者为之鼻酸。这里"万里还乡"是不幸之幸，对于诗情是一纵；然而"未到乡"，又是"喜"尽悲来，对于诗情是一擒。由于这种擒纵之致，使诗句读来一唱三叹，低回不尽。

　　诗的前两句未直接写人物外貌。只闻其声，不见其人。然而由于加倍渲染与唱叹，人物形象已呼之欲出。在前两句铺垫的基础上，第三句进而刻画人物外貌，就更鲜明突出，有如雕像被安置在适当的环境中。"蓬鬓"二字，极生动地再现出一个疲病冻饿、受尽折磨的人物形象。

"哀吟"直接是因为病饿的缘故，尤其是因为创伤发作的缘故。"病军人"负过伤（"金疮"），适逢"秋气"已至，气候变坏，于是旧伤复发。从这里又可知道其衣着的单薄、破敝，不能御寒。于是，第四句又写出了三重"不堪"。此外还有一层未曾明白写出而读者不难意会，那就是"病军人"常恐死于道路、弃骨他乡的内心绝望的痛苦。正由于有交加于身心两方面的痛苦，才使其"哀吟"令人不忍卒闻。这样一个"蓬鬓哀吟"的伤兵形象，作者巧妙地把他放在一个"古城"的背景下，其形容的憔悴，处境的孤凄，无异于十倍加，使人感到他随时都可能像蚂蚁一样在城边死去。

这样，通过加倍手法，有人物刻画，也有背景的烘托，把"病军人"饥、寒、疲、病、伤的苦难集中展现，"凄苦之意，殆无以过"（南宋范晞文《对床夜语》）。它客观上是对社会的控诉，也流露出诗人对笔下人物的深切同情。

【畅诸】生卒年不详，开元初登进士第，九年（721）中拔萃科，官至许昌尉。

登鹳雀楼

迥临飞鸟上，高出世尘间。
天势围平野，河流入断山。

鹳雀楼，古名鹳鹊楼，因有鹳鹊栖息其上而得名，故址在永济市境内古蒲州城外黄河岸上。与武昌黄鹤楼等并为海内名楼。作者一作畅当，误。唐李翰《河中鹳雀楼集序》："前辈畅诸题诗上层，名播前后。山川景象，备于一言。"原诗是五律，此系中间两联，是名副其实的"截句"（绝句异名）。

唐诗人崔颢"游武昌，登黄鹤楼感慨赋诗，及李白来，曰：'眼前有景道不得，崔颢题诗在上头。'无作而去，为哲匠敛手云。"（辛文房《唐才子传》）从来传为佳话。而鹳雀楼则有王之涣（一作朱斌）题诗在前，气象与声名俱不减崔颢《登黄鹤楼》；而畅诸的名气远出李白之下，竟登此楼，赓作一绝，为《唐诗别裁集》选录，谓之"不减王之涣之作"。

"迥临飞鸟上"二句，写高瞻以寄壮怀。"迥临"或谓指远道而来登临，其实不合此句语感，按"迥"可引申出高义，如迥拔。所以这里就是高的意思。作者说鹳雀楼高出飞鸟之上，是夸张也是事实。因为楼建于高地之上，登楼俯见飞鸟的情形也是有的。但诗句不是说的这个意思，而是夸张鸟飞不到楼顶这样高。"高出世尘间"，此句亦状楼高，但多一层意思，即眼界超出了世俗凡尘。言外有一种壮志凌云，或遗世独立，羽化登仙的感觉。下句一作"高谢世人间"，明挑高蹈之意，不及"高出世尘间"为含蓄。

"天势围平野"二句，写远瞩以抒豪情。两句中纳入平野、河流、断山等意象，视野极为开阔。上句令人联想到《敕勒歌》之"天似穹庐，笼盖四野"，是平野给人的一望无边的感觉。"河流入断山"，中条山脉西接华山，而河道从山脉中穿过，放望黄河奔流，入断山向大海而去。在表现河山壮丽的同时，也显示出诗人目光远大，胸襟开阔，满怀豪情，不可羁勒。按王之涣诗四句皆对，此诗本系截句，故亦如之。然王用流水对的方式，所以读来不觉其对，有对外开放的感觉。此诗作呼应对，别有整饬之感。"天势围平野，河流入断山"二句对结，末句突然截住，从语感上强化了"河流入断山"的突兀感，别饶奇致。

前人比较说："王之涣诗上二句实，下二句虚。此诗上二句虚，下二句实，工力悉敌。然王诗妙在虚，此诗妙在实。"（黄叔灿）"王之涣'白日依山尽'一绝，市井儿童皆知诵之，而至今崭然如新。畅当（当作畅诸）

诗'迥临飞鸟上'云云，兴之深远不逮王之涣作，而体亦峻拔，可以相亚。"（潘德典）按王之涣诗在唐人绝句是千里挑一的杰作，此诗在气格及哲理意味上不好相提并论。然其后二句写景，亦复警炼；全诗有半律之訾，而不累其工。作者挑战名作的精神，更可传为佳话。

【窦牟】（约749－822）字贻周，扶风平陵（今陕西咸阳）人。德宗贞元（785－805）进士，历任留守判官、尚书都官郎中、泽州刺史，终国子司。原有集已佚。《全唐诗》存诗二十一首。

奉诚园闻笛

曾绝朱缨吐锦茵，欲披荒草访遗尘。
秋风忽洒西园泪，满目山阳笛里人。

题下原注："园，马侍中故宅"。"马侍中"指唐代中兴名将马燧。马燧为唐德宗时期的重臣，不但是良将而且是有名的循吏。他少时攻兵书，多谋略，以功盖一时封北平郡王，但也因功高而曾遭唐德宗猜忌。他死后，其家屡遭内廷权贵及豪门贵族侵渔，其子马畅因惧祸而把园苑宅第献给唐德宗，于是改园名为"奉诚园"。此诗是作者经过马氏故园遗址时为追怀马燧而作，抒发作者凭吊先贤的感慨。

马燧立下战功无数，但是诗人感怀的不是他的赫赫战绩，而是他的仁者之心。史载马燧务勤教化，禁止横征暴敛，去除苛刻烦琐；宽以待下，士众临阵"无不感慨用命，斗必决死"。马氏一生大节，追述起来，足成一书。但作者运用典故，只一句就把这意思灵活表达出来了。"绝缨"事出《战国策》：楚庄王有一次夜宴群臣，日暮酒酣，殿上烛灭，有人乘暗戏牵楚庄王所宠美人的衣裳，美人扯断其冠缨（帽带），以告王，命立即点烛，以便追查。楚庄王不欲因此处分人，遂命群臣皆绝缨而后燃烛，使得难以识别出先绝缨的那个人来。后来吴军攻楚，那个戏牵美人衣襟的人临阵特别卖命。"吐茵"事出《汉书》：西汉丞相丙吉宽待属吏，他的车夫嗜酒，有一次喝多了呕吐在车上，弄脏了华丽的车垫（锦茵），左右的人想斥逐这个车夫，而丙吉认为不过弄脏一张席子，不为大过，无须大惊小怪，不至于赶走他。此诗首句就是通过这两个典型的故事，刻画出一个目光远大、胸次宽广的人物形象。一句中实用两事，语言极为凝练。

次句直陈追慕先贤的心情，"欲披荒草访遗尘"，咏凭吊事兼写出旧园遗址的荒凉。"朱缨""锦茵"与"荒草""遗尘"的对照，突出了一种今昔盛衰之感。

紧接着，后两句写诗人怀古伤今的悲痛，又用了两个典故。"西园"系建安诗人在邺城的宴游之所，为曹植所建，后经丧乱，曾与其会的刘桢旧地重游，感怀为诗云："步出北门寺，遥望西苑园。乖人易感动，涕下与衿连。"（《赠徐幹》）"西园泪"即谓此。"山阳"（今河南修武）为魏晋之际竹林七贤旧游之地，七贤中的嵇康被司马氏杀害后，向秀重过其旧居，听到邻人吹笛，因而想到昔日游宴之乐，作《思旧赋》。"山阳笛"即指此。用此二事写物是人非之慨是很贴切的。但这两句用典与前两句有所不同，它是融合在写景抒情之中的。秋风、园苑，是眼前景；闻笛、下泪，是眼前事。但谓之"山阳笛""西园泪"，就赋予笛、泪以特定感情内容，限制同时又丰富了诗意的内涵。三句的"忽"字值得玩味，"披荒草访遗尘"，尚能自持，忽然洒泪，却是"闻笛"的缘故。"听鸣笛之慷慨兮，妙声绝而复寻"（《思旧赋》），那如泣如诉的笛声，一下把诗人推入向秀赋的意境，使他怆然涕下。所谓"山阳笛里人"，是向秀因闻笛而感伤怀念的逝者。《思旧赋》中还说"惟古昔以怀人兮，心徘徊以踌躇。栋宇存而弗毁兮，形神逝其焉如"，正好借来作为"欲披荒草访遗尘"到

"满目山阳笛里人"的注脚。但也不尽是怀旧而已，它包含一种不平之鸣，就是如沈德潜所说"伤马氏以见德宗之薄"（《唐诗别裁集》十九）。

如前所述，后两句用典较活，前两句用典较实。其中道理，可用姜夔的"僻事实用，熟事虚用"（《白石道人诗说》）八字说明。僻事如用得太虚，则不易为人理会，故宜实用。"绝缨""吐茵"之事，旁人罕用，就属僻事之列。熟事如用得过实，则未免乏味，活用则耐人含咀。"山阳笛"为人所习用，就属熟事之列。

与窦牟差不多同时代的诗人赵嘏《经汾阳旧宅》云："门前不改旧山河，破虏曾轻马伏波。今日独经歌舞地，古槐疏冷夕阳多。"是怀念唐朝中兴元勋郭子仪之作，主题与窦牟这首《奉诚园闻笛》略近。两诗对照，则赵诗见白描之工，而此诗擅用典之妙。

【刘采春】生卒年不详，女艺人，伶工周季崇之妻。《啰唝曲》之歌者。

啰唝曲六首（录三）

其一

不喜秦淮水，生憎江上船。

载儿夫婿去，经岁又经年。

其二

莫作商人妇，金钗当卜钱。

朝朝江口望，错认几人船。

其三

那年离别日，只道住桐庐。

桐庐人不见，今得广州书。

《啰唝曲》是曲调的名称，清人方以智释"啰唝犹来罗（望夫之歌）"。唐人范摅《云溪友议》说：金陵有啰唝楼，乃陈后主所建。又说：采春所唱一百二十首，皆当代才子所作。可见刘采春其实是此词的歌者，好比杜秋娘是《金缕衣》的歌者一样。元稹尝作《赠刘采春》诗云："更有恼人肠断处，选词能唱望夫歌。"《全唐诗》录《啰唝曲》六首，这里选的是其中三首，均作第一人称口气，女主人公身份乃是商妇。

先看"不喜秦淮水"一首。这首诗是抒写商妇因丈夫久别不归而生的怨情，具有很强的民歌色彩。一是迁怒，丈夫出远门，本来是为经商之故，是为生计奔波的缘故，而女子却迁怒于"秦淮水""江上船"，这是没有道理的。好比放过疑犯，而迁怒作案条件、追究作案工具一样，很可笑。然而，正是这种情态，惟妙惟肖地表现出少妇的恼乱和小儿女情态。另一点则是同义反复，"不喜""生憎"是同义词，"经岁""经年"也是同义词，这种同义反复，在文人诗中为大忌，而在民歌中为本色。恰如清代沈德潜说："'不喜''生憎''经岁''经年'，重复可笑，的是儿女子口角。"（《唐诗别裁集》）管世铭将其与金昌绪之"打起黄莺儿"等相提并论，谓其"或天真烂漫，或寄意深微，虽使王维、李白为之，未能远过"。（《读雪山房唐诗钞》）

再看"莫作商人妇"一首。这首诗是写商妇巫盼夫归而失望之辞。这首诗在艺术上的突出特点，一是过情语的运用。过情语的意思是把话说过了头，其作用好比矫枉过正，因为不过正不能矫枉。"莫作商人妇"便是过情语，这种语气在民歌味的作品中时有所见，如李益《江南曲》之"早知潮有信，嫁与弄潮儿"。又如古诗十九首之："荡子行不归，空床难独

120

守。"这样的话，是不入道学家之耳的。但王国维说得好，读者"不视为淫词鄙词者，也其真也。"（《人间词话》）另一点是情节设计。"金钗当卜钱"，这个细节很独到，古人流行金钱卜，如于鹄《江南曲》云："众中不敢分明语，暗掷金钱卜远人。"此诗易为金钗卜，情节是生活化的，间接表现出少妇占卜之勤。占卜结果不利，会引起沮丧；占卜得到吉兆，又不免乎上当。"朝朝江口望，错认几人船"，就是上当，被占卜之吉言所骗。温庭筠《望江南》："梳洗罢，独倚望江楼。过尽千帆皆不是，斜晖脉脉水悠悠。肠断白蘋洲。"北宋柳永《八声甘州》："想佳人、妆楼颙望，误几回天际识归舟"。皆有认船的情节，皆属名作。此诗却占尽先机。

后看"那年离别日"一首。写商妇打探丈夫消息，每觉行踪不定的怨情。诗中出现两处地名，一是"桐庐"，地属浙江，这是丈夫在分手时预告的地址；一是"广州"，地处岭南，这是女子从书信得知的地址。这就出现了错位。清人李锳云："桐庐已无归期，今在广州，去家益远，归期益无日矣。只淡淡叙事，而深情无尽。"（《诗法易简录》）明人杨慎云："此本诗经'何斯违斯'一句，其疏云：'君子既行王命于彼远方，谓适居此一处，今复乃居此，更转远于余方。'"（《升庵诗话》）亦可谓读书得间。这种空间错位的写法，与张潮《江南行》相近："茨菰叶烂别西湾，莲子花开犹未还。妾梦不离江水上，人传郎在凤凰山。"不过，张诗写的是梦境与现实的错位，有恍惚之感。而此诗写的是预告与事实的错位，更生惆怅矣。故有同工异曲之妙。

明人陆时雍云："采春五绝，俱近《子夜》遗声。"而《子夜歌》本是南朝乐府歌曲，其词则近于民歌，无论从性质上说，还是从风格上说，与刘采春所唱歌词，并无二致。

【刘商】生卒年不详，字子夏，唐彭城（江苏徐州）人，久居长安。进士及第，代宗大历初任合肥令。德宗贞元中历汴州观察推官、检校虞部郎中。去官为道士，隐居山中炼药求仙。

古意

连晓寝衣冷，开帷霜露凝。
风吹昨夜泪，一片枕前冰。

诗实写闺怨。构思上有所翻新，显得不落窠臼。

诗中几乎没有说到怨情，只是一个劲地在写冬夜气候的寒冷。"连晓"即通夜，一夜到晓。"寝衣冷"换言之即被窝睡不热。这个细节不光交代出冬夜的严寒，而且暗点了女主人公的幽独处境，所谓"翡翠衾寒谁与共?"只不过不明言后一层意思，便显得不经意罢了。"开帷霜露凝"写室外景象，是一派严霜。句中说"凝"，是偏义于"霜"兼及"露"，则有"白露为霜"的含义。这进一步证实了气温之低。这样的夜晚，独处的人儿将是很难熬的呢，读者不难推想。

大概女主人公恹恹起床后，先查看了一下户外，不由更添寒噤。于是回身理床，才发现枕畔亮晃晃着了一层薄冰。诗人用其内心独白的语气解道："风吹昨夜泪，一片枕前冰。"原来如此，可见天气是多么寒冷啊。这里几乎是不经意地点出"昨夜泪"，似乎女主人公的注意力已全部集中在讶怪气候寒冷上，已快淡忘了昨夜的苦恼，至少在悲怨的情绪上有所减轻。诗中不写下泪当时，而写泪干之后，这种避重就轻的写法，反而取得了"语不涉己，若不堪忧"的奇效。大抵显意识中的悲哀好写，却往往因流于表面现象而难于打动读者的心，潜意识中的悲哀不易写，写出则耐人寻味，乃至能产生攫住人心的力量。沉重的内容，轻松的形式，无意有意之间，产生了欲盖弥彰的感觉。"而今识尽愁滋味，欲说还休。欲说还休，却道天凉好个秋!"（辛弃疾）此诗中女主人公说寒风吹泪居然成冰的两句，实有异曲同工之妙。

画石

苍藓千年粉绘传，坚贞一片色犹全。
那知忽遇非常用，不把分铢补上天。

这是一首题画诗。作者本人是诗人兼画家，擅画松石树木。这首诗是题"画石"的。诗中涉及女娲补天的故事，出于《淮南子·览冥训》："往古之时，四极废，九州裂，天不兼覆，地不周载。……于是女娲炼五色石以补苍天。"此诗即据以托物言志。

"苍藓千年粉绘传"二句，为"画石"图形写貌。上句的"苍藓"指画石上的苔点，苔点的作用，在于表现石头的质感和沧桑感，另一个作用是遮掩败笔，如画石轮廓皴法劲整不乱、浓淡分明，就不需要苔点，如出现败笔，则可斟酌用苔点来补救；"千年"意味着是深山老林之石，这很容易使人联想到后来曹雪芹笔下"大荒山无稽崖青埂峰"下女娲补天剩下的那块石头；"粉绘"指彩画，以别于水墨画，而国画中的苔点和对石头的染色，离不开石绿、石青这样一些带粉的颜料，故云。下句"坚贞一片"，由石头的质感写到秉性，用时髦的话说，这四个字表现出的是一种正能量，所以这首诗的用意不在于讽刺"画石"本身。"色犹全"，即五色犹全，因为"女娲炼五色石以补苍天"，"色犹全"则意味着一种确认：它正是女娲剩下的那块石头。

"那知忽遇非常用"二句，借题发挥，自抒怀才不遇的悲慨。上句一转，说这块石头也曾遇到一个可以大用、亦即补天的机会。对诗情来说，这是一扬。下句"不把分铢补上天"，则是猛然一抑，是说这块石头，却错失这个难得的机会，最后成为一块没用的石头。两句极饶跌宕顿挫之致，具有浓浓的诗味。单凭一幅《画石》，很难表现这样的寓意。而题画

123

诗不受限于画面形象，可以借题发挥，自出新意。这里的构思，确乎与曹雪芹《石头记》（即《红楼梦》）的构思有暗合之处。小说交代石头的来历道："原来女娲氏炼石补天之时，于大荒山无稽崖炼成高经十二丈，方经二十四丈顽石三万六千五百零一块。娲皇氏只用了三万六千五百块，只单单剩了一块未用，便弃在此山青埂峰下。谁知此石自经煅炼之后，灵性已通，因见众石俱得补天，独自己无材不堪入选，遂自怨自叹，日夜悲号惭愧。"（《红楼梦》第一回）且题诗道："无材可去补苍天，枉入红尘若许年。"

这首诗以题画的面目出现，隐去了一些本事，读者只能猜想，作者可能有过某种遭遇，使他具有与曹雪芹类似的心情。顺便说，《全唐诗》是清康熙年间彭定求等人奉敕编校，而刊刻者不是别人，正是曹雪芹的祖父曹寅。于是卷帙浩繁，曹雪芹不一定注意到了这一首诗。因为这首诗写得不错，如果曹雪芹注意到了，一定会因刘商先获己心，而大为欣喜，可以信手拈来，而不必另起炉灶了。然而这个擦肩而过，却生出"无材可去补苍天"之句，似自怨自艾，实为不平之鸣，成为这首诗很好的注脚。

【权德舆】（759—818），字载之，天水略阳（今甘肃省秦安县）人。少有才气，唐德宗闻其才，召为太常博士，改左补阙，兼制诰，进中书舍人，历礼部侍郎，三次知贡举。元和初，历任兵部、吏部侍郎，改太子宾客，迁太常卿，拜礼部尚书、同平章事。宪宗时坐事罢相，以检校吏部尚书留守东都。复拜太常卿，徙刑部尚书，出为山南西道节度使。身后赠左仆射，谥号为文。

岭上逢久别者又别

十年曾一别，征路此相逢。

马首向何处，夕阳千万峰。

这首诗的题目是纪事性的，表明是为多年未见面的熟人，在旅途偶然遇见，而又马上道别，有感而作的。

"十年曾一别"二句，写双方十年前分手，竟在旅途偶然相逢。笔者上山下乡时，曾听老农喻人生之离合，云似一箩黄豆中，放进几粒黑豆摇散，之后黑豆再攒聚的概率，几近于零。此自是妙喻。在信息、交通俱不发达的古代，两个非亲非故的熟人（题称"久别者"、意味着没有特别亲密的关系），分手十年，居然相逢于旅途（"征路"指远行的途中），这是何等的偶然，何等令人莫名惊诧和欣喜，又是何等的感慨。所以这短短十个字，实包含很深的人生感喟，容量其实不小。

"马首向何处"二句，写重逢又别，各奔前程。"马首"指马头的朝向，即驱马而去的方向，是合彼此而言之。也就是说，就像岑参逢入京使一样，双方的马头，朝着不同的方向。"向何处"是一个问询，是一方向另一方的问询，问答双方是可以互换的。照理说，末句应作回答，然而作者好像撇下这个问题，最后给出一个画面："夕阳千万峰"。这个画面内涵十分丰富，意象有点接近"苍山如海，残阳如血"（毛泽东）。看似未答，其实答话已包含其中。对方（或自己）能回答的，只是一个即将前往的地名。至于路线，必是崎岖蜿蜒，要翻绕"万千峰"中的哪些峰，则是说不清、道不明的了。而"夕阳"西下，今天还能走多远，说是看得见，其实也是看不见的了。总之，这样的诗句，是话中有话，特别耐人寻味。其艺术在于，作者只把一个"夕阳"和"万千峰"并置一处，中间不作任何解释性语言，令其自然融合，而读者依据人生经验，就会产生出无限丰富的意味了。越是有旅行经验的人，其感受越是丰富。而足不出户的人，也有漫无边际的想象。此外，"夕阳"给"万千峰"上抹上一层金色的光辉，这个景色，也富于视觉的美感，也有莫名的感染力。正是"此中有真意，欲辩已忘言"（陶渊明）了。

与此诗同样的感慨，也见之于作者一首七言绝句："芜城陌上春风别，干越亭边岁暮逢。驱车又怆南北路，返照寒江千万峰。"（《馀干赠别张十二侍御》）然而比起此诗来，其境界、意趣相差不可以道里计。清人冒春荣说："以十字道一事者，拙也，约之以五字则工矣；以五字道一事者，拙也，见数事于五字则工矣。如韦应物'浮云一别后，流水十年间'，权德舆则以'十年曾一别'五字尽之。……此所谓炼字、炼句尤不如炼意也。"（《葚原诗说》）"芜城陌上春风别"一诗中，写进"芜城""干越亭"等具体地名，"千万峰"前又加"南北路"，又点明"怆"意，使读者觉得芜累。而此诗不说具体地名，尽去芜词，于抒情不著一字，反而倍觉精彩。

【崔护】生卒年不详，字殷功，唐武城（山东武城西北）人。德宗贞元十二年（796）进士及第。宪宗元和元年（806）与元、白同登才识兼茂明于体用科。文宗大和三年（829）为京兆尹，同年七月为御史大夫、岭南节度使。

题都城南庄

去年今日此门中，人面桃花相映红。
人面不知何处去，桃花依旧笑春风。

这首诗是根据一个生活故事写成的，它的故事简单说是这样的：有人在一个桃花盛开的春天，郊游到长安南郊的一个村庄，或者就叫南庄，邂逅了一位美丽的姑娘，发生了一点心照不宣、意犹未尽的情事。从此耿耿于怀了。在另一个桃花盛开的春天，他再一次来到南庄，希望能再一次见到那位让他放心不下的姑娘。然而，风景不殊，心仪的姑娘再也没能出现，语云："时不再来"，机会一旦错过，它就不再属于您了。任何人遇到这样的事情，都会留下永远的惆怅。那个人永远失去了他的机会，却成就了一首唐诗。

"去年今日此门中，人面桃花相映红。"这两句写发生在过去的一个情景。"去年今日"这一时间定位，是天才的艺术处理，一箭双雕地表明全诗有两个场面，分别发生在过去和现在——"去年今日"和"今年今日"。说了"去年今日"，下文就不用再说"今年今日"。对于曲子词，例如欧阳修《生查子》罢，写了"去年元夜时，花市灯如昼"，再写"今年元夜时，花市灯依旧"，这样的重复无关紧要，字多，耗得起。而对于一首二十八字的绝句，经济地用字是何等重要！在曲子词中，也有人学崔护的这个写法，如晏殊《浣溪沙》"去年天气（旧亭台）"，效果相同。

"人面桃花"的组词，是又一个天才的发明。它不仅是说，在桃花会里遇见一个美丽的姑娘。而且含有比义：可以是人面艳如桃花，也可以是桃花娇如人面，也可以是人面、桃花比美！后一种揣测，从"相映红"三字得到了印证。一般情况下，人面的红与桃花的红不可同日而语，正因为如此，这才是发明。读者无妨想象，那人面之红，是不是姑娘见了男子的情不自禁的反应，是不是接下来她就举起一枝桃花来掩饰自己的脸红，如此这般可以写一段小说。总之，去年今日的相逢，给男子留下的特别美好的印象，完全包含在"人面桃花"一句之中。

"人面不知何处去，桃花依旧笑春风。"这两句写现在的情景。诗人巧妙地将"人面桃花"这个组词拆开了，分属两句，一句话抹去了"人面"，一句话留住了"桃花"。这里用"人面"代替姑娘，仍是天才的做法，试想，如果改为"之子"，那就完了，因为失去和上文的照映，诗句顿时黯淡无光。下句"桃花依旧笑东风"的"笑"字，也是一字千金。因为它不仅延续了前文的拟人，而且暗示了去年的"人面"，也是满面春风、含笑的。"依旧"二字，也说明了这一点。总之，这两句写物（桃花）是人（人面）非，字里行间充满惆怅，而这种惆怅又会使"去年今日"的情景，在记忆中进一步得到美化，使生活的美成为永久。

《桃花人面》后来成为一出戏名，永远地活在舞台之上。近年有一位老年大学学员游龙泉驿桃花节，有两句："偏于老朽无干系，人面桃花处处逢。"辞若有憾，意思是桃花节美女多、浪漫故事也多，只是自己生不逢时，只能充当看客。这其实是一种调侃和幽默，是一种开心的表现。也反映了此诗之为人喜爱。

晚唐孟棨用创作本事的形式，复原诗中的故事。他把主人公定位为作者，把时间定位为连续两年的清明。如是小说也倒罢了，如信以为真则大谬不然。因为，作为一个作品，哪怕是第一人称的写作，诗人采用的素材，也不必是自身的经历；而"去年今日"的写法，更可能出于艺术的提炼，因此，它较生活更集中、更典型。换言之，素材中的两个生活片断，虽一定发生在春季，却未必发生在同一个日子。

晚鸦

黯黯严城罢鼓鼙，数声相续出寒栖。
不嫌惊破寒窗梦，却恐为奴半夜啼。

诗中描写的情景应发生在长安城南，禁夜之后。示意"止其行李，以备窃盗"的暮鼓早已敲过了（"黯黯严城罢鼓鼙"），这时某一民居中的一位妇人，却被宅外高树上的鸦啼声惊醒。出人意表的是，她并未因此埋怨啼鸦，却反作歉然的语气道："恐怕是我睡梦中的哭声惊扰了枝上的晚鸦罢，真正是对不起呀。"看来，她一点也不为那悲哀梦境的惊破而感到遗憾。

这就立刻使读者联想到金昌绪《春怨》。同样被啼鸟惊梦，那可是怨气冲天，迁怒于啼鸟呢。两首诗情景形成对照，但不同的形式，却有相同的意味。无论嫌鸟也好，不嫌鸟也好，可以说都不是诗的本旨。诗人通过怨鸟或谢鸟的形式，目的都在于更好地表现闺怨。一般说来，闺怨的本质内容没有太大差别，千差万别处在表现的方式。不正面写闺怨，而借水怨山，从侧面微挑，更耐人寻思。正是"超以象外，得其圜中。"

这首诗在刻画人物形象上，是很有个性的。那妇人不嫌惊梦，又暗示给我们那梦的悲苦，她不是在梦中都哭了吗？这和《春怨》中一心要做"到辽西"好梦的少妇比，其处境当更凄凉。诗中一面称鸦窠为"寒栖"，一面称自家为"寒窗"，两两相形，最见物我同情之意，不待奴啼惊鸦，鸦啼惊奴，彼此原谅而后知。与《春怨》对读，我们感到这体谅晚鸦的人，是贫妇；那打起黄莺的人儿，却是香闺少妇。由诗见人，也是一妙。

【李涉】生卒年不详，自号清溪子，唐洛阳（今属河南）人。宪宗时为太子通事舍人，后贬谪峡州司仓参军。曾为太学博士，敬宗时以事流南方，浪游桂林。

再宿武关

远别秦城万里游，乱山高下出商州。
关门不锁寒溪水，一夜潺湲送客愁。

这首诗大约作于作者大和中第二次罢官出京过武关时。武关，在商州（今陕西丹凤东南），为秦时南面的重要关隘，又名南关。

诗中"秦城"为地名，在今陕西陇县。"远别""万里游"暗示作者因事罢官流放南方之事。"远别"意味着与仕途告别。"万里游"并非游山玩水，而是被迫飘游。次句"乱山"指商州附近的商山。商州山势高下曲折，有七盘十二绕之说。"乱山高下"四个字，写出商山重峦叠嶂、回环曲折的气势和形貌。一个"乱"字用得极出神入化，就像王昌龄"平明送客楚山孤"的"孤"一样，不仅是说山，也折射出人的思想感情，直言之，即心烦意乱。"高下"有高一脚低一脚的感觉，也是乱的表现。"出"字则使静止的山活动起来，也不仅是说山，同时是写人——总之，这句将人和山、人和路交织起来，既写出旅况的艰辛，更表现了心情的苦闷。

三、四句写夜宿武关。作者不正面诉说羁旅怀乡之苦、孤馆寒灯之凄凉。却从古关静夜、溪水潺潺引起浮想联翩——古关旁溪流的潺潺之声，仿佛承载着作者绵绵无尽的离愁长流远去。关门是用来锁人的，本来就不锁溪流。作者却有些抱怨的意思——关门啊，你为什么不锁住寒溪水呢？这和王之涣"羌笛何须怨杨柳"的写法相近，无理语正好抒情。作者抱怨什么呢？"一夜潺潺"——暗示他一夜难眠，这就别出心裁地通过对水声的描写，把内心"剪不断，理还乱"的离愁别恨，曲折细腻地描摹出来。沈德潜评曰："一夜不寐意，写来偏曲。"（《唐诗别裁》）

反复玩味，总觉得末句有些囫囵，"一夜潺潺送客愁"，是说客愁减轻了呢，还是说客愁加重了呢？表面上是在说减轻，实际上却不可能减轻。尽管水在流，水声却长在耳畔，恰如李白所说："抽刀断水水更流，举杯销愁愁更愁"，这一夜水流的声音，也应该是这个感觉。可见末句造语之妙。

润州听暮角

江城吹角水茫茫，曲引边声怨思长。
惊起暮天沙上雁，海门斜去两三行。

这首诗是作者羁旅水途之作。诗中"江城"指润州（今江苏镇江），以面临长江故称。"边声"即指角声——因边地军中常吹画角，不妨称之为边声。诗的前二句只写听觉及望中景象，而字里行间隐约有作者忧伤的影子，"水茫茫"三字有一种张望以及望穿秋水的感觉。羁途之士，难免有异地思归之情，故听到边地乐声，能立刻引起共鸣，勾起他绵绵乡思。次句的"曲引边声怨思长"，乍看似只就曲调而言，"引""长"二字给人角声绵绵不尽之感，回顾前句的"水茫茫"，"怨思长"又不只是说曲调，更是说人了。准确地说，是人听角声的感觉。

暮角声起，江边沙滩上的鸿雁随即惊起，而飞向了远方。据《镇江府志》，"焦山东北有二岛对峙，谓之海门。"今有海门市。诗的后两句乍看只是照写实景，但这不正是作者行行日远、有家难归的真实写照吗？——作者故家洛阳在润州的西北，而鸿雁是南向越飞越远。不要说还乡，就是要托鸿雁传书也不可能。"惊起——雁"，写雁不写人，是所谓"不犯正位"——雁的受惊远飞似乎影射作者的遭际，此诗很可能是作于迁谪途中——作者在唐文宗时曾因事流放康州（今广东德庆）。"海门"这两个字的意思在地名之外，给人以阔大的感觉。雁是群居的候鸟，飞行时或作一行，或作两行，诗人却说"斜去两三行"，形象地写出了雁群初起尚未成行，或行列处在调整之中的情态。同时，字里行间有一种目送的情态，这是属于人的。有祈祷，有同情，有很复杂的意味。在中国，鸟和文字的关系一直很紧密，雁和文学的关系，是缔结在秋天、迁徙、漂泊这些节骨眼上的。

这首诗寓情于景——江边的城市、浩渺的江水和惊飞的鸿雁，寥寥数笔，全是生活中最典型最突出的物象，而画外则传来悲凉的画角声，更有气氛渲染的作用。《唐人万首绝句选》引宋顾乐评："博士集中，此作可称高调。"

井栏砂宿遇夜客

暮雨潇潇江上村，绿林豪客夜知闻。
他时不用逃名姓，世上如今半是君。

这首诗的写作本事见于唐人范摅《云溪友议》，略云：李涉过九江，至皖之西，忽逢大风鼓其征帆，数十人皆持兵杖，而问是何人。从者曰："李博士船也。"其中豪首曰："若是李涉博士（李涉曾任太学博士），吾辈不须剽他金帛。闻其诗名日久，但希一篇。金帛非贵也。"李乃赠一绝句，即此诗。不过，从诗题看李涉遭遇"夜客"之地是个叫"井栏砂"的村庄，在皖口（今安庆市皖水入江处）。本事说江上相逢，乃属传闻异辞。

"暮雨潇潇江上村"二句，写作者在井栏砂遭遇"夜客"。但凡出口成章的诗，大都从眼前景写起，以营造气氛，这叫起兴。"江上村"指井栏砂、地方偏僻，"暮雨潇潇"谓黑夜降临、下起了毛毛雨。虽非"月黑杀人夜，风高放火天"，却也写出一种作案的典型环境。"绿林豪客"（犹"绿林好汉"，本指东汉王匡领导的农民起义军）同题面之"夜客"，都是作者的发明，描摹当夜对话的一个细节，充分发挥了汉语避讳的功能。因为传统礼俗重视称谓，对于可能冒犯对方的称谓须尽量换个说法，以避免招致严重后果。而且，在这里诗情有一个跳跃，就是省去了累赘的、不愉快的叙事，直接跳到愉快的、想不到的结果："夜知闻"——原来夜客对作者慕名已久，正是：有眼不识泰山。就这样，"前两句用轻松抒情的笔调叙事。此处却不经意地点染出在潇潇暮雨笼罩下一片静谧的江村。环境气氛既富诗意，人物面貌也不狰狞可怖，这从称对方为'绿林豪客'自可看出。看来诗人是带着安然的诗意感受来吟咏这场饶有兴味的奇遇的。……'职业'与'爱好'的不统一，本身就构成一种耐人寻味的幽默。"（刘学锴）

"他时不用逃名姓"二句，就遭遇"夜客"事作即兴发挥。上句紧扣"知闻"而来，所以作者调皮地说，没想到自己这么有名，所以，将来也用不着隐姓埋名了。"名姓"二字，从语言关系上看、非常重要。（此句一作"他时不用相回避"或"相逢不必论相识"，都不到位，应是草稿。）古人隐姓埋名，或是为了不求闻达，或是为了逃避搜捕。作者早年曾隐居庐山，后来又曾失意归隐，故有过逃名之念。这里却揶揄地说，现在是想做也做不到了。为什么呢？知道的人太多了。"世上而今半是君"，联系上文，这句字面的意思就是人气支持率上升到百分之五十。但这句话还有一个调皮的歧义，即如今世上有一半人和"夜客"先生是一样的，换句话说，世道如今是太不平安了。这样说诚然夸张，但诗人此番经历表明，"夜客"的存在，在当时已不是偶然现象了。晚清王闿运评："怕人语，是受惊后情景。"（《手批唐诗选》）是得间之评。

这首诗在即兴式的诙谐幽默中，寓有颇为严肃的社会内容和现实感慨，在《全唐诗》中独具风致。同时还有话题价值：唐代统治者重视和提倡文艺创作，唐太宗先后开设过文学馆、弘文馆，招延学士，唱和吟咏；高宗、武后常常自制新词，宴集群臣搞赋诗大奖赛，以锦袍赐优胜者；玄宗本人既是诗人又是音乐家；代宗亲自过问王维集的编纂，等等，都是明证。上行下效，其结果是形成全社会尊重文艺创作的风气。这种尊重达到了什么程度呢？极而言之，盗亦有道，连"夜客"也不抢诗人的东西了。

【崔郊】生卒年不详，元和间秀才。《全唐诗》仅存诗一首。

赠去婢

公子王孙逐后尘，绿珠垂泪滴罗巾。
侯门一入深如海，从此萧郎是路人。

这首诗的写作本事见于唐人范摅《云溪友议》："郊寓居汉上，其姑有婢端丽。郊有阮咸之惑（按指爱上婢女，在传统观念为不伦之恋。《晋书》阮咸传载：'素幸姑之婢，姑当归于夫家，初云留婢，既而自从去。时方有客，咸闻之，

遽借客马追婢，既及，与婢累骑而还。') 姑鬻之连帅于公頔（其姑将此婢卖给了
节度使于頔），郊思慕无已。其婢因寒食偶出值郊，有郊赠诗云云。"《赠去
婢》题为编者所加，这是一首动人心弦的绝唱。

"公子王孙逐后尘"二句，写被豪门夺爱之事。上句有人解为，是通
过"公子王孙"争相追求的描写突出女子的美貌，"逐后尘"是公子王孙
争相追求的情景。显然是一种误读，作者下笔哪得如此枝蔓。诗中著
"绿珠"二字，不但美貌有了，色艺双绝都有了，亦不必枝蔓。其实"公
子王孙"，即指末句之"萧郎"（本指梁武帝萧衍，后为青年男子美称），作者
自指也。"绿珠"本是晋人石崇家歌伎，为赵王司马伦的嬖臣孙秀强索，
石崇不予而致杀身之祸，绿珠后亦坠楼殉情。事见《晋书·石崇传》及
《世说新语·仇隙》。作者与去婢的身份差距，与石崇与绿珠相同，撇开
结局不论，被夺爱事亦相类。故以"公子王孙"自指，是顺理成章的。
"逐后尘"是对眼看所爱被夺、追之不舍的形容，也可以是寒食节当天的
写照。而"绿珠垂泪滴罗巾"，则是对"去婢"不能心甘情愿的形容，也
可以是当日邂逅的写照。此之谓心心相印。

"侯门一入深如海"二句，写不得不接受冷冰冰的现实。这是一个悲
剧。悲剧深层次原因，在真善美的冲突。面对绿珠所面对的现实，当事
人不免有哈姆莱特的情结，要么是死，那就是绿珠式的结局，真（现实）
摧毁美，这种悲剧姑称之为甲类悲剧；要么是活、苟活，那就是息夫人
式的结局，"看花满眼泪，不共楚王言"（王维），是真（现实）压倒善，这
种悲剧姑称之为乙类悲剧。而此诗所写，正是这类悲剧。"侯门一入深如
海"，个体生命的渺小，可谓"渺沧海之一粟"（苏轼），而"侯门"所代
表的强大现实，大到可以把人淹没。"从此萧郎是路人"，在这里作者没
有把矛头指向"侯门"，倒像是责怪对方一入侯门，便视自己如路人，其
实是表示对现实的被迫接受。三句语气重，四句语气轻，一张一弛，把
绝望无奈的情绪，表达得入木三分。"一入""从此"的勾勒，极具张力。

这一首诗造就了两个成语，一个是"侯门深似海"，比喻旧日的好友

134

因地位的悬殊而疏远隔绝；一个是"萧郎陌路"（或"陌路萧郎"），比喻女子对原来爱恋的男子视若路人，不愿或不能接近。好个"从此萧郎是路人"！这句诗甚至被人断章取义地用来表示与人（特别是与女子）绝交——"从此"是时间节点，"萧郎"代表亲密关系，"路人"代表疏远关系，用"是"字连接，代表决绝。

【裴潾】生年不详，卒于唐文宗开成三年（838），河东闻喜（今属山西）人，以门荫入仕，历唐宪宗、穆宗、敬宗、文宗四朝，史称"以道义自处，事上尽心，尤嫉朋党，故不为权幸所知。"后为刑部侍郎、华州刺史、河南尹。身后赠户部尚书，谥曰"敬"。

白牡丹

长安豪贵惜春残，争赏街西紫牡丹。
别有玉盘承露冷，无人起就月中看。

这首诗的写作本事见于唐人段成式《酉阳杂俎》："唐开元末，裴士淹为郎官，奉使幽冀回，至汾州众香寺，得白牡丹一棵。值于长兴私地。天宝中，为都下奇赏。当时名士，有《裴给事宅看牡丹》诗。"据此，此诗当为天宝间某名公作。《全唐诗》作裴潾诗，一作裴士淹诗，《文苑英华》卷三二一作卢纶诗。无论作者为谁，这首诗在唐代咏牡丹的诗中，都是屈指可数的好诗。

"长安豪贵惜春残"二句，先写长安豪门赏花的时尚。题为《白牡丹》，却从"紫牡丹"做起，正是会家的写法。写长安时尚，而且是豪门的时尚，都是反面文章。宋人周敦颐说："自李唐来，世人甚爱牡丹"，

"牡丹，花之富贵者也"，"牡丹之爱，宜乎众矣"（《爱莲说》）。富贵的象征色彩，是大红大紫，因此红牡丹与紫牡丹都是常见牡丹品种。世人尤其"豪贵"者，争赏紫牡丹，便是顺理成章之事。"争赏"二字，写出了场面的热闹。"豪贵"二字，一本作"年少"，则不如"豪贵"用得到位。牡丹花开值暮春时节，故曰"惜春残"。"街西"指朱雀门大街以西，按唐代长安的朱雀门大街横贯南北，将长安分为东西两半，街西属长安县，有许多私人名园，是"长安豪贵"的会所。

　　"别有玉盘承露冷"二句，转入"白牡丹"正题，并借题发挥。据本事，白牡丹是裴士淹从汾州带回来的，天宝中为都中奇赏，可见并没有受到冷落之事。然而，诗虽缘事而发，却不宜据实直书，妙在借题发挥，予以变形。作者是托物言志。"玉盘"形容白牡丹开得大而洁白。"承露"是由玉盘而生出的联想，语出汉代班固《西都赋》："抗仙掌以承露，擢双立之金茎。"一个"冷"字，不但切合"承露"的实感，而且暗示白牡丹的被凉办。"无人起就月中看"，把白牡丹放到月下来写，是作者天才的想象。长安有举办花会的风俗："帝城春欲暮，喧喧车马度。共道牡丹时，相随买花去。"（白居易《买花》）当然不会有人想到等月出后，再去看一株白牡丹。后两句与前两句的描写，就形成强烈的对比。这首诗的中心意思是：世人趋炎附势，紫牡丹之爱，"宜乎众矣"；而像白牡丹所象征的高尚的、冰清玉洁的人格，是没有人欣赏的。

　　唐代诗僧皎然，为此诗写了一篇赏析，弥足珍贵："做牡丹诗，若以富贵门面语铺排，毫不足观。植物中及菊花、梅花等题，实已难于出新。凡遇此等题，必须脱尽前人窠臼，自标新义，方合；否则，何贵此陈陈相因、人云亦云之作哉？牡丹上冠一'白'字，则尤宜贴切'白'字。然切'白'字处，若出以雕琢之笔，则又落小样，且绝无意趣，令人阅之生厌，又何贵此死句哉！惟切'白'字在不脱不粘之际，有一种神妙吐于毫端，斯足引阅者兴趣。袁氏简斋论作诗主性灵，诚然诚然。此首起承衬起，用笔甚活。二句三句切'白'字，借玉盘形容之，绝不露斧凿之痕，而自然含有'白'字在内。且白牡丹在裴给事宅，亦须切主人身份，以'玉盘承露'等字点染，自切给事分际。如戎昱《红槿花诗》：'今日惊秋自怜客，折来持赠少年人'，又薛能《黄蜀葵诗》：'记得玉人春病起，道家装束厌襀时'，做'红'字、'黄'字均在有意无意之间，他题皆可隔反。"（《诗式》）

清人洪亮吉点赞："白牡丹诗，以唐韦端己'入门惟觉一庭香'及开元明公'别有玉盘承露冷，无人起就月中看'为最。"信然。

【孟郊】(751—814) 字东野，唐湖州武康（浙江德清）人。少隐嵩山，贞元十二年（796）进士及第，十六年任溧水尉，后辞官。曾任河南水陆运从事，试协律郎。宪宗元和九年（814）迁兴元军参谋，试大理评事，赴任时暴死途中。友人张籍等私谥贞曜先生。有《孟东野诗集》。

游子吟

慈母手中线，游子身上衣。
临行密密缝，意恐迟迟归。
谁言寸草心，报得三春晖！

孟郊诗多抒写穷愁，用字造句力避平庸浅率，而就生新瘦硬，故苏轼谓之"郊寒岛瘦"。所谓寒、瘦，在内容上指言贫叫苦，在艺术上则指苦吟和一种清峭的意境美。方牧素描孟郊"冷露滴破残梦，峭风梳篦寒骨；暮年登第，一生才说几句痛快话"，可谓得之。

《游子吟》是孟郊享誉千古之作。在香港的民意测验中，此诗高居最知名十佳唐诗的榜首。关键在于诗人抓住了母爱与孝道，在中华民族文化心理结构中占有特别重要地位的题材，而表现得深入浅出。诗作于贞元十六年（800）溧水县尉任上，自注云："迎母溧上作"。

前四句摄取生活中一个常见的情景，慈母为游子准备行装，在临行前夕、在灯下缝缝补补。这幅图画表现的是贫寒之家，儿子出门不能盛其服玩车马之饰，然而母爱是"论心不论迹"的。从"临行密密缝"这个场面所流露的质朴无华的人性美，足以使任何"金缕衣"失去光辉。

在母亲眼中，孩子永远是孩子，不管他走向何方，不管他走得多远，都永远走不出母亲的目光，走不出母亲的思念。从感情上讲，母亲希望孩子早些回来的，这是"意恐迟迟归"的一层含意。而从理智上讲，母亲又本能地深知，孩子必须经风雨、见世面，所以不管怎样不放心，也决不会把他拴牢在自己身边。母亲缝下密密的针脚，怕衣服不经穿，这是"意恐迟迟归"的又一层含意。换言之，怕衣服不经穿，乃是"临行密密缝"的深层原因。

最后两句是针对迎母溧上这件事而言的，谋到一官半职，就李逵一般地不忘老母，这片赤子之心天然感人。而诗人还进一步辨认孝心与母爱的区别：孝心是出于报恩的意识，而母爱是无条件、无意识的，像春风与阳光一般不求回报。

《小草》歌词说"春风呀春风把我吹绿，阳光呀阳光把我照耀"，古人仍有"草不谢荣于春风"（李白）之说。所以《诗经·小雅·蓼莪》云："哀哀父母，生我劬劳""欲报之德，昊天罔极"，此诗结尾也是一样的意思。母爱固然伟大，赤子之心也很动人，这是构成此诗内容的两个基本点。所有的人，都是母亲的孩子，对此本来就容易发生共鸣；加上形象感人的描写和兴到笔随的比兴，取得的效果尤佳。

古怨别

> 飒飒秋风生，愁人怨离别。
>
> 含情两相向，欲语气先咽。
>
> 心曲千万端，悲来却难说。
>
> 别后唯所思，天涯共明月。

《古怨别》的"古"，有拟古之意，表明是虚构性的作品，有别于一般意义上的送别诗。换言之，诗中主人公不等于作者自己，是代离人写心。

"飒飒秋风生"二句，一起将离别定位在秋天，战国宋玉辞曰："悲哉秋之为气也！萧瑟兮草木摇落而变衰。憭栗兮若在远行，登山临水兮送将归。"就定下了秋天离别情最惨苦的基调。"愁人怨离别"，从来如此，"古怨别"的"古"字，就有这层含义。

"含情两相向"二句，写情人分手时一时语塞的情景。告别亲爱者，本有说不尽的千言万语，但一时间却没词儿了。"欲语气先咽"，也是离别的常态。这两句为北宋柳永《雨霖铃》所本，词云："执手相看泪眼，竟无语凝噎。"不但情景相似，连韵脚都是一样的。反过来，也可以作这两句的注脚。

"心曲千万端"二句，承"欲语气先咽"来，是说想好了的话，临时却说不出口。"悲来却难说"，不仅是因为短路，而且是觉得多余。如硬要说出，可以请崔莺莺代言："将来的酒共食，尝着似土和泥。假若便是土和泥，也有些土气息，泥滋味。""荒村雨露宜眠早，野店风霜要起迟！鞍马秋风里，最难调护，最要扶持。""此一节君须记，若见了那异乡花草，再休似此处栖迟。"此诗什么都不说，这叫"不著一字，尽得风流"
（司空图）。

"别后唯所思"二句，虚拟别后情景，作离别寄语。"天涯共明月"
句，暗示眼前景，男方即将早行，女子送到临歧时，五代牛希济词云
"残月脸边明，别泪临清晓"，就是这种情景。所以末句虚拟别后，亦就
明月说事。苏东坡《水调歌头》云："但愿人长久，千里共婵娟。"即祖
述此意。

这首诗用白描手法，语言浅显，情真语切，故为人传诵。除了上文
引用到的宋词外，北宋张先《千秋岁》云："莫把幺弦拨。怨极弦能说。
天不老，情难绝。心似双丝网，中有千千结。夜过也，东窗未白凝残
月。"虽是后出转工，其实也处在此诗的延长线上。这首诗属五言古体，
诗用入声韵，与诗情的低抑相协调，也是孟郊诗的一个特点。

秋怀十五首（录一）

　　　　秋月颜色冰，老客志气单。冷露滴梦破，峭风梳骨寒。
席上印病文，肠中转愁盘。疑怀无所凭，虚听多无端。梧桐
枯峥嵘，声响如哀弹。

《秋怀》是孟郊所作五言古体组诗，共十五首，这是其二。时作者已
属老年，在河南尹幕中充当下僚，贫病交加，愁苦不堪。组诗总体上反
映了封建制度对人才的摧残及世态的炎凉。这首诗描述一贫病老者在冷
露峭风中辗转反侧之难言苦况。

"秋月颜色冰"二句，以秋月起兴，写老者寒夜难眠。措辞极为奇
崛，一是"冰"字名词作形容词用（谓色清白），以"颜色"指月光、月

色，令人耳目一新。"老客"自指，即"老至居人下"（刘长卿）也。不说"衣裳单"而说"志气单"，也怪怪的。语云"人穷志短"，衣裳单不必说，而它所导致的，不正是"志气单"么？这种措辞，是颇具推敲，而又很大胆的。

"冷露滴梦破"二句，写老者难耐夜寒。人到老年由于血气亏虚，夜晚尤其怕冷，所以保暖是必须的。然而诗中人没有这个条件，所以只好扛着。作者为了加深"寒"的印象，不但摄入"秋月"，而且进一步摄入"冷露""峭风"等意象，给读者以感官刺激，使之如坠冰窖之中。言"梦"为"冷露滴"破，"骨"为"峭风梳"寒；不说扰梦而说"滴梦"，不说刺骨而说"梳骨"，都是避熟就生。"滴""梳"二字下得极为奇峭。是此诗可圈可点的名句。

"席上印病文"二句承上，也是诗中奇句。上句若可解若不可解，其实是说病体因长期卧床，皮肤上压出了竹席的印文；句中却说是病文印于席上，是倒错的修辞法，例如"心折骨惊"，其效在于奇趣。下句"肠中转愁盘"，形容如有磨盘在腹中转动，即愁肠百结之意。这种造句，即所谓"刿目鉥心"、"掐擢胃肾"（韩愈）。

"疑怀无所凭"二句，写老者精神上的病态。其一是猜忌多疑，"疑怀"犹言妄想，妄想症是精神疾患重要类型之一，患者往往处于恐惧状态而胡乱推断，坚信自己受到迫害，往往会变得极度谨慎、处处设防，并将相关的人纳入自己妄想的世界中。"无所凭"，是说并无事实依据。其二是幻听，"虚听多无端"，经常听到一些声音，而"虚应空中诺"，其实是"无端"即没来由的，是一种病理现象。作者笔下的这些内容，在唐诗中极为罕见。

"梧桐枯峥嵘"二句，照应上文"峭风"，写窗外梧桐在秋风中发出哀鸣。"梧桐"是庭院中树，而桐木又是制琴的材料。"枯峥嵘"形容其老朽，所以它发出的声音，就像一张破琴所发出的悲哀的音响。诗中的枯桐，兼有兴象和喻象的作用，它也是诗人自己苦吟一生、穷困一生的象征。

141

《新唐书·孟郊传》称其"为诗有理致""然思苦奇涩"。金代元好问评其诗曰："东野穷愁死不休，高天厚地一诗囚。"然而，无可否认的是，孟郊诗在唐诗中自成一家。苏东坡尝称"郊寒岛瘦"，却又说："我憎孟郊诗，复作孟郊语。饥肠自鸣唤，空壁转饥鼠。诗从肺腑出，出辄愁肺腑。"（《读孟郊诗二首》）在批评中，已包含有高度的评价。

巫山曲

巴江上峡重复重，阳台碧峭十二峰。
荆王猎时逢暮雨，夜卧高丘梦神女。
轻红流烟湿艳姿，行云飞去明星稀。
目极魂断望不见，猿啼三声泪滴衣。

乐府旧题有《巫山高》，属鼓吹曲辞。"古辞言江淮水深，无梁可渡，临水远望，思归而已。"（《乐府解题》）而六朝王融、范云所作"杂以阳台神女之事，无复远望思归之意"，孟郊此诗就继承这一传统，主咏巫山神女的传说故事（出宋玉《高唐》《神女》二赋）。本集内还有一首《巫山行》为同时作，诗云："见尽数万里，不闻三声猿。但飞萧萧雨，中有亭亭魂。"则二诗为旅途遣兴之作欤？

"巴江上峡重复重"，句中就分明有一舟行之旅人在。沿江上溯，入峡后山重水复，屡经曲折，于是目击了著名的巫山十二峰。诸峰"碧丛丛，高插天"（李贺《巫山高》），"碧峭"二字是能尽传其态的。十二峰中，最为奇峭，也最令人神往的，便是那云烟缭绕、变幻幽明的神女峰。而"阳台"就在峰的南面。神女峰的魅力，与其说来自峰势奇峭，毋宁说来自那"朝朝暮暮，阳台之下"的巫山神女的动人传说。次句点"阳台"

二字，是兼有启下的功用的。

经过巫峡，谁不想起那个古老的神话，但有什么比"但飞萧萧雨"的天气更能使人沉浸入那本有"朝云暮雨"情节的故事境界中去的呢？所以紧接着写到楚王梦遇神女之事："荆王猎时逢暮雨，夜卧高丘梦神女。"本来，在宋玉赋中，楚王是游云梦、宿高唐（在湖南云梦泽一带）而梦遇神女的。而"高丘"是神女居处（《高唐赋》神女自述："妾在巫山之阳，高丘之阻"）。一字之差，失之千里，却并非笔误，乃是诗人凭借想象，把楚王出猎地点移到巫山附近，梦遇之处由高唐换成神女居处的高丘，便使全诗情节更为集中。这里，上峡舟行值雨与楚王畋猎值雨，在诗境中交织成一片，冥想着的诗人也与故事中的楚王神合了，以下所写既是楚王梦中所见之神女，同时又是诗人想象中的神女。诗写这段传说，意不在楚王，而在通过楚王之梦以写神女。

关于"阳台神女"的描写是《巫山曲》的画龙点睛处。"主笔有差，余笔皆败。"（刘熙载《艺概·书概》）而要写好这一笔是十分困难的。其所以难，不仅在于巫山神女乃人人眼中所未见，而更在于这个传说"人物"乃人人心中所早有。这位神女绝不同于一般神女，写得是否神似，读者是感觉得到的。而孟郊此诗成功的关键就在于写好了这一笔。诗人是紧紧抓住"旦为朝云，暮为行雨，朝朝暮暮，阳台之下"（《高唐赋》）的绝妙好辞来进行艺术构思的。神女出场是以"暮雨"的形式："轻红流烟湿艳姿"；神女的离去是以"朝云"的形式："行云飞去明星稀"。她既具有一般神女的特点——轻盈缥缈，在飞花落红与缭绕的云烟中微呈"艳姿"，又具有一般神女所无的特点，她带着晶莹湿润的水光，一忽儿又化着一团霞气，这正是雨、云的特征。因而"这一位"也就不同别的神女了。诗中这极精彩的一笔，就如同为读者心中早已隐隐存在的神女揭开了面纱，使之眉目宛然，光彩照人。这里同时还创造出一种倏晦倏明、迷离恍惚的神话气氛，虽则没有任何叙事成分，却能使人联想到《神女赋》"欢情未接，将辞而去，迁延引身，不可亲附"及"暗然而暝，忽不知处"等描写，觉有无限情事在不言中。

随着"行云飞去"，明星渐稀，这浪漫的一幕在诗人眼前慢慢闭拢了。于是一种惆怅若有所失之感向他袭来，恰如戏迷在一出好戏闭幕时所感到的那样。"目极魂断望不见"就写出其如痴如醉的感觉，与《神女赋》结尾颇为神似（那里，楚王"情独私怀，谁者可语，惆怅垂涕，求之至曙"）。最后化用古谚"巴东三峡巫峡长，猿鸣三声泪沾裳"作结。峡中羁旅的愁怀与故事凄艳的结尾及峡中凄迷景象融成一片，使人玩味无穷。

全诗把峡中景色、神话传说及古代谚语熔于一炉，写出了作者在古峡行舟时的一段特殊感受。其风格幽峭奇艳，颇近李贺，在孟郊诗中自为别调。孟诗本有思苦语奇的特点，因此偶涉这类秾艳的题材，便很容易趋于幽峭奇艳一途。李贺的时代稍晚于孟郊，从中似乎可以窥见由韩、孟之奇到李贺之奇的发展过程。

怨诗

试妾与君泪，两处滴池水。
看取芙蓉花，今年为谁死！

韩愈称赞孟郊为诗"刿目钵心，刃迎缕解。钩章棘句，掐擢胃肾。神施鬼设，间见层出"（《贞曜先生墓志铭》），说得直截点，就是孟郊爱挖空心思作诗；说得好听点，就是讲究艺术构思。

艺术构思是很重要的，有时竟是创作成败的关键，比方说写女子相思的痴情，是古典诗歌中最常见的主题，不同诗人写来就各有一种面貌。薛维翰《闺怨》："美人怨何深，含情倚金阁。不笑不复语，珠泪纷纷落。"从落泪见怨情之苦，构思未免太平，不够味儿。李白笔下的女子就不同了："昔日横波目，今成流泪泉。不信妾肠断，归来看取明镜前。"

144

（《长相思》）也写掉泪，却以"代言"形式说希望丈夫回来看一看，以验证自己相思的情深，全不想到那人果能回时，"我"得破涕为笑，岂复有泪如泉？可这傻话正表现出十分的情痴，够意思的。但据说李白的夫人看了这首诗，说："君不闻武后诗乎？'不信比来常下泪，开箱验取石榴裙'。"使"太白爽然若失"（见《柳亭诗话》）。

孟郊似乎存心要与前人争胜毫厘，写下了这首构思堪称奇特的"怨诗"。他也写了落泪，但却不是独自下泪了；也写了验证相思深情的意思，但却不是唤丈夫归来"看取"或"验取"泪痕了。诗也是代言体，诗中女子的话却比武诗、李诗说得更痴心、更傻气。她要求与丈夫（她认定他一样在苦苦相思）来一个两地比试，以测定谁的相思之情更深。相思之情，是看不见，摸不着，没大小，没体积，不具形象的东西，测定起来还真不容易。可女子想出的比试法儿是多么奇妙。她天真地说：试把我们两个人的眼泪，各自滴在莲花（芙蓉）池中，看一看今夏美丽的莲花为谁的泪水浸死。显然，在她心目中看来，谁的泪更多，谁的泪更苦涩，莲花就将"为谁"而"死"。那么，谁的相思之情更深，自然也就测定出来了。这是多么傻气的话，又是多么天真可爱的话！池中有泪，花亦为之死，其情之深真可"泣鬼神"了。这一构思使相思之情形象化，那出污泥而不染的"芙蓉花"，将成为可靠的见证。李白诗云："昔日芙蓉花，今为断肠草。"可见"芙蓉"对相思的女子，亦有象征意味。这就是形象思维。但不是痴心人儿，谅你想象不到。

"换你心，为我心，始知相忆深。"（顾敻《诉衷情》）自是透骨情语，孟郊《怨诗》似乎也说着同一个意思，但他没有以直接的情语出之，而假景语以行。然而"一切景语皆情语"（王国维《人间词话》）。这样写来更饶有回味。其艺术构思不但是独到的，也是成功的。诗的用韵上也很考究，它没有按通常那样采用平调，而用了细微的上声"纸"韵相叶，这对于表达低抑深思的感情十分相宜。

古别离

欲别牵郎衣，郎今到何处？
不恨归来迟，莫向临邛去！

　　孟郊的诗，虽有僻奥生涩、寻奇求险的毛病，但是，情真意蕴、质朴自然之作，也不是没有，这首《古别离》就是其中的一例。

　　诗的开头"欲别"二字，是扣题中"别离"，也是为以下人物的言行点明背景。"牵郎衣"的主语自然是诗中的女主人公，有人认为这个动作是表现不忍分别，虽不能说毫无此意，不过从全诗来看，这一动作显然是为了配合语言的，那么它的含意也就不能离开人物语言和说话的背景去理解。她之所以要"牵郎衣"，主要是为了使"欲别"将行的丈夫能停一停，好静静地听一听自己的话；就她自己而言，也从这急切、娇憨的动作中，流露出一种郑重而又亲昵的情态。这一切当然都是为了增加语言的分量、情感的分量。

　　女主人公一边牵着郎衣，一边就开口说话了，"郎今到何处？"在一般情况下，千言万语都该在临行之前说过了，至少也不会等到"欲别"之际才问"到何处"，这似乎令人费解。但是，要联系第四句来看，便知道使她忐忑不安的并不是不知"到何处"的问题，而是担心他走到一个可怕的去处——"临邛"，那才是她真正急于要说而一直难于启齿的话。"郎今到何处"，此时此言，看似不得要领，但这个多余的弯子，又是多么传神地画出了她此刻内心的慌乱和矛盾啊！

　　第三句放开一笔，转到归期，按照常情，该是盼郎早归，迟迟不归岂非"恨"事！然而她却偏说"不恨"。要体会这个"不恨"，也必须联系第四句——"莫向临邛去"。临邛，即今四川省邛崃市，也就是汉朝司马相如在客游中，与卓文君相识相恋之处，这里的临邛不必专指，而是用以借喻男子觅得新欢之处，到了这样的地方，对于她来说岂不更为可恨，更为可怕吗？可见，"不恨归来迟"，不是反语，也不是矫情，而是真情，是隐忍着痛苦的真情，是愿以两地相思的痛苦赢得彼此永远相爱的真情，她先这么真诚地让一步，献上一颗深情绵绵之心，最后再道出那难以启齿的希望和请求——"莫向临邛去！"那该是更能打动对方的吧，情深意挚，用心良苦，诚所谓"诗从肺腑出，出则愁肺腑"（苏轼《读孟东野诗》）。

诗的前三句拐弯抹角，都是为了引发出第四句，第四句才是"谜底"，才是全诗的出发点和归宿，只有抓住它方能真正地领会前三句，咀嚼出全诗的情韵。诗人用这种回环婉曲、欲进先退、摇曳生情的笔触，熟练而又细腻地刻画出女主人公在希求美满爱情生活的同时又隐含着忧虑不安的心理，并从这个矛盾中显示了她的坚贞诚挚、隐忍克制的品格，言简意丰，隽永深厚，耐人寻味。它与"不知移旧爱，何处作新恩"（白居易《怨词》），"常恐新声发，坐使故声残"（孟郊《古妾薄命》），"不畏将军成久别，只恐封侯心更移"（薛道衡《豫章行》）等诗一样，反映了封建制度的不合理，透露了生活在那个社会底层的妇女的心声，具有着鲜明的时代色彩和深刻的社会意义。诗用短促的仄声韵，亦有助于表现人物急切、不安的神情。

洛桥晚望

天津桥下冰初结，洛阳陌上人行绝。
榆柳萧疏楼阁闲，月明直见嵩山雪。

此诗约作于元和元年（806），诗人随河南尹郑馀庆为水路转运从事之时。"洛桥"即"天津桥",在今河南洛阳西南洛水之上。诗人萧疏的冬景中,开拓出一个全新的境界。诗用仄韵,一、二句不就声律,表现出作者一贯的作风。

"天津桥下冰初结"二句,写天津桥的冬景、晚景,空无一人之景。"天津桥"是洛阳一处繁华景点,唐诗中咏及此桥者,多为望春之作。如:"君不见天津桥下东流水,东望龙门北朝市。杨柳青青宛地垂,桃红李白花参差。"(苏颋)"柳寺春堤远,津桥曙月微。"(窦巩)"津桥春水浸红霞,烟柳风丝拂岸斜。"(雍陶)而此诗曰"冰初结",气温在摄氏零度以下,桥上是站不住人的,难怪路上也没有行人:"洛阳陌上人行绝"。诗人为什么独立桥头?这就为下两句作好铺垫。同时,也表现出诗人的审美倾向,苏东坡一言以蔽之曰"郊寒"。

"榆柳萧疏楼阁闲"二句,写洛桥晚望,月下嵩山积雪之景。"榆柳萧疏"是冬景、近景,榆树柳树,叶落枝秃,楼台无人,万籁俱寂。作者于此天寒地冻,路绝行人之际,独立桥头,原来是因为:"月明直见嵩山雪"。在月黑之夜,嵩山即使有积雪,只能感觉降温,未必能清楚见到积雪。唯有明月高照,积雪反光,方成此一段奇景。明月、白雪都是冰清玉洁之物,雪月并明,最能引发诗人兴致。宋人曾几诗云:"小艇相从本不期,剡中雪月并明时。"(《题徐明叔访戴图》)来子仪同题诗云:"四山摇玉夜光浮,一舸玻璃凝不流。"都是演绎这种奇景的。六朝诗人谢灵运有名句曰"明月照积雪"(《岁暮》),写出月华雪光,交相辉映,情趣盎然。作者用自己的发现,刷新了这一诗句。其笔力遒劲,气象壮阔,静境佳思,得晚望之神,是唐诗中描写月夜雪景之脍炙人口的名句。

清人潘德舆点赞此诗曰:"笔力高简至此,同时除退之之奥,子厚之淡,文昌之雅,可与匹者谁乎?而人犹以退之倾倒不置为疑。"(《养一斋诗话》)意思是孟郊开拓了一种高简的境界,同时除韩愈、柳宗元、张籍三家,莫能与之颉颃;时人对韩愈对孟郊的高度评价予以质疑,其实是一种隔膜的表现。

登科后

昔日龌龊不足夸，今朝放荡思无涯。
春风得意马蹄疾，一日看尽长安花。

题中"登科"，指德宗贞元十二年（796）孟郊进士及第，经吏部复试授官。此诗作者向来被归入苦吟诗人，苏东坡称"郊寒岛瘦"，"寒"是苦寒。元好问也说："东野穷愁死不休，高天厚地一诗囚。"（《论诗》）孟郊写过不少心情沮丧的落第诗。且有句云："暖得曲身作直身。"（《答友人赠炭》）好不容易熬到 46 岁才得第，其心情之狂喜，应与《儒林外史》中的范进相类。所以《登科后》这首诗，作者一反故态，写得非常狂放。唐代诗人登科者比比皆是，没有见过这样狂放的诗。

"昔日龌龊不足夸"，首句把昔日一笔抹倒，关键词是"龌龊"，在现代汉语中意思是肮脏，而在文言中主要的意思是"局促"（齿相近也），义近于窝囊。正因为过去窝囊，登科后就有翻身的感觉。毛泽东形容翻身的农民是："土豪劣绅的小姐少奶奶的牙床上，也可以踏上去滚一滚。"也就是得意忘形吧。次句"今朝放荡思无涯"，关键词是"放荡"，梁简文帝萧纲有个精彩的文论："文章且须放荡"。这首诗就是一例。"思无涯"三字，使人联想到孔子说："诗三百，一言以蔽之曰'思无邪'。"要是把"思无邪"三字，改成"思无涯"，即文章且须放荡，也是顺理成章的。

"春风得意马蹄疾"，就是"放荡"的形象写照，而且创造出一个成语"春风得意"。凡是创造了成语的诗句或文句，读者都应该脱帽致敬。"马蹄疾"三字，形象简妙，音情并茂，而且设置了一个悬念：这是干什么呢？难道是范进一样的满街乱跑，而且是飙马？如何捂住下句，读者无论如何想不到抖出来是："一日看尽长安花。"长安东西南北交错共二十五条大街，分成一百零八坊，加东西二市是一百一十坊，每坊都有花，看得过来吗？还不用说曲江池的花，宫苑里的花。总之，"一日看尽长安花"是不可能的，但诗可以这样写。正是这种夸张，才写出了作者得第后心花怒放、神采飞扬，写得神气活现，这就叫"思无涯"，或"文章且须放荡"。三、四句不但有因果关系，而且形成了一张一弛的内在韵律。合于绝句之道。

而按唐制，进士考试在秋季举行，发榜在下一年春天。放榜后大宴于曲江，称曲江会。新科进士走马看花，是实有其事的，这就成为"一日看尽长安花"这一夸张的基础。是"燕山雪花大如席"，而不是"广州雪花大如席"（鲁迅语）。需要指出的是，此诗三、四句"得意马蹄疾"与"看尽长安花"，不协平仄，"长安花"为三平。难怪明人陆时雍说："末二句似古诗语，不类绝句常调。"（《唐诗镜》）然而，有道是"平仄不是硬道理"，林黛玉说："若意趣真了，连词句不用修饰，自是好的。"而宋人对此诗有不少苛评，说作者失意牢骚太甚，得志过于猖狂，终觉寒态、难致远大。且不说这样的说法是否公允，单凭一首诗创造了两个成语（另一个是"走马观花"），你就打不倒它。

【陈羽】(753—?) 籍贯不详。贞元八年（792）登进士第，与韩愈、王涯等同榜。后仕历东宫卫佐。《全唐诗》存诗一卷。

从军行

海畔风吹冻泥裂，枯桐叶落枝梢折。

横笛闻声不见人，红旗直上天山雪。

《从军行》为乐府旧题，属"相和歌辞"平调曲，多反映军旅辛苦生活，亦往往借以表现戍边将士的无畏与忠勇。

"海畔风吹冻泥裂"二句，亟写西部边塞之苦寒。"海"指天山附近的大湖，由于湖面空阔，附近地区的温差，导致强风。诗中通过"风吹冻泥裂"这个细节，生动描写出天气的奇寒和风力之猛烈。"枯桐中落"与季候有关，也与风力有关，"枝梢折"更是风力导致的结果。这些描写，能使人联想起岑参"北风卷地白草折，胡天八月即飞雪"（《白雪歌送武判官归京》），而在诗中，具有近景的特点，为后二句刻画行军的远景伏笔。

"横笛闻声不见人"二句，写雪山行军的远景。上句只出听觉意象，特别强调"闻声不见人"，仿佛画外音，为下句专写视觉意象作铺垫。"横笛"表明音乐的类别，又因为笛曲有《行路难》《落梅风》，与上文"海畔风吹"照应，暗示顶风行军的艰难。最后的"红旗直上天山雪"是一个鲜明的画面，也是全诗的亮点。在唐代，"天山雪"是经常入诗的，如"四月犹自寒，天山雪濛濛"（岑参）、"天山有雪常不开，千峰万岭雪崔嵬"（同前）、"五月天山雪，无花只有寒"（李白）、"洗兵条支海上波，放马天山雪中草"（同前），等等。而在一片白茫茫的雪地里，出现了一面红旗，是何等醒目，何等令人振奋。虽说"不见人"，却可以感觉到有一支队伍正在爬雪山，感觉到那一面红旗会插上山顶。上句的衬托，加强了这种象征意蕴，使人感到有一股精神力量存在。

按唐代边塞诗多写到"红旗"这一意象，且屡与霜、雪相互映衬，如"纷纷大雪下辕门，风掣红旗冻不翻"（岑参）、"和雪翻营一夜行，神旗冻定马无声"（王建）、"半卷红旗临易水，霜重鼓寒声不起"（李贺）等。这一意象的来历，源于刘邦夜行斩蛇，后闻老妪夜哭，云是赤帝子斩白帝子。刘邦起事为沛公时，遂树赤帜，这便是红旗的由来。

毛泽东词云："漫天皆白，雪里行军情更迫。头上高山，风卷红旗过大关。"（《减字木兰花·广昌路上》）虽是纪行，却也是熟读唐诗的结果。"白雪""红旗"的对照，如出一辙。"红旗直上天山雪"这句唐诗，确乎能唤起读者更多联想，要是更改一字为"红旗直上岷山雪"，完全可以作为纪念长征的文章题目了。

【杨巨源】(755—?) 字景山，后改名巨济。河中治所（今山西永济）人。贞元五年 (789) 进士。初为张弘靖从事，由秘书郎擢太常博士，迁虞部员外郎。出为凤翔少尹，复召授国子司业。长庆四年（824），辞官退休，执政请以为河中少尹，食其禄终身。《全唐诗》存诗一卷。

和练秀才杨柳

水边杨柳麹尘丝，立马烦君折一枝。

惟有春风最相惜，殷勤更向手中吹。

这首诗的题目一作《折杨柳》。一作戴叔伦诗。据《三辅黄图》载，汉人送客至灞桥，往往折柳赠别，以"柳"谐音留也。这种习俗到唐代依旧盛行，以此入诗者极多，如"拭泪攀杨柳，长条宛地垂"（沈佺期）、"可怜濯濯春杨柳，攀折将来就纤手"（乔知之）、"年华妾自惜，杨柳为君攀"（崔湜），等等，不胜枚举。这首诗在为数众多的折柳送别诗中却别具一格。

"水边杨柳麹尘丝"二句，写一个折柳送别场面。"麹尘"亦作"曲尘"，本指酒曲上所生霉菌，因其色淡黄如尘，亦代指淡黄色。常用于形容早春的柳丝，作者有"绿柳才黄半未匀"之句可参。"立马烦君折一枝"，直接进入对话、进入情节：行者暂驻马足、伸手接过送者刚刚折下的柳枝，出以道谢的口气，犹言"有劳你了"。并不是说行者主动要求对

152

方折柳的那个意思。依绝句通常的做法，一、二句的铺垫相当于运球，三、四句才是临门一脚。

"惟有春风最相惜"二句，写柳枝在行人手中随风飘拂，若助人之叹息。这两句的叙述角度发生变化，似代行者手中的柳枝立言，是说柳枝被折，人也不甚爱惜，"惟有春风最相惜"。何以见得呢？答案乃在末句："殷勤更向手中吹"。事实上，只是一阵风来，行人手中的柳枝便随风飘拂，而诗人灵机一动，把这阵风说成春风相惜，就十分巧妙地把送者与行者的关系，转换为春风与柳枝的关系。但又不是明喻，也不是暗喻，而是介乎兴象与喻象之间的一种修辞手法。正如《邶风·静女》云"彤管有炜，悦怡女（汝）美"，以下又解释道："非女（汝）之为美，美人之贻。"而此诗中春风对柳枝的"最相惜"，象征的正是送者与行者的依依惜别之情啊。

诗中对春风的描写是拟人，而就其象征着惜别而言，则是移情于物。拟人的作用，在于化无情之物为有情之物，使所描写的事物更加生动。而移情于物，则是要借助于物象以表达人的内心情感。杜甫《春望》"感时花溅泪，恨别鸟惊心"就是移情于物。就花、鸟而言，又是拟人。此外，较著名的诗例还有"三日春风已有情，拂人头面稍怜轻"（元稹）、"惟有南风旧相识，偷开门户又翻书"（刘攽）、"清风不识字，何必乱翻书"（徐骏），等等。《文镜秘府论》称这种手法为"物色带情"（《文镜秘府论》），此诗即是成功的一例。

城东早春

诗家清景在新春，绿柳才黄半未匀。
若待上林花似锦，出门俱是看花人。

153

杨巨源曾任太常博士、礼部员外郎、国子司业等职，这首诗当作于其供职长安期间。它与另一首写早春的诗，即韩愈《早春呈水部张十八员外》，有同工异曲之妙。

"诗家清景在新春"二句，赋写早春景色，令人耳目一新。这种感觉首先来自上句所提出的新颖命题：诗人眼中清秀美丽的景色，亦即最好的景色，是早春（新春）的景色。次句是具体的景色描写："绿柳才黄半未匀"，这几乎就是诗中对早春景色的唯一描写，所描写春色集中在柳芽一处，却概括了整个早春景色。与韩愈的"草色遥看近却无"一句，所描写的春色集中在草芽一处，非常神似。这种手法，可以叫作"窥斑见豹"吧。这样的景色美在何处？美在"润物细无声"（杜甫），美在萌芽状态，美在与日俱增的趋势，美在有待发现。而能够发现并充分欣赏这种美的人，非"诗家"而何！

"若待上林花似锦"二句，写春深花会时节，满城人头攒动的情景。"上林"是秦汉时代的宫苑，诗中指唐朝京城长安，"花似锦"指百花盛开的季节。"出门俱是看花人"，写出花会期间、世人争看热闹的景象。难道百花盛开、繁花似锦的景色就不美吗？诗人没有这样说。他只是说，这不是诗家所赏的"清景"。这是人云亦云的美，而不是独家发现的美。白居易诗云："帝城春欲暮，喧喧车马度。共道牡丹时，相随买花去。"（《买花》）这样的"买花"，与其说是爱美，不如说赶时髦。回头再看早春的"清景"，没有大红大紫，却美得安安静静，韩愈云："最是一年春好处，绝胜烟柳满皇都。"

此诗与韩诗都写出了诗人对早春之美的发现。不同之处在于，韩诗是从写景角度，直接赞美早春"好处"胜似春深。此诗也包含那个意思，却更从"诗家"的角度，强调早春之美贵在发现，而不是人云亦云。所以这首诗，"也可以看作一种创作见解：即诗人必须感觉敏锐，努力发现新的东西，写出新的境界，不能人云亦云，老是重复那些已经熟滥的旧套。"（王思宇）而韩诗则没有这一层含意。

【武元衡】(758—815) 字伯苍。缑氏（今河南偃师东南）人。武则天曾侄孙。建中四年，登进士第，累辟使府，至监察御史，改华原县令。德宗时召授比部员外郎。岁内三迁至右司郎中，寻擢御史中丞。顺宗立，罢为右庶子。宪宗即位，复前官，进户部侍郎。元和二年，拜门下侍郎平章事，寻出为剑南节度使。元和八年征还秉政，被平卢节度使李师道遣刺客刺死。赠司徒，谥忠愍。有《临淮集》十卷，今编诗二卷。

春兴

杨柳阴阴细雨晴，残花落尽见流莺。
春风一夜吹乡梦，又逐春风到洛城。

所谓"春兴"，就是因春日景物而引发的兴致或灵感。从诗中看，是因为作者做了一枕回家的春梦，而产生创作冲动的。

"杨柳阴阴细雨晴"二句，写春残花落的景色。"杨柳阴阴"指柳荫转浓，是春深景象；"细雨晴"是雨转晴，杨柳不但得到清洗，而且得到日光照耀，绿得更加可爱。"残花落尽"意味着春天快过去了，是绿肥红瘦的时候了；"流莺"是一个辞藻，意即鸣声婉转的黄鹂，"见流莺"其实也就是听得见黄鹂的叫声。这当然可以是写即目所见，亦即引发"春兴"的景物。因为异乡之春已到柳暗花残时候，故乡想必也春意阑珊了吧，最后的莺声，更容易触动游子思乡的情怀。不过，读者联系第三句，要是理解为这是写梦中所见之景，也未尝不可。也就是说，这两句与下两句是一个倒装，这两句说作者梦回故乡洛城时，还抓住了春天的尾巴。这样理解也是很有趣的。

"春风一夜吹乡梦"二句，写春夜梦见还家之事。诗人不直接说梦见还家，却说是"春风一夜吹乡梦"，这就把"乡梦"这个不可触摸的事，具象化了；而把"春风"比成了"乡梦"的载体，把梦中的作者送到洛阳的载体，也具象化了。毛泽东说"诗是要用形象思维的"，而作者这种思维，正是形象思维。形象思维的状态是浮想联翩，这首诗正是浮想联翩。"又逐春风到洛城"，按作者家乡河南缑氏在洛阳附近，这句最值得玩味的，是"春风"的重复出现，加深了载体的印象；还有一个"又"字，表明梦中回洛阳这件事，不是头一回了，于是间接表现出作者思乡之情的迫切。

末句以"又"字领起的句调，稍早的作者有戎昱"檐前数片无人扫，又得书窗一夜明"（《霁雪》），跟进者有李涉"因过竹院逢僧话，又得浮生一日闲"（《登山》）、宋人杨万里"一声唱了千人唱，又得蹉前五里程"（《竹枝歌》）、吕本中"床头有酒须君醉，又废蒲团一夜禅"（《正月末雪中作》）等。在用"又"字领的同时，第五字用数目字。而武元衡此诗末句的句调，则小有不同，是在"又"字领的同时，句中重复三句中某词（"春风"），造成循环，句法一新，跟进者如明人许邦才"哪知千年韩娥后，又有杨娥一曲歌"（《秋夜杨娥歌》）。总之，这首诗在句法上是有创获的。

赠道者

麻衣如雪一枝梅，笑掩微妆入梦来。
若到越溪逢越女，红莲池里白莲开。

诗题一作《赠送》，不如《赠道者》这个题目能提供更多的信息。唐代道教盛行，女性出家做女道士的很多，武则天、杨玉环都有过这样的经历。而唐代诗人与女道士有交往，也是一种普遍的情况。如李白就有"多君相门女，学道爱神仙"（《送内寻庐山女道士李腾空》，按李腾空为李林甫之女）之句。这首诗则是武元衡赠送给一位美丽的女道士的，从诗意看应该是因梦见伊人而作。

"麻衣如雪一枝梅"二句,用梅花作比喻,以入梦寄相思。"麻衣如雪"语出《曹风·蜉蝣》:"蜉蝣掘阅,麻衣如雪"。意思是蜉蝣破土而出的时候,麻纹的薄翼如雪白的罗衣。把女道士的素色麻衣,比作初生蜉蝣的网纹的薄翼,形象而优美。"一枝梅"比女道士,这个喻象是由"如雪"二字连类而及,以喻其冰清玉洁。"笑掩微妆入梦来",写作者梦见女道士,"笑掩微妆"四字表现出梦中之人含情脉脉,音容宛在。梦是潜意识的产物,语云:"日有所思,夜有所梦。"有时是日未有思,夜亦梦之。梦是不打自招。虽然不说我爱你,它的意思也是我爱你了。绝句一、二句的作用是铺垫,这两句就是铺垫。

"若到越溪逢越女"二句,用白莲作比喻,夸对方的美有异于世俗。"越溪"即若耶溪,在会稽(今绍兴),是春秋时代越国美女西施浣纱的地方,"越女"特指西施,泛指越溪一带的美女,如孟浩然笔下的"新装浣纱女"(《耶溪泛舟》)、李白笔下的"若耶溪傍采莲女"(《采莲曲》)。作者在诗中作假想,引入"越女",是为了衬托女主人公。因为江南水乡多莲塘,即以莲花为喻:"红莲池里白莲开"。这里的衬托包含两层意思,一是从数量上,以无数的"红莲"衬托一朵"白莲";一是从色彩上,在"接天莲叶无穷碧,映日荷花别样红"(杨万里)的背景上,衬托出一点白色。其作用是:突出主体,谓其"洵美且异"(《邶风·静女》)。清人翁方纲形容初唐王绩,在陈隋遗风中,先得唐音道:"如鸾凤群飞,忽逢野鹿。正是不可多得。"(《石洲诗话》)而此诗最后两句的意思,也正是"不可多得"。而这个比喻也好在不可多得。绝句三、四句的作用得分,这两句就已得分。

这首诗上两句、下两句都用了拟物的手法,下两句兼用衬托的修辞手法,非常符合对象的身份,都收到了很好的艺术效果。可议之处是:作者既要在三、四句以莲花比拟美女、以红莲烘托白莲,就应全神贯注于此,没有必要先设一喻("一枝梅"),以免重床架屋。不过,此诗三、四句有足够的精彩,吸引了读者的注意力,所以那一处枝蔓所形成的干扰并不大。但读者不可不知。

【王建】（766？—832？）字仲初，唐颍州（今河南许昌）人。出身寒微，未中进士。早年从军幽州。元和年间官昭应县丞、渭南尉，长庆初由太常寺丞转秘书丞。后官陕州司马。晚年退居咸阳原上。又曾出任光州刺史。与张籍均长乐府诗，时称"张王乐府"。有《王建诗集》。

水夫谣

苦哉生长当驿边，官家使我牵驿船。辛苦日多乐日少，水宿沙行如海鸟。逆风上水万斛重，前驿迢迢后森森。半夜缘堤雪和雨，受他驱遣还复去。衣寒衣湿披短蓑，臆穿足裂忍痛何！到明辛苦无处说，齐声腾踏牵船出。一间茅屋何所直，父母之乡去不得。我愿此水作平田，长使水夫不怨天。

这首诗是作者创作的新乐府，"水夫"即纤夫，是没有引擎的时代，内河航运中不可或缺的苦力。唐诗中写纤夫苦的不多，在王建之前，李白《丁都护歌》是难得一见的名篇。而王建这一首的特点是，以第一人称的角度作叙事。

"苦哉生长当驿边"四句，是纤夫的自报家门和生活特点。"苦哉"二字打头，笼罩全篇。"生长当驿边"是说命运不好，有句话说"人生而平等"，事实上是生而不平等。生在贫家，与生在富家能平等吗？"生长当驿边"就更不幸了，"官家"是就近征用劳力，主人公不免服役而为纤夫了。纤的正字属形声字，右首为"千"是音符，也兼表意，左首丝旁是意符，表示拉船的、竹编的纤索。因为不经磨损，所以纤夫衣衫褴褛，有时是不穿衣服的；又因为须经常下水，连裤子也不穿，习以为常了。"水宿沙行似海鸟"，即是非人的生活。其实鸟儿可以在天空自由翱翔，而纤夫的"水宿沙行"，要辛苦得多。虽说"辛苦日多乐少少"，纤夫之

158

苦都知道，纤夫之乐呢，一是拉纤时喊号子，"张哥哥，李哥哥，大家着力往前拖"，有时是有声无字的"嗨哟哟""拖拖拖"，这样可以减轻负荷，也算苦中作乐。还有纤夫间互助为乐不言谢，也是有的。

"逆风上水万斛重"八句，展开描写纤夫所干的苦活、累活。一是"逆风上水"，而货船载重，如遇搁浅，更是拖不动，要是用力不均，翻船的事也是经常发生的，一旦船翻，纤夫非死即伤，真是苦不堪言。二是路途遥远，"前驿迢迢后森森"，不知何时才熬得到头。三是雪雨交加的三更半夜，本不该出工的，但遇到紧急情况，还得照拉不误。四是环境潮湿，"衣寒衣湿披短蓑"，纤夫一会儿岸上，一会儿水中。加之雨雪天气，披上蓑衣也无济于事。衣服湿了干，干了湿，容易染上风湿、关节炎等疾病，至于"臆穿足裂"，生疮害病，真是苦何如之。以上四句写半夜加班的情况，忙活了一夜，"到明辛苦无处说"，连个休整都没有，"齐声腾踏牵船出"，又开始出工了。光是体力透支，就让人受不了。

"一间茅屋何所直"四句，写纤夫的无奈和诗人满怀的同情。"一间茅屋"，就是纤夫的全部财物，"茅屋"即草房，"何所直"是说值不了几个钱，"直"同值。"父母之乡"即家乡、父母之邦，"去不得"是说不忍离去，舍不得离开。因为他们没有文化，也没有别的谋生本领，即使逃离水乡，也只会沦为乞丐，处境可能更糟。最后两句突然转换叙事角度，是诗人现身、向天呼吁："我愿此水作平田，长使水夫不怨天！"用心是好的，只是不可以，也办不到。不可以，是因为漕运亦是国之大事，不可或缺。即使办到了，纤夫的命运就改变了吗？使人不禁想起柳宗元《捕蛇者说》中那段著名的对话。同情者："更若役，复若赋，则如何？"当事人："吾斯役之不幸，未若复吾赋不幸之甚也！"所以最后两句所表示的同情，不过是执热愿凉，等于白说。

此诗写作的时代背景：安史之乱以后，内忧藩镇割据，外患吐蕃、回纥入侵，加之统治者奢靡无度，为应付日益增长的支出，大大加重对人民的剥削和掠夺，从南方聚敛到的财物，须通过漕运送往北方，致使船民的徭役十分繁重。此诗通过纤夫的内心独白，反映社会现实，语言流利通俗，于平易中见奇崛，遂为名篇。

羽林行

　　长安恶少出名字，楼下劫商楼上醉。天明下直明光宫，散入五陵松柏中。百回杀人身合死，赦书尚有收城功。九衢一日消息定，乡吏籍中重改姓。出来依旧属羽林，立在殿前射飞禽。

此诗以古题写时事，反映当时首都严重存在的社会治安问题。

羽林郎在汉为皇帝近卫军，实即京城保安人员，诗前四句即写这伙保安招聘自长安不法待业青年，因而素质极差。本身就是干惯"楼下劫商楼上醉"一类违法犯罪之事的恶少，一穿制服就更不得了。天明穿上制服到明光宫上班，下班脱掉制服就到郊外抢人。

中二写即使杀人越货、东窗事发，也有人代为说情开脱，理由不外是服役有功，等等；有关方面也一味姑息。诗人暗示，这批恶少自有社会背景，轻易扳他不倒。其中有的人犯事后则得到通风报信，从此隐姓埋名；当朝廷实施大赦，他们又恢复原姓和本名，而且恢复工作，还当他的执法人员，"立在殿前射飞禽"——更神气了！叫老百姓看了怎不寒心？

社会治安之成问题，都说是因为"打击不力"。为什么打击不力？根本原因在于官、盗之间有千丝万缕看不见的联系，从而为各种犯罪提供了一张无形的保护伞。千年以后来读这首不著议论的《羽林行》，不也能真切感到它揭示的现象之发人深省么？

望夫石

望夫处，江悠悠，化为石，不回头。

山头日日风复雨，行人归来石应语。

在唐诗中，有一些短歌，令人过目不忘，到口成诵，本篇即是。望夫石是一个民间传说，据说古有贞妇，其夫服役远征，妇人饯送至山，立望而死，遂化为石。古人题咏甚多，而本篇独擅胜场。个中缘由，值得玩味。

"望夫处，江悠悠，化为石，不回头。"一起四个短句，概括了整个故事，令人称绝。"望夫处""化为石"是故事的陈述，本无关乎妙处。而其语言上的张力，来自"江悠悠"的绵绵不断和"不回头"的斩钉截铁，所形成的对比。

"山头日日风复雨，行人归来石应语。"如果说前四句是务实，这两句就是务虚。务虚就是想象。严格说，"山头日日风复雨"还是纪实，通过"日日"的重复，再通过"风复雨"的变相重复，营造了一个氛围——上承"悠悠"二字，状出了风吹雨打的煎熬、无遮无盖的凄苦、日复一日的坚持，最后通到那个瑰奇的想象——"行人归来石应语"。这简直是一个童话，一个天方夜谭。《诗·卫风·氓》云："不见复关，泣涕涟涟。既见复关，载笑载言。"也很动人，但那又说又笑的是一个人、一个大活人呀。怎及"行人归来石应语"，又说又笑的是活过来的一片石头呀，谁想到"行人归来"就有这么神奇之力呢！

这首诗采用了"三三七"句法的变式，这种诗格来自民间，是一种谣体，与它表达的内容正相适应。

新嫁娘词

三日入厨下，洗手作羹汤。

未谙姑食性，先遣小姑尝。

中唐人以白描写日常生活，往往曲尽人情。朱庆余《闺意上张水部》写洞房花烛夜后的新嫁娘，令人过目不忘；王建《新嫁娘词》内容如朱诗之续，艺术上亦不相让。

古谓新媳妇难当，在于夫婿之上还有公婆。光夫婿称心还不行，还得婆婆顺眼，第一印象非常重要。古代女子过门第三天（俗称"过三朝"），照例要下厨做菜，这习俗到清代还保持着，《儒林外史》二十七回："南京的风俗，但凡新媳妇进门，三天就要到厨下去收拾一样菜，发个利市。"画眉入时固然重要，拿味合口则更为要紧。所以新媳妇是有几分忐忑不安的。

"三日入厨下"直赋其事，同时也交代出上述那样一个规定的环境。"洗手"本是操作中无关紧要的程序，写出来就有表现新妇慎重小心的功用——看来她是颇为内行，却分明有几分踌躇。原因很简单："未谙姑（婆婆）食性"。考虑到姑食性的问题，也见得新妇的精细。同样一道羹汤，兴许有说咸，有说淡。这里不仅有个客观好坏标准，还有个主观好恶标准。"知己不知彼"，岂能稳操胜券？看来，她需要参谋。

谁来参谋？夫婿么？在回答母亲食性问题上，也许远不如对"画眉深浅"的问题来得那么叫人放心。女儿才是最体贴娘亲的，女儿的习惯往往来自母亲的习惯，食性亦然。所以新嫁娘找准"小姑"。"味"这东西，说不清而辨得出，不消问而只需请"尝"。小姑小到什么程度不得而知，总未成年，还很稚气。她也许心想尝汤而未敢僭先的，所以新嫂子要"遣"而尝之。姑嫂之间，嫂是尊长。对夫婿要低声问，对小姑则可

"遣"矣。情事各别，俱服从于规定情景。可见诗人用字之精确。诗人写到"尝"字为止，以下的情事，就要由读者去补充了。

江馆

水面细风生，菱歌慢慢声。
客亭临小市，灯火夜妆明。

《江馆》即江上旅馆，谁又没有住过旅馆呢？唐诗中旅夜书怀之类的作品很多，名句也多，如："旅馆寒灯独不眠，客心何事转凄然"（高适）、"旅馆谁相问，寒灯独可亲"（戴叔伦）、"金陵津渡小山楼，一宿行人自可愁"（张祜）、"云卷庭虚月逗空，一方秋草尽鸣虫"（薛能）、"半夜灯前十年事，一时和雨到心头"（杜荀鹤）等，无不是抒写作者寄宿旅舍孤寂凄清的心情。而王建这首诗，却从自身跳出来，为江馆写照，令人耳目一新。

"水面细风生"写江馆环境和当晚天气。江馆临水，水面清风徐来，吹起粼粼的波纹，诗人感到凉爽惬意。宋玉《风赋》说："夫风生于地，起于青蘋之末。"著一"生"字，可见水面有蘋藻类植物，从下句看，还有菱荷一类的水生作物。虽然没有交代季节，但从"菱歌"的措辞看，应该是采菱时节，约在夏秋之间。"菱歌慢慢声"，当是从水上传来的歌声，是水乡的小调如《采莲》《采菱》之类。歌声随风飘送，清扬悦耳，动人遐想。"慢慢"之为叠词、在《全唐诗》罕见，写作"慢慢风"的有两例，写作"慢慢声"形容歌声舒缓的，仅此一例，本无关于妙处，此诗传神写照乃在后两句。

"客亭临小市"，写江馆附近的夜市，这个很新鲜。唐代的城市人居，以里坊为单位，是不向街开门的。商业贸易，只在划定的区域进

163

行，晚上咚咚鼓响，市场、里坊都要关门，所以没有夜市。"客亭"（"江馆"）却不一样，因为环境开放，据杜牧《上李太尉论江贼书》讲："凡江淮草市，尽近水际，富室大户，多居其间。"客亭附近的"小市"，即是"草市"，当时已演进为地方商业中心，而且出现了夜市。时见于唐诗，如"沿溜入阊门，千灯夜市喧"（卢纶）、"夜市卖菱藕，春船载绮罗"（杜荀鹤）等。有夜市就有夜生活，也就有勾栏存在。"灯火夜妆明"，就是写勾栏演艺人员的化妆，引来看客的旁观。因是表演场所、不那么私密，所以透过朦胧的夜色，从化妆间的窗外或门外，可以看到灯光下，盛装女子的倩影。而看客的窥视癖和消遣情态，也从字里行间流露出来。

　　这首诗对现实生活取审美观照的态度，写作者夜宿江馆的见闻，不但生动再现了水乡风情，同时窥斑见豹地反映出唐代商业经济的繁荣，堪称妙品。

雨过山村

雨里鸡鸣一两家，竹溪村路板桥斜。

妇姑相唤浴蚕去，闲着中庭栀子花。

　　这首山水田园诗，富有诗情画意，又充满劳动生活的气息，颇值得称道。

　　"雨里鸡鸣一两家"。诗的开头就大有山村风味。这首先与"鸡鸣"有关，"鸡鸣桑树颠"乃村居特征之一。在雨天，晦明交替似的天色，会诱得"鸡鸣不已"。但倘若是平原大坝，村落一般不会很小，一鸡打鸣会引来群鸡合唱。山村就不同了，地形使得居民点分散，即使成村，人户也不会多。"鸡鸣一两家"，恰好写出山村的特殊风味。

"竹溪村路板桥斜"。如果说首句已显出山村之"幽"，那么，次句就由曲径通幽的过程描写，显出山居的"深"来，并让读者随诗句的向导，体验了山行的趣味。在霏霏小雨中沿着斗折蛇行的小路一边走，一边听那萧萧竹韵，潺潺溪声，该有多称心。不觉来到一座小桥跟前。这是木板搭成的"板桥"。山民尚简，溪沟不大，原不必张扬，而从美的角度看，这一座板桥设在竹溪村路间，这竹溪村路配上一座板桥，却是天然和谐的景致。

"雨过山村"四字，至此全都有了。诗人转而写到农事："妇姑相唤浴蚕去"。"浴蚕"，指古时用盐水选蚕种。据《周礼》"禁原蚕"注引《蚕书》："蚕为龙精，月值大火（二月）则浴其种。"于此可见这是仲春时分。在这淳朴的山村里，妇姑相唤而行，显得多么亲切，作为同一家庭的成员，关系多么和睦，她们彼此招呼，似乎不肯落在他家之后。"相唤浴蚕"的时节，也必有"相唤牛耕"之事，只举一端，不难概见其余。那优美的雨景中添一对"妇姑"，似比着一双兄弟更有诗意。

田家少闲月，冒雨浴蚕，就把农忙时节的农家气氛表现得更加够味。但诗人存心要锦上添花，挥洒妙笔写下最后一句："闲着中庭栀子花"。事实上就是没有一个人"闲着"，但他偏不正面说，却要从背面、侧面落笔。用"闲"衬忙，兴味尤饶。一位西方诗评家说，徒手从金字塔上挖下一块石头，并不比从杰作中抽换某个单词更困难。这里的"闲"，正是这样的字，它不仅是全句也是全篇之"眼"，一经安放就断不可移易。同时诗人做入"栀子花"，又丰富了诗意。雨浥栀子冉冉香，意象够美的。此外，须知此花一名"同心花"，向来用作爱之象征，为少女少妇所喜。此诗写栀子花无人采，主要在于表明春深农忙，没有谈情说爱的"闲"功夫，所以那花的象征意义便给忘记了。这含蓄不发的结尾，实在妙机横溢，摇曳生姿。

赠李愬仆射二首（录一）

和雪翻营一夜行，神旗冻定马无声。
遥看火号连营赤，知是先锋已上城。

这首诗关涉到唐史上一次著名战役——李愬夜袭蔡州之役。宪宗元和九年（814）闰八月，彰义军（淮西）节度使吴少阳卒。其子吴元济隐丧不报，径掌军务、拥兵自立。一向有志于削平藩镇的唐宪宗决定对淮西用兵。名将李愬"悬军奇袭，置于死地而后生"，于雪夜袭取蔡州，生擒吴元济，创下一起成功的奇袭战例，《新唐书》称其"功名之奇，近世所未有"。这首诗就是作者赠给李愬的两首七绝之一。

"和雪翻营一夜行"二句，抓住天气的极端恶劣与部队纪律的高度严明两点，极力烘托。"和 huò 雪"即大雪纷飞，人与雪混在一起。"翻营"指倾营出动，足见唐军全力一搏。"一夜行"表明是夜袭、奇袭。夜袭的目的，是为了出其不意，打对方个措手不及，因此，行动的隐秘十分重要。"神旗冻定马无声"，"马无声"就是写行动隐秘的，为了不发出声音，马要套上络头的。只说"马无声"，士兵的衔枚疾走，也不在话下了。而"神旗冻定"，是写天气的奇寒，与岑参"风掣红旗冻不翻"异曲同工，易"红旗"为"神旗"，意味着唐军抱定必胜之信念，如有神助。这样的天气行军，叫"风头如刀面如割"（岑参），表现出部队纪律严明，战士的不畏艰难困苦，这是获胜的前提。

"遥看火号连营赤"二句，抓住先锋上城，蔡州攻破的关键时刻，着力刻画。绝句短小，须窥斑见豹。所以作者撇下先头部队怎样战斗，战斗如何英勇激烈不写，只抓住破城最关键时刻写之。"遥看"给出一个远景，先头部队已发起冲锋，照明是非常重要的，这时火把齐举，蔡州城墙就暴露在唐军的面前，而号角齐鸣，则表明攻城已取得突破性进展。而破城的突破性时刻，是以先锋登城为标志的，而古代许多名将都有做先锋、打头阵的功劳，如汉代绛侯周勃从沛公："复攻砀，破之。下下邑，先登。""攻啮桑，先登。"（《史记》周勃世家）又如舞阳侯樊哙："常从沛公击章邯军濮阳，攻城先登。""击破赵贲军开封北，以却敌先登"，"东攻宛城，先登。"（《史记》樊哙传）由此可以知道，先锋上城，是何等的功劳了。故结句"知是先锋已上城"，是画龙点睛。"知是"二字，表明是遥看火光、遥听号角，根据经验而准确判定的。

作诗有一个选择写点或兴奋点的问题，什么写、什么不写，诗人心里须有极明白的计算。这首诗上两句、下两句的选点，都非常高明。构思上，做到了以小见大，以点概面，虚实相济。描写上，做到了绘声绘色。结构上，则做到了张弛有度：上两句写急行军，而万籁俱寂；下两句写取得突破，而发聋振聩。以上因素，都是其脍炙人口的原因。

江陵使至汝州

> 回看巴路在云间，寒食离家麦熟还。
> 日暮数峰青似染，商人说是汝州山。

这首诗约作于宪宗元和五年（810），作者供职于魏博节度使田氏幕府出使荆南（治所江陵）时，诗中记录了返程时的情景。

"回看巴路在云间"二句，写作者在归途回望江陵时，计算期程的情景。江陵（今湖北省荆州市）在三峡东头，是长江中游的重要城市，古属巴国。"回看巴路"，就是在归途回望来路，因为作者是沿江而下，且不说上游峡江两岸连山，即便是水路，在云遮雾绕时，也会有"在云间"的感觉。"寒食离家麦熟还"，是掐算往来的期程，"寒食"节在冬至后一

167

百零五日，在农历三月；而"麦熟"时节，为农历五月。作者在江陵逗留的时间，约莫两月之久。让人感到光阴荏苒、时不我待，一方面想回汝州了，另一方面对小住了两月的江陵，也不能毫无留恋。这些情感或属恋旧，或属喜新，诗中都没直说。只是在"离""还"二字的唱叹中，读者只要有一定生活经验，都能体会。

"日暮数峰青似染"二句，撷取归途中一个印象深刻的片断，写出作者到家前的激动。上句说在傍晚时分，眼前出现了几座青得像是染过一样的山峰，着重空间显现，有红日青山的设色，可谓诗中有画。而江间行旅之常情，便是时时打探行程，如孟浩然诗云："时时引领向天末，何处青山是越中？"（《渡浙江问舟中人》）诗人没有得到答案，这是一种人生况味。而此诗作者却很幸运，遇到了经常来往于这一带的商人，得到明确答案："商人说是汝州山"，原来目的地快到了，这是另一种人生况味。所谓人生况味，就是人生的味道，也是每一个诗人都在玩味琢磨的东西。而人之常情，最容易被忽略，其中的味道难以捕捉。然而，只要捕捉到了，就有一番韵外之致，无字间皆其意也。如崔颢《长干曲》就是成功的一例，而此诗也不宜多让。

清人王士禛论诗主张神韵，即"不著一字，尽得风流"。将此诗选入《唐人万首绝句选》。宋顾乐评曰："布置匀净，情味悠然，此是七绝妙境。人多以平易置之，独阮亭（王士禛）解赏此种，真高见也。"近人俞陛云评："诗言行役江陵，迨东返已阅三月之久。遥见暮山横黛，商人指点，知已到汝州。游子远归，未见家园，先见天际乡山一抹，若迎客有情，宜欣然入咏也。"（《诗境浅说续编》）也是中肯的评论。

十五夜望月寄杜郎中

中庭地白树栖鸦，冷露无声湿桂花。

今夜月明人尽望，不知秋思在谁家。

　　这首诗是历代歌咏中秋的名篇，题一作《十五夜望月》，原诗题下注云"时会琴客"，则此诗之成，也可能当夜曾配合琴曲演唱。"十五夜"指农历八月十五夜，即中秋之夜。全诗抒发望月怀友之情，写法上很有特点，耐人玩味。"杜郎中"指杜元颖，为杜如晦五世孙，穆宗时曾任中书舍人、户部侍郎。

　　"中庭地白树栖鸦"二句，写在庭院中，独家赏月的情景。诗中并列了中秋月夜有季节特征的景物，月光、栖鸦、冷露、桂花，听其自然融合，造成寂寥、清凉、潮湿的境界，对怀思之情有衬托的作用。月光是通过"地白"表现出来的，不但营造出积水空明、澄静素洁之视感，同时也有低头思故人的意味。"栖鸦"当指鸦巢，而不是"月皎惊乌栖不定"（周邦彦）的"惊乌"。诗中之鸦，在黄昏时可能啼叫过，而月出时即已栖定，直通下句的"冷露无声"。这时呈现的安静，是乌鸦在巢中的安静，换言之，是有含蓄的安静。诗中提到"桂花"，当然是庭中之物，却使人联想到月中桂树的传说，就等于将广寒宫的凉意带到了人间，却令人不觉。此句虽无一字写人，而望月之人宛在。而作者注明"时会琴客"，可见他在当夜并不孤单。而诗中徘徊庭中之人，就不一定指作者自己了。有人认为这是诗人匠心独运，以设想友人思念自己着笔，是完全说得通的。

　　"今夜月明人尽望"二句，写望月怀人，而浮想联翩。上句由一己的望月联想到天下人的望月，由一己的相思联想到天下人的相思，是诗意的一大升华。显然，这是从李益"碛里征人三十万，一时回首月中看""一夜征人尽望乡"脱化而来的，写中秋节普天之下望月之同情，正是"海上生明月，天涯共此时"（张九龄）。如果诗写到这里打住，那么这首诗尚未尽弃前人窠臼，然而不然，关键在下句"不知秋思在谁家"，是前人没有说过的。张九龄、李益等都只说天下之同，王建却进而说到同中之异。盖人生苦乐各别，不知几家团圆，几家伤离。诗中的"感秋"便是伤离的同义语。本来是抒写怀人，却"不说明己之感秋、故妙"（沈德潜）。绝句三、四句的关系，须一张一弛。此诗三句肯定，四句质疑，出以唱叹，感慨无端，正是会作诗的结法。

近人俞陛云评："自来对月咏怀者不知凡几，佳句亦多。作者知之，故着想高踞题颠，言今夜清光，千门共见，《月子歌》所谓'月子弯弯照九州，几家欢乐几家愁'，秋思之多，究在谁家庭院？诗意涵盖一切，且以'不知'二字作问语，笔致尤见空灵。前二句不言月，而地白疑霜，桂枝湿露，宛然月夜之景，亦经意之笔。"（《诗境浅说续编》）按，此诗末句"在谁家"一作"落谁家"，或以为"落"字不同凡响，然而"在"字似较蕴藉，正未易优劣，不妨各是其是。

寄蜀中薛涛校书

万里桥边女校书，枇杷花里闭门居。
扫眉才子知多少，管领春风总不如。

这首寄赠薛涛的诗，在众夸赞薛涛的诗中，乃首屈一指之作。《唐诗纪事》作胡曾诗，误。胡大约生于会昌、大中年间，距薛涛谢世已十余年矣。

"万里桥边女校书"二句，写薛涛晚年的情景。这位女名人晚年好静，和李清照差不多。"万里桥"是城西锦江上桥名，诸葛亮送费祎出使东吴，祎曰："万里之行，始于此桥。""女校书"指薛涛，在唐代校书郎一职一般由进士充任。相传武元衡（一说韦皋）曾向朝廷替薛涛奏请女校书官衔，事或未果，但名声在外，薛涛就成了中国历史上唯一的女校书了。"枇杷花里闭门居"，薛涛喜欢种花，第一喜欢种菖蒲花，花开五色，元稹寄赠薛涛的诗，有"菖蒲花发五云高"之句。其次是琵琶花，据

《柳亭诗话》，这是与杜鹃花相似的一种花，产于骆谷，传抄中改成"枇杷"，以后就将错就错了。"闭门居"三字，则既见闲静，又有"桃李不言，下自成蹊"的意味。

"扫眉才子知多少"二句，是赞美薛涛的才华。第三句发明一词"扫眉才子"，指女才子，因为女子画眉，这是诗中的亮点。本来有一个关于画眉的典故，出于《汉书·张敞传》：张敞为京兆尹，"为妇画眉，长安中传张京兆眉妩。有司以奏敞，上问之，对曰：'臣闻闺房之内，夫妇之私，有过于画眉者。'上爱其能，弗备责也。"但这个典故只能叫才子扫眉。作者掉个个儿，称"扫眉才子"就有质的不同，是指女才子了，这就是诗化的、有魅力的语言。三句说"知多少"，四句就该说"总不如"，这叫一呼一吸、宫商自谐。"总不如"是唯一，也是第一。作者又发明了一个新词曰"管领春风"，谁能管领春风？司春女神。这里又是以"春风"借代文艺，"管领春风"又指司文艺之神、诗神、缪斯，也可以指文艺界领军人物，比方说铁凝。"总不如"三字之妙，是因为限额只有一个，女校书只有一个，所以其他"扫眉才子"如鱼玄机、李冶、杜秋娘、刘采春，等等，地位就不如了。蔡文姬是汉代的，李清照还没生，不可比。在唐诗用"总不如"造句作韵尾，杜牧有"卷上珠帘总不如"一样脍炙人口，但原创者是王建。

薛涛不但工诗，且擅长书法，"其行书妙处，颇得王羲之法……"，又以巧手慧心，发明一种诗笺："元和初，薛涛好制小诗，惜其幅大，不欲长剩，乃狭小之。蜀中才子即以为便，后减诸笺亦如是，特名薛涛笺。"（《南部新书》）韦庄有诗赞曰："也知价重连城璧，一纸万金犹不惜。"在巴蜀乃至中国文化史上留下了一段佳话。故"扫眉才子知多少，管领春风总不如"，非溢美矣。总之，这首诗写得太好了。在赞美女作家的诗中，是一首很难超越的作品。

宫词一百首（录二）

其一

射生宫女宿红妆，把得新弓各自张。

临上马时齐赐酒，男儿跪拜谢君王。

这首诗写射生宫女出猎前的情况。射生宫女，是宫中对参与射猎的宫女的一种称谓，是宫中的娘子军。"射生宫女宿红妆"，是说射生宫女平素的穿着与别的宫女一般无二，只是在射猎前才换成武装，言下有"不爱红妆爱武装"之意。然后是一个细节描写——"把得新弓各自张。"射生宫女在领到新弓时，就像新生领到新书新笔一样，忍不住先要把玩一番，拈一拈重量，开一开弓，试试硬度。然后又是一个细节描写——"临上马时齐赐酒"，射生宫女在翻身上马之前，先接受皇上赏酒，按宫中的礼仪，平时是不能随便饮酒，即使饮，也只能小口小口地抿，而出猎之前的赐酒，已换了大杯大碗。接下来是第三个细节——"男儿跪拜谢君王"，因为着了男装，当然行礼也与往常不同，不是双手摁在腰间福一福，而是和男子汉一样单腿跪地，拱手作揖。在动作表面以下的，是按捺不住的新鲜感和兴奋劲，更深处则是一种男女平权的感觉，甚至是"谁说女子不如男"的感觉。

顺便说，在汉语中"巾帼英雄"四字可抵一篇美文，令人联想到的是花木兰、红拂伎、红线女、穆桂英、梁红玉、扈三娘、浣花夫人、娭姆将军、红色娘子军，等等，《红楼梦》中贾政的清客说："'娭姆'下加'将军'二字，反更觉妖媚风流，真绝世奇文也。"这就等于说，"英雄"上加"巾帼"二字，更觉妖媚风流一样。因此，宜于入诗入画，甚至搬上舞台。而王建宫词中的射生宫女，也是处在这个人物系列上的。单凭这首诗，就可以编一台歌舞，甚至芭蕾舞。

言归正传，这首诗还可以让人体会到更多的意蕴——好好的女儿家，一旦入宫，就是到了"不得见人的去处"（贾元春语），丧失了自由呼吸的权利。能够被选中作射生宫女，跟随男士外出打一次猎，即便是非常短暂的活动，也是值得高兴一番的。作者就这样通过宫女打猎前的表现举止，反映了她们对自由的向往，也就是对宫女制度的无言的控诉，直发王昌龄《宫词》所未发，是其可贵之处。

其二

树头树底觅残红，一片西飞一片东。

自是桃花贪结子，错教人恨五更风。

王建《宫词》并非全属纪实性质，《石洲诗话》说："其词之妙，则自在委曲深挚中别有顿挫，如仅以就事直写观之，浅矣。"颇中肯綮。这首诗是其中较有代表性的、脍炙人口的一首。此诗原列九十。

诗一开始就展开具体形象的画面：宫中，一个暮春的清晨，宫女徘徊于桃树下，看看"树头"，花朵越来越稀；"树底"则满地"残红"。这景象使她们感到惆怅，于是一片一片拾掇起狼藉的花瓣，一边拾，一边怨，怨东风的薄情，叹桃花的薄命……在古典诗歌中，伤春惜花，常与年华逝去，或受到摧残联系在一起。如"洛阳女儿好颜色，坐见落花长叹息。今年花落颜色改，明年花开复谁在?"（刘希夷《代悲白头翁》）宫人的惜花恨风，只是自觉不自觉地移情于物罢了，也隐含着对自身薄命的嗟伤。

诗上下幅间有一个转折。从"觅残红"突然想到"桃花贪结子"，意境进了一层。《诗经·周南·桃夭》云："桃之夭夭，有蕡其实。之子于

173

归，宜其家室。"用桃花结子来暗示女子出嫁，此诗"桃花贪结子"一样具强烈的暗示性。桃花结子是自然的、合理的，人也一样。然而封建时代的宫女，连开花结子的桃花都不如，写"桃花贪结子"，就深深暗示出宫女难言的隐衷和痛苦。

到这里，读者会感到宫女惜花的心情渐渐消逝，代之以另一种情绪，这就是羡花，乃至妒花了。从惜花恨风到羡花妒花，是诗情的转折，也就是"在委曲深挚中别有顿挫"（《石洲诗话》）。这一顿挫，使诗情发生跳跃，意境为之深化。如果说仅仅是惜花恨风，读者还难以分辨宫女之怨与洛阳女儿之怨的不同，那么，这羡花妒花的情绪，就把二者完全区别开来，写出了人物感情的个性，赋予形象以深度与厚度了。同时，这一转折又合乎生活逻辑，过渡自然：桃花被五更风吹散、吹落，引起宫女们的怜惜和怨恨，她们把桃花比为自己，同有一种沦落之感；但桃花凋谢了会结出甘美的果实来，这又自然勾起宫女的艳羡、妒忌了。但诗人的运笔不这样直截表达，却说是桃花因"贪"结子而自愿凋谢，花谢并非"五更风"扫落之过。措辞委婉，突出了桃花有结子的自由，也就是突出了宫女命运的大可怨恨。此诗就生动形象地通过宫女的思想活动的景物化，深刻揭露了封建制度不人道的现实。

王建《宫词》以白描见长，语言平易清新。此诗近于口语，并适当运用重叠修辞，念来朗朗上口，具有民歌风调。尤其因为在明快中见委曲，于流利中寓顿挫，便成为宫词中百里挑一的佳作。

【张志和】生卒年不详，字子同，号烟波钓徒、玄真子，婺州金华（浙江金华）人。肃宗乾元、上元间游太学，登明经第，待诏乾林，授左金吾卫录事参军。未几因事贬南浦尉。后浪迹江湖，隐居越州会稽。大历九年（774）在湖州刺史颜真卿幕，撰《渔歌子》。《全唐诗》存诗词九首。

渔歌子

西塞山前白鹭飞，桃花流水鳜鱼肥。
青箬笠，绿蓑衣，斜风细雨不须归。

　　张志和在唐肃宗时曾待诏翰林（李白在玄宗时曾任此职），授左金吾卫录事参军。坐事贬官，后不复仕，放浪江湖间，以船为家，来往苕 tiáo 雪 zhà 二溪之间，自号烟波钓徒。《新唐书》本传称其"每垂钓，不设饵，志不在鱼也"。画入逸品，尝为《渔歌子》卷轴，"随句赋象，人物、舟船、鸟兽、烟波、风月，皆依其文，曲尽其妙"（《唐朝名画录》）。据《金奁集》曹之忠跋及《西吴记》称，此词作于湖州，刺史颜真卿等时贤为之倾倒，一时和者甚众。后来流传到日本，能汉诗者亦和之甚众。然无出其右者。

　　西塞山有二，一在湖北，刘禹锡诗（《西塞山怀古》）提到的即是；一在浙江吴兴，张志和此词提到的西塞山即是。作者是画家，喜欢空间显现，故诗中有画。"西塞山前白鹭飞"，写白鹭飞，是需要一个深色背景的，"西塞山"就提供了这样一个背景。恰如"一行白鹭上青天"（杜甫），"青天"也提供了这样的背景，如果写着"一行白鹭上云天"，那就不显了。"桃花流水鳜鱼肥"，就更妙了。"桃花流水"给画面添加的美景。"鳜鱼肥"则纯属猜景，即根据生活经验的推想。不但为作品增添了生机，而且在美食家如苏东坡看来，还刺激食欲。顺便说，苏诗"竹外桃花三两枝，春江水暖鸭先知"那首妙诗（《惠崇春江晓景》），结尾为"正是河豚欲上时"，即从此脱胎而出。你看得出来吗？这就叫善于化用。

　　作者妙于设色：白的水鸟，红的桃花，青山绿水，再加上"青箬笠，绿蓑衣"，色彩是十分鲜明的，而江上所有的景物，又笼罩在烟雨（"斜风细雨”）之中，在清晰与朦胧之间，透明与模糊之间，透明如水彩画，模糊如印象派。景物中又有动与静的对比：青山是不动的，而鸟在飞、水在流、鱼在游，更具生动的效果。末句是画龙点睛："斜风细雨不须归"。表面上看，似乎也可以说是反映渔民生活的辛苦，然而不然，"斜风细雨"并非大风大浪，在这种细雨绵绵的天气里，水中缺氧，鱼儿多浮在水面，所以杜甫《水槛遣心》道"细雨鱼儿出"，是十分细致的观察，"斜风细雨"，正是捕鱼的天气，怪不得古画中之渔翁多著蓑笠，都是来自艺术家对生活的细致观察。

记起一件往事：儿子上幼儿园的时候，我带他去重庆博物馆看动物标本，途中却下起了小雨，我就问他还去不去。他忽然冒出一句"斜风细雨不须归"，使我感到非常欣喜。这表明孩子不但记住了这首诗，还接受了诗中表现的生活态度，随时克服畏难情绪。而在日常生活中，"斜风细雨"也可能成为放弃的借口。张旭诗云："山光物态弄春晖，莫为轻阴便拟归。"（《山中留客》）表现的也是这种人生态度。所以我常说，凡是你记住的诗词，活学活用的诗词，都是你自己的诗词。

【常建】生卒年不详，玄宗开元十五年（727）进士及第，仕途颇不得意，天宝间曾为县尉。《全唐诗》存诗一卷。

题破山寺后禅院

清晨入古寺，初日照高林。

竹径通幽处，禅房花木深。

山光悦鸟性，潭影空人心。

万籁此俱寂，但馀钟磬音。

破山在今江苏常熟，山有兴福寺，南齐时建。这首诗写清晨游寺后禅院的观感，完全遵循自然顺序的写法。"清晨入古寺，初日照高林"，诗人到寺的这个清晨天气晴朗，旭日初升，光照山林的景象，引起人对佛寺的礼赞之情。"高林"二字，直解就是山上的森林，而佛家又称僧徒聚集之所为"丛林"，因此，这两个字也有这样的含义。

"竹径通幽处，禅房花木深"，这两句承上写上山的观感。诗人穿过丛丛竹林，沿着弯弯曲曲山道朝上走，只觉环境越来越幽深，最后通到禅院，这里有很多的花木，使人感到特爽。这一联对仗非常散缓，"通幽处"和"花木深"甚至完全不对。然而，欧阳修却十分爱重，认为不可及（见《欧阳文忠公集》外集卷二三），这是为什么呢？原来它的好处不在对仗，而在意境。细玩其妙，又不在它最后通到的境界——"禅房花木深"，而在于通到这个境界的过程——"竹径通幽处"。这句诗，曾被后人改易一字为"曲径通幽处"，见《红楼梦》第十七回"大观园试才题对额"，非常好，算得上唐人的一字之师——因为更准确，所以更高明。它写出了登山临水的妙趣，也写出了中国园林的构造秘诀。而且颇有象征意蕴，可以用来指称别的事物，如参禅——"踏破铁鞋无觅处，得来全不费工夫"，又如写诗——宋诗就往往得曲径通幽之趣。然而率先揭示出这一诗美的，却是这一句唐诗。

"山光悦鸟性，潭影空人心"，这两句是继"禅房花木深"，对"幽处"二字的进一步刻画。举目四望，寺后的青山浴着日光，鸟儿们欢唱自娱着。在清潭中照见自己的影子，顿时忘怀世间的得失。山水山水，山为载体，而水为灵魂。"潭影空人心"五字，写出面对清澈的潭水，人所得到的宁静和彻悟，自是妙语。而"山光悦鸟性"更是推我及物，写出物我间的通感，更是禅的境界，使人想起《庄子》里那一段著名的对话："庄子与惠施游于濠梁之上。庄子曰：'儵鱼出游从容，是鱼之乐也。'惠子曰：'子非鱼，安知鱼之乐？'庄子曰：'子非我，安知我不知鱼之乐？'"禅是不涉理路、不落言诠的，一切都在自己的觉悟。所以

"知鱼之乐"无可争辩，"山光悦鸟性"也无可争辩。

"万籁此俱寂，但馀钟磬音"，诗的结尾从声音着想，写禅院的玄寂。万籁俱寂与钟磬之声是矛盾的，有钟磬之声即不得谓之万籁俱寂；然而二者又是相反相成的，正因为有钟磬之声，才显得禅院四周的山林的寂静。在唐诗中，写古刹钟声，往往是带有象征性的，就是自然的召唤，让人觉悟，让人放下，从而使一刹那成为永恒。这也就是佛教的智慧，禅的智慧，或谓之般若。美国诗人佛罗斯特说"诗始于喜悦，而止于智慧"，这首诗便是如此，诗人以禅悦的态度静观物理，故兴象深微，渐入佳境，令人觉悟，故能成为唐诗中最为人传诵的名篇之一。

宿王昌龄隐居

清溪深不测，隐处唯孤云。

松际露微月，清光犹为君。

茅亭宿花影，药院滋苔纹。

余亦谢时去，西山鸾鹤群。

这首诗的作者与王昌龄皆玄宗开元十五年（727）李嶷榜进士及第，到大历年间（766—779）才授盱眙县尉，此后便辞官归隐。从末联看，此诗当是其决计归隐前所作。王昌龄有《宿裴氏山庄》："苍苍竹林暮，吾亦知所投。静坐山斋月，清溪闻远流。西峰下微雨，向晓白云收。遂解尘中组，终南春可游。"此诗在意绪上有相通之处，当是作者寻王昌龄旧迹时作。

"清溪深不测"二句，写王昌龄隐居处的幽深。"深不测"一作"深不极"，非指水深，而是指溪远，即王昌龄所谓"清溪闻远流"，也就是指清溪源远流长，看不到源头。"隐处唯孤云"，暗用南朝隐逸诗人陶弘景《诏问山中何所有赋诗以答》："山中何所有？岭上多白云。只可自怡悦，不堪持赠君。"以山中白云为隐居标志。清人徐增评："惟见孤云，是昌龄不在，并觉其孤也。"（《而庵说唐诗》）

"松际露微月"二句，写月夜不寐，对景怀思故人。五言律诗要求中两联对仗，然颔联可以放宽，与首联一气贯注，乃是初唐标格。作者名篇《题破山寺后禅院》前四句，做法正复相同。这两句虽不为对仗，却是此诗可圈可点的名句。很容易使人联想南朝孔稚珪《北山移文》："高霞孤映，明月独举，青松落阴，白云谁侣？"不过孔文有讽刺意味，而此诗则唯表景仰而已。细玩此联十字，高明只在"清光犹为君"的"为"字。如果易为"待"字，作"清光犹待君"，则死于句下矣。"清光犹待君"是说月光还在等候你，而"清光犹为君"是说月光还在为你而明。一字之易，诗味之厚薄大不一样。前者只是陈述一个事实，而后者可谓一往情深。这就是炼字之妙。

"茅亭宿花影"二句，继续写夜宿之所见所感。王昌龄故居俭朴，不过草屋（"茅亭"）几间。但前后种花，院里莳药，想得到故人居此时的生活情趣，还可感受到当年的温度。只是眼前显得有些破败，因久不住人、院坝里长出了青苔。这两句的景物，"花影""苔纹"，都是月下所见，隐隐约约。由于前四句散行，这一联对仗工整，就显得格外重要。

"余亦谢时去"二句，写因思故人，而坚定归隐之志。句中"亦"字，表明追踪王昌龄之意甚明。按作者与王昌龄不但是同年进士及第，而且都是盛唐著名诗人。王昌龄生平遭遇坎坷，则有过之而无不及。其进士及第后，初授汜水尉。后中宏辞，迁校书郎。以不护细行，贬龙标尉。安史之乱中归乡里，为刺史闾丘晓所忌而杀。此诗当作于王昌龄死后。"西山鸾鹤群"，表明归隐之志已决。"西山"当指王昌龄诗中之"西峰"。

唐代殷璠《河岳英灵集》评常建诗："其旨远，其兴僻；佳句辄来，惟论意表。至如'松际露微月，清光犹为君'、又'山光悦鸟性，潭影空人心'，此例十数句，并可称警策。"清人屈复阐释道："王之清才，死后

179

松月犹若绻恋，生时不见用，此所以感而欲隐也。读此方知李颀'物在人亡'一首俗浅。"（《唐诗成法》）意思是同属追怀故人，"物在人亡无见期，闲庭系马不胜悲"（李颀）的写法太直白，不如"松际露微月，清光犹为君"来得含蓄，而一往情深。

三日寻李九庄

雨歇杨林东渡头，永和三日荡轻舟。
故人家在桃花岸，直到门前溪水流。

　　这首诗写春日游访故人庄，作年不详。李九当为隐者。清人宋顾乐《万首唐人绝句选评》称其"平平直写，自有情致，亦有法，所以佳"。所谓"情致"是指诗人思路开阔，饶有佳致。所谓"有法"，是指诗人用典如自己出，将典实降解为口语，极炼如不炼。

　　"雨歇杨林东渡头"二句，写上巳日逢雨后初晴，作者乘兴出游。"杨林"指成行的杨柳，这是渡口常见景象。"东渡头"是作者出发的地点。"雨歇"表明雨后初晴，王维《渭城曲》云"渭城朝雨浥轻尘"，杨柳经过雨洗，显得更清洁也更滋润，诗人的游兴亦由此引发。"三日"指农历三月上旬的巳日，魏晋以后通常以三月三日为上巳节，前面加上一个定语"永和"，这是东晋穆帝的年号，按王羲之《兰亭集序》云："永和九年，岁在癸丑，暮春之初，会于会稽山阴之兰亭，修禊事也。……是日也，天朗气清，惠风和畅，仰观宇宙之大，俯察品类之盛，所以游目骋怀，足以极视听之娱，信可乐也。"诗人写作"永和三日"，意味着自己已体会到王羲之当日的感觉、当日的心情了。而"荡轻舟"则联想到另一件事，那就是《世说新语·任诞》所记王子猷访戴安道的故事，舍弃雪夜情节，而用其驾一叶扁舟"乘兴而行"。充分表现出作者出游的兴致，亦令人不觉。

"故人家在桃花岸"二句，暗用桃花源故事，写作者寻访友人的愉快过程。上句点明季节物候，是桃花盛开的时候。暗用陶渊明《桃花源记》故事，记云："缘溪行，忘路之远近。忽逢桃花林，夹岸数百步，中无杂树，芳草鲜美，落英缤纷，……林尽水源，便得一山，山有小口，仿佛若有光。便舍船，从口入。初极狭，才通人。复行数十步，豁然开朗。土地平旷，屋舍俨然，有良田美池桑竹之属。"作者说"故人家在桃花岸"，也就把李九庄比作世外桃源。近人刘永济说："李九当是隐居高士，故以其所居比之桃花源，此用典使人不觉是典之例也。"（《唐人绝句精华》）

末句"直到门前溪水流"，是个律化的诗句。按照诗意，应作"溪水直流到门前"，不过便成了非律句，又不押韵。为了协调平仄并押韵，就只能写作"直到门前溪水流"了。不过，这一改，却因病致妍，产生出新的意义。俨若明人高启《寻胡隐君》诗云："渡水复渡水，看花还看花。春风江上路，不觉到君家。"春游和访友合为一事，既不觉得远，也不觉得累。作者本是第一次去李九家，被告知路径：从城东渡口出发，沿着清溪顺流而下，溪有蜿蜒，而无岔道，只要看到一片桃花林，李家就到了。这首诗写了一次愉快的经历，没有比这样的出访，更令人称心如意了。清人黄叔灿评："从杨林东渡，荡舟寻李，桃花溪水，直到门前。读之如身入图画。此等真率语，非学步所能，兴趣笔墨，脱尽凡俗矣。"（《唐诗笺注》）

这首诗写一次春游访友，写作也是乘兴而行。诗中有许多读书受用的东西，信手拈来，化尽痕迹，读者甚至不觉得这是用典。明人钟惺云："依然永和，依然桃花，依然流水，直直说来，不曾翻案，只觉清健。"（《唐诗归》）这是用典到出神入化的表现，也是对深入浅出的成功追求。

塞下曲四首（录一）

玉帛朝回望帝乡，乌孙归去不称王。

天涯静处无征战，兵气销为日月光。

《塞下曲四首》是常建所作七绝组诗，这首诗是第一首。此诗立足民族和睦的高度，讴歌化干戈为玉帛，勾勒出和平生活的愿景。在唐代边塞诗中是为数不多的阳光之作，符合各族人民的愿望，实属难能可贵。

"玉帛朝回望帝乡"二句，称颂西汉王朝与乌孙族友好交往的历史。"玉帛"是朝觐时使臣携带的贡品。语出《左传·哀公七年》"禹合诸侯于涂山，执玉帛者万国"。这就是"化干戈为玉帛"一语的出处。"望帝乡"是描写使臣归途对帝京长安恋恋不舍的样子。"乌孙"是汉代生活在伊犁河谷一带，连接东西方草原交通的最重要的游牧民族。据《汉书》记载：汉武帝为了彻底击败匈奴，采纳张骞的建议，以厚赂招引乌孙，使之东归敦煌旧地，同时下嫁公主，与乌孙约为兄弟，共同夹击匈奴。"乌孙归去"即乌孙使臣朝觐归去，缔结了友好、平等、互惠的关系；"不称王"，即不与汉王朝相对立。

"天涯静处无征战"二句，进而表达弭兵的理想及对世界和平的憧憬。"天涯静处"承上两句，指汉朝与乌孙实现了区域的和平，从此不再有战事发生。人类的历史就是战争与和平的历史，而和平时代只是夹在两次战争中的间隙，诗人笔下出现"天涯静处无征战"的情景，是难得的、值得羡慕的，其实是带有很强的理想化色彩的愿景。有这样的愿景，也才有希望。"兵气销为日月光"，更是一种浪漫的表达。"兵气"（非兵器）即杀气，战争气氛，是一种天文现象。语出《汉书》："谋事不成，妖详数见，兵气且至，奈何？"（《汉书·燕刺王刘旦传》）古诗中常见如：

"烽火夜似月，兵气晓成虹"（卢照邻）、"鼓声鸣海上，兵气拥云间"（李白）、"昨闻羽书飞，兵气连朔塞"（王昌龄），等等。有时径作"杀气"，如"杀气三时作阵云"（高适）、"杀气毒剑戟，严风裂衣裳"（李白）、"杀气南行动坤轴"（杜甫）、"但使兵戈销杀气"（戚继光），等等。"兵气"（杀气）可以直犯白日，如"聂政之刺韩傀也，白虹贯日"（《战国策·魏策四》），"军门压黄河，兵气冲白日"（刘希夷）。反之，"兵气"销尽，则"日月"（偏义于日）会大放光明。"兵气销为日月光"这一表达，比杜甫《洗兵马》的"安得壮士挽天河，净洗甲兵长不用"更浪漫、更有味，兼用屈原"与日月兮同光"（《九章·涉江》）而语有创新，难怪清人沈德潜赞之："句亦吐光！"

需要特别说明的一点是，作者说的是"兵气"，而不是"兵器"。"兵气"即战争是要销的，但"兵器"是不能销的，只要国家存在，国防和御侮是必须的。物质力量只有靠物质力量去摧毁，战争只有靠战争来制止，"兵气"只有靠"兵器"来驱除。止戈为武，兵器（甚至大杀器）的存在，其目的都是以制止战争为目的。"乃知兵者是凶器，圣人不得而用之。"（李白）中国哲学中的儒道两家都有这样的思想。

明人吴逸一称此诗"四语并壮，落句更与'秦时明月'七字争雄。然王语沉，此语炼，正未易优劣。"（《唐诗正声》）清人贺裳说："唐三百年，《塞下曲》佳者多矣。昌明博大，无如此篇，出自幽纡之笔，故为尤奇。"（《载酒园诗话又编》）不为无见。应该指出，唐玄宗晚年穷兵黩武，所以这首诗决不是什么"太平颂圣奇语"（谭元春），反倒是一种不露痕迹的谲谏。

【张籍】（768？—830？）字文昌，唐和州（今安徽和县）人，祖籍吴郡（今江苏苏州）。德宗贞元十五年（799）进士及第。历任太常寺太祝、国子助教、国子博士、水部员外郎、主客郎中、国子司业。世称张水部、张司业。有《张司业集》。

野老歌

老农家贫在山住，耕种山田三四亩。

苗疏税多不得食，输入官仓化为土。

岁暮锄犁傍空室，呼儿登山收橡实。

西江贾客珠百斛，船中养犬长食肉。

张籍是新乐府运动的健将之一，"风雅比兴外，未尝著空文"（白居易《读张籍古乐府》），其乐府诗之精神与元、白相通，而具体手法略有差异。白居易的讽喻诗往往"意激而言质"，篇幅亦长，故不免有尽、露之疵累。而张籍的乐府，如这首《野老歌》做法就不同。

诗共八句，很短，但韵脚屡换。诗意可按韵的转换分为三层。前四句开门见山，写山农终年辛劳而不得食。"老农家贫在山住，耕种山田三四亩"，"山"字两见，强调这是一位山农（诗题一作《山农词》）。山地贫瘠，广种薄收，"三四亩"收成不会很多。而深山为农，本有贫困而思逃租之意。但安史之乱后的唐王朝处在多事之秋，财政困难，封建剥削无孔不入。"纵使深山更深处，也应无计避征徭"。"苗疏"意味着收成少，收成少而"税多"，必然产生劳动者"不得食"的不合理现象。

粮食"输入官仓"，在封建时代乃是司空见惯的事实，著"化为土"三字，方觉触目惊心！一方面是老农终年做牛马，使土地长出粮食；一方面是官家不劳而获，且轻易把粮食"化为土"，这实际上构成一种鲜明的对比关系。好在不但表现出老农被剥夺的痛苦，而且表现出他眼见心血被践踏的痛心。所以，虽然只道事实，语极平易，读来至为沉痛，字字饱含血泪。

五、六句写老农迫于生计不得不采野果充饥，仍是直陈其事："岁暮锄犁傍空室，呼儿登山收橡实。"可是，这是多么发人深思的事实：辛苦一年到头，赢得的是"空室"——一无所有，真叫人"何以卒岁"！冬来农闲，辛苦一年的农具还可以傍墙休息，可辛苦一年的人却不得休息。粮食难收，却"收橡实"。两句内涵尚未尽于此，"呼儿登山"四字又暗示出老农衰老赢弱，不得不叫儿子一齐出动，上山采野果。橡实乃橡树子，状似栗，可以充饥。写"呼儿登山收橡实，"又确有山居生活气息，使人想到杜甫"岁拾橡栗随狙公，天寒日暮深谷里"（《乾元中寓居同谷县作歌七首》）的名句，没有生活体验或对生活的深入观察，难以写出。

老农之事，叙犹未已，结尾两句却旁骛一笔，牵入一"西江贾客"。桂、黔、郁三江之水在广西苍梧县合流，东流为西江，亦称上江。"西江贾客"当指广西做珠宝生意的商人，故诗中言"珠百斛"。其地其人与山农野似全不相干，诗中又没有叙写的语言相联络，跳跃性极显。然而，一边是老小登山攀摘野果，极度贫困；一边是"船中养犬长食肉"，极度奢靡，又构成一种鲜明对比。人不如狗，又揭示出一种极不合理的社会现象。豢养于船中的狗与猎犬家犬不同，纯是饱食终日无所事事，这形象本身也能引起意味深长的联想。作者《估客乐》一诗结尾"农夫税多长辛苦，弃业宁为贩宝翁"，手法与此略同，但有议论抒情成分，而此诗连这等字面也没有，因而更含蓄。

全诗似乎只摆一摆事实就不了了之，像一个没有说完的故事，与"卒章显其志"的做法完全相反，但读来发人深思，诗人的思想倾向十分鲜明，揭露现实极其深刻。其主要的手法就在于形象的对比。诗中两次对比，前者较隐，后者较显，运用富于变化。人物选择为一老者，尤见剥削之残酷及世道之不合理，也愈有典型性。篇幅不长而韵脚屡换，给人活泼圆转的印象；至如语言平易近人，又近于白诗。

猛虎行

南山北山树冥冥，猛虎白日绕林行。向晚一身当道食，山中麋鹿尽无声。年年养子在空谷，雌雄上山不相逐。谷中近窟有山村，长向村家取黄犊。五陵年少不敢射，空来林下看行迹。

《猛虎行》是乐府旧题，属《相和歌辞》"平调曲"，宋代郭茂倩《乐府诗集》引古辞曰："饥不从猛虎食，暮不从野雀栖。野雀安无巢，游子为谁骄。"古人多借以喻自重自爱之志。陆机、李白皆有名作。张籍这首诗与前贤之作异趣，表面上像是一则山区纪事，诗中有三个字始终没有说出，即"不正常"。

"南山北山树冥冥"，是山区密林，又是官道所经之地。"猛虎白日绕林行"，老虎白日现身山林，竟然没有人管，这不正常。读者不禁要问：官家到哪儿去了？猎户又到哪儿去了？"向晚一身当道食"，更不正常。按常理，猛虎捕到食物，一般会拖到隐蔽地方慢慢享用，哪有"当道食"肉的道理？有句成语叫"横行霸道"，这就是"横行霸道"。"山中麋鹿尽无声"，也不正常，诗云："呦呦鹿鸣，食野之蒿。"（《小雅·鹿鸣》）就是向同类报警，也会发声。何至于怕到一声不出？有个成语叫"敢怒而不敢言"，这就是"敢怒而不敢言"。

"年年养子在空谷"，下文则说"谷中近窟有山村"，可见这里靠近人居，不是老虎的自然保护区，老虎怎能"年年养子"？老虎一胎两到四仔，要不了几年，发展成虎群，为祸将更烈。"雌雄上山"是说老虎成对出没，"不相逐"即毫无顾忌。"长向村家取黄犊"，就更不正常了。探囊取物的"取"字，写出老虎予取予求之态，肆无忌惮之态，得之不费吹灰之力之态，以及农家奈何不得之态。"五陵年少不敢射"两句，还是不正常。按"五陵"为长安地名，本指汉代五个帝王陵寝，而"五陵年少"则指长安的游侠少年。既然"不敢射"，却又来林下"看行迹"，看了也是白看。读者不禁要问这是为什么。细味，"看行迹"是有射虎的心，"不敢射"是因为没有射虎的胆。一个"空"字，讽刺意味甚浓。

这首诗写得太有意思，决不是纯粹的纪实。《礼记·檀弓下》载，孔子过泰山侧，曾发出过"苛政猛于虎"的感叹。从古到今，中国人习惯把巨贪、恶霸之类的人物，称为"老虎"。揪出一只"老虎"，便会拍手称快。然而，打"老虎"并不容易，一要坚定信念，二要组织支持，三要具备胆量，"明知山有虎，偏向虎山行。"不然，就会出现诗中描写的种种怪现状。这实在是一首意味深长的寓言诗。

牧童词

远牧牛，绕村四面禾黍稠。陂中饥乌啄牛背，令我不得戏垅头。入陂草多牛散行，白犊时向芦中鸣。隔堤吹叶应同伴，还鼓长鞭三四声："牛牛食草莫相触，官家截尔头上角！"

这是一首儿歌体的政治讽刺诗。作者既津津乐道，描绘出一幅充满童趣的牧牛图，又通过小放牛的口气，流露了民间与官府的对立情绪。

"远牧牛"四句，写牧童放牛及其遇到小小的烦恼。前二句是倒装句，意思是因为绕着村庄四面禾黍稠密，为了不损害庄稼，所以必须到远处的河岸（陂）放牧。在河岸上放牧时，牧童遇到一个小小的烦恼："陂中饥乌啄牛背，令我不得戏垄头。"诗中出现了"饥乌"，可见当时正值饥荒，鸟类觅食困难，竟然"啄牛背"。其实牛背有什么好啄，乌鸦啄的是牛背上的虮虱。牧童不察，心疼自己的牛，所以得不停地对乌鸦进行驱赶，于是耽误了他与别的同伴一同游戏、玩耍的时间，这又使他不免有几分懊恼。寥寥几句，写出童真，极富生活情趣。

"入陂草多牛散行"四句，写开心放牧的场面。行至河岸草多的地方，牛儿散开吃草，"白犊时向芦中鸣"，有头白色牛犊向着芦苇鸣叫撒欢，牧童变得开心起来，对于上文说到的烦恼，在行文上形成抑扬和跌宕。牛吃草时，牧童只需在一旁看着，于是有很多的好玩。"隔堤吹叶应同伴"，用树叶卷成哨子，可以吹出曲调，这是一种玩法。"还鼓长鞭三四声"，还有就是甩鞭，这是个技术活，不得法甩不出响亮的声音，反之，则可以甩出一连串清脆的响声，于是很有成就感。像这样一些生活细节，不是有过放牛经验的人，或对牧童有仔细观察的人，写不到这个份上。有人说得好，如果一个人在悠长的岁月中，没有失去童年时代对他的馈赠，那他就是诗人。这首诗也表现出作者的童心。

"牛牛食草莫相触"二句，写两头牛发生冲突，牧童对牛严加训斥。这两句似突如其来，没有写出的前提是，有两头牛顶起角来。于是牧童学着大人的口气，用鞭子教训它们道：给我规矩点，再不规矩，谨防"官家"差人来，把你调皮的角给锯了。按，北魏时万州刺史拓拔晖，需要角脂润滑车轮，便派人生截牛角，吓得百姓不敢牧牛。又，鲁迅曾说："北京现在常用'马虎子'这一句话来恐吓孩子们。或者说，那就是《开河记》上所载的，给隋炀帝开河，蒸死小儿的麻叔谋；正确地写起来，须是'麻胡子'。"（《二十四孝图》）此诗的"官家"（拓跋晖），也就相当于鲁迅说的"麻胡子"，因为足够凶残，所以用来吓唬。而角是牛身上最重要、最敏感的器官，"截尔头上角"对牛来说是一件很痛苦的事情，就像对小孩说割耳朵一样，是够吓人的。牛虽听不懂人话，但牧童一甩动鞭子，顶角的牛也就分开了，不懂也像懂了一样。

这首诗的最后两句话，似不经意，却是全诗的主题所在。同时代的

188

元稹《乐府古题·田家词》写道："六十年来兵簇簇，月月食粮车辘辘。一日官军收海服，驱车驾车食牛肉。"反映了安史之乱以后，官府借口军需而掠夺宰杀耕牛的现实，便是此诗的写作背景。严酷的现实，却借牧童之口于无意中道出，亦可谓举重若轻了。

节妇吟

　　君知妾有夫，赠妾双明珠。感君缠绵意，系在红罗襦。妾家高楼连苑起，良人执戟明光里。知君用心如日月，事夫誓拟同生死。还君明珠双泪垂，恨不相逢未嫁时。

　　诱惑，是人间喜剧的一个关键词。与之相关联的一个词，则是节操。汉乐府《陌上桑》写的就是采桑女罗敷拒绝诱惑的故事，那首诗的高明之处，是诗中的贞节的观念是建筑在爱情基础之上的。另一首汉乐府《羽林郎》，写的则是当垆卖酒的胡姬拒绝诱惑的故事，这首诗道德观念更强，对"男儿爱后妇"的行为进行了猛烈抨击。

　　张籍的这首诗写一位"节妇"在诱惑面前，坚守道德底线的故事，有意无意受到了上述两篇汉乐府的影响。然而，它绝不是《陌上桑》的克隆，也不是《羽林郎》的翻版，而是富于新意的。直言之，它的新意在于加进了另一个关键词，就是动摇。诗中少妇，面对第三者强大爱情攻势，是有过动摇的——"感君缠绵意，系在红罗襦"就表明了这一点。换言之，她有过激烈的思想斗争。斗争的结果，少妇选择了持守。然而，当她在谢绝对方殷勤的时候，竟然垂泪道"恨不相逢未嫁时"。贺贻孙《诗筏》评点道："此诗情辞婉恋，可泣可歌。既垂泪以还珠矣，而又恨不相逢于未嫁之时，柔情相牵，辗转不绝，节妇之节危矣哉。"危在什么地方呢？直言之，就是她对第三者还有一点留恋，还有一点难舍，未能尽灭人欲。其实，按照中国人的恕道，应该是"论迹不论心，论心自古少完人。"少妇既还明珠，哪怕她双泪垂，哪怕她"恨不相逢未嫁时"，总算是守住了道德底线。还能算是"节妇"。

本来，婚姻只是一种缘分，什么时候遇上什么人，他接受你、你也接受他，这件事说不清楚，冥冥中自有安排。海涅有一首诗说，一个青年爱上了一个姑娘，那个姑娘爱上另一个人，那个人又爱上另一个姑娘，而且和她结了婚，诗的结尾说，这是一个古老的故事，但是它永远新鲜，谁要正好碰上这样的事，他（她）的心就会裂成两半。总之，错过了就错过了，撞上了就撞上了。人要珍惜缘分，如果要见异思迁，则世上可爱之人多矣，也没有一个尽头。因此，人生难免有"恨不相逢未嫁时"的遗憾，由于这句诗具有很大涵盖性，所以成为唐诗名句，经常被人提起。

最后必须说明的是，这首诗并不是为某个节妇而作，而是作者的一篇诗的自白。原来宪宗元和年间，平卢淄青节度使李师道割据今山东、河北等地，当时张籍任国子助教，李师道多次请人以重贿拉拢他，张籍为了谢绝李的拉拢就写了这首诗来婉拒。因此，这是一篇托物言志的寓言诗，读来倍有意味。由于诗人在写作中完全不露本相，因此，此诗也可以作为一篇情诗来加以欣赏，就像朱庆馀送给作者的《近试上张水部》那首诗，可以作为一篇新婚诗来加以欣赏一样。

夜到渔家

渔家在江口，潮水入柴扉。

行客欲投宿，主人犹未归。

竹深村路远，月出钓船稀。

遥见寻沙岸，春风动草衣。

诗题一作《宿渔家》。这首诗写作者一次水上投宿经历，取材新颖，构思独到。

"渔家在江口"二句，写在江上找到投宿目标的渔家时，所看到的情景。因为是水上人家，所以住近码头（"江口"），道出了渔家住所的典型特征。渔家住所简陋，从"柴扉"二字可以看出。诗人到达这里时，正遇到涨潮，而潮水都漫进渔家的柴门了。"潮水入柴扉"，不免令人担心。然而，他想必得到了相关讯息，知道潮水不会继续上涨。要不然，就应该打消投宿此处的想法，继续向高处走了。

"行客欲投宿"二句，写投宿时遇到不巧，留下了一点悬念，便是走近去敲门问讯，才知道"主人犹未归"。怎么办呢？附近可能没有别的选项，只好等他一等了。这两句写出旅途况味，就是一切都得凭运气。而不顺心的事，是经常发生的。要不然，人们相互祝愿的话，怎么会是"一切顺利"或"万事如意"呢？

"竹深村路远"二句，写等待主人时，对四周环境的打量。上句写陆上，竹丛幽深，小路蜿蜒，前村还在远处。没有说出的话是：主人是不是到村里打酒，或做别的事去了呢？下句"月出钓船稀"写水上，月亮升起后，看到少许渔船。没有说出的话是：主人是不是在其中的某条船上呢？总之，这两句通过写景，也表现出了等待中的焦急。

"遥见寻沙岸"二句，是发现了情况，等待有了希望。上句说远远地看见，有人在沙岸上寻找泊船的地点，表明有人已经归来。下句"春风动草衣"是这个人的剪影，在月下可以看见他穿着蓑衣，因为风大，连蓑衣的摆动都瞧见了。没错，这是一位渔人，而且很有把握认为这就是作者等待的"主人"。因为江口就这一户或几户，没有更多的人家。但结果究竟如何，作者没有挑明，留下了一个悬念。

清人田雯评张籍诗道："名言妙句，侧见横生，浅淡精洁之至。"《古欢堂集》这首诗按时间顺序描述旅途况味，同时反映出渔民生活的一个侧面，就是"浅淡精洁"的代表作，而结尾两句生动形象，饶有余韵，便属名言妙句。

湘江曲

湘水无潮秋水阔，湘中月落行人发。

送人发，送人归，白蘋茫茫鹧鸪飞。

这是一首写湘江送别的乐府诗。同时诗人姚合赠作者诗云"绝妙江南曲，凄凉怨女诗。古风无敌手，新语是人知"《赠张籍》道出张籍诗的两个特点，一是喜作古风，二是以新语动人。

此诗篇幅接近七言绝句，却是一首古风。看似四句，其实只有三句（前两句和末句）。前二句是倒装。"湘中月落行人发"交代行人出发时间，在"月落"的清晨。潮水消涨本来与月亮有关。而月落时分，潮水已退，是客船出发的时候。而"湘水无潮秋水阔"则包含两个片语，"湘水无潮"是讲天气，古人乘舟远行，须趁风平浪静的时候，孟浩然诗云"潮落江平未有风，扁舟共济与君同"（《渡浙江问舟中人》），就是这样。"秋水阔"，这像是洞庭湖的情景，而湘江一头连着洞庭湖，客船面对水天空阔的湖水，行人连方向都打不着，所以这三个字写出一派迷茫的感觉。

接下来是相当于一个七言句拆成的两个短句"送人发，送人归"。"送人发"是重复第二句的末三字，"送人归"是"送人发"的同义反复。微妙的区别在于，它交代了行人的去向是回家。这两句在意义上不必有，在音情上却不可无。在歌唱中，音调转为急促。对上一句，起到和声的作用；同时引出下一句"白蘋茫茫鹧鸪飞"，是人去湖空的感觉。行人归心似箭，客船疾速如飞，留下一个空荡荡的湖面。"鹧鸪"在古代诗词中地位很高，其叫声像"行不得也哥哥"，所以诗人常用它来暗示别情。此句乍看似无人，其实大有人在，因为作者取了一个视角，就是送行者的角度，而这个角度与读者的角度是重合的，所以乍看不觉得句中有人，原来送行者已附体于读者自己。所以最后的一句充满了神韵，充满了送行者依依惜别之情。这种写法是衔接传统的，如《九歌·湘夫人》："鸟何萃兮蘋中，罾何为兮木上。"南朝乐府《西洲曲》："日暮伯劳飞，风吹乌柏树。"看似空空的镜头，其实都出以观者的视角，句中都有张望的人在。

这首诗似乎就说了客船出发和出发时的湖景，别的什么都没说，却语浅情深，充满了神韵，真是寄至味于淡泊了。难怪王安石赞美作者道"看似寻常最奇崛，成如容易却艰辛"（《题张司业诗》），后来成为引用率很高的论诗名句。

成都曲

> 锦江近西烟水绿，新雨山头荔枝熟。
> 万里桥边多酒家，游人爱向谁家宿？

这首咏成都的诗用仄韵，前两句为拗句，故以"曲"为题，有别于一般的七绝。有人说这是张籍游成都时写的一首诗，错。真实的情况，应该是作者听从成都来的人讲起成都，引发了他对成都的浓厚兴趣而作的一首诗。按成都从秦时筑城以来，到唐代已是除两京外数一数二的繁华都会。李白到过、杜甫到过、唐玄宗也到过，偏偏作者没有到过，所以他感到神往。

"锦江近西烟水绿"二句，说成都风光与风物。成都有两条江环绕，一条为府河、一条为南河，二水交汇于城的东南，称"锦江"，光是这个江名，就令人心醉。"濯锦江边两岸花，春风吹浪正淘沙"（刘禹锡），这是另一位诗人想象中的成都，可见当时锦江多么有名。"锦江近西"的一段叫浣花溪，这个溪名也令人心醉，杜甫草堂即在此地。但张籍可能没有听说，只能写到"烟水绿"这个份上。"新雨山头荔枝熟"，这一句是该打屁股的、露了马脚的诗句。陆游是到过成都的，所以他批评道："此未尝至成都者也。成都无山，亦无荔枝。苏黄门诗云：'蜀中荔枝出嘉州，其馀及眉半有不?'盖眉之彭山县已无荔枝矣，况成都乎!"（《老学庵笔记》五）这是千真万确的话。有人和陆游抬杠，说他过于拘泥，这话说别人还差不多! 须知这是硬伤。圣于诗若陆放翁者，哪得拘泥! 一定要为张籍圆场，只能说这是一个美丽的错误。就像白居易写唐玄宗入蜀，竟写出"峨眉山下少人行"（《长恨歌》）之句，错误是错误，可以不扣分就是了。

"万里桥边多酒家"二句，写对成都酒家和宾馆的神往。因为江水环绕，所以成都多桥，其中"万里桥"的知名度最高。因为蜀汉丞相诸葛亮曾在此设宴送费祎出使东吴，费祎不小心蹦出一句名言："万里之行，始于此桥。"桥即由此得名。此桥既是成都水陆交通的一个枢纽，又是一大名胜古迹，文人吟唱不绝于书，所以作者觉得必写。然后说到成都的酒和酒家，杜诗有"酒忆郫筒不用沽"（《将赴成都草堂途中有作先寄严郑公》），《杜诗详注》引《成都记》："成都府西五十里，因水标名曰郫县，以竹筒盛美酒，号为郫筒。"作者听别人吹到这种酒，以及万里桥边的酒家，不禁十分向往。此外，成都还是音乐之都，杜诗说："锦城丝管日纷纷，半入江风半入云。"（《赠花卿》）有很多美丽的老板娘，杜诗说："黄四娘家花满蹊，千朵万朵压枝低。"（《江畔独步寻花》）更不必说那里还有一个女诗人薛涛了。"游人爱向谁家宿"，意思是处处堪醉，家家可宿。

这首诗的好处，就在于作者并没有真的到过成都，所以他不被事实箍住，可以恣意想象，把成都说得神乎其神。明明一马平川，说得山也有了，荔枝也有了。撇开这一点不论，作者写成都的水文化、酒文化、旅游文化，为成都做了一个大大的广告，就是对成都的贡献。比起"成都，一个来了就不想走的城市"的城市广告，早了一千多年。

凉州词三首（录一）

边城暮雨雁飞低，芦笋初生渐欲齐。
无数铃声遥过碛，应驮白练到安西。

朋友提议，讲一首与一带一路相关的唐诗吧。我于是想到张籍的《凉州词》，因为诗里写到驼铃和丝绸之路，从凉州（今甘肃武威）通往安西。唐代的安西都护府，在今新疆库车，唐德宗贞元六年（790），沦陷于吐蕃。张籍同题诗共三首，第三首说："凤林关（在今甘肃临夏境内）里水东流，白草黄榆六十秋。边将皆承主恩泽，无人解道取凉州。"可见诗作于安西沦陷六十年后，即宣宗大中四年（850）前后，凉州尚未收复，可见诗中情景，实出于诗人的想象。

"边城暮雨雁飞低"二句，是春到边城（即凉州）的情景。默想这首诗，记忆总是窜到另一首诗，即岑参的《过碛》："黄沙碛里客行迷，四望云天直下低。为言地尽天还尽，行到安西更向西。"那首诗也提到安西，而作者真在这条丝绸之路上行走。这首诗却不同，所以没有"四望云天直下低"的实感。作者张籍描绘的是一幅春回边城的情景，"芦笋"是初春的物候，不必是实景。顺便说，张籍经常想当然地写诗，有一首《成都曲》，竟有"新雨山头荔枝熟"之句，读者凭这一点就知道他并未到过成都。这首诗也写到新雨（暮雨），带来清寂之感，而"雁飞低"，暗示的应是"所嗟人异雁，不作一行归"（七岁女子诗）。

"无数铃声遥过碛"二句，写的就更不是实景了，而是在安西、凉州

195

沦陷，丝绸之路阻绝后，作者对历史时空的一个回忆。它使人想起一首流行歌曲《梦驼铃》："攀登高峰望故乡/黄沙万里长/何处传来驼铃声/声声敲心坎……风沙挥不去印在历史的血痕/风沙飞不去苍白海棠血泪/黄沙吹老了岁月/吹不老我的思念/曾经多少个今夜/梦回秦关。"（小轩）用这首流行歌曲的歌词来诠释张籍的这两句诗，是再恰当不过了。

我在旧文《论空间感》一文中这样讲："如果现实空间乏味，也不要紧。要么营造一个虚拟的空间，像《夜雨寄北》那样；要么找回一个历史的空间。"张籍《凉州词》就是很好的范例。我写过一首七绝咏剑门蜀道的"拦马墙"，这是山路上砌成的一道矮墙，防止马匹跌入深谷；那里的古柏参天，道路甚是萧寂，无多诗意。如果穿越时空，回到千年以前呢，感受会迥乎不同。因成一诗云："参天皇柏岂非材，禁伐千秋遥胜栽。铃转时光隧道里，前头应有马帮来。"这里也写到铃声，而写的当时，并没有想到张籍《凉州词》；而在空间处理上，与之有不谋而合之处。

秋思

洛阳城里见秋风，欲作家书意万重。

复恐匆匆说不尽，行人临发又开封。

这首题为《秋思》的绝句，具有很强的叙事性，写旅中寄书的一段生活情事。最有意味的一点就是，寄书者在投递书信前一刻的那个多此一举的动作，把明明记得很清楚的书信，非得要拆开来再检查一遍不可，而检查的结果一定是并无疏漏。在心理学家看来，这甚至是一种心理上的毛病，叫作"强迫症"——明明知道并无问题，却始终不能放心，非要强迫自己去反复检查不可。

然而，这个情节发生在特定的时刻和特定的对象身上，又是很正常的。就像诗中这个人写这封家书，一定不是一封简单的平安家书，而是一个细心的人，对家人有着千叮咛万嘱咐的家书。他对这封家书的重视超乎寻常，生怕遗漏了重要的内容，虽然其实什么也没有遗漏。如果写他真的遗漏了什么，又补上了什么，倒把本来富于生活情趣的生动细节化为平淡无味了。

首句"洛阳城里见秋风"的"见秋风"，暗用晋代张翰的典故，张翰在洛阳"因见秋风起，乃思吴中菰菜、莼羹、鲈鱼脍，曰：'人生贵得适志，何能羁宦数千里，以要名爵乎？'遂命驾而归"（《晋书》本传）。张籍祖籍吴郡，此时客居洛阳，心情也许与当年的张翰相仿佛，却有种种未能明言的理由，使他不能"命驾而归"，所以只能写一封书向家人做一些交代了。

二句"欲作家书意万重"的"意万重"，"复恐匆匆说不尽"的"匆匆"，是一个矛盾，其结果就有"书被催成墨未浓"（李商隐）的感觉。这个感觉，就为末句那个富于戏剧性的动作，预先作好铺垫。这使得末句的到来，显得水到渠成。

【韩愈】(768—824) 字退之，唐河南河阳（河南孟）人，郡望昌黎。德宗贞元八年（792）进士及第，任节度推官，其后任监察御史等职。十九年贬阳山令。宪宗即位，量移江陵府法曹参军。元和元年（806）召拜国子博士。十二年从裴度讨淮西有功，升任刑部侍郎。十四年谏迎佛骨，贬潮州刺史。次年穆宗即位，召拜国子祭酒。长庆二年（822）转吏部侍郎、京兆尹。卒谥文。有《昌黎先生集》。

听颖师弹琴

昵昵儿女语，恩怨相尔汝。划然变轩昂，勇士赴敌场。

浮云柳絮无根蒂，天地阔远随飞扬。喧啾百鸟群，忽见孤凤凰。跻攀分寸不可上，失势一落千丈强。嗟余有两耳，未省听丝篁。自闻颖师弹，起坐在一旁。推手遽止之，湿衣泪滂滂。颖乎尔诚能，无以冰炭置我肠！

颖师是来自天竺的僧人，盖以琴干长安诸公而求诗者，同时李贺亦有《听颖师弹琴歌》纪其事，作于元和六七年（811－812）其为奉礼郎时。韩愈此诗作年亦相当。

诗分两段，前十句入手擒题，就"听"字摹写琴声。先状琴声袅袅而起，声音细小轻柔，如小儿女、小夫妻耳鬓厮磨，卿卿我我，其间夹杂些嗔怪之声，那其实不是嗔怪，是撒娇，充满柔情蜜意，曲尽琴声之妙。继写琴声骤转高亢，有金戈铁马之声，气势非凡。继写琴声再度转为轻柔，音色明快，令人想起风和日丽，晴朗的蓝天上飘浮着几片白云，空中飞舞着若干柳絮，越去越远，任情悠游。继写琴声蓦然变成欢快，如闻百鸟啁啾，中有一只凤鸟高举，好像不肯与凡鸟为伍，正长啸求凰。末了琴声由欢快变为低沉，有如孤凤力尽，高得不能再高，忽然摧翅于中天，一跌千丈。

后八句紧接写听乐的感受，先作谦辞，说自己不懂音乐，不能深析曲中奥妙。这是欲予故夺。然后说听了颖师的演奏，受到深深的感动。感动到何等程度呢？那就是对琴曲表现的情感旋律，发生了强烈共鸣，有点承受不了由此引起的激动。最后两句是说，我已经服了你了，让我心情平静一会儿吧。"冰炭置肠"比喻感情上（反差很大）的强刺激。

为什么诗人听琴会有这样强烈的反应，向来无人深究。诗中有"失势一落"之语，联系同一时期所作的《进学解》自叙为官经历是"跋前踬后，动辄得咎；暂为御史，遂窜南夷（指贬阳山令）；三年博士，冗不见治；命与仇谋，取败几时"，看来不会全无身世之感，不过不那么明显罢了。

198

此诗妙于摹写声乐，惟妙惟肖。它不但善于表现高低、强弱、刚柔不同的乐段间之悬殊和对比，而且能在高低、强弱、刚柔相近的乐段间辨出区别——如由低转高，勇士赴敌的雄壮就不同于孤凤高飞的清超；由高转低，絮飞云飘的悠闲就不同于长空坠鸟的惊险。

全诗在遣词造语上新奇妥帖，如"昵昵""划然""无根蒂""跻攀""冰炭"等语的运用，无论形容、描写都称入妙；在调声上，首二句用细声韵，"昵昵""女""语""尔""汝"音近，略显绕口，恰恰适合表现儿女情长的胶着状态，后即改用洪声韵，"昂""场""扬""凰"，与表现的高亢、阔远等境界同构，凡此俱见音情配合之妙。后八句的叙述，若对话然，从中见出了人的活动，则表现了韩愈"以文为诗"的特点。

清人方扶南（世举）说："白香山江上琵琶，韩退之颖师琴，李长吉李凭箜篌，皆摹写声音至文。"（《李长吉诗集》批注）苏轼尝因章质夫家善琵琶者乞歌词，即取此诗稍加隐括，使就声律，为《水调歌头》以遣之：

"昵昵儿女语，灯火夜微明。恩怨尔汝来去，弹指泪和声。忽变轩昂勇士，一鼓填然作气，千里不留行。回首暮云远，飞絮搅青冥。　众禽里，真彩凤，独不鸣。跻攀寸步千险，一落百寻轻。烦子指间风雨，置我肠中冰炭，起坐不能平。推手从归去，无泪与君倾。"

与原作比较，有点捉襟见肘。欧阳修、苏轼又以为此诗是听琵琶诗，谓韩愈未深得琴趣者，此后诸家复就此辩诬，成为一桩公案。皆可见其影响。

山石

山石荦确行径微，黄昏到寺蝙蝠飞。升堂坐阶新雨足，芭蕉叶大栀子肥。僧言古壁佛画好，以火来照所见稀。铺床

拂席置羹饭，疏粝亦足饱我饥。夜深静卧百虫绝，清月出岭
光入扉。天明独去无道路，出入高下穷烟霏。山红涧碧纷烂
漫，时见松枥皆十围。当流赤足踏涧石，水声激激风吹衣。
人生如此自可乐，岂必局束为人靰？嗟哉吾党二三子，安得
至老不更归！

贞元十七年（801）韩愈辞徐州张建封幕职，在洛闲居候调时游洛阳
北面惠林寺作，具体时间是旧历七月二十二日。诗以首二字为题，写其
与友朋李景兴、侯喜等黄昏投宿山寺及翌日遍游山水的经过。

前四句写雨后之黄昏，到寺所见。"黄昏到寺蝙蝠飞"，写山寺暮色
情景宛然，闻一多有"黄昏中织满蝙蝠的翅膀"（《口供》），意象即类此；
"芭蕉叶大栀子肥"传"雨足"之神，"肥""大"二字表现出一种阳刚之
美，为元好问所赞赏。继四句写寺僧的接待。先是参观寺庙，最有看头
的是壁画，因为时已入夜，所以燃灯观看。僧人介绍称是"古壁"，可见
壁画出自前朝人手（大约是六朝吧）。韩愈虽不信佛，但客随主便，从"所
见稀"的口气看，他对壁画艺术还是颇为欣赏的。接着便是用饭，寺庙
待客是素席，是粗茶淡饭，但山行走了那么多路，到寺又参观了好一阵，
饥者易为食，加之寺僧之热情，就吃得饱饱的。"夜深"二句写宿寺之夜
的感受。从诗句可以意会，刚睡下时，山中还是虫声唧唧，氛围十分幽
静；夜深时分，虫声绝响，而半轮下弦月从岭头升起（谚云"二十一二三，
月出鸡叫唤"），境界更清幽，尤其令人陶醉。

以下写离寺山行，"天明独去无道路"句的"独去"是就寺僧未能远
送而言，不是个人独行（同行还有"吾党二三子"），"无道路"是就大雾弥漫
而言，不是无路可走。总之，早行之初是在浓雾中出入高下，摸索前进，
直到太阳出来，才穷尽烟霏。此时"山红涧碧纷烂漫"的明丽景色就扑
入眼帘，带着山中特有的湿度；"时见松枥皆十围"，既表明山林的古老

原始，也表明视野在不断变化。山行中最愉快的是看到山中之矿泉清水，杜甫这样写道："在山泉水清，出山泉水浊。"（《佳人》）脱鞋蹚石过溪水，不但不成其为麻烦，简直叫人觉得好玩，不知不觉就返回到想打赤脚、想要水的童年心境。关于这种心情，郭沫若这样写道："地球，我的母亲，天已黎明了，你把你怀中的儿来摇醒，我现在正在你背上匍行"，"地球，我的母亲，我不愿在空中飞行，也不愿坐车、乘马、著袜、穿鞋，我只愿赤裸着我的双脚，永远和你相亲。"（《地球，我的母亲》）

最后四句抒发感想，揭示全诗的主题，"人生如此"四字概括了黄昏对景、灯下观画、疏栎疗饥、夜深赏月、清早山行、赤足蹚水乃至这次出游的全部经历，而后用"自可乐"三字加以肯定，同时又用"局束为人靰"的幕僚生活作反衬，表现了对山中自然美及包括在自然美中的人情美的真诚向往。这比较接近孔子欣赏的曾点之志，"吾党""二三子"也是出自《论语》中的语言。

《山石》在韩愈诗中不属于险怪，而属于文从字顺一路，在"以文为诗"方面表现则相当突出。全诗完全按行程顺序叙写，有如游记。既详记游踪，复能诗意盎然，盖诗人非常善于选材，善于捕捉景物在特定时间、天气中呈现的不同光感、色感、质感。全诗单句散行，一反初唐四杰以来七古间用骈偶的做法，避免了可能由此导致的圆熟和疲弱之病以及古风特殊韵味的丧失。全篇无一律句，是有意识运用了与律句相区别的三字脚——"仄仄平""仄平仄""仄仄仄""平平平"，所以虽平声一韵到底，却无平板疲弱之感。近人陈寅恪谓韩诗"既有诗之优美，复具文之流畅，韵散同体，诗文合一"者，此诗即为著例。

李花赠张十一署

江陵城西二月尾，花不见桃惟见李。风揉雨练雪羞比，波涛翻空杳无涘。君知此处花何似？白花倒烛天夜明，群鸡惊鸣官吏起。金乌海底初飞来，朱辉散射青霞开。迷魂乱眼看不得，照耀万树繁如堆。念昔少年著游燕，对花岂省曾辞杯？自从流落忧感集，欲去未到思先回。只今四十已如此，后日更老谁论哉？力携一樽独就醉，不忍虚掷委黄埃。

这首诗作于宪宗元和元年（806），时作者为江陵（今湖北荆州市）府法曹参军时。当年二月底，作者往城西观赏李花，同僚密友张署（行第为十一）因病未能同游，因作此诗以赠。题一作《李有花》。

"江陵城西二月尾"四句，写江陵城西，李花比桃花抢眼。晚清陈衍云："桃花经日经雨，皆色褪不红，一望成林时，不如李花之鲜白夺目。"系联系下文"风揉雨练"，而作解会，这是一面理。还有另一面理，北宋王安石云："积李兮缟夜，崇桃兮炫昼。"（《寄蔡氏女子》）而南宋杨万里《读退之李花诗》云："近红暮看失燕支，远白宵明雪色奇。花不见桃惟见李，一生不晓退之诗。"序云："桃李岁岁同时并开，而退之有'花不见桃惟见李'之句，殊不可解。因晚登碧落堂，望隔江桃李，桃皆暗而李独明，乃悟其妙。盖'炫昼缟夜'云。"这是另一面理。"风揉雨练雪差比"二句，是说李花经过风吹雨洗，比白雪还白，远远看去，就像无边无际的雪浪翻滚，"波涛翻空杳无涘"一句化静为动，景象壮阔，使这首写景诗颇具气势。

"君知此处花何似"七句，写江陵城西赏李花的情景。由一个单句领起，加入了大胆想象，"白花倒烛天夜明"二句，想象晚间李花能把夜空照亮，造成群鸡误啼天明，连官吏也昼夜不辨。这是不可能的事情，而是出以狠重奇险之笔，非如此不能够味。这种写法，开启了李贺无限法门。然后写到天明，"金乌海底初飞来"二句，写日轮升起，给李花罩上一层红色（"朱辉散射"）、浑同桃花，更有青枝绿叶的陪衬（"青霞开"），所

202

以艳丽无比。"迷魂乱眼看不得"二句，更写千树万树李花开繁的情景，可与岑诗"千树万树梨花开"比美。诗人虽然写了夜以继日的情景，但这不是当日赏花的纪实，而是加进了想象。如果真有通宵达旦的赏花，必有通宵达旦的宴饮，这种信息，首先会从诗题中给出。何况诗中还有"欲去未到先思回"之句，这才是当日的写照。

"念昔少年著游燕"八句，是作者感物兴怀，自伤身世。回想年轻时候，花间樽前，兴致是那么高。"自从流落忧感集"二句，是说追想起自己被贬阳山，复迁江陵的这些年，心里交织着负面情绪，赏花的兴致大减，竟至于"欲去未到思先回"。而作者此时才年届不惑，果真不惑耶？"后日更老谁论哉"，想到往后，不禁使人感到悲观。"力携一樽独就醉"，表明当日作者是独游，很想与张同往，然未能如愿。"不忍虚掷委黄埃"，是说李花的花期已近尾声，不忍心辜负春光，所以勉强去看了一下。

近人蒋抱玄评："此诗妙在借花写人，始终却不明提，极匣剑帷灯之致。"（《评注韩昌黎诗集》）虽说如此，这首诗之所以传世，还是在于诗中对李花的描写，特别是"白花倒烛天夜明，群鸡惊鸣官吏起"那样的描写，真是奇思奇诗，发人所未发，在历代咏李花诗中，可以高踞一席。至于自伤身世，则何人而不有也。

送桂州严大夫

苍苍森八桂，兹地在湘南。

江作青罗带，山如碧玉簪。

户多输翠羽，家自种黄柑。

远胜登仙去，飞鸾不假骖。

杜甫未到桂林而有咏桂林的诗（《寄杨五桂州谭》）。韩愈未到桂林，也有咏桂林的诗，这就是长庆二年（822）为送严谟出任桂管观察使所作的《送桂州严大夫》。可见在唐代，桂林山水已是闻名遐迩，令人向往的所在。

诗一起就紧扣桂林之得名以其地多桂树而设想："苍苍森八桂"。八桂而成林，本是神话传说中的事，运用来咏桂林，真是既贴切又新鲜，把那个具有异国情调的南方胜地的魅力渲染出来了。"兹地在湘南"，表面只是客观叙述地理方位，说桂林在湘水之南。言外之意却是：那个偏远的地方，却多么令人神往，启人遐思！

桂林之奇，首先奇在地貌。由于石灰岩层受到水的溶蚀切割，造成无数的石峰，千姿百态，奇特壮观。漓江之水，则清澈澄明、蜿蜒曲折。"江作青罗带，山如碧玉簪"，就极为概括地写出了桂林山水之特点，是千古脍炙人口之名句。但近人已有不以为然者，如郭沫若《游阳朔舟中偶成》云"罗带玉簪笑退之，青山绿水复何奇？何如子厚訾州记，拔地峰林立四垂"，日人吉川幸次郎《泛舟漓江》云"碧玉青罗恐未宜，鸡牛龙凤各争奇"等。不过，亲到过桂林的人，对这种批评却未必尽能同意。桂林之山虽各呈异态，但拔地独立却是其共通特点。用范成大的话来说："桂之千峰皆旁无延缘，悉自平地崛然特立，玉简瑶簪，森列无际，其怪且多如此，诚为天下第一。"（《桂海虞衡志》）而漓江之碧澄蜿蜒，流速缓慢，亦恰如仙子飘飘的罗带。所以这两句是抓住了山水形状之特色的。"桂林山水甲天下"，其实只是秀丽甲于天下，其雄深则不如川陕之华山峨眉。桂林山水是比较女性化的。韩愈用"青罗带""碧玉簪"这些女子的服饰或首饰作比喻，怎能说不奇，又怎能说"未宜"呢！

"户多输翠羽，家自种黄柑"二句则写桂林特殊的物产。唐代以来，翠鸟羽毛是极珍贵的饰品。则其产地也就更有吸引力了。加之能日啖"黄柑"，更叫游宦者"不辞长作岭南人"了。这二句分别以"户""家"起始，是同义复词拆用，意即户户家家。对于当地人来说是极普通的物产,对于来自京华的人都是感到新异的呢。

以上两联着意写出桂林主要的美异之点,酿足神往之情。最后归结到送行之意,严大夫此去桂林虽不乘飞鸾,亦"远胜登仙"。此为题中应有之义,难能可贵的是写出了逸致,令人神远。

韩诗一般以雄奇见长,但有两种不同作风。一种以奇崛见称,一种则文从字顺。此诗属后一类。写景大处落笔,不事雕琢;行文起承转合分明,悉如文句。凡此皆具韩诗本色。

左迁至蓝关示侄孙湘

一封朝奏九重天,夕贬潮州路八千。

欲为圣明除弊事,肯将衰朽惜残年!

云横秦岭家何在?雪拥蓝关马不前。

知汝远来应有意,好收吾骨瘴江边。

诗作于元和十四年（819）,韩愈因谏迎佛骨获罪,由刑部侍郎贬官潮州（广东潮州）刺史,潮州距京师长安实有八千里之遥,路途的困顿是可想而知的。当诗人上道即日出长安经秦岭蓝关（蓝田关,在今陕西蓝田县东南九十里）,逢其侄十二郎老成之子韩湘（即后世附会为八仙之一的韩湘子者）赶来同行,遂感赋此律。

"一封朝奏九重天,夕贬潮州路八千",首叙所以获谴,乃是因为《谏佛骨表》那一封书奏的缘故,遂落得"朝奏"而"夕贬"——此"朝""夕"字本《离骚》"余虽好修姱以鞿羁兮,謇朝谇而夕替",言以忠获谴,处分来得一何快也。联系上表云"佛如有灵,能作祸祟,凡有殃咎,宜加臣身"数语的胆气,不难体会此二句言下亦有大丈夫敢作敢当之气概，当然，其中又寓有感慨，遂启下二。"一封""九重""八千"，这些递增的数目字，使得这两句读起来意味深长，不胜君门万里之感。

"欲为圣明除弊事，肯将衰朽惜残年"，次说上表的动机，是"欲为圣明除弊事"，可见此老骨子里是不肯认错的；而严遣的结果，当初不曾考虑，眼前也无可后悔——"肯将衰朽惜残年"，两句可谓理直气壮。这两句的对仗做得很好，特别是下句，"衰朽""残年"似重复，其实不重复，盖"衰朽"是说身体不好，"残年"是说年纪很大，所谓日薄西山，气息奄奄。这种处境下的人，通常都不会再做意气风发之事情。然而作者却做了，而且无悔，这是什么精神？这就是忠良的精神。难怪咏吟起来，一唱三叹，回肠荡气。

"云横秦岭家何在？雪拥蓝关马不前。"接着写去国怀乡之悲愤。韩愈此谪是仓促先行，而妻子随后。小女死于道途，这是后话。由此可见，作者为进谏所付出的代价极为沉重。当其行至蓝田关，回望属于秦岭的终南山，只见乌云笼罩，不免使人生出浮云蔽日之想。古乐府云："驱马陟阳山，山高马不前。"作者立马蓝关，暮雪天寒，仆悲马怀，踌躇不行，不免生出英雄失路之悲。两句一回顾，一前瞻，做成唱叹，迁谪之感和恋阙之情一寓其中。"云横"有广度，"雪拥"有高度，下字有力，境界雄阔，为唐诗之名句。

"知汝远来应有意，好收吾骨瘴江边。"最后点题。诗人穷困乎此时，忽得侄孙追随，自是莫大安慰，且可交代后事。"知汝远来应有意"是揣度语，当然韩湘绝不会流露这个意思，按照常理，他反而会说许多安慰的话。诗人没有写这些安慰的话，却不讳言死，正是直面现实，做了最坏打算的表现，也是超越自我的表现，具有强大的精神力量。同时，这也是在暗用《左传》蹇叔哭师"必死是间，余收尔骨焉"的话，读来有典有味。

这首诗应该说是韩愈的正气歌。诗从"一封朝奏"到"夕贬潮州"、"欲为圣明"而"肯惜残年"、"云横秦岭"而"雪拥蓝关"、"知汝远来"

到"好收吾骨"，大气盘旋，控诉的是满怀义烈、满腔忠愤，一往浩然，颇具情感冲击力。而格律严整，笔势纵横，开合动荡，备极浑成。前人以为此诗沉郁顿挫得老杜神髓，其实有过之而无不及。

答张十一功曹

山净江空水见沙，哀猿啼处两三家。
筼筜竞长纤纤笋，踯躅闲开艳艳花。
未报恩波知死所，莫令炎瘴送生涯。
吟君诗罢看双鬓，斗觉霜毛一半加。

这首诗作于作者被贬阳山（今属广东）后的第二年（803）春。"张十一功曹"即功曹参军张署，乃作者友人。此诗是对张署赠诗的和作，通过景物描写，抒发出彼此内心深处的同情。

"山净江空水见沙"二句，写阳山贬所的环境。阳山位于广东清远市中部，南岭山脉南麓，连江的中游，唐时属偏僻之地。此二句得杜诗《登高》神髓，上句写春山明净，春江空阔，有"风急天高""水清沙白"之感，下句写人烟稀少，荒僻冷落，则有"猿啸哀"之意。甚至"两三家"的措辞，都是从杜诗来的（"城中十万户，此地两三家"），清人金圣叹评："'两三家'之为言，无可与语，以预衬后之'君'字也。'哀猿啼'之为言，不可入耳，以预衬后之'诗'字也。真是异样机抒也。"（《贯华堂选批唐才子诗》）

"筼筜竞长纤纤笋"二句，写山区的物产与景观。这里有竹海，"筼筜"是一种皮薄、节长而竿高的竹子，雨后春笋满山竞发，充满生机，而竹林占地面积之广，可以想见。"踯躅"即羊踯躅花，花色有红黄二种，一说即杜鹃花的别名，总是烂漫的山花。"闲开"指无人观赏，映射出作者孤独和凄凉的心境。而"纤纤笋"对"艳艳花"，为冷寂的环境增添了一些新意和靓丽，诗情画意，交相辉映。通过写景表现出作者内心，不完全是负面情绪，也有从大自然景物中得到的抚慰和启迪，正是欣慨交心。

"未报恩波知死所"二句，是表述心迹，为自己和友人打气。上句说虽然做好了死在阳山的思想准备，但报效君国之恩的想法，并没有打消。"恩波"指皇帝的恩泽，这种感恩和报恩的思想，对于以孔孟传人自居的作者，是发自内心的。下句"莫令炎瘴送生涯"，则是良好的愿望，希望不要在南方炎热的瘴气中虚度余生。两句以"未报""莫令"作勾勒，在流水对中，诗意有一个转折，表现出作者复杂矛盾的心情，一方面做好最坏的打算，一方面又没有放弃进取的希望。对身处逆境中人，有精神鼓舞的作用，是此诗思想价值之所在。

"吟君诗罢看双鬓"二句，写读罢友人赠诗，心情难以平复。按《全唐诗》今存张署诗一首即《赠韩退之》，诗云："九疑峰畔二江前，恋阙思乡日抵年。白简趋朝曾并命，苍梧左宦一联翩。鲛人远泛渔舟水，鹏鸟闲飞露里天。涣汗几时流率土，扁舟西下共归田。"韩愈被贬阳山时，张被贬为临武（湖南临武）县令，诗中提到"九疑峰"，或即韩愈所吟之诗。处所不同，而致意殷勤，心境是一样的。而古代邮递不易，得到友人一诗，可知珍贵。"斗觉霜毛一半加"，是说本来就有白发，读罢张诗，思"归田"而不得，不禁白发顿增一倍。"斗觉"即陡觉、顿时，下字奇崛，将诗情推向高潮。

全诗一气呵成，语极流畅；言随心生，不事雕琢；感慨万千，而不坠消沉。清人黄子云评："近体中得敦厚雅正之旨者，唯'未报恩波知死所，莫令炎瘴送生涯'二语。"（《野鸿诗的》）认为此诗价值高于作者的长篇名作《南山诗》。

青青水中蒲三首

其一

青青水中蒲，下有一双鱼。

君今上陇去，我在与谁居？

其二

青青水中蒲，长在水中居。

寄语浮萍草，相随我不如。

其三

青青水中蒲，叶短不出水。

妇人不下堂，行子在万里。

　　这组诗作于德宗贞元九年（793），清代陈沆《诗比兴笺》认为是"寄内而代为内人怀己之词"。"蒲"即菖蒲，生于沼泽地、溪流或水田边，叶有香气，是中国传统文化中可防疫驱邪的灵草，端午节有把菖蒲和艾捆一起插于檐下的习俗。李白诗云"我来采菖蒲，服食可延年"（《嵩山采菖蒲者》），这是另一种说法。南北朝《西曲歌》即有男女共同拔蒲的描写："青蒲衔紫茸，长叶复从风。与君同舟去，拔蒲五湖中。"（《拔蒲二首》）所以三诗皆以"青青水中蒲"起兴，分别写送别、不舍、相思，有很浓的民歌味。

　　第一首写送夫远行。在"青青水中蒲"的兴语之后，写出蒲草下有一双游鱼。鱼游多三五成群，不必成双成对。然而双鱼这种说法，在诗中所来自远，如汉魏乐府的"双鱼比目，鸳鸯交颈"（曹丕）、"客从远方来，遗我双鲤鱼"（蔡邕）。所以"下有一双鱼"，是一种兴象。对于送别的主题来说，这是反兴亦即反衬的手法，即以双形独。这一首的主要内容在三四句"君今上陇去，我在与谁居"，是以女方的口气诉说，男方要去陇头（今甘肃一带），女方从此落单。诗只客观道出事实，而女子惜别之意已和盘托出。清人陈沆《诗比兴笺》说："'君'、谓鱼也，'我'、蒲自谓也。"说太牵强，不能成立。

第二首写心中不舍。以"青青水中蒲"定居于水中，反形夫妻不得相守。以下忽然引出"浮萍"——"寄语浮萍草，相随我不如"，按浮萍是水面浮生植物，可以随风发生位移，故亦称飘萍。萍处一池之中，或可相随。清人朱之荆云："言浮萍飘泊无定，蒲则长居水中，喻夫妇不能相遂也。"陈沆《诗比兴笺》："'相随我不如'，言蒲不如浮萍之相随也。"按这种讲法，诗中人则以"蒲"自喻矣。也就是说，前一首是赋体，而这一首是比体。

第三首写两地相思。承上以"青青水中蒲"之初生为喻，"叶短不出水"喻思妇不能出门相随夫君，有心长莫及之意。接下来两句道："妇人不下堂，行子在万里。"仍出以思妇口吻，自称"妇人"而已。意思是古代女子足不出户，而游子则远赴河陇，在万里以外。只表出空间距离，并无一语及于相思，而思夫之情自见。清人朱彝尊批："尤妙绝，更不必道及思念。"不仅如此，"行子在万里"还有大丈夫志在四海之意，表现妇人对丈夫的理解，是其言外之意。

本首"不下堂"三字，下得最妙。看似口语，其有文献支持。据《后汉书·宋弘传》载，汉光武帝刘秀之姊湖阳公主新寡，而属意于宋弘。于是刘秀召见宋弘，"帝令主（指湖阳公主）坐屏风后，因谓弘曰：'谚言贵易交，富易妻，人情乎！'弘曰：'臣闻贫贱之知不可忘，糟糠之妻不下堂。'帝顾谓主曰：'事不谐矣。'"此诗信手拈来，以"不下堂"兼代糟糠之妻，作者读书多，用来令人不觉，所以为妙。故明人谢榛从

210

比较角度说:"'妇人不下堂,行子在万里。'托兴高远,有风人之旨。杜少陵曰:'丈夫则带甲,妇女终在家'(《喜晴》),此文不逮意。韩诗为优。"(《四溟诗话》)

这组诗表现了作者学习古今民歌的努力,盖《诗经·国风》即多三章叠咏体,"篇法祖《毛诗》,语调则汉魏歌行(应指五言短古)耳。"(朱彝尊)陈沆评:"前二章儿女离别之情,第三章丈夫四方之志。"徐增说"此三章可作'思无邪'注脚",这话不错;但又说"非一代大儒昌黎公,不能作也。"(《而庵说唐诗》)则过甚其词,应该说这是大家写的小诗,虽小却好,虽好却小。

早春呈水部张十八员外

天街小雨润如酥,草色遥看近却无。
最是一年春好处,绝胜烟柳满皇都。

这是一首描写早春美景的风景诗。诗人写这首诗后,即把它寄给了友人,时任水部员外郎的张籍,张籍的行第是十八,所以诗题叫《早春呈水部张十八员外》。此诗的关键在"早春"二字。诗人描绘的不是一般的春景,而是大地春回最初的景象。

上两句写早春的草色。"天街小雨润如酥","天街"指京城的街道,即长安大道,与第四句的"皇都"相呼应,"皇都"即长安。"小雨"即春雨,春雨的特点是雨下得不大,不像夏日暴雨、秋日淫雨,带来遍地水潦。春雨湿路不湿衣,可以沾湿轻尘,驱除雾霾,使空气清澄,给人舒适、美好的感觉。杜甫曾经形容过:"随风潜入夜,润物细无声。"赋春雨以一种低调的人格。农谚还说"春雨贵如油",而有句歌词说"雨露滋润禾苗长"。而"润如酥",就是说春雨贵如油,也就是说雨露滋润禾苗长。以上几点，都抓住了春雨的特点。所以此诗开篇第一句就写得非常好。

"草色遥看近却无"，上句说雨露，这一句就说小草。有首关于小草的歌，有这样的歌词："春风呀春风，你把我吹绿。"这一句就说春风把小草吹绿。古代城市的街道不是水泥或柏油路面，而是由一块块石板镶成，春天一到，小草就会从石缝里生长出来。小草歌还说"我是一棵无人知道的小草"，草生未密，而又不高，所以无人知道。而诗人的不同之处，就在于他能发现。一般事物通常是近看有，远看无，国画就有"远树无叶，远人无目"的说法。偏有两种东西特殊，近看没有，远看倒有。一种是烟霭，王维诗说："白云回望合，青霭入看无。"（《终南山》）一种就是小草，这就是"草色遥看近却无"。这是诗人的发现，为春草传神，有想不到的好。这句的"看"字要读作平声。

下两句发表议论、抒情。"最是一年春好处"，这是诗人对"早春"的评价。"最是"二字，是递进的、加倍的说法。其前提是承认一年之计在于春，整个春天都很好。但是早春尤其好，早春最好。接下来诗人更说出一句振聋发聩的话："绝胜烟柳满皇都。""绝胜"（这里"胜"字也读平声）是远远超过，是十分肯定的口气。"烟柳满皇都"指春深时候，春意最浓的时候，杨柳万千条的时候。这不但是别人想不到的，而且出以不容置辩，就像辩护律师的口气。其中有个道理，十分耐人寻味。早春的草色不甚为人注意，却有希望与前景。而"烟柳满皇都"的时节，不但尽人皆知，而且春意亦将阑珊。这是诗人独具慧眼的发现。

同时代杨巨源《城东早春》就抓住这一点发挥："诗家清景在新春，绿柳才黄半未匀。待到上林花似锦，满城俱是看花人。"这首诗同样赞美早春，说在春深万紫千红的时候，花节花会上人头攒动，令人扫兴，远不如早春景色的可看，因为没有那么多凑热闹的人。这首诗发表一种创作见解：即诗人必须感觉敏锐，努力发现新的东西，写出想不到的好；不能人云亦云，老是重复着"黑毛猪儿家家有"的东西。

《千家诗》选苏东坡《赠刘景文》："荷尽已无擎雨盖，菊残犹有傲霜枝。一年好景君须记，最是橙黄橘绿时。"诗写初冬的景色，荷尽菊残，却并不煞风景；橙黄橘绿，别有一番景致，称之为一年好景在秋冬之交，也是一种发现，与此诗有异曲同工之妙。而作者受韩诗的影响，也是显而易见的。

次潼关先寄张十二阁老使君

荆山已去华山来，日出潼关四扇开。
刺史莫辞迎候远，相公新破蔡州回。

此诗作于淮西大捷后作者随军凯旋途中。当时唐军抵达潼关（今属陕西），即将向华州进发。作者以行军司马身份写成此诗，由快马递交华州刺史张贾，一则抒发胜利豪情，一则通知对方准备犒军。所以诗题"先寄"。"十二"是张贾行第；张贾曾做属门下省的给事中。当时中书、门下二省官员通称"阁老"；又因汉代尊称州刺史为"使君"，唐人沿用。此诗曾被称为韩愈"平生第一首快诗"（蒋抱玄），艺术上显著特色是一反绝句含蓄婉曲之法，以刚笔写小诗，于短小篇幅见波澜壮阔，是唐绝句中富有个性的佳构。

前两句写凯旋大军抵达潼关的壮丽图景。"荆山"一名覆釜山，在今河南灵宝境内，与华山相距二百余里。华山在潼关西面，巍峨耸峙，俯瞰秦川，辽远无际；倾听黄河，波涛澎湃，景象十分壮阔。第一句从荆山写到华山，仿佛凯旋大军在旋踵间便跨过了广阔的地域，开笔极有气魄，为全诗定了雄壮的基调。清人施补华说它简劲有力，足与杜甫"齐鲁青未了"的名句比美，是并不过分的。对比一下作者稍前所作的同一主题的《过襄城》第一句"郾城辞罢辞襄城"，它与"荆山"句句式相似处是都使用了"句中排"（"郾城——襄城"；"荆山——华山"）复叠形式。然而"郾城"与"襄城"只是路过的两个地名而已；而"荆山""华山"却具有感情色彩，在凯旋者心目中，雄伟的山岳，仿佛也为他们的丰功伟绩所折服，络绎不绝地奔来表示庆贺。拟人化的手法显得生动有致。相形之下，"郾城"一句就起得平平了。

在第二句里，作者抓住几个突出形象来展现迎师凯旋的壮丽情景，气象极为廓大。当时隆冬多雪，已显得"冬日可爱"。"日出"被采入诗中和具体历史内容相结合，形象的意蕴便更为深厚了。太阳东升，冰雪消融，象征着藩镇割据局面一时扭转，"元和中兴"由此实现。潼关古塞，在明丽的阳光下焕发了光彩，此刻四扇大开，由"狭窄不容车"的险隘一变而为庄严宏伟的"凯旋门"。虽未直接写人，壮观的图景却蕴含在字里行间，给读者留下更广阔的想象空间：军旗猎猎，鼓角齐鸣，浩浩荡荡的大军抵达潼关；地方官吏远出关门相迎迓；百姓箪食壶浆，载欣载奔，夹道慰劳王师。"写歌舞入关，不着一字，尽于言外传之，所以为妙"（程学恂《韩诗臆说》）。关于潼关城门是"四扇"还是两扇，清代诗评家曾有争论。古代城防，有瓮城之设，即有"四扇"存在。何况诗歌不比地理志，不必拘泥于实际。试把这里的"四扇"改为"两扇"，那就怎么读也不够味了。加倍言之，气象、境界全出。所以，单从艺术处理角度讲，这样写也有必要。何况出奇制胜，本来就是韩诗的特色呢。

诗的后两句换用第二人称语气，以抒情笔调通知华州刺史张贾准备犒军。潼关离华州尚有一百二十里地，故说"远"。远迎凯旋的将士，本应不辞劳苦。不过这话得由出迎一方道来，才近乎人情之常。而这里"莫辞迎候远"，却是接受欢迎一方的语气，完全抛开客气常套，却更能表达得意自豪的情态、主人翁的襟怀，故显得极为合理合情。《过襄城》中相应有一句"家山不用远来迎"，虽辞不同而意近。然前者语涉幽默，轻松风趣，切合喜庆环境中的实际情况，读来倍觉有味。而后者拘于常理，反而难把这样的意境表达充分。

第四句"相公"指平淮大军实际统帅——宰相裴度，淮西大捷与他运筹帷幄之功分不开。"蔡州"原是淮西强藩吴元济巢穴。元和十二年十月，唐将李愬雪夜攻破蔡州，生擒吴元济。这是平淮关键战役，所以诗中以"破蔡州"借代淮西大捷。"新"一作"亲"，但"新"字尤妙，它不但包含"亲"意在内，而且表示决战刚刚结束。当时朝廷上"一时重叠赏元功"，而人们"自趁新年贺太平"，那是胜利、自豪气氛到达高潮的时刻。诗中对裴度由衷的赞美，反映了作者对统一战争的态度。以直赋作结，将全诗一语收拢，山岳为何奔走，阳光为何高照，潼关为何大开，刺史远出迎候何人，这里有了总的答复，成为全诗点眼结穴之所在。前三句中均未直接写凯旋的人，在此句予以直点。这种手法，好比传统剧中重要人物的亮相，给人以十分深刻的印象。

综观全诗，一、二句一路写去，三句直呼，四句直点，可称是用刚笔，抒豪情。大胆地用了"没石饮羽之法"，别开生面。由于它刚直中有开合，有顿宕，刚中见韧，直而不平，"卷波澜入小诗"（查慎行），饶有韵味。一首政治抒情诗，采用犒军通知的方式写出，抒发了作者的政治激情，实是一般应酬之作望尘莫及的了。

晚春

草树知春不久归，百般红紫斗芳菲。
杨花榆荚无才思，惟解漫天作雪飞。

《晚春》是韩诗颇富奇趣的小品，然而，对诗意的理解却诸说不一。

题一作《游城南晚春》，可知诗中所描写的乃郊游即目所见。乍看来，只是一幅百卉千花争奇斗妍的"群芳谱"：春将归去，似乎所有草本与木本植物都探得了这个消息而想要留住她，各自使出浑身招数，吐艳争芳，一霎时万紫千红，繁花似锦。可笑那本来乏色少香的柳絮、榆荚也不甘寂寞，来凑热闹，因风起舞，化作雪飞（"杨花榆荚"偏义于"杨花"）。寥寥数笔，就给读者以满眼风光的印象。

再进一步不难发现，此诗生动的效果与拟人化的手法大有关系。"草树"本属无情物，竟然能"知"能"解"还能"斗"，尤其是彼此竟有"才思"高下之分，着想之奇是前此诗中罕见的。最奇的还在于"无才思"三字造成末二句费人咀嚼，若可解若不可解，引起见仁见智之说。有人认为那是劝人珍惜光阴，抓紧勤学，以免如"杨花榆荚"白首无成；有的从中看到谐趣，以为是故意嘲弄"杨花榆荚"没有红紫美艳的花，一如人之无才华，写不出有文采的篇章；还有人干脆存疑："玩三、四两句，诗人似有所讽，但不知究何所指。"姑不论诸说各得诗意几分，仅就其解会之歧义，就可看出此诗确乎奇之又奇。

清人朱彝尊说："此意作何解？然情景只是如此。"此言虽未破的，却不乏见地。作者写诗的灵感是由晚春风光直接触发的，因而"情景只是如此"。不过，他不仅看到这"情景"之美，而且若有所悟，方才做入"无才思"的奇语，当有所寄寓。

"杨花榆荚"，固少色泽香味，比"百般红紫"大为逊色。笑它"惟解漫天作雪飞"，确带几分揶揄的意味。然而，若就此从这幅晚春图中抹去这星星点点的白色，你不觉得小有缺憾么？即使作为"红紫"的陪衬，那"雪"点也似是不可少的。刘禹锡《杨柳枝词》云："桃红李白皆夸好，须得垂杨相发挥。"此外，谢道韫咏雪以"柳絮因风"，自古称美；作者亦有句云："白雪却嫌春色晚，故穿庭树作飞花。"（《春雪》）雪如杨花很美，杨花如雪又何尝不美？更何况这如雪的杨花，乃是晚春具有特征性景物之一，没有它，也就失却晚春之所以为晚春了。可见诗人拈出"杨花榆荚"未必只是揶揄，其中应有怜惜之意的。尤当看到，"杨花榆荚"不因"无才思"而藏拙，不畏"班门弄斧"之讥，避短用长，争鸣争放，为"晚春"添色。正是"柳丝榆荚自芳菲，不管桃飘与李飞"（《红楼梦》黛玉葬花词），这勇气岂不可爱？

如果说诗有寓意，就应当是其中所含的一种生活哲理。从韩愈生平为人来说，他既是"文起八代之衰"的宗师，又是力矫元和轻熟诗风的奇险诗派的开派人物，颇具胆力。他能欣赏"杨花榆荚"的勇气不为无因。他除了自己在群芳斗艳的元和诗坛独树一帜外，还极力称扬当时不为人重视的孟郊、贾岛，这二人的奇僻瘦硬的诗风也是当时诗坛的别调，不也属于"杨花榆荚"之列？由此可见，韩愈对他所创造的"杨花榆荚"形象，未必不带同情，未必是一味挖苦。甚而可以说，诗人是以此鼓励"无才思"者敢于创造。诗人对"杨花榆荚"是爱而知其丑，所以嘲戏半假半真、亦庄亦谐。他并非存心托讽，而是观杨花飞舞而忽有所触，随寄一点幽默的情趣罢。

湘中

猿愁鱼踊水翻波，自古流传是汨罗。
蘋藻满盘无处奠，空闻渔父扣舷歌。

这首诗是作者被贬阳山时作，作者《祭张署文》曰："南上湘水，屈氏所沉，二妃行迷，泪踪染林，山哀浦思，鸟兽叫音，余唱君和，百篇在吟。"则此诗当是初过湘中时所作，诗人借屈原故事，抒写胸中迷惘。

"猿愁鱼踊水翻波"二句，写面对湘江，想起屈原自沉汨罗之事。上句写江水的极不平静，哀猿长啸，江鱼腾踊，大江无风，涛浪自涌，营造出一派愁惨气氛。"自古流传是汨罗"，汨罗为湘江支流，在今湖南东北部，战国时楚大夫屈原因忧愤国事，于此地自沉。《史记·屈原列传》载："乃作《怀沙》之赋……于是怀石遂自投汨罗以死。"韩愈于贞元十九年（803）上《论天旱人饥状》，遭京兆尹李实等谗害，贬阳山令，亦属忠而见疑，与屈原遭遇略同，今过其自沉之地，自不能无动于衷。

"蘋藻满盘无处奠"二句，写想要祭奠屈原，却找不到适合的场所。上句说江边到处漂浮着可供祭祀的绿蘋和水藻，可是屈原投江的遗址却没有标志。下句"空闻渔父扣舷歌"，字面上是说江上有船、时闻渔歌，其实是想起了楚辞《渔父》。文中有两个人物——屈原和渔父，通过问答体，表现了两种对立的人生态度，如两股道上跑的车，说不到一块儿去。渔父批评屈原说："圣人不凝滞于物，而能与世推移。世人皆浊，何不淈其泥而扬其波？众人皆醉，何不哺其糟而歠其醨？何故深思高举，自令放为？"屈原却以洁身自好为对。于是"渔父莞尔而笑，鼓枻而去。乃歌曰：'沧浪之水清兮，可以濯吾缨；沧浪之水浊兮，可以濯吾足。'遂去，不复与言。"诗人借渔父之歌，表明了坚持原则，却得不到支持的无奈。诗人面对茫茫水天怅然若失的神情，亦跃然纸上。

这首诗满心而发，肆口而成，开篇气劲有势，结尾一往情深，是以歌行之法，而为七绝者，表现了作者一贯的作风。

春雪

新年都未有芳华，二月初惊见草芽。
白雪却嫌春色晚，故穿庭树作飞花。

这是一首描写春雪的诗。作者没有直接写景，而是通过新颖的构思，以及比喻和拟人手法的运用，写出了奇趣。

"新年都未有芳华"二句，写早春物候。"新年"特指农历正月初一。这时的物候变化是不易察觉的，"都未有芳华"，就说没有鲜花。"二月初惊见草芽"，是说小草已经萌芽。一个"惊"，表现出发现的喜悦，喜在从草芽看到了春天的消息。同样写早春的景色，作者《早春呈水部张十八员外》云"天街小雨润如酥，草色遥看近却无"，极力赞美早春，颇富哲理意味。这首诗角度不同，是赞美"春雪"的，于早春则意有不足，流露出在春寒中，盼望花开的心情。

"白雪却嫌春色晚"二句，写春雪到来。春雪不同于冬雪，就在于它来得较晚。作者不这样说，却将"白雪"拟人，不嫌自己晚，"却嫌春色晚"。末句更联系上文"未有芳华"，形容春雪道"故穿庭树作飞花"。换言之，也就是说，春雪嫌花开太晚，为了填补空白，所以穿入庭树，停在枝头，扮作梅花或梨花的样子。诗人的想象，也许借鉴了东方虬《春雪》（"春雪满空来，触处似花开。不知园里树，若个是真梅"）、岑参《白雪歌送武判官归京》（"忽如一夜春风来，千树万树梨花开"）等，但不落套之处，在于以"却嫌""故穿"作勾勒，将白雪人格化，化无情作有情，极富童话的意味，仍是富于创意而值得称赞的。

清人刘公坡评："作诗实写则易落板滞，空翻则自见灵动。唐诗中韩愈《春雪》一首，可谓极空翻之能事矣。"（《作诗百法》）作者另有《晚春》诗云："草树知春不久归，百般红紫斗芳菲。杨花榆荚无才思，惟解漫天作雪飞。"一首早春、一首晚春，一首写白雪幻作飞花，一首写杨花幻作飞雪，均富浪漫主义色彩，真有异曲同工之妙。

同水部张员外籍曲江春游寄白二十二舍人

漠漠轻阴晚自开，青天白日映楼台。
曲江水满花千树，有底忙时不肯来？

这首诗当作于穆宗长庆元年（821）到二年，"白二十二"指白居易，时为中书舍人；而张籍由国子博士迁水部员外郎在作者奉命出使镇州之后，此诗为韩愈回长安后作。从诗中看，这三位大诗人的关系是不错的。

"漠漠轻阴晚自开"二句，写天气由阴转晴，作者与张籍同游曲江所见之景。上句描写天气的变化，没有说到雨，却应是雨后情景。"漠漠"是阴云迷蒙一片的样子，"轻阴"表明阴得不重，而"开"则是云开日出。游人的心情变化，应该与天气的变化一样，由郁闷转为开心。"青天白日"谓天气晴好，分明是雨过天晴的样子，空气不用说十分清新。"楼台"指曲江边上的建筑，一个"映"字，写出楼台在阳光下十分的醒目。言外之意，此时不出游，更待何时。

"曲江水满花千树"二句，写当日曲江风光美于常日，于是责怪白居易没有同往。"曲江"即曲江池，原本是隋炀帝开掘的一个人工湖，为唐时长安的游览胜地。由于是雨后，遂有"曲江水满"、涨起新碧的感觉，"花千树"的枝叶如洗，万紫千红，也格外醒目。这句的言外之意，是作者与张籍不虚此行。剩下一句，就是对缺席者白居易的责怪了："有底忙时不肯来"，"有底"是语词，意即有啥。三句诗语后，突然出现一句口语，有点搞笑，意思是：你干吗不来？知道你要说不空；不空不是理由，只是一个借口。这些微妙意思，是不容易表达的，通过一句不容置辩的口语，就惟妙惟肖地表达出来。这里有三分是不满，有七分是亲密，换言之，不把自己当外人。

总之，此诗"前三句序曲江胜游之景，落句恨舍人不得同之也"（敖英）。白居易接到此诗后，答诗云："小园新种红樱树，闲绕花行便当游。何必更随鞍马队，冲泥踏雨曲江头。"（《酬韩侍郎张博士雨后游曲江见寄》）说自己那天绕着小园里新种的樱桃树转，不出游也等于出游；何必踏着满地泥泞，跑曲江那么远去春游呢。一点儿没有道歉的意思，一样的是不见外。这样的以诗代柬，本来不计工拙，却因为无意求工，反而表现出性情的直率。

游太平公主山庄

公主当年欲占春，故将台榭压城闽。

欲知前面花多少，直到南山不属人。

这首诗写作上一个特点是善用微词，似直而曲，有案无断，耐人寻味，艺术上别有一番功夫。

太平公主是武则天之女，生前野心勃勃，真有其母必有其女。其山庄位于唐时京兆万年县南，当年曾修观池乐游原，以为盛集。先天二年(713)，她企图控制政权，谋杀李隆基，事败后逃入终南山，后被赐死。其"山庄"即由朝廷分赐予宁、申、岐、薛四王。作者所游之"太平公主山庄"，已为故址。

诗人游故而追怀故事，是很自然的。首句"欲占春"三字警辟含深意。当年人间不平事多如牛毛，有钱有势者可以霸占田地、房屋，然而谁能霸占春天呢？"欲占春"自然不可思议，然而作者这样写却活生生地刻画出公主骄横贪婪的占有欲。为了占尽春光，大建别墅山庄，其豪华气派，竟使城阙为之色减。第二句一个"压"字将山庄"台榭"的规模惊人、公主之势的炙手可热极意烘托。"故"字则表明其为所欲为。足见作者下字准确，推敲得当。山庄别墅，是权贵游乐之所，多植花木。因之，第三句即以问花作转折。诗人不问山庄规模，而问"花多少"，从修辞角度看，可取得委婉之功效；而且问得自然，因为从诗题看，诗人既是在"游"山庄，他面对的正是山花烂漫的春天；同时"花"开不尽，前面还有多少花？看啦，"直到南山不属人"！

"南山"即终南山，在京兆万年县南五十里，而乐游原在县南八里，于此可见公主山庄之广袤。偌大地方"不属人"，透出首句"占"意。

"直到"云云，它表面是惊叹夸耀，无所臧否，骨子里却深寓褒贬。"不属人"与"占"字同样寓有贬义、谴意。然而最妙的是诗句的潜台词。别忘了所说的一切均属"当年"事。山庄犹在，不过早不属于公主了，对外间开放了。山庄尚不能为公主独占，春天又岂可为之独占？终究是"年年检点人间事，惟有春风不世情"呵。这事实不是对"欲占春"者的极大嘲讽么？但诗写到"不属人"即止，然"不属人岂属公耶？"读者至今可以想见诗人当年面对山花时富有深意的笑影。

题木居士

火透波穿不计春，根如头面干如身。
偶然题作木居士，便有无穷求福人。

　　唐时耒阳（属湖南）地方有"木居士"庙，贞元末韩愈路过时留题二诗，此其一。诗乃有感于社会现实而发，非一般应景的题咏。"木居士"与"求福人"不妨视为官场中两种人的共名。作者运用咏物寓言形式，在影射的人与物之间取其相似点，获得丰富的喜剧效果，成为此诗最显著的特色。

　　汉代南方五岭间有所谓"枫人"的杂鬼。以枫树老而生瘿，形状类人，被巫师取作偶像，借施骗术。"木居士"原本是山中一棵普通老朽的树木，曾遭"火透"（雷殛），又被"波穿"（雨打水淹），经磨历劫，伤痕累累，被扭曲得"根如头面干如身"这样一种极不自然的形状。前两句交代"木居士"先时狼狈处境，揭其老底，后两句则写其意外的发迹，前后形成鲜明对照。幸乎不幸乎？老树根干状似人形，本是久经大自然灾变的结果，然而却被迷信的人加以神化，供进神龛。昨天还是囚首丧面，不堪其苦，转眼变成堂堂皇皇的"木居士"，于无佛处称尊了。"偶然"

222

二字，使人联想起六朝人《异苑》中的一故事：

"会稽石亭埭有大枫树，其中空朽，每雨，水辄满溢。有估客载生鳝至此，聊放一头于枯树中以为狡狯。村民见之，以鱼鳝非树中之物，或谓是神，乃依树起屋，宰牲祭祀，未尝虚日，因遂名鳝父庙。人有祈请及秽慢，则祸福立至。"

这不正是"偶然题作木居士"二句的绝妙注脚么？

"木居士"之名与实、尊荣的处境与虚朽的本质，是何等不协调。在讽刺艺术中，喜剧效果的取得，是因为揭露了假、恶、丑的事物的表面现象与内在本质的不协调，换句话说，就是"把无价值的撕毁给人看"（鲁迅）。此诗中，诗人正是这样做的。它画出这样一幅图景：神座之上立着一截侥幸残存、冥顽不灵的朽木，神座下却香烟缭绕，匍匐着衣之饰之的善男信女，他们在祈求它保佑。这种庄严的、郑重其事的场面与其荒唐的、滑稽可笑的内容，构成不协调，构成喜剧冲突，使人忍俊不禁。

诗中揶揄的对象不仅是"木居士"。"木居士"固然可笑，而"求福人"更可笑亦复可悲。诗人是用两副笔墨来刻画两种形象的。在"木居士"是正面落墨，笔调嬉笑怒骂，尖酸刻薄。对"求福人"则著墨不多，但有点睛之效：他们急于求福，欲令智昏，错抱"佛"脚。"木居士"不靠他们的愚昧尚且自身难保，怎么可能反过来赐福于人呢？其"非其鬼而祭之，谄也"（《论语·为政》）不是荒唐之至么？诗中对"木居士"的刻薄，句句都让人感到是对"求福人"的挖苦，是戳在"木居士"身上，羞在"求福人"脸上。此诗妙处，就在抓住了民间迷信的陋俗与封建官场中某种典型现象之间的一点相似之处，借端托喻，以咏物寓言方式，取得喜剧讽刺艺术的效果。

不过，从此诗的写作背景看，作者可能有影射贞元末年"暴起领事"的王叔文及其追随者的用意。反对王叔文和永贞革新，固然是保守的表现。但就诗论诗，形象的客观意义，是不可简单地以韩愈的政治态度来抹杀的。

【薛能】（817？—880？）官至工部尚书。有《薛能诗集》十卷，又《繁城集》一卷。

牡丹四首（录一）

去年零落暮春时，泪湿红笺怨别离。

常恐便随巫峡散，何因重有武陵期。

传情每向馨香得，不语还应彼此知。

欲就栏边安枕席，夜深闲共说相思。

这首诗《才调集》《文苑英华》收作薛能诗。一作薛涛诗，误。这首诗将牡丹拟人化，全诗作爱花人语，当是借题发挥，有所寄托。不同于纯粹的咏花诗。

"去年零落暮春时"二句，写去年送春惜花的情事。"去年零落"，回忆去年暮春赏花迟期，牡丹已经开败，暗含风雨送春归之意。"泪湿红笺怨别离"，"泪湿"则就雨打牡丹的情景作拟人，将牡丹花比作一位才女，即将与情郎分别，不禁将泪和墨题诗红笺之上。这种写法，近似于"梨花一枝春带雨"（白居易）。只不过移题牡丹，"红笺"之红，是紧扣落红而言的。

"常恐便随巫峡散"二句，写今春花会，作者与牡丹重新见面。上句紧扣前二句，是说去年花谢之后，常常担心牡丹仙子会像那巫山神女一般彩云消散。其实这种担心是多余的，诗云"年年岁岁花相似"（刘希夷）、"花有重开日"（关汉卿）。只因作者将花拟人，想到"人无再少年"，才多出一份担心。"何因重有武陵期"，活用陶渊明《桃花源记》的典故，写今春再见牡丹。其实，那位武陵人离开桃源后，便不复得路。这句却反其意而用之，说没想到武陵人居然找回桃源。可见今春牡丹开得之盛，

224

超出作者的想象。

"传情每向馨香得"二句，写赏花人一往情深，爱之欲迷。接近《聊斋》的笔墨了，上句说牡丹飘香，好像是向人传递幽情。下句"不语还应彼此知"，是说彼此之间无须以语言互通款曲，已是心照不宣。"花若解语还多事，石不能言最可人"（陆游），诗人移情于物，往往如此。其实，与其说诗人是在咏花，不如说是借花言事，只不过诗句隐射的生活情事，读者不能确知罢了。

"欲就栏边安枕席"二句，继续拟人的思路，说自己想在花栏边先安箪枕，以便在夜深人静时候，与牡丹互诉相思。这一着想，更为大胆，或因一作薛涛诗，而解为薛涛赠元稹之作，恐不靠谱。诗中明明将牡丹比拟成一位倾城倾国的女子，用男子的口吻倾诉衷肠。作者写这首诗时，心中应有一个人在。只是本事不得而知罢了。

牡丹花富贵雍容，自李唐以来，世人甚爱，然咏牡丹诗词，杰作不算太多，佳句如："唯有牡丹真国色，花开时节动京城"（刘禹锡）、"别有玉盘承露冷，无人起就月中看"（裴潾）、"若教解语应倾国，任是无情也动人"（罗隐）、"竞夸天下无双艳，独立人间第一香"（皮日休），等等。而这首诗排不上号，若把题目遮去，谁知道是咏牡丹呢？它之所以被人选录，主要是因为妙用比兴手法、别有寄托，而又做到了通篇浑成的缘故。

【薛涛】（768？—832？）女，字洪度，唐长安（陕西西安）人，父薛郧，因官寓蜀。薛涛早慧，通晓音律，不幸丧父。德宗贞元中韦皋镇蜀，召令侍酒，遂入乐籍，历事11镇。与元稹、白居易、刘禹锡、杜牧等均有唱和。韦皋曾拟奏请朝廷授以秘书省校书郎之职，时人以女校书目之。有《薛涛诗集》。

送友人

水国蒹葭夜有霜，月寒山色共苍苍。

谁言千里自今夕，离梦杳如关塞长。

　　昔人曾称道这位"万里桥边女校书"，"工绝句，无雌声"。她这首《送友人》就是向来为人传诵，可与"唐才子"们竞雄的名篇。初读此诗，似清空一气；讽咏久之，便觉短幅中有无限蕴藉，藏无数曲折。

　　前两句写别浦晚景。"蒹葭苍苍，白露为霜"，可知是秋季。"悲哉秋之为气也，萧瑟兮草木摇落而变衰；憭栗兮若在远行，登山临水兮送将归"，这时节相送，当是格外难堪。诗人登山临水，一则见"水国蒹葭夜有霜"，一则见月照山前明如霜，这一派蒹葭与山色"共苍苍"的景象，令人凛然生寒。值得注意的是，此处不尽是写景，句中暗暗兼用了《诗经·秦风·蒹葭》"蒹葭苍苍"两句及以下"所谓伊人，在水一方。溯洄从之，道阻且长；溯游从之，宛在水中央"的诗意，以表达一种友人远去、思而不见的怀恋情绪。节用《诗经》而兼包全篇之意，王昌龄"山长不见秋城色，日暮蒹葭空水云"（《巴陵送李十二》）与此诗机杼相同。运用这种引用的修辞手法，就使诗句的内涵大为深厚了。

　　人隔千里，自今夕始。"千里自今夕"一语，使人联想到李益"千里佳期一夕休"的名句，从而体会到诗人无限深情和遗憾。这里却加"谁言"二字，似乎要一反那遗憾之意，不欲作"从此无心爱良夜"的苦语。似乎意味着"海内存知己，天涯若比邻"，可以"隔千里兮共明月"，是一种慰勉的语调。这与前两句的隐含离伤构成一个曲折，表现出相思情意的执着。

　　诗中提到"关塞"，大约友人是赴边去吧，那再见自然很不易了，除非相遇梦中。不过美梦也不易求得，行人又远在塞北。"天长地远魂飞苦，梦魂不到关山难"（李白《长相思》）。"关塞长"使梦魂难以度越，已自不堪，更何况"离梦杳如"，连梦也新来不做。一句之中含层层曲折，将难堪之情推向高潮。此句的苦语，相对于第三句的慰勉，又是一大曲折。此句音调也很美，"杳如"的"如"不但表状态，而且兼有语助词"兮"字的功用，读来有唱叹之音，配合曲折的诗情，其味尤长。而全诗的诗情发展，是"先紧后宽"（先作苦语，继而宽解），宽而复紧，"首尾相衔，开阖尽变"（《艺概·诗概》）

　　"绝句于六艺多取风兴，故视它体尤以委曲、含蓄、自然为高。"（《艺概·诗概》）此诗化用了前人一些名篇成语，使读者感受更丰富；诗意又层层推进，处处曲折，愈转愈深，可谓兼有委曲、含蓄的特点。诗人用语既能翻新又不着痕迹，娓娓道来，不事藻绘，便显得"清"。又善"短语长事"，得吞吐之法，又显得"空"。清空与质实相对立，却与充实并无矛盾，故耐人寻味。

筹边楼

平临云鸟八窗秋，壮压西川四十州。
诸将莫贪羌族马，最高层处见边头！

　　筹边楼是唐时名楼，位于四川省理县杂谷脑河岸的薛城镇。文宗大和四年（830）十月，李德裕出任西川节度使，次年秋为筹划边事而建，故名。《资治通鉴》记载："德裕至镇，作筹边楼，图蜀地形，南入南诏，西达吐蕃。日召老于军旅、习边事者，虽走卒蛮夷无所间，访以山川、城邑、道路险易，广狭远近。未逾月，皆若身尝涉历。"可见此楼为商议军机之楼。德裕任内，曾收复过被吐蕃占据的维州城，西川一带暂时安定。而两年后德裕离任，边疆纠纷又起。薛涛其时已是年逾六十的老人，因感怀时事而作此诗。

"平临云鸟八窗秋"二句，写筹边楼的形胜。"平临"谓楼高与云鸟平齐，言其高峻。"八窗秋"意味着楼是八角楼，八面开窗，即除东南西北四方，还加上了东南、西南、东北、西北四个方向，则此楼之宏伟壮丽可知。"壮压西川四十州"，是说这座楼镇得住川西四十州。一说为"十四州"，据唐人卢求《成都记》："蜀为奥壤，领州十四，县七十一。"十四是十四、四十是四十，但从诵读的角度讲，读者更为接受"四十"的说法，以语感更畅达故也。这两句气象雄浑，赞美了筹边楼之壮丽，言外则有回顾历史，对唐相李德裕的功绩进行充分肯定之意。

"诸将莫贪羌族马"二句，是结合时事，对当局发出警示。"诸将"即众将，是对武官的统称，为唐诗之常用词。杜甫即有《诸将五首》，写对时局的忧虑，有"西蜀地形天下险，安危须仗出群材"之句。而这种心情薛涛也有，因为她是一个出入节度使幕，有见识的女子，前人称之"工绝句，无雌声"（《唐音癸签》），也就是有须眉气概，如此诗即是。"羌族"是中国西部古老的民族，主要分布在甘肃、青海、四川西部，总称西羌，此指吐蕃，因为旧有古羌人西迁而形成吐蕃。"莫贪羌族马"是告诫诸将不得目光短浅，贪婪掠夺，主动挑起民族矛盾。当时必有其事，造成后果严重。"最高层处见边头"，是指吐蕃占据川西松州、维州（今四川松潘、理县）等地（杜诗"西山寇盗莫相侵"指此）后，边境内移，以至于登上筹边楼最上层，就可以望见胡马了。换言之，"壮压西川四十州"的时代已成为历史，诸将与有责焉。言下有不胜今昔之概。

明人钟惺评："教戒诸将，何等心眼，洪度岂女子哉，固一代之雄也。"（《名媛诗归》）《四库全书总目提要》称此诗"托意深远""非寻常裙屐所及"。以其在短短四句中，作宏大叙事，高谈阔论，动荡开阖，复有蕴藉。遂为中唐诗之名篇。

【张仲素】(769—819)字绘之,唐符离（安徽宿）人,郡望河间（今属河北）。德宗贞元十四年（798）进士及第,复登博学宏词科。曾入徐州节度使幕。宪宗元和七年（812）任屯田员外郎,兼考判官,同年转礼部员外郎。历司勋员外郎、礼部郎中、翰林学士。十三年充翰林承旨学士,次年迁中书舍人。与王涯、令狐楚有《元和三舍人集》。

春闺思

袅袅城边柳,青青陌上桑。
提笼忘采叶,昨夜梦渔阳。

风俗画画家画不出时间的延续,须选"包孕最丰富的片刻"画之,使人从一点窥见事件的前因后果。这一法门,对短小的文学样式似乎也合宜,比如某些短篇小说高手常用"不了了之"的办法,不到情事收场先行结束故事,任人寻味。而唐人五绝这首诗也常运用这种手法,就是好例。

城边、陌上、柳丝与桑林,构成一幅春郊场景。"袅袅"写出柳条依人的意态,"青青"是柔桑逗人的颜色,这两个叠词又渲染出融和骀荡的无边春意。这就使读者如睹一幅村女采桑图:"蚕生春三月,春柳正含绿。女儿采春桑,歌吹当春曲。"(《采桑度》)真可谓"无字处皆具义"(王夫之)。两句还给女主人公的怀思提供了典型环境:城边千万丝杨柳,会勾起送人的往事;而青青的柔桑,会使人联想到"昼夜常怀丝（思）"的春蚕,则思妇眼中之景无非难堪之离情了。

后二句在蚕事渐忙、众女采桑的背景上现出女主人公的特写形象:她倚树凝思,一动不动,手里提着个空"笼"——这是一个极富暗示性的"道具"。"提笼忘采叶",表露出她身在桑下而心不在焉。心儿何往?末句就此点出"渔阳"二字,意味深长。"渔阳"是唐时征戍之地,当是这位闺中少妇所怀之人所在的地方。原来她思念起从军的丈夫,伤心怨望。诗写到此已入正题，但它并未直说眼前少妇想夫之意，而是推到昨夜，说"昨夜梦渔阳"。比单写眼前之思，情意更加深厚。

"提笼忘采叶"，这诗中精彩的一笔，许会使读者觉得似曾相识。明杨慎早有见得，道是："从《卷耳》首章翻出。"《诗经·卷耳》是写女子怀念征夫之诗，其首章云："采采卷耳，不盈顷筐。嗟我怀人，置彼周行。"斜口小筐不难填满，卷耳也不难得，老采不满，是因心不在焉、老是"忘采叶"之故，其情景确与此诗有神似处。

不过，《卷耳》接着就写了女子白日做梦，幻想丈夫上山、过冈、马疲、人病及饮酒自宽种种情景，把怀思写得非常具体。而此诗说到"梦渔阳"，似乎开了个头，接下去该写梦见什么，梦见怎样，但作者就此打住，不了了之。提笼少女昨夜之梦境及她此刻的心情，一概留给读者，让其从人物的具体处境回味和推断，语约而意远。这就以最简的办法，获得很大的效果。因此，《春闺思》不是《卷耳》的模拟，它已从古诗人手心"翻出"了。

燕子楼诗三首

其一

楼上残灯伴晓霜，独眠人起合欢床。
相思一夜情多少，地角天涯不是长。

其二

北邙松柏锁愁烟，燕子楼人思悄然。
自埋剑履歌尘散，红袖香消已十年。

其三

适看鸿雁岳阳回，又睹玄禽逼社来。

瑶瑟玉箫无意绪，任从蛛网任从灰。

这组诗作于宪宗元和十年（815）。"燕子楼"是江苏徐州五大名楼之一，因飞檐翘角形如飞燕得名。此楼本为德宗贞元年间，武宁节度使张愔为其爱妾关盼盼所建的一座小楼。张愔去世后，盼盼矢志不嫁，独居小楼十余年。此易传之事也。加之作者曩在徐州，与张愔、盼盼有旧，故感赋绝句三首。皆托盼盼口吻而为，故《全唐诗》一作关盼盼诗。

第一首，选取关盼盼十年中的一夜，写其相思情深。"楼上残灯伴晓霜"两句，写女主人公霜晨早起。闺房内还有残余的灯光，这是诉诸视觉的，可见天还未亮；而楼外已降晓霜，可见天气寒冷，这是诉诸肤觉的。一个"伴"字，把两种感觉叠加在一起。正应挨床的时候，女主人公已忍不住起床，则她这一夜的睡眠质量，可想而知。"独眠人起合欢床"，句中并列二事：一是"独眠人"，即未亡人。一是"合欢床"——合欢是古代一种象征爱情的花纹图案，从字面与"独眠人"形成强烈对比，但此床实质上是空出一半的双人床，则又加重了"独眠人"的孤寂感，逼出下文"相思"二字，可见铸句之妙。"相思一夜情多少"二句，则出以问答，"相思一夜"，可见女主人公彻夜未眠，诗经《周南·关雎》"悠哉悠哉，辗转反侧"就是写的这种情况。相思之情，本来是无法度量的东西，"情多少"三字，却偏要揣度这个情的体量。末句答以"地角天涯不是长"，意思是天可度、地可量，唯有此情不可度量。本来"多少"和"长（短）"不属同一范畴，但在诗语中，长和多却可以通融。

第二首，写女主人公抚今追昔，思念亡夫，顾影自怜。"北邙松柏锁愁烟"二句出以对仗，首句入韵，想象张愔墓前凄凉景色。"北邙"山是汉代以来洛阳著名的墓地，而张愔归葬于此。下句"燕子楼人"即指盼盼，"思悄然"与"锁愁烟"虽各表心情和景色，感觉上是相通的。"自埋剑履歌尘散"，照应第一句，写张愔之死是关盼盼生活的重大转折，"剑履"代指大臣（古代大臣可以剑履上殿），"歌尘散"指张家因此衰落，同时也暗示盼盼无心歌舞，逼出"红袖香消"四字，红袖（代指女子）还是那个红袖，但她已不复盛自拂饰，用杜甫的话说叫"对君洗红妆"，一洗绮罗香泽之态了。本来，以盼盼之色艺双全，另谋高就并非难事，无奈其难忘旧恩。白居易和诗即就此发挥："钿晕罗衫色似烟，几回欲著即潸然。自从不舞霓裳曲，叠在空箱十一年。""已十年"，即十年如一日。一件事，坚持一天并不难，难的是坚持十年啊。

第三首，通过季节物候变迁，表现女主人公的心灰意冷。"适看鸿雁岳阳回"二句，通过两种候鸟的迁徙写冬去春来。一种是"鸿雁"，相传大雁南飞到衡阳而止，第二年春天再向北飞；一种是燕子（"玄禽"），相传在春社日（立春后第五个戊日）归来。有道是"春秋多佳日，登高赋新诗"（陶渊明），照理说，女主人公的心情会随着天气的转暖而得到排遣。然而不然，"瑶瑟玉箫无意绪"二句，写女主人公虽然有可以遣兴的乐器，却懒得碰它一碰，何以如此？"无意绪"，没有心情呀。末句"任从蛛网任从灰"，以句中排的形式，极写乐器闲置之久，两个"任从"饶有唱叹之致。借用宋词来阐释此诗的意蕴，那就是："衣带渐宽终不悔，为伊消得人憔悴。"（柳永）这是一个专情者的执着，哪怕对象不在了，她仍会苦苦坚守，哪怕人消瘦了，也决不后悔。

众所周知，王国维曾以这种精神、这种坚守来比喻做学问的一种境界，也就是只要认定了目标，就孜孜以求、专注到底。可见诗情的象征意蕴，是大于形象本身的。总之，作者倾注了对笔下人物最大的理解和同情，并没有概念化地去作价值判断，只是代女主人公抒情写意，使诗心与笔下人物合而为一，正是形象思维的胜利。这组诗曾深深打动过白居易，使他不禁步韵奉和了三首，必须承认，白居易是后来居上，写成了"燕子楼中霜月夜，秋来只为一人长""见说白杨堪作柱，争教红粉不

成灰"的旷世名句。然而，没有张仲素的这三首诗，白居易的诗就无从说起。

【贾至】(718－772) 字幼隣，河南洛阳人。擢明经第，为单父尉。安史之乱中从唐玄宗幸蜀，知制诰，历中书舍人。肃宗即位灵武，玄宗令至作传位册文。至德中，将军王去荣坐事当诛，肃宗惜去荣才，诏贷死。至切谏，谓坏法当诛。广德初，为礼部侍郎，封信都县伯。后封京兆尹，兼御史大夫。身后谥文，有文集三十卷。

春思二首（录一）

草色青青柳色黄，桃花历乱李花香。

东风不为吹愁去，春日偏能惹恨长。

　　这首诗约作于肃宗乾元二年 (759) 相州兵败后，被贬岳州司马时。抒写他在贬谪期间的愁苦心情。同一时间另有《西亭春望》云："日长风暖柳青青，北雁归飞入窅冥。岳阳楼上闻吹笛，能使春心满洞庭。"可参。

　　"草色青青柳色黄"二句，写春景。作者用了句中叠字排比，加对仗的手法，并列了四种景物："草色""柳色""桃花""李花"，分别为绿色、黄色、红色和白色，组成一幅五彩缤纷的画面。其中"草色"与"柳色"在时空上是并列的，而"桃花"与"李花"却在时间上分出先后：当"桃花乱落如红雨"（李贺）时，而李花刚刚盛开。上句"青青"是以叠字，对下句"历乱"双声字，是一种宽对。因为叠字本属双声的特例。总的说来，这一联都是常见景物、常用字，以"麦苗青青菜花黄"似的民歌句调，以就声律而已。按照常理，这两句的写景，应该引起一种赏心悦目的心情。

"东风不为吹愁去"二句，写春思，即迁客之春愁。以拟人的手法写"东风"写"春日"，以"不为""偏能"作勾勒，不说作者愁重难遣，而怨东风冷漠无情，不予排遣；不说因自个儿百无聊赖，度日如年，反过来说春日惹恨，把恨引长，一气呵成中有转折、有递进。写景中加入主观情绪，迁怒于物，将迁客的情绪不佳责怪到本不相干的"东风""春日"，是无理而妙。《小雅·采薇》末章写道："昔我往矣，杨柳依依。今我来思，雨雪霏霏。"王夫之说是"以乐景写哀，以哀景写乐，一倍增其哀乐。"（《薑斋诗话》一）这首诗的三、四句，就是以乐景写哀了。

诗有两种好，一种是想得到的好，一种是想不到的好。这首诗还不能说是想不到的好，但是诗中所写的这种心情，何代无之？加上语言浅切，贴近生活，易于传诵，所以在后世能引起许多共鸣。

巴陵夜别王八员外

柳絮飞时别洛阳，梅花发后到三湘。
世情已逐浮云散，离恨空随江水长。

这首诗亦当作于作者任岳州（"巴陵"）司马期间。时逢一位王姓友人，亦因故被贬长沙，诗人就写了这首诗为他送别。唐人以行第相称以表尊重，这位王姓员外，行第为八，故称王八员外。《全唐诗》题下注：一作萧静《三湘有怀》。

"柳絮飞时别洛阳"二句，回想当初被贬巴陵的经历。在柳絮纷飞的春天告别了洛阳，经过长途跋涉，在梅花开放的隆冬季节来到三湘。"三湘"泛指湘江流域，洞庭湖一带，一说指潇湘、资湘、沅湘。回想当初被贬的情景，诗人不胜感慨，但这并不是自言自语，而是面对王八员外的表白。其意近于王勃"与君离别意，同是宦游人"、白居易"同是天涯

沦落人，相逢何必曾相识"，表现彼此间有高度同情。

"世情已逐浮云散"二句，写送别王八员外时的心情。人世间那些热衷和追求，已像浮云一样，被看淡了，只有一样没有被岁月淡化，那就是离情，不但没淡化，反而越来越浓，就像载着客舟的江水一样绵绵不绝。"世情"指世相，包括人生常态和社会风气，又特指宦情，如"镜中星发变，顿使世情阑"（张说）、"三十始一命，宦情都欲阑"（岑参）。"离恨"即别情、别愁，"江水长"是以水长形容愁长，如李白"一水牵愁万里长"，"空随"所表达的对自己是无可奈何，对友人是爱莫能助同时又恋恋不舍的情怀。

宋代范仲淹在这个地方，写了这样的话："予观夫巴陵胜状，在洞庭一湖。""北通巫峡，南极潇湘，迁客骚人，多会于此，览物之情，得无异乎？"（《岳阳楼记》）接着他写了不同天气中，登楼的心情变化。读者应该注意到这首诗的诗题中有"夜送"二字，送行双方比较白昼的心情要低落一些，也是可以理解的。

【韩翃】生卒年不详，字君平，唐南阳（河南沁阳）人。大历十才子之一。玄宗天宝十三载（754）进士及第。肃宗宝应元年（762）在淄青节度使幕为从事，检校金部员外郎。代宗永泰初归朝，闲居达十年。代宗大历间曾入汴宋节度使幕。德宗建中初（780）授驾部郎中知制诰，终中书舍人。有《韩君平集》。

寒食

春城无处不飞花，寒食东风御柳斜。

日暮汉宫传蜡烛，轻烟散入五侯家。

寒食是我国古代一个传统节日，一般在冬至后一百零五天，清明前两天。古人很重视这个节日，按风俗家家禁火，只吃现成食物，故名寒食。由于节当暮春，景物宜人，自唐至宋，寒食便成为游玩的好日子，宋人就说过："人间佳节唯寒食。"（邵雍）唐代制度，到清明这天，皇帝宣旨取榆柳之火赏赐近臣，以示皇恩。唐代诗人窦叔向有《寒食日恩赐火》诗纪其实："恩光及小臣，华烛忽惊春。电影随中使，星辉拂路人。幸因榆柳暖，一照草茅贫。"正可与韩翃这一首诗参照。

此诗只注重寒食景象的描绘，并无一字涉及评议。第一句就展示出寒食节长安的迷人风光。把春日的长安称为"春城"，造语新颖，富于美感。处处"飞花"，不但写出春天的万紫千红、五彩缤纷，而且确切地表现出寒食的暮春景象。暮春时节，东风中柳絮飞舞，落红无数。不说"处处"而说"无处不"，以双重否定构成肯定，形成强调的语气，表达效果更强烈。"春城无处不飞花"写的是整个长安，下一句则专写皇城风光。既然整个长安充满春意，热闹繁华，皇宫的情景更可以想见了。与第一句一样，这里并未直接写到游春盛况，而剪取无限风光中风拂"御柳"一个镜头。当时的风俗，寒食日折柳插门，所以特别写到柳。同时也关照下文"以榆柳之火赐近臣"的意思。

如果说一、二句是对长安寒食风光一般性的描写，那么，三、四句就是这一般景象中的特殊情景了。两联情景有一个时间推移，一、二句写白昼，三、四句写夜晚，"日暮"则是转折。寒食节普天之下一律禁火，唯有得到皇帝许可，"特敕街中许燃烛"（元稹《连昌宫词》），才是例外。除了皇宫，贵近宠臣也可以得到这份恩典。"日暮"两句正是写这种情事，一"传"字，意味着挨个赐予，可见封建等级次第之森严。"轻烟散入"四字，生动描绘出一幅中官走马传烛图，虽然既未写马也未写人，但那袅袅飘散的轻烟，告诉着这一切消息，使人嗅到了那烛烟的气味，听到了那得得的马蹄，恍如身历其境。同时，自然而然会令人产生一种联想，体会到更多的言外之意。

风光无处不同，家家禁火而汉宫传烛独异，这本身已包含着特权的意味。优先享受到这种特权的，则是"五侯"（诸说不同，一说指东汉桓帝时宦官单超等同日封侯的五人）之家。它使人联想到中唐以后宦官专权的政治弊端。中唐以来，宦官专擅朝政，政治日趋腐败，有如汉末之世。诗中以"汉"代唐，显然暗寓讽喻之情。无怪乎吴乔说："唐之亡国，由于宦官握兵，实代宗授之以柄。此诗在德宗建中初，只'五侯'二字见意，唐诗之通于春秋者也。"（《围炉诗话》）

据孟棨《本事诗》，唐德宗曾十分赏识韩翃此诗，为此特赐多年失意的诗人以"驾部郎中知制诰"的显职。由于当时江淮刺史也叫韩翃，德宗特御笔亲书此诗，并批道"与此韩翃"，成为一时流传的佳话。优秀的文学作品往往"形象大于思想"（高尔基），此诗虽然止于描绘，作者本意也未必在于讥刺，但他抓住的形象本身很典型，因而使读者意会到比作品更多的东西。

宿石邑山中

浮云不共此山齐，山霭苍苍望转迷。
晓月暂飞千树里，秋河隔在数峰西。

这首诗大约是作者在汴宋、宣武节度使幕府期间，途经太行山夜宿石邑时所作。"石邑"为古县名，故城在今河北获鹿东南。诗中从一个行人的角度，描绘了石邑山之秋，从傍晚到拂晓的迷人景色。

"浮云不共此山齐"二句，写作者傍晚投宿石邑山所见景色。首句通过描写云彩以衬托山高，"浮云"指飘浮在空中的云彩，"不共此山齐"意思是说达不到山顶那么高。换言之，石邑山的山峰是直上云天了。次句"山霭苍苍望转迷"，写傍晚山中岚气，使人想到王维的"白云回望合，青霭入看无"（《终南山》），"山霭"，即"青霭"，指空中的水汽，近处看很稀薄，过了一段路回望，则成为一片白云、一团迷雾。"望转迷"三字，使读者有身临其境的感觉。这便是作者傍晚投宿石邑山时的感觉。

"晓月暂飞千树里"二句，写作者早行石邑山中所见景色。"千"一作"高"，元代释圆至主张"高"字，而且说："改一'千'字，便成死句。"（《笺注唐贤三体诗法》）他说反了，完全不懂作者在山行途中，人走时看到的月亮也在走，拂晓时月亮落到树梢以下，这时人所看到的，正是月在千树之间穿行。如作"高"字，那才把月亮钉死了呢。同时，这两句还用了叠景法。所谓叠景法，就是把景物的透视感觉写进诗中，三维空间的物体投影在平面上，远近景物会叠合而成像，形成错觉，如"积雪浮云端"（祖咏）、"树杪百重泉"（王维）、"残月脸边明"（牛希济）等，便是。叠景法有两种，一种是动态的，如"月亮走，我也走"，"晓月暂飞千树里"便属此种。一个"暂"字把时间持续长短的感觉都表达出来了。一种是静态的，如网图经常出现的双手捧日、手握山峰之类，此诗末句"秋河隔在数峰西"，说银河已经歪到数峰的西边去，是一个定格画面，便属于此种。

而这首诗之脍炙人口，主要在三、四句之妙。明人唐汝询说："首言山之高，次言山之广。下联即首句意，'暂飞''隔在'四字奇绝。'云''霭''月''河'并用觉重。"（《唐诗解》）清人吴烶说："'晓月''秋河'二句，词最飞动，然亦五更景象也，而山之高、树之深，不言而喻矣。"何焯说："月为高树所蔽，河为远峰所隔，两句借明处讨出暗处，非身在万山之中不见其妙。"（《三体唐诗评》）各有所见，俱可参考。

【白居易】（772—846）字乐天，晚号香山居士，又号醉吟先生，唐下邽（陕西渭南）人。先世本龟兹人，汉时赐姓白氏。德宗贞元十六年（800）进士及第，十九年中书判拔萃科，授秘书省校书郎。宪宗元和十年（815）一度被贬江州司马。晚年以太子宾客分司东都，武宗会昌二年（842）以刑部侍郎致仕。有《白居易集》。

上阳白发人

愍怨旷也

　　上阳人，红颜暗老白发新。绿衣监使守宫门，一闭上阳多少春。玄宗末岁初选入，入时十六今六十。同时采择百馀人，零落年深残此身。忆昔吞悲别亲族，扶入车中不教哭。皆云入内便承恩，脸似芙蓉胸似玉。未容君王得见面，已被杨妃遥侧目。妒令潜配上阳宫，一生遂向空房宿。宿空房，秋夜长，夜长无寐天不明。耿耿残灯背壁影，萧萧暗雨打窗声。春日迟，日迟独坐天难暮。宫莺百啭愁厌闻，梁燕双栖老休妒。莺归燕去长悄然，春往秋来不记年。唯向深宫望明月，东西四五百回圆。今日宫中年最老，大家遥赐尚书号。小头鞋履窄衣裳，青黛点眉眉细长。外人不见见应笑，天宝末年时世妆。上阳人，苦最多。少亦苦，老亦苦，少苦老苦两如何？君不见昔时吕向美人赋，又不见今日上阳宫人白发歌！

　　《上阳白发人》是《新乐府》五十首中的一首。按作者自序，《新乐府》的写法仿效《诗经》，是首句标其目，卒章显其志。其辞质而径，其言真而切，其事核而实，其体顺而肆。为君为臣为民为事而作，不为文而作。题下小序"愍怨旷也"，"怨旷"指怨女、旷夫，指成年而不得婚配的男女。"上阳宫"是唐代的行宫。此诗通过一个上阳宫人的遭遇，对不人道的选妃制度进行抨击。

　　开篇从"上阳人"到"零落年深残此身"八句为一段，总括上阳人的遭遇：一是入时十六今六十，二是同时百人剩一人。接下来"忆昔吞悲别亲族"到"东西四五百回圆"二十句为一段，写上阳人入宫四十五年的幽怨，第一场面是吞悲辞亲。《红楼梦》元春形容入宫说"当初送我到那见不得人的去处"，辞亲的一幕是当事人永远难以忘怀的。不过当时命运尚有许多未知，所有的亲人熟人都用同样的话来安慰她，无非是说她脸儿俊俏、身体丰满，人见人爱，这一入宫，不怕不能承恩呀。秀女入宫，唯一的希望就是得到皇帝的恩幸。不料唐玄宗偏偏情有独钟，而杨贵妃眼睛里揉不得沙子，于是宫中有殊色的美人都被远调上阳，一辈子除非太监，见不到真正的男人。诗人从春往秋来四十五年中，选取了两个具有代表性的场景，具体展示上阳被幽禁的凄怨生活。主要运用了形象烘托的手法。秋雨打窗，是正面烘托凄清的气氛；梁燕双栖，是反面烘托宫人的寂寞。四十五年合五百四十月，除了雨天阴天，大约就是月四五百回圆了——这么长的日子，不知是如何熬过来的哟。

"今日宫中年最老"到"天宝末年时世妆"六句为三段，以"今日"为标记，写宫人年老的寂寞。不耐幽怨的宫人大多早死，而进入老年的宫人，赢得的是深深的寂寞和一个女尚书的虚衔，这虚衔还是皇帝（"大家"）遥赐的，抵赏得她一生的幸福？诗中细写与世隔绝的老宫女的化妆，四十五年如一日，还是天宝末年的时妆，殊不知外边早已不穿小鞋窄袖，而衣尚宽大，早已不兴细长眉样，而兴短阔眉样，时代潮流更新复更新，上阳人早已跟不上趟，成了活的文物。几笔淡淡的嘲谑，饱含作者多少同情之泪。"上阳人，苦最多"以下七句卒章显其志，直抒感喟。吕向是作者的老前辈，其《美人赋》自注："天宝末极密采艳色者，当时号花鸟使"，因作赋以讽之。诗人表明本篇的主题与吕赋一脉相承，是为宫女请命的。

这首诗在写作上是以个别见一般。首先作者没有概叙宫女共同的悲惨遭遇，而是通过"这一个"来表现一般。诗中有具体环境、人物外貌衣着及心理的描写，给人的感受是生动形象的。其次是通过环境气氛的渲染，如用绵绵秋雨、双双春燕来烘托主人公的凄清和孤单，增强了形象表现力。其三是细节描写，如对老宫女早不入时的衣着服饰的具体描写，形象地暗示出其幽禁的时间之长，有恍如隔世之感。

长恨歌

　　汉皇重色思倾国，御宇多年求不得。杨家有女初长成，养在深闺人未识。天生丽质难自弃，一朝选在君王侧。回眸一笑百媚生，六宫粉黛无颜色。春寒赐浴华清池，温泉水滑洗凝脂。侍儿扶起娇无力，始是新承恩泽时。云鬓花颜金步摇，芙蓉帐暖度春宵。春宵苦短日高起，从此君王不早朝。承欢侍宴无闲暇，春从春游夜专夜。后宫佳丽三千人，三千宠爱在一身。金屋妆成娇侍夜，玉楼宴罢醉和春。姊妹弟兄皆列土，可怜光彩生门户。遂令天下父母心，不重生男重生女。骊宫高处入青云，仙乐风飘处处闻。缓歌慢舞凝丝竹，尽日君王看不足。渔阳鼙鼓动地来，惊破霓裳羽衣曲。九重城阙烟尘生，千乘万骑西南行。翠华摇摇行复止，西出都门百馀里。六军不发无奈何，宛转蛾眉马前死。花钿委地无人收，翠翘金雀玉搔头。君王掩面救不得，回看血泪相和流。黄埃散漫风萧索，云栈萦纡登剑阁。峨眉山下少人行，旌旗无光日色薄。蜀江水碧蜀山青，圣主朝朝暮暮情。行宫见月伤心色，夜雨闻铃肠断声。天旋地转回龙驭，到此踌躇不能去。马嵬坡下泥土中，不见玉颜空死处。君臣相顾尽沾衣，东望都门信马归。归来池苑皆依旧，太液芙蓉未央柳。芙蓉如面柳如眉，对此如何不泪垂。春风桃李花开日，秋雨梧桐叶落时。西宫南内多秋草，落叶满阶红不扫。梨园弟子白发新，椒房阿监青娥老。夕殿萤飞思悄然，孤灯挑尽未成眠。迟迟钟鼓初长夜，耿耿星河欲曙天。鸳鸯瓦冷霜华重，翡翠衾寒谁与共。悠悠生死别经年，魂魄不曾来入梦。临邛道士鸿都客，能以精诚致魂魄。为报君王辗转思，遂教方士殷勤觅。排空驭气奔如电，升天入地求之遍。上穷碧落下黄泉，两处茫茫皆不见。忽闻海上有仙山，山在虚无缥缈间。楼阁玲珑五云起，其中绰约多仙子。中有一人字太真，雪肤花貌参差是。金阙西厢叩玉扃，转教小玉报双成。闻道汉家天子使，九华帐里梦魂惊。揽衣推枕起徘徊，珠箔银屏迤逦开。云鬓半偏新睡觉，花冠不整下堂来。风吹仙袂飘飘举，犹似霓裳羽衣舞。玉容寂寞泪阑干，梨花一枝春带雨。含情凝睇谢君王，一别音容两渺茫。昭阳殿里恩爱绝，蓬莱宫中日月长。回头下望人寰处，不见长安见尘雾。唯将旧物表深情，钿合金钗寄将去。钗留一股合一扇，钗擘黄金合分钿。但令心似金钿坚，天上人间会相见。临别殷勤重寄词，词中有誓两心知。七月七日长生殿，夜半无人私语时。在天愿作比翼鸟，在地愿为连理枝。天长地久有时尽，此恨绵绵无绝期。

白居易作《长恨歌》，马嵬事件已过去整整半个世纪，有了相当的时间距离。李隆基、杨玉环这一对帝妃的生离死别故事，被传说赋予特殊的美感，使得《长恨歌》不同于《哀江头》，减弱了现实的悲痛，增强了浪漫的感伤。

《长恨歌》是白居易的成名作，也是广为传诵唐诗名篇之一。诗成不久就给诗人带来声誉，据作者自述："闻有军使高霞寓者，欲聘倡妓，妓大夸曰：'我诵得白学士《长恨歌》，岂同他妓哉？'由是增价。""又昨过汉南日，适遇主人集众乐娱他宾，诸妓见仆来，指而顾曰：'此是《秦中吟》、《长恨歌》主耳。'"（《与元九书》）作者身后，唐宣宗更有"童子解吟长恨曲，胡儿能唱琵琶篇"（《吊白居易》）之延誉。诗是好诗，无可争议。然而关于此诗的主题却是古今聚讼纷纭。归纳起来，有三种意见：一说讽刺玄宗荒淫误国；二说歌咏生死不渝的爱情；三说双重主题。文学鉴赏的实践表明，越是杰作，由于结构层面较多，象征意蕴越难穷尽，故有"诗多义"之说。主题的认定，实即多义的取舍。《长恨歌》的中心内容是唐玄宗与杨贵妃生离死别的故事，这是一场生死之恋。无论从作者的创作动机，还是客观效果上看，都是一篇言情杰作。

作者友人陈鸿谈及此诗的写作缘起："元和元年冬十二月，太原白乐天自校书郎尉于周至，地近马嵬坡。鸿与王质夫家于是邑。暇日相携游仙游寺，话及此事，相与感叹。质夫举酒于乐天前曰：夫希代之事，非遇出色之才润色之，则与时消没，不闻一世。乐天深于诗，多于情者也；试为歌之，如何？'乐天因为《长恨歌》。"（《长恨歌传》）显然，荒淫误国不能称为"希代之事"，而帝王与妃子之间的生死之恋才是"希代之事"。这样的"希代之事"经过"深于诗，多于情"的诗人的润色，主题的走向可想而知。白居易自己就把《长恨歌》编入"感伤诗"，而不编入"讽喻诗"，题词道："一篇长恨有风情，十首秦吟近正声。"（《编集拙诗成一十五卷用题卷末》）又对元稹说："今仆之诗，人所爱者，悉不过'杂律诗'与《长恨歌》以下耳，时之所重，仆之所轻。"（《与元九书》）凡此，都足以表明作者的创作动机是什么。更重要的是作品的创作实际，从客观上体现了作家的主观意图。

长诗共分三大段。从篇首至"惊破霓裳羽衣曲"写安史之乱前唐玄宗与杨贵妃的情恋史。劈头就说"汉皇重色思倾国"，暗用汉武帝遇李夫人故事，"倾国"出自李延年"北方有佳人"那首歌，后来成为绝代佳人的代称。"重色"二字不能说没有托讽，不过讽刺的分量太轻，与其说是唐玄宗的弱点，毋宁说是人性的弱点。（《礼记》谓修身当"如好好色"，作者

《李夫人》诗谓"人非木石皆有情，不如不遇倾城色"，便是明证。）"杨家有女初长成，养在深闺人未识"二句与史实大有出入，不像陈鸿《长恨歌传》那样哪怕是委婉地指出杨氏本是寿王妃这一事实，这种润色或美化，其目的和效果都是明显的。接下来有六句写杨妃的承宠。《丽情集·长恨歌传》形容杨妃的美是："绿云生鬓，白雪凝肤。涯饰光华，纤秾有度，举止闲冶，如汉武帝李夫人。"仅限于静态的描摹，不胜痕迹。相形之下，白居易抓住一个动态和美的效果来写杨妃之美，何等灵妙："回眸一笑百媚生，六宫粉黛无颜色。"避开正面描写，却引起更生动的关于美的印象。

昭应县（陕西临潼）东南骊山有温泉，开元中建温泉宫，天宝中改华清宫。玄宗常于其地避暑越冬，设有浴池十余处。得杨妃后又"别疏汤泉，诏赐澡莹"。赐浴温泉自以春寒时最舒服。水何谓滑？实乃间接表现肌肤的光洁，从水浇凝脂的形象不难悟出"滑"字之工。作者语言平易而绝对细腻，故有别于唐诗中的粗浅一派，此即一例。温泉浴汗，出水后会感觉乏力，诗人通过眸子、肌肤、浴态等生动细节，写活了一个美丽而性感的杨妃，给后来戏曲家和画家无穷灵感。继十句写杨妃的专宠。南朝民歌"打杀长鸣鸡"一首形容蜜月中人"春宵苦短"，是情有可原的，而"春宵苦短日高起，从此君王不早朝"则是说不过去的，这两句和"承欢侍宴"几句写唐明皇"泡"杨贵妃，应该说是有托讽的。不过这种托讽的分量太轻，不足以改变全诗的总体倾向。白居易《上阳白发人》自注："天宝五载（746）以后，杨贵妃专宠，后宫人无复进幸矣。六宫有美色者，辄置别所，上阳是其一也。"亦可移注"后宫佳丽三千人，三千宠爱在一身"二句。"金屋"又关涉汉武故事，极言妃之宠幸。

接下来有四句写杨氏一门沾光。妃有姐三人，大姨封韩国夫人，三姨封虢国夫人，八姨封秦国夫人，富比王室，恩泽势力过于大长公主。可自由出入宫禁，乃至素面朝天。从弟铦为鸿胪卿、锜以侍御史尚主，从祖兄钊赐名国忠，授金吾兵曹参军，后任宰相。妃父玄琰追赠齐国公，

244

母封凉国夫人。这就是"姐妹兄弟皆列土,可怜光彩生门户"所据事实。故当时谣谚云:"生女勿悲酸,生男勿喜欢。生女勿怒,君不见卫子夫霸天下。"杨妃专宠,光耀门第,居然改变了重男轻女的社会传统心理,诗中的慨叹很深。继六句写乐极生悲。"骊宫"即华清宫。《霓裳羽衣曲》本《婆罗门》曲。开元时从印度传入,经玄宗润色为著名的舞曲。"渔阳鼙鼓动地来,惊破霓裳羽衣曲"——安史之乱宣告了李杨纵情欢娱生活的终结。写安史之乱仅两句,只作为对爱情生活产生破坏的事件来写,也表明《长恨歌》写的是爱情悲剧而非政治悲剧。

从"九重城阙烟尘生"到"魂魄不曾来入梦"写唐玄宗杨贵妃的生离死别,和玄宗对死去的杨妃无时或已的怀念。十句写马嵬之变。大乱初起,玄宗在毫无思想准备的情况下仓皇出逃,杨国忠首倡幸蜀,此之谓"西南行"。"翠华摇摇行复止",可见一路人困马乏。马嵬驿在咸阳之西,距长安"百余里"。由于军中积怨,突生哗变,国忠被杀,殃及杨妃。从政治角度歌咏马嵬之变的诗人,总是冷静地判断:"不闻夏殷衰,中自诛褒妲"(杜甫)、"终是圣明天子事,景阳宫井又何人"(郑畋)。唯独白居易写出了一个割不断情根爱胎的玄宗,"六军不发无奈何,宛转蛾眉马前死"、"君王掩面救不得,回看血泪相和流",讽刺之笔哪得如此惨痛飞迸!在诗人笔下,堕入爱情的炼狱的玄宗,将逐渐洗清"重色"的表象,而袒露出一颗情种之心。

"黄埃散漫风萧索"八句写赴蜀路上玄宗对杨贵妃的思念。借萧索、孤凄、暗淡的景物色彩,及月色铃语给失眠者的特殊感觉,渲染出玄宗的悲痛。据《杨太真外传》,玄宗一行至斜谷口,属淫雨涉旬,于栈道闻铃声隔山相应,玄宗悼念杨贵妃之情愈切,遂采其声为《雨霖铃》曲以寄恨。月无心可伤,铃无肠可断,而谓之伤心色、断肠声,以伤心人别有怀抱(对照杜甫"感时花溅泪,恨别鸟惊心")。"天旋日转回龙驭"六句写光复后还京路上玄宗对杨贵妃的思念。至德二年九月收复长安,十二月玄宗从蜀归,过马嵬坡,派人备棺改葬杨妃,挖开土,香囊犹在。"不见玉颜空死处"的"空"字，极写出他心境的悲凉。时过境迁，他那难以消减的悲痛感染了左右，此时是"君臣相顾尽沾衣"。东望都门，本应归心似箭，快马加鞭，但玄宗却打不起精神，"信马归"三字可见意懒心灰。

"归来池苑皆依旧"十八句写回京后身为太上皇的玄宗对杨妃更深的相思。玄宗还京后居南内兴庆宫，因邻街与外界接近，肃宗心腹恐变生不测，使迁至西内太极宫甘露殿，处境更凄凉。当初在幸蜀路上，玄宗曾以《雨霖铃》曲授张徽，回京后复幸华清，从官嫔御无一旧人，因于望东楼令徽复奏此曲，不觉怆然。诗中写他看到池中的芙蓉想起杨妃，看到宫中柳叶想起杨妃，正是"物是人非事事休"，从春到秋，年复一年，此情有增无减。"梨园弟子白发新，椒房阿监青娥老"，间接是说，玄宗自己也是岁月不饶。诗人不惜以八句篇幅写他的孤眠难熬之夜，大事渲染环境。有人嘲笑"孤灯挑尽未成眠"一句"寒酸"，理由是"宁有兴庆宫中夜不烧烛，明皇自挑灯者乎！"（《邵氏闻见续录》卷十九）"此尤可笑，南内凄凉，何至挑孤灯耶！"（《岁寒堂诗话》）殊不知这正是离形得似，不拘实录的妙笔。冬至前夜晚逐渐增长，"初长夜"是说难熬的夜晚还在后头。说到"星河"则暗逗"他年七夕笑牵牛"的情事，正是往事不堪回首。"鸳鸯瓦"是两片嵌合的瓦，它在字面上有反衬失伴的孤单的作用。凡此种种，都可见诗人意匠经营。以上写各种场合，四时交替，而玄宗悼亡之情无时或已，这样的钟情，不但"在帝王家罕有"（洪升），也超出了市井一般情种的水平。弗洛伊德说，性本能能够升华，即此时对于特定的兴奋可以确定一种更高的，显然不再与性有关的目标，一种更有社会价值的目标。我们文化的最高成就就应归功于这种以升华方式释放的能量。"假如春天没有花，人生没有爱，到底成了个什么世界！"（郭沫若）《长恨歌》中的玄宗的生死恋，就升华到了精神恋爱的、纯情的高度。当他的精诚感动了一个道士，诗篇就进入了一个新的天地。

246

"临邛道士鸿都客"到篇末，在一个幻想的神仙世界中，刻画了死者对生者刻骨铭心的眷念，补足了悲剧主人公之一的杨妃形象。诗人所据，应是王质夫转述的民间传说（方士致魂魄的情节，汉武帝李夫人故事亦有之）。"上穷碧落下黄泉，两处茫茫皆不见。忽闻海上有仙山，山在虚无缥缈间"几句，最有山重水复之妙。当初杨玉环被度为女道士，就叫太真。这便是蓬莱仙岛传说的现实凭借。"金阙西厢叩玉扃"到"在地愿为连理枝"，以细腻的笔墨写杨妃接见道士的情景和对话。仙府重深，须经辗转通报的手续（小玉、双成皆神话中女子，此作太真妃的侍女），当睡眠中的杨妃得知玄宗使者到此，先是一"惊"，然后是"揽衣一推枕一起徘徊"三个动作，表现出她掩饰不住内心的激动。珠箔银屏接连打开，云鬓半偏便下堂来，表现出她迫不及待要见使者的心情。她依然那样美丽，下堂的步态就使人想见当年的舞姿。诗人以"梨花一枝春带雨"形容她的"玉容寂寞泪阑干"，贴切而形象，真"淡处藏美丽，浅处著工夫"（方虚谷）。诗中刻画杨妃神情，每每抓住一双眸子传之，前有"回眸一笑"，此处有"含情凝睇"，可谓善绘。

　　诗中省去了道士的致辞，而重在写杨妃的答词，寄赠旧物与信誓："唯将旧物表深情，钿合金钗寄将去。钗留一股合一扇，钗擘黄金合分钿。但令心似金钿坚，天上人间会相见。"数句采用了"分总"辞格，钗、合、金、钿四字反反复复，在音情上渲染杨妃缠绵悱恻的相思，淋漓尽致。这民间式的旦旦信誓，丰满地刻画出一个同样执着于爱情的杨妃形象。根据当时传说，"方士受辞与信，将行，色有不足。玉妃固征其意，复前跪致词：'请当时一事不为他人闻者验于太上皇。不然，恐钿合金钗，负新垣平（汉时赵人，以善望气致宠，后被告发有诈被杀）之诈也。'玉妃茫然退立，若有所思。徐而言之：'昔天宝十载，侍辇避暑骊山宫，秋七月牵牛织女相见之夕夜殆半，休侍卫于东西厢，独侍上。上凭肩而立，因仰天感牛女之事，密相誓心：愿世世为夫妇。言毕，执手各呜咽，此独君王知之耳。'"（《长恨歌传》）诗的最末几句便写这一情节，骊宫（诗云"长生殿")之誓,被诗化为"在天愿作比翼鸟,在地愿为连理枝"的千古名句。

诗人的高明之处在于,尽管通过杨妃的誓言和行动丢下了一个希望,但他并没有来一个廉价的大团圆结局。因为誓中虽有"愿世世为夫妇"和"天上人间会相见"的话头,然而"他生未卜此生休"(李商隐),大错今生铸成,遑论来世?"只有等待来生里,再踏上彼此故事的开始",好像说很有希望,其实是很悲哀、很无奈的话。李商隐《马嵬》结云"如何四纪为天子,不及卢家有莫愁",也就是"长恨"结穴所在,但说得露,不及白居易的结句有悠悠不尽的余味:"天长地久有时尽,此恨绵绵无绝期。"这一悲剧性结局,突破了我国传统文化心理喜欢"大团圆"的模式,尤为难能可贵。

无论从创作动机和客观实际看,歌颂生死不渝的恋情,感伤因为情深缘浅而导致的"人生长恨"(李煜《相见欢》),才是《长恨歌》主题所在。白居易基本上是从一种超政治功利的角度,即人性论的角度,来看待这一发生在玄宗与杨妃间的生死之恋的。《长恨歌》的崇情倾向,明显在受到时代文艺思潮的影响,它事实上和唐代中叶爱情传奇的繁荣有着千丝万缕的联系。作《莺莺传》的元稹,作《李娃传》的白行简,分别是诗人的密友和胞弟,这该不是一个偶然的巧合吧?《长恨歌》可以说是一篇诗体传奇,尽管主人公有帝王贵妃的特殊身份,但他们和普通人一样爱、一样犯错误、一样受苦,也一样的被理解被同情。

我国古代叙事诗不发达,无名氏《焦仲卿妻》曾是一个孤立的高峰。杜甫创作了一大批叙事诗和叙事性很强的政论诗,成为文人叙事诗一大作手。但他的叙事诗如"三吏""三别"篇幅短小,笔墨尚简;史诗如《北征》等,则无故事性,非严格意义上的叙事诗。在具有曲折完整的故事情节这点上,《长恨歌》可与《焦仲卿妻》比美。王湘绮说:"白居易歌行纯似弹词,《焦仲卿妻》诗所滥觞也。"而弹词特点就是演说一个故事。一向与《长恨歌》齐名的《连昌宫词》"虽然铺写详密,宛如画出",

但它基本上是指陈时事，没有什么故事性。作为一首七言长篇叙事之作，《长恨歌》比五言诗《焦仲卿妻》在技巧上的显著进步表现在描写的细腻上。

《焦仲卿妻》诗的人物性格、心理活动，大多是通过个性化的对话表现出来的，直接描写不多，人物动作描写则很简单。而《长恨歌》得力于说唱文学和传奇文学，在人物外貌和心理的刻画上细致入微。"侍儿扶起娇无力"、"君王掩面救不得"、"九华帐里梦魂惊"几段写人物动作何等生动！"黄埃散漫风萧索"、"西宫南苑多秋草"几段刻画人物心理何等细腻！环境气氛的烘托也称绝妙。前段写男女欢爱，一连串"春"字及"温泉水滑""芙蓉帐暖"，烘托出的环境何等温馨！后段写生离死别，则多用秋景，"鸳鸯瓦冷""翡翠衾寒"，渲染出的环境何等悲冷！在叙事的同时，《长恨歌》始终保持诗的特质，具有浓厚的抒情性。它的韵文形式内流动着一股反复歌咏的情绪，"不是在讲说一个故事，而是在歌唱着一个故事。"（何其芳）便使得长诗易记易唱，感染力特强。

《长恨歌》还创造了独特的美学风格。"那气息的超脱，写情的不落凡俗，处处不脱帝王的 nobleness，更是千古奇笔"，"把悲剧送到仙界上去，更显得那段罗曼史的奇丽清新，而仍富于人间味"，"全诗写得如此婉转细腻，却仍不失雍容华贵，没有半点纤巧之病。明明是悲剧，而写得不哭哭啼啼，多么中庸有度，这是浪漫底克兼有古典美的绝妙典型。"（傅雷）《长恨歌》既哀感顽艳，又庄严美丽。歌咏唐玄宗、杨贵妃孽缘，像《哀江头》《远别离》那样的政治抒情诗，李杜有之，他人亦能有之；而像《长恨歌》这样的传奇故事诗，李杜亦不能有之，唯白居易有之。这为白居易在后世被评为唐代第三大诗人，增加了很重的筹码。无怪清赵翼评道："以易传之事，为绝妙之词，有声有色，可歌可泣，自是千古绝作。"

花非花

花非花，雾非雾，夜半来，天明去。

来如春梦几多时？去似朝云无觅处。

白居易诗不仅以语言浅近著称，其意境亦多显露。这首《花非花》却有些"朦胧"化，在白诗中确乎是一个特例。

诗取前三字为题，近乎"无题"。首二句应读作"花——非花，雾——非雾"，先就给人一种捉摸不定的感觉。"非花""非雾"均系否定，却包含一个不言而喻的前提：似花、似雾。因此可以说，这是两个灵巧的比喻。宋代苏东坡似从这里获得一丝灵感，写出了"似花还似非花，也无人惜从教坠"（《水龙吟》）的名句。苏词所咏为杨花柳絮，而白诗所咏何物未尝显言。

单看"夜半来，天明去"，颇使读者疑心是在说梦。但从下句"来如春梦"四字，可见又不然了。"梦"原来也是一比。这里"来""去"二字，在音情上有承上启下作用，由此生发出两个新鲜比喻。"夜半来"者春梦也，春梦虽美却短暂，于是引出一问："来如春梦几多时？""天明"见者朝霞也，云霞虽美却易幻灭，于是引出一叹："去似朝云无觅处。"

诗由一连串比喻构成，这叫博喻。它们环环紧扣，如云行水流，自然成文。反复以鲜明的形象比譬一个未尝点明的本体。诗词中善用博喻者不乏其例，如《古诗十九首》（明月皎夜光）之"南箕北有斗，牵牛不负轭"，贺铸《青玉案》的"一川烟草，满城风絮，梅子黄时雨"。但这些博喻都不过是诗词中一个组成部分，像此诗通篇用博喻构成则罕见。再者，前一例用南箕、北斗、牵牛等星象作比，喻在"虚名复何益"；后一例用烟草、风絮、梅雨等景象作比，喻在"借问闲愁都几许"，其本体

（被喻之物）都是明确的。而此诗只见喻体（用作比喻之物）而不知本体，就像一个耐人寻思的谜，从而诗的意境也就蒙上一层"朦胧"的色彩了。

虽说如此，但此诗诗意却并不完全隐晦到不可捉摸。它被作者编在集中"感伤"之部，同部还有情调接近的作品。一是《真娘墓》，诗中写道："霜摧桃李风折莲，真娘死时犹少年。脂肤荑手不坚固，世间尤物难留连。难留连，易销歇，塞北花，江南雪。"另一是《简简吟》，诗中写道"二月繁霜杀桃李，明年欲嫁今年死"，"大都好物不坚牢，彩云易散琉璃碎"。二诗均为悼亡之作，它们末句的比喻，尤其是那"易销歇"的"塞北花"和"易散"的"彩云"，与此诗末二句的比喻几乎一模一样，连音情都逼肖的，二诗都同样表现出一种对于生活中存在过，而又消逝了的美好的人与物的追念、惋惜之情。而《花非花》一诗在集中紧编在《简简吟》之后，更告诉读者关于此诗归趣的一个消息。此诗大约与《简简吟》属同类性质的作品，也就是悼亡之作。

另有一说，认为此诗是"为妓女而作"，见于今人施蛰存《唐诗百话》。因为唐代招妓伴宿，是夜半才来，黎明即去。如元稹《梦昔时》诗有云："夜半初得处，天明临去时。"就是描写这一情况的，嫖客仿佛做了一个春梦似的。她的离去就像清晨的云，消散得无影无踪。其说持之有故，点明了此诗写作的特定历史背景。说者又作了一个很重要的补充，说白居易写这样的诗，"恐怕也还是作为一种比喻"。至于比喻什么，则没有说。总之，诗人抽象了具体的内容的同时，使诗朦胧起来，能指范围扩大，似乎比喻着什么——比如美好而短暂的人生。正因为如此，它才和《真娘墓》《简简吟》一类悼亡之作在情调上有了某种程度的相通。

此诗运用三字句与七字句轮换的形式（这是当时民间歌谣三三七句式的活用），兼有节律整饬与错综之美，极似后来的小令。所以后人竟采其句法为词调，而以"花非花"为调名。词对五、七言诗在内容上的一大转关，就在于更倾向于人的内在心境的表现。此诗亦如之。这种"诗似小词"的现象，出现在唐代较早从事词体创作的诗人白居易笔下，是不足为奇的。

琵琶行

  元和十年，予左迁九江郡司马。明年秋，送客湓浦口，闻舟中夜弹琵琶者。听其音，铮铮然有京都声；问其人，本长安倡女，尝学琵琶于穆曹二善才。年长色衰，委身为贾人妇。遂命酒，使快弹数曲。曲罢悯默，自叙少小时欢乐事，今漂沦憔悴，转徙于江湖间。予出官二年，恬然自安，感斯人言，是夕始觉有迁谪意。因为长句，歌以赠之，凡六百一十二言，命曰《琵琶行》。

  浔阳江头夜送客，枫叶荻花秋瑟瑟。主人下马客在船，举酒欲饮无管弦。醉不成欢惨将别，别时茫茫江浸月。忽闻水上琵琶声，主人忘归客不发。寻声暗问弹者谁？琵琶声停欲语迟。移船相近邀相见，添酒回灯重开宴。千呼万唤始出来，犹抱琵琶半遮面。转轴拨弦三两声，未成曲调先有情。弦弦掩抑声声思，似诉平生不得意。低眉信手续续弹，说尽心中无限事。轻拢慢捻抹复挑，初为《霓裳》后《六幺》。大弦嘈嘈如急雨，小弦切切如私语。嘈嘈切切错杂弹，大珠小珠落玉盘。间关莺语花底滑，幽咽泉流冰下难。冰泉冷涩弦凝绝，凝绝不通声暂歇。别有幽愁暗恨生，此时无声胜有声。银瓶乍破水浆迸，铁骑突出刀枪鸣。曲终收拨当心画，四弦一声如裂帛。东舟西舫悄无言，唯见江心秋月白。沉吟放拨插弦中，整顿衣裳起敛容。自言本是京城女，家在虾蟆陵下住。十三学得琵琶成，名属教坊第一部。曲罢曾教善才伏，妆成每被秋娘妒。五陵年少争缠头，一曲红绡不知数。钿头云篦击节碎，血色罗裙翻酒污。今年欢笑复明年，秋月春风等闲度。弟走从军阿姨死，暮去朝来颜色故。门前冷落鞍马稀，老大嫁作商人妇。商人重利轻别离，前月浮梁买茶去。去来江口守空船，绕船月明江水寒。夜深忽梦少年事，梦啼妆泪红阑干。我闻琵琶已叹息，又闻此语重唧唧。同是天涯沦落人，相逢何必曾相识！我从去年辞帝京，谪居卧病浔阳城。浔阳地僻无音乐，终岁不闻丝竹声。住近湓江地低湿，黄芦苦竹绕宅生。其间旦暮闻何物，杜鹃啼血猿哀鸣。春江花朝秋月夜，往往取酒还独倾。岂无山歌与村笛，呕哑嘲哳难为听。今夜闻君琵琶语，如听仙乐耳暂明。莫辞更坐弹一曲，为君翻作琵琶行。感我此言良久立，却坐促弦弦转急。凄凄不似向前声，满座重闻皆掩泣。座中泣下谁最多？江州司马青衫湿。

元和十年，白居易受政治迫害被贬九江郡司马。司马是一种冗员散职，作者在《江州司马厅记》一文中写道："若有人蓄器贮用急于兼济者，居之虽一日不乐；若有人养志忘名安于独善者，处之虽终生无闷。刺史，守土臣，不可远观游；群史，执事官，不敢自暇佚；惟司马绰绰，可以从容于山水诗酒间，官足以庇身，食足以给家；州民康，非司马功；郡政坏，非司马罪。无言责，无事忧。噫，为国谋，则尸素之尤蠹者；为身谋，则禄仕之优稳者。"可见作者当时生活的平静闲散，而又无聊，心情则充满矛盾和不安。诗序所谓"予出官二年，恬然自安"，只不过是表面而暂时的现象。每逢人际交往，触绪牵情，又不免感事伤怀。序云元和十年秋，送客湓浦口（湓水入长江处），遇一琵琶女，乃旧日长安名娼沦为商人妇者，既得领略其技艺之精妙，又闻其自叙经历之不幸，因"感斯言，是夕始觉有迁谪意"。这就是《琵琶行》的写作缘起。

从篇首到"主人忘归客不发"是故事的引子。交代了诗人相遇琵琶女的时间、地点与环境。这是一个逢秋兴悲的日子，枫叶赤，芦花白，江水碧，好一派肃杀的江景。故人当夜要出发，诗人在"浔阳江头"即溢浦口为之饯别。饯别的酒并不能消去心中的离愁别绪，又没有音乐助兴，故"醉不成欢"。方留恋处，不觉天色渐晚，"别时茫茫江浸月"——是不知不觉的发现和催别的信号。诗人当年四十五岁，在古时已是感伤老大的年纪，兼在迁谪之中，他乡送客，心中很不是滋味。这境况正是郑板桥《道情》集唐人诗句所说："枫叶荻花并客舟，烟波江上使人愁。劝君更尽一杯酒，昨日少年今白头。"这种特定的状况的渲染，为以下写相逢琵琶女作了铺垫。诗人先已说"举酒欲饮无管弦"，十分遗憾；后写"忽闻水上琵琶声"，则尤令人欣喜。

从"寻声暗问弹者谁"到"唯见江心秋月白"，写饯宴重开，琵琶独奏。诗中写琵琶女的露面，非草草交代，而别具摇曳多姿的描叙。在"寻声暗问"之初，先是"琵琶声停"，一阵迟疑。在邀者盛情难却之际，仍是"千呼万唤始出来，犹抱琵琶半遮面"。这是故作姿态？还是当众害羞？否，须知这些都不是徐娘半老的昔日名角应有之态。揣其情，当是因告别"舞台"不作当众表演多年，深有"退休者"之寂寞，鱼龙失水的悲哀，受伤者的自怜。尤其是中夜梦回，泪流满面，骤然间遇此热情邀请于江湖之上，宜乎其欲语不能，欲进犹疑。江州司马"千呼万唤"这段时间，她显然是在化妆。然而当她抱琵琶出场后，便技痒难熬，恨不得一奏为快。这从"转轴拨弦三两声，未成曲调先有情"两句可以知之。就在这三两声中，已令人觉其掩抑深思，"似诉平生不得意"了。"低眉"可见专注，"信手"可见纯熟，所以往后弹奏"霓裳"、"六幺"等名曲，也能弹出个人情寄，而"说尽胸中无限事"。这一段描摹琵琶声，乃全诗中最精妙的文字。描写演奏者只有"轻拢慢捻抹复挑"一句，两只手都写到了：叩弦为拢，揉弦为捻，这是左手按弦指法；顺手下拨为抹，反手上拨为挑，这是右手弹弦指法。这是知音者说内行话，故自然妥帖。但诗人着重描写的还是音乐本身及其给人的感受。虽然所用办

254

法,不过是由听觉联系到听觉,但通过人们熟悉的自然音响如雨声、私语声、珠落玉盘声、鸟声、泉声,等等,能给人以具体生动的音乐美的印象。诗人在描摹中特别注意音乐对比因素的刻画,如高低、粗细、重轻、缓急、滑涩、断续,等等,极富层次感。诚如傅雷所说:"'大弦嘈嘈'、'小弦切切'一段,好比 staceato(断音),象琵琶的声音极切;而'此时无声胜有声'的几句,等于一个长的 pause(休止)。'银瓶乍破水浆迸'两句,又是突然的 attak(爆发),声势雄壮。"其间诗人又特别注意以音乐化语言来描绘音乐,这里有叠字"嘈嘈""切切""嘈嘈切切",有重复"大珠小珠",有双声叠韵如"间关""幽咽",有顶真如"幽咽泉流冰下难。冰泉冷涩弦凝绝,凝绝不通声暂歇",有前分后总如"大弦嘈嘈"小弦切切"嘈嘈切切",这些辞格的运用,使得此诗在音情的密合上达到极致。诗人又让乐声在高潮中结束余韵不绝,"东舟西舫悄无言,唯见江心秋月白"二句既写环境,又写音乐效果。"悄无言",可见听众屏息凝神;江心月白,又见环境的寂静清澄,音乐感通自然与"曲终人不见,江上数峰青"同致。

从"沉吟放拨插弦中"到"梦啼妆泪红阑干",由自述补叙琵琶女身世遭际。至此,女主人公才抬头亮相。原来她生在长安,"本是京城女",家在下马陵(按《国史补》:"旧说董仲舒墓,门人过皆下马,故谓之下马陵,后人语讹为虾蟆陵",诗用坊中语,盖由琵琶女自述)下住,自幼学艺,名编教坊。当年她是位色艺双绝的艺伎。——"曲罢曾教善才伏,妆成每被秋娘妒"。(曹善才乃当时著名琵琶师,出于琵琶世家;秋娘为当时长安名倡。)因此拥有众多的追星族,曾被子弟捧红,名噪一时,出场费很高:"五陵年少争缠头,一曲红绡不知数";过了一段灯红酒绿,豪华狂欢的生活,"钿头银篦击节碎,血色罗裙翻酒污。"然而,随着新的明星的升起,她的行情看跌。加上发生了一些变故,"弟走从军阿姨死"(或言"弟"是女弟,即烟花姐妹后随军;"阿姨"即鸨母),她无疑从生活的峰巅跌进深谷,饱尝了世态炎凉的辛酸,终至"老大嫁作商人妇"。在抑商的古代,商人富而不贵，生活是流动的，琵琶女从此也告别了长安。据《元和郡县图志》，江西饶州浮梁县产茶，虽非名贵而产量极丰，价必便宜。故此商人有采购之事，作为外室的琵琶女便被抛在江州船上。故在江口空船之夜，"忽梦少年事"。梦，不过是无意识思想的伪装，其根源还在于做梦之前潜在的情结，即"日有所思，夜有所梦"。岁月本可使人麻木，少年之事似已淡忘，然中夜梦回，仍不免历历在目，而百端交集，有不能自已者。此其所以当夜对月，一奏琵琶，以鸣不平。不料于无意之中，遇此知音之人，礼下延请，其感慨又何待言。诗中虽仅写到"梦啼妆泪红阑干"为止，以下情事，已与篇首环合，为此诗中最简妙之笔。

从"我闻琵琶已叹息"到"为君翻作琵琶行"，写琵琶女的陈词引起诗人隐痛和同情，"是夕始觉有迁谪意"。诗人先已为其掩抑幽咽的乐声感染，既而又为其浮沉的身世嗟伤，从琵琶女身上，更照见了自己的影子。本怀兼济之志，出世之才，人过中年，却被投闲置散，远离帝京。在浔阳这样一个缺少高雅音乐的偏僻之地，忽闻此铮铮京都之声，给他带来旧梦重温的片刻陶醉，和物伤其类的持久的感触。一个人倾诉的不幸，成了两个人的共同不幸，致使诗人忘却了身份的差异，对此产生了同病相怜的认同感，写出了"同是天涯沦落人，相逢何必曾相识"的至理名言，也就是全诗的主题句。毛泽东书房中的《唐诗三百首》，在本诗的开头上有如下批语："江州司马，青衫泪湿，同在天涯。作者与琵琶演奏者有平等心情。白诗高处在此不在他处。其然，岂其然乎?"毛在此诗的标题上还画了三个大圈，在"同是天涯沦落人"二句旁画一路密圈，以示激赏。紧接着诗人进一步提出要与琵琶女来一次艺术上的合作，请对方再弹一曲，而自己作为诗歌。

最末六句，写琵琶女感诗人厚意，作即兴发挥，弹出更为激越的音乐，使满座为之动容，而其间最动情者，便是身为江州司马的诗人自己。按白居易时为将仕郎守江州司马，将仕郎为从九品下，服色浅青。"青衫"则象征诗人贬谪的身份。

《琵琶行》并不以故事情节曲折见长，但它深刻写出了旧时代人才被摧残压抑的悲剧。高明的演奏艺术家沦为商妇，锐意革新的志士成为“乐天”居士，无论是琵琶女还是诗人自己，均无力左右个人命运，而有“时易失，心徒壮，岁将零”的失路的悲哀。其间还夹有郢人失质，或世乏知音的悲哀。这一主题具有相当的普遍性与典型性。全诗笔力集中，笔无旁骛。陈寅恪先生曾将其与元稹《琵琶歌》相比较，认为乐天此诗专为长安故倡感今伤昔而作，又连绾己身迁谪失路之怀，直是混合作者与被咏者二者为一体，可谓人我双亡、宾主俱化，专一而更专一，感慨复加感慨。相形之下，元诗一题二旨，反失之浮泛。此外，诗中有关琵琶声乐的描摹，历来为人称道。

赋得古原草送别

离离原上草，一岁一枯荣。
野火烧不尽，春风吹又生。
远芳侵古道，晴翠接荒城。
又送王孙去，萋萋满别情。

此乃白居易少作。据《唐摭言》《幽闲鼓吹》等记载，白居易年轻时（一说十六岁）携此诗赴长安谒名士顾况，顾起初没有把年轻客人放在眼里，拿他的姓名打趣道“长安米贵，居大不易”，等他读到“野火烧不尽，春风吹又生”，就马上改变态度，收回前面说的话，道：“有句如此，居亦何难。”并广为延誉。唐诗的题目前加“赋得”二字，属于命题作诗。《古原草送别》就是命题。诗的前六句咏“古原草”，后二句点“送别”，二者的关系因一句楚辞（王孙游兮不归，春草生兮萋萋）而衔接紧密。

"离离原上草"二句，破题面"古原草"三字，点明不是一般草地，而是大草原，"离离"叠字，状出草生的茂密，西晋左思《咏史》有"离离山上苗"，也是形容草生的茂密。"一岁一枯荣"，草是一年生植物，"枯荣"就是"荣枯"（杜诗有"荣枯咫尺异"之句），作"枯荣"是为了押韵，同时也强调了表示再生的那个"荣"字。"一"字重出，形成咏叹，则是强调一种轮回，一种生生不已的情味。

"野火烧不尽"二句，使得顾况对作者刮目相看，到底好在哪里呢？首先它是流水对十字句，紧承上"枯荣"，歌咏野草所具有的顽强生命力，可圈可点。别致处在于，它不是一般地写草原的秋枯春荣，而是写野火燎原，把野草烧得精光——强调毁灭的力量、毁灭的痛苦，是为了强调再生的力量、再生的欢乐。草植根大地，具有顽强生命力，草灰化作肥料，来年春草长势更旺。两句一句写枯，一句写荣，"烧不尽"与"吹又生"，何等唱叹有味，对仗亦自然天成，写出了一种在烈火中再生的典型，富于哲理意味。

"远芳侵古道"二句，写古原景色的同时，再写小草的生命力。这两句使人想起赫胥黎独坐一室之中，在英伦之南，望着窗外，想象两千年前，人功未施，野草疯长的状况。"远芳""晴翠"都是借代野草的辞藻，好看的字面；"侵""接"两个动词，都是写拼搏的能力；"古道""荒城"都是"古原"的写照，这是规定动作。也许有人会吹毛求疵地批评这两句"合掌"，即上下句意思重复，就像南朝王籍的"蝉噪林愈静，鸟鸣山更幽"、毛泽东的"独有英雄驱虎豹，更无豪杰怕熊罴"为合掌一样。这是小儒的小打小闹，大诗人并不介意。

"又送王孙去"二句，为了使古原草与送别发生关系，作者化用了《楚辞·招隐士》名句"王孙游兮不归，春草生兮萋萋"，这是现存最早将送别与春草联系起来的诗句。远方的游子，在春草猛长的季节还不回来，则暗示着他也是在春草猛长的季节离去。作者因而用之，所以说"又送王孙去"；"萋萋满别情"则是"春草生兮萋萋"的活用。

小结一下，因为这是命题作诗，所以有规定动作，要写"古原"，所以诗里面有"原上""古道""荒城"；要写"草"，所以诗里面有"远芳""晴翠"；要写差别，所以诗里面有"萋萋满别情"。但是它也有自选动作，就是题目上并没有要求的，"野火烧不尽，春风吹又生"就是自选动作，写出了别人想不到的东西，可以说这首诗赢就赢在：规定动作到位，而自选动作出彩。

后世有人截取这首诗的前四句，作为一首五言绝句给少儿阅读。于是，题目就须改为《咏草》或《古原草》了。因为"送别"的内容被删去了。

钱塘湖春行

孤山寺北贾亭西，水面初平云脚低。

几处早莺争暖树，谁家新燕啄春泥。

乱花渐欲迷人眼，浅草才能没马蹄。

最爱湖东行不足，绿杨阴里白沙堤。

作于长庆三年（823）杭州刺史任上。"钱塘湖"乃西湖别名。诗写湖上看到的早春景色。

首联点"钱塘湖"。孤山在后湖与外湖之间，其上有寺，是湖中登览胜地；贾亭即贾公亭，为贞元时杭州刺史贾全所建，亦当时名胜。"孤山寺北贾亭西"，即以湖上景点点出西湖，亦暗示春游路线是由湖西北向湖东行进。"初平"谓春水新涨，在水色天光的混茫中，地平线上的白云与湖中倒影连成一片，是谓"云脚低"。

中两联赋写湖上早春景色。三、四句通过莺歌燕舞的描写，表现早春大自然刚从沉睡中苏醒过来时的活力，"早""新"是句中之眼，"争树"栖息、"啄泥"构巢，是鸟儿在早春、新春的活动。说"几处"，不是处处，说"谁家"，不是家家；然而也非一处一家，无不是表现"早""新"的诗意。可与谢灵运"池塘生春草，园柳变鸣禽"之句比美。

五、六句通过花草的生发，表现方兴未艾的盎然春意。"乱花""浅草""渐欲""才能"，下字极有分寸，虽然草生未密，花未开繁，但都保持着旺盛的长势，显示出蓬蓬勃勃的春意，正在急剧发展之中，十分喜人。与韩愈"天街小雨润如酥，草色遥看近却无"，同属写早春景色的名句，不过白诗中春色更深一些。

末联点出湖东春色最好处，即烟柳笼罩下的白堤（又称沙堤、白沙堤或断桥堤，后世误传为白氏所筑）。盖西湖三面环山，白堤中贯，总揽全湖之胜，故云。诗用白描手法叙写景物，多用勾勒字面，"初平""几处""谁家""渐欲""才能"意脉相贯，紧扣湖面早春气象，观察细致，描写准确；全诗笔触舒展流畅，风格清新明快，在唐人七律中创出平易近人一格。

池上

小娃撑小艇，偷采白莲回。
不解藏踪迹，浮萍一道开。

这首诗写江南水乡一位小女孩的淘气。诗人不直接说她淘气，而是通过一件事例来表现的。

唐人称美女为"娃"，"小娃"即小姑娘。"小娃撑小艇"两句，写这位小姑娘自作主张，独自撑着小艇去采回一枝白莲花。这枝白莲花，可能是她早就看好了的。一个"偷"字表明，她采莲的行动没有征得大人同意。也许是因为年龄太小，出于安全考虑，大人叮嘱过，严禁独自下水。

但小姑娘禁不起白莲花的诱惑，还是擅自行动了。大概是认为她的行动隐秘，大人不会知道。"回"字表明，她采莲的行动是成功的。她正偷着乐时，万万没想到，很快就被大人发现了。泄露秘密的不是别人，而是荷塘里的浮萍，原来在小艇行过的地方，浮萍分开了，留下了一道船行过的痕迹，被细心的大人察觉了。

"不解藏踪迹"，表面是说小女孩考虑欠周到，而俗话告诉我们："若要人不知，除非己莫为。"这首诗在表现小女孩天真可爱的同时，也生动说明了这个道理。

问刘十九

> 绿蚁新醅酒，红泥小火炉。
> 晚来天欲雪，能饮一杯无？

这首诗的内容，坦率点说，就是请人冬夜喝酒。这点意思，不足为长句，用五绝来表现是相宜的。

唐代的酒类似今日之米酒，新酿酒未过滤时，表面上会有些浮渣，微呈黄绿色，细如蚁，称为"绿蚁"。我家已酿成新酒，这层意思，直说太无味，诗人代之以一个描写性的句，通过绿蚁这样一个细节，造成了画面感，使人仿佛看到了那新酿的米酒，甚至好像嗅到了酒香。说罢酒，自然的联想是与冬夜小聚相关的一个设施——火炉，这是可以用来温酒，可以用来御寒的。在没电器的时代，围炉夜话一直是象征亲情友谊的很典型、很温馨的生活情境。不但酒是新酿，炉子应该也是新糊的，这从"红泥"表现的色泽感可以感到。"绿蚁新醅酒，红泥小火炉"，通过颜色字造成工整的对仗，造成的氛围是诱人的。

绝句的第三句很重要，在正式发出邀请之前，写一下气候："晚来天欲雪"。在没有电灯的时代，漫长的冬夜易生寂寞之感，快要下雪时风刮得很紧，更使人感到冬夜难熬，最后导致一个结果，就是对亲人对朋友的思念。当这个铺垫到位时，最后发出邀请，就是水到渠成的事了——"能饮一杯无？"诗人没有使用应用文即请帖的语言，却代之以一句问询，而且只说"一杯"——当然不是真的只饮一杯，而是文明礼貌的用语，类似于"小饮""聊备薄馔"的说法，这是富于人情味的。

田雯云："乐天诗极清浅可爱，往往以眼前事为见得语，皆他人所未发。"（《古欢堂集》）这首诗语言清新平易，却包含有醇浓的诗意、丰富的感情，可以设想，刘十九接到这首诗后，一定会欣然前往的。

大林寺桃花

人间四月芳菲尽，山寺桃花始盛开。

长恨春归无觅处，不知转入此中来。

这是一首记游诗，作于江州司马任上。大林寺在庐山香炉峰顶，建于晋代，是我国佛教著名寺院。诗人有《游大林寺序》，言作诗缘起甚详。序云："余与河南元集虚凡十七人，自遗爱寺、草堂，历东西二林，抵化城，憩峰顶，登香炉峰，宿大林寺。大林穷远，人迹罕到。环寺多清流苍石，短松翠竹。寺中惟板屋木器，其僧皆海东人。山高地深，时节绝晚，于时孟夏月，如正二月天，梨桃始花，涧草犹短，人物风候，与平地聚落不同，初到恍然若别造一世界者。因口号绝句云。"

初看此诗，似直赋其事，写"山高地深，时节绝晚"、"人物风候，与平地聚落不同"而已。熟味则别有意趣。诗人往游大林寺，是"人间四月芳菲尽"的初夏，不但桃梨等花发较早的树木早已无花，就是花期较迟者也已绿暗红稀。他们原本是无意寻花的。而"山寺桃花始盛开"这是一个意外的发现。简直连听也未听说过。原因很简单:"大林穷远,人迹罕至。"此诗将"山寺"与"人间"对举,不惟有意无意将山寺比拟作灵境,同时也意在写出它的摒绝人迹。然而人们只要肯造险远,往往会有意外收获,这正是游历的一种乐趣。

"始盛开"三字已模拟出游者惊叹的神情。接下去诗人没有就深红浅红的花色作具体描绘,却抒发自己的一番感慨:"长恨春归无觅处,不知转入此中来。"散文中的"时节绝晚"四字到诗中变成了活的形象。它很有意味,妙在将春拟人。春本是一个时间的概念,诗人从山下山上时节差异着眼,以空间范畴写之,于是春天就有了生命,居然能转移自由。这也增加了此诗的情趣。晚唐王驾《雨晴》诗云:"蛱蝶飞来过墙去,却疑春色在邻家。"与此构思同妙。

暮江吟

一道残阳铺水中,半江瑟瑟半江红。

可怜九月初三夜,露似真珠月似弓。

此诗约作于长庆二年(822)九月初三,作者赴杭州途中。诗写当天傍晚到夜幕降临时分的江上风光。

先写红日西沉的江景。用一"道"不用一"轮",就不是写落日,而是写落日在水面的浮光,像"铺"在江面之上。故有"半江红"的奇观。而另外半江由于背阴或由于观察角度的缘故,水色如同碧玉。"瑟瑟"本是一种碧色宝玉名称。《唐书·于阗国传》言德宗"求玉于于阗,得瑟瑟百斤"。借以代言绿色,不仅写出水色透明的质感,而且在字面上给人以寒意——抓住了九月江边气候的特点。当然,这"半江"与那"半江",

不是一刀切，而是动荡参差，十分美妙壮观。

后二句写新月东升后的江景。时间发生了跳跃。"九月初三"，月属上弦，形如"玉弓"。是下露的时候，在月下细圆发白而密集的粒粒露珠，又多么像刚刚出蚌的颗颗"真珠"。这玉弓般的月牙，与真珠般的露，是月夜最惹人注目的形象，写出它们也就写出了整个儿的月夜。这景象是澄澈、清凉的，在热闹耀眼的日落景象后出现，尤为可爱，沁人心脾。

全诗写江景富于变化，设喻精确华美，有明喻（露似真珠，月似弓），有借代（半江瑟瑟）。盛唐诗人写景多意笔，像这样精工细致的工笔画还是新的消息。诗有三句纯写景，有一句却是纪事兼抒情，这就是第三句。"九月初三夜"点出准确的季候、时间，"可怜"（可爱）二字则是抒发赞美之情。这一句用在上下联交接处，造成一种时间推移感，使上下联若断若连。同时它是虚写，与前后的三句实写相济，使全诗显得空灵不板。

邯郸冬至夜思家

邯郸驿里逢冬至，抱膝灯前影伴身。
想得家中夜深坐，还应说着远游人。

农历十一月二十二日，是二十四节气的冬至节。我国古代对冬至甚为重视，有"冬至大如年"的说法。《汉书》中说："冬至阳气起，君道长，故贺。"——过了冬至，白昼一天比一天长，阳气回升，是一个节气循环的开始，也是一个吉日，应该庆贺。《晋书》有"魏晋冬至日受万国及百僚称贺其仪亚于正旦"的记载，可见人们对冬至的重视。至今，有一些地方还把冬至作为一个节日来过。

有一个冬至，作者是在邯郸（今属河北）的旅舍中度过的。他远游尚未到达目的地，投宿在驿站。长途旅行不免困乏，到驿站，住在陌生的环境，听到的是异乡的方音，就不免增添了对故乡亲友的思念。过了秋分，夜晚的时间一天天增长，而这个增长的极限则在冬至之夜。

然而，人们通常是不大注意这种渐进的变化的，但旅途思家难以成眠的游子，对这一点却很敏感。他越是不能入睡，便越觉冬夜漫漫，于是想到这"冬至"，这一夜是多难熬呵！其实，冬至夜之客观上是有限的，而作怪的是诗人的主观思想感情，俗话说愁人觉夜长，碰巧是冬至之夜，更大大增加了冬夜漫长之感：辗转反侧难以成眠，茫然若失的心情。屋子里一盏孤灯、四面墙壁，使他感到十分孤单。但诗人并不直说孤单，却用"影伴身"的说法曲折表达出这层意思。写"伴"，却是与影为伴，更加显出"无伴"的寂寞。

在这样的凄清孤寂的环境中，游子自然会想家，想亲人，这层意思，诗人也没有直说，而用家人深夜叨念着自己的想象来表现。由自己的夜深不寐，推想家人夜深不寐；由自己思家推想家人同样在思念自己。这样写把思家的情绪表达得更深、更迫切，表现出亲人之间那种心心相印的深厚感情。

这种表现手法，最早可以追溯《诗经·陟岵》，诗中写征人思家，而想象亲人叨念自己。唐诗中这种手法运用得更多。白居易多次运用这种手法，如《初与元九别忽梦见之及寤而书忽至》："以我今朝意，想君此夜心"；《江楼月》："谁料江边怀我夜，正当池畔思君时"；《望驿台》："两处春光月日尽，居人思客客思家"；《客上守岁在柳家庄》："故乡今夜里，应念未归人"，等等。

其他诗人如杜甫的《月夜》，由自己望月想到妻子望月思念自己，是通过"遥怜小儿女，未解忆长安"来衬托的；王维《九月九日忆山东兄弟》，由自己思念兄弟想到兄弟思念自己，是通过"遍插茱萸少一人"的富有特色的场面表达的。白居易此诗，则是通过揣想家人围炉谈说远游人情景表现的。它们有共同处，但各从生活真实中得来，并无雷同因袭之感。

夜筝

紫袖红弦明月中，自弹自感暗低容。
弦凝指咽声停处，别有深情一万重。

这首诗可视为《琵琶行》的一个很精妙的缩本，如果撇开乐器的差别不论的话。

"紫袖""红弦"，分别是弹筝人与筝的代称。以"紫袖"代弹者，与以"皓齿"代歌者、"细腰"代舞者（李贺《将进酒》）一样，选词造语甚工。"紫袖红弦"不但暗示出弹筝者的乐伎身份，也描写出其修饰的美好，女子弹筝的形象宛如画出。"明月"点"夜"。"月白风清，如此良夜何?"倘如"举酒欲饮无管弦"，那是不免"醉不成欢"的。读者可以由此联想到浔阳江头那个明月之夜的情景。

次句写到弹筝。连用两个"自"字，不是说独处，而是旁若无人的意思。它写出弹筝者已全神倾注于筝乐的情态。"自弹"，是信手弹来，"低眉信手续续弹"，得心应手；"自感"，则见弹奏者完全沉浸在乐曲之中。唯其"自感"，方能感人。"自弹自感"把演奏者灵感到来的一种精神状态写得惟妙惟肖。旧时乐伎大抵都有一本心酸史，诗中的筝人虽未能像琵琶女那样敛容自陈一番，仅"暗低容"三字，已能使人想象无穷。

音乐之美本在于声，可诗中对筝乐除一个笼统的"弹"字几乎没有正面描写，接下去却集中笔力，写出一个无声的顷刻。这无声是"弦凝"，是乐曲的一个有机组成部分；这无声是"指咽"，是如泣如诉的情绪上升到顶点而作暂停的状态；这无声是"声停"，而不是一味的沉寂。正因为与声情攸关，它才不同于真的无声，因而听者从这里获得的感受是"别有深情一万重"。

266

诗人就是这样，不仅引导读者发现了奇妙的无声之美（"此时无声胜有声"），更通过这一无声的顷刻去领悟想象那筝曲的全部的美妙。

《夜筝》全力贯注的这一笔，不就是《琵琶行》"冰泉冷涩弦凝绝，凝绝不通声暂歇。别有幽愁暗恨生，此时无声胜有声"一节诗句的化用么？

但值得注意的是，《琵琶行》得意的笔墨，是对琵琶乐本身绘声绘色的铺陈描写，而《夜筝》所取的倒是《琵琶行》中用作陪衬的描写。这又不是偶然的了。清人刘熙载说："绝句取径深曲"，"正面不写写反面，本面不写写背面、旁面，须如睹影知竿乃妙。"（《艺概》）尤其涉及叙事时，绝句不可能像叙事诗那样把一个事件展开，来一个铺陈始末。因此对素材的剪裁提炼特别重要。诗人在这里对音乐的描写只能取一顷刻，使人从一斑见全豹。而"弦凝指咽声停处"的顷刻，就有丰富的暗示性，它类乎乐谱中一个大有深意的休止符，可以引起读者对"自弹自感"内容的丰富联想。诗从侧面落笔，的确收到了"睹影知竿"的效果。

长相思

汴水流，泗水流，流到瓜洲古渡头。吴山点点愁。
思悠悠，恨悠悠，恨到归时方始休。月明人倚楼。

有一年，达州挂牌诗词之乡，执事者发短信要求我写一首贺词。首先想到故乡两条河，一条叫巴河，一条叫州河，汇合而为渠江。我便想起一个调调儿，于是词句脱口而出："巴水流，州水流，不到通州不聚头。"再加一句："豀余万里眸。"又想到唐代大诗人元稹曾贬通州（今达州）司马，与时贬江州（今九江）司马的白居易多有唱和。于是下片也有了："元亦休，白亦休，两袭青衫任去留。"是说诗人来了又走了，作古了。"青衫"是司马的服饰。再加一句："飞来一片鸥。"不了了之。"鸥"

谐音"讴歌"之"讴"。我所想起的那个调调儿，也就是白居易的《长相思》了。

这首词虽然短，却是双调不换头。内容很单纯，就是写扬州女子月夜倚楼怀人的情绪。"汴水流，泗水流"，两个三字句叠韵以起，形成此调特色。"汴水"源于河南，"泗水"源于山东曲阜，在徐州境内合流入淮河。下句"流到瓜洲古渡头"，出以顶真，上片就有三个"流"字，造成绵绵不绝的音情，既是状水，也是状愁（见下文）。"瓜洲"在江苏扬州市南长江北岸，本为江中沙洲，因水流形成瓜字得名。"瓜洲古渡头"是词中的一个关键词，是一个离别的场所。着一个"古"字，则表明别恨古来已多，想必词中女子与心上人亦在此渡头分手，是"古渡头"又添新愁也。"吴山点点愁"，陈廷焯赞云"五字精警"（《放歌集》卷一引）；沈际飞谓："'点点'字俊。"（《蓼园词选》引）一般人很难把"点点"与"吴山"联系起来，但画家以点乩法画山，却是常事。可以说是诗中有画了。山本无情，说"吴山点点愁"，就像说"平明送客楚山孤"一样，妙在移情于物了。

过片两个三字句仍是叠韵："思悠悠，恨悠悠"。虽属言情，"悠悠"二字，却又与上文状水的绵绵不绝，形成呼应。"恨到归时方始休"，这一句很容易写成"恨到何时方始休"，不作反诘而作陈述，语气砍截肯定，反而让人耳目一新。最后一句"月明人倚楼"，是一个定格画面，为人物造型。这个造型给读者留下的印象深刻，堪称名句。比作者晚一辈的诗人赵嘏，因"长笛一声人倚楼"（《长安秋望》），受到杜牧激赏，称之"赵倚楼"。殊不知比"赵倚楼"早的，更有一个"白倚楼"在。

《删补唐诗选脉笺释会通评林》卷六十引黄升说："乐天此调，非后世作者所能及。"同时，作者成功地创造了一个词调，为后世作者所能用。所谓"倚声填词"，也就是说，填词的前提条件是：必须熟悉现成的那个调调儿。

【元稹】(779—831) 字微之，唐洛阳（今属河南）人，北魏鲜卑族拓跋部后裔。八岁丧父，依倚舅族。德宗贞元九年（793）明经擢第，十五年（799）初仕河中府。同年登书判拔萃科，授秘书省校书郎。宪宗元和元年（806）登才识兼茂明于体用科，列名第一。穆宗长庆二年（822）以工部侍郎同平章事。有《元氏长庆集》。

织妇词

织妇何太忙，蚕经三卧行欲老。蚕神女圣早成丝，今年丝税抽征早。早征非是官人恶，去岁官家事戎索。征人战苦束刀疮，主将勋高换罗幕。缫丝织帛犹努力，变缉撩机苦难织。东家白头双女儿，为解挑纹嫁不得。檐前袅袅游丝上，上有蜘蛛巧来往。羡他虫豸解缘天，能向虚空织罗网。

此诗作于元和十二年（817），为《乐府古题》十九首之一。诗序申论了作者反对"沿袭古题，唱和重复"的流弊的立场，主张运用古题"全无古义"，或"颇同古义，全创新词"。因此，这些诗与新乐府创作精神并无二致。

唐代纺织业极为发达，荆、扬、宣、益等州均设有专门机构，监造织制，征收捐税。此诗以荆州首府江陵为背景，描写织妇被剥削被奴役的痛苦。诗四句一换韵，意随韵转，诗意可分四层。

"织妇何太忙"四句，写早在织作之前，织妇就已操劳了。诗以问答开端，织妇为什么操劳呢？蚕儿还没有吐丝啊。封建时代以自然经济为主，织妇也是蚕妇，在"蚕经三卧行欲老"（四眠后即上蔟结茧）之际，她就得忙着备料以供结茧之用，此后便是煮茧缫丝，辛苦不在织作之下。古代传说黄帝妃嫘祖是第一个发明养蚕抽丝的人，民间奉之为蚕神，"蚕神女圣早成丝，今年丝税抽征早"两句通过织妇口气，祷告蚕神保佑蚕儿早点出丝，因为今年官家要提前抽征丝税。用人物口气代替客观叙事，则"织妇"之情态毕现，她是那样辛苦，却又毫无怨言，虔诚敬奉神灵，听命官家。这一古代农家妇女形象是十分典型的。

"早征非是官人恶"四句，补叙提前征税的原因：原来是因为去年即元和十六（816）年发动了讨伐淮西吴元济的战争，军费开支很大（"戎索"本义为戎法，引申为战事），战争的沉重负担，自然要转嫁到老百姓头上。而丝织品又直接是军需物资。作为医疗用品它可供"征人战苦束刀疮"；作为赏赐品，则可与"将军勋高换罗幕"。这些似乎都是天经地义，不可怨艾的事儿。"早征非是官人恶"一句，活现出普通百姓的忠厚、善良、任劳任怨和对命运的无可奈何。浅显而又深刻。

"缫丝织帛犹努力"四句才是正写织作之苦。在"织妇"的行列中，诗人特别突出了专业织锦户。她们专织花样新奇的高级彩锦，贡入京城，以满足统治者奢侈享乐的需要。一般的"缫丝织作"本来已够费力的了，织有花纹的绫罗更是难上加难。正是"缭绫织成费功绩，莫比寻常缯与帛。丝细缫多女手疼，扎扎千声不盈尺。"（白居易《缭绫》）"变缉撩机苦难织"与此意同，谓拨动织机、变动丝缕，在织品上挑出花纹极为不易。这是需要很高的技巧和工艺水平的。由于培养挑纹能手不易，当时竟有巧女因手艺出众为娘家羁留贻误青春者。诗人写道"东家头白双女儿，为解挑纹嫁不得"，又自注云："予掾荆（任江陵士曹参军）时，目击贡绫户有终老不嫁之女。"织女为才所累，大误终身，内心的悲伤是难以言喻的。前代乐府即有"老女不嫁，蹋地唤天"之说，诗人于此着墨不多，却力透纸背。

最后四句闲中着色，谓织妇面对窗牖，竟美慕檐前结网的蜘蛛。在织妇看来，这小虫的织网，纯出天性，无催逼之虞，无租税之苦，比织户生活强过百倍。本来生灵之中，虫贱人贵，今贱者反贵，贵者反贱，足见人不如虫。诗人由抽丝织作而联想到昆虫中的织罗者，显得自然而巧妙。

《织妇词》全篇仅 110 字，却由于层次丰富，语言凝练，显得意蕴深厚，十分耐读。虽然属于"古题"，却合于白居易对新乐府的要求。即

“首句标其目”，开宗明义；“其辞质而径”，见者易谕；“其事核而实”，采者传信；“总而言之，为君、为臣、为民、为物、为事而作，不为文而作。”郭茂倩《乐府诗集》说：“新乐府者，皆唐世之新歌也。以其辞实乐府，而未尝被于声，故曰新乐府也。”因此，他将“寓意古题，美刺见事”和“即事名篇，无复依傍”这两类乐府，皆归之于“新乐府辞”，并不止限于“新题”。元稹及其他诗人的《织妇词》，与杜甫的《兵车行》等，得以同类并列，均属新乐府。这样的见解和分类，抓住了本质特征，确具真知灼见。

连昌宫词

连昌宫中满宫竹，岁久无人森似束。又有墙头千叶桃，风动落花红蔌蔌。宫边老翁为余泣：“小年进食曾因入。上皇正在望仙楼，太真同凭阑干立。楼上楼前尽珠翠，炫转荧煌照天地。归来如梦复如痴，何暇备言宫里事！初过寒食一百六，店舍无烟宫树绿。夜半月高弦索鸣，贺老琵琶定场屋。力士传呼觅念奴，念奴潜伴诸郎宿。须臾觅得又连催，特敕街中许燃烛。春娇满眼睡红绡，掠削云鬟旋装束。飞上九天歌一声，二十五郎吹管逐。逡巡大遍凉州彻，色色龟兹轰录续。李谟压笛傍宫墙，偷得新翻数般曲。平明大驾发行宫，万人鼓舞途路中。百官队仗避岐薛，杨氏诸姨车斗风。明年十月东都破，御路犹存禄山过。驱令供顿不敢藏，万姓无声泪潜堕。两京定后六七年，却寻家舍行宫前。庄园烧尽有枯井，行宫门闭树宛然。尔后相传六皇帝，不到离宫门久闭。往来年少说长安，玄武楼成花萼废。去年敕使因斫竹，

偶值门开暂相逐。荆榛栉比塞池塘，狐兔骄痴缘树木。舞榭
欹倾基尚在，文窗窈窕纱犹绿。尘埋粉壁旧花钿，乌啄风筝
碎珠玉。上皇偏爱临砌花，依然御榻临阶斜。蛇出燕巢盘斗
栱，菌生香案正当衙。寝殿相连端正楼，太真梳洗楼上头。
晨光未出帘影动，至今反挂珊瑚钩。指似傍人因怆哭，却出
宫门泪相续。自从此后还闭门，夜夜狐狸上门屋。"我闻此
语心骨悲，"太平谁致乱者谁？"翁言："野父何分别，耳闻
眼见为君说。姚崇宋璟作相公，劝谏上皇言语切。燮理阴阳
禾黍丰，调和中外无兵戎。长官清平太守好，拣选皆言由至
公。开元之末姚宋死，朝廷渐渐由妃子。禄山宫里养作儿，
虢国门前闹如市。弄权宰相不记名，依稀忆得杨与李。庙谟
颠倒四海摇，五十年来作疮痏。今皇神圣丞相明，诏书才下
吴蜀平。官军又取淮西贼，此贼亦除天下宁。年年耕种宫前
道，今年不遣子孙耕。"老翁此意深望幸，努力庙谟休用兵。

　　这首诗约作于元和十三年（818）通州（四川达县）司马任上。连昌宫
建于高宗显庆三年（658），故址在河南府寿安县（河南宜阳）西十九里。
诗中虚构作者与宫边老翁的问答，广采传闻构成情节，目的在于通过连
昌宫的兴废探讨唐王室兴衰的原因，是一首具有讽喻色彩的长篇叙事诗。
　　全诗除前四句为小引外，大致可以均衡地分为三个部分。从篇首到
"杨氏诸姨车斗风"，借老翁年少时一进宫之闻见，备言连昌宫昔日繁华。
诗人把叙事时间安排在安史之乱爆发前一年的寒食节，乃是出于艺术构
思。"楼上楼前"四句，虚实相济，"归来如梦复如痴，何暇备言宫里事"
二句通过人物情态，空际传神得妙。"初过寒食""一百六"（即寒食，谓冬
至后一百六日）十六句，杂糅开元天宝时代各种传闻，集中虚构了一幅寒
食宫中行乐图，是全诗最富情采的文字。寒食玄宗、杨妃在望仙楼行乐；

272

琵琶手贺怀智作压场表演；宦官高力士奉旨寻找著名歌女念奴进宫唱歌，念奴正和诸郎上床，好不容易觅得，又不断催促，禁烟节的宫里灯火辉煌，念奴出台演唱，则由邠王李承宁（二十五郎）吹笛伴奏（作者自注略云：每岁楼下赐臣民醵饮，累日后人声嘈杂，众乐无法演奏，玄宗遣高力士到楼头大喊"着念奴唱歌，二十五郎伴奏"，这才能雅静下来。其为时所重如此）；民间神笛李谟傍墙偷师宫中乐曲（作者自注略云：玄宗尝于洛阳上阳宫排演新曲，次日元夕潜游灯下，忽闻酒楼有奏前夕新曲者，大吃一惊，密捕吹笛者审讯，乃是民间神笛李谟，前夕在天津桥赏月，闻宫中度曲，遂于桥柱上记谱。玄宗觉得这人了不起，就放了他）。通过一系列富于情趣的宫廷逸事，也就生动具体地再现了天宝极盛将衰的时代气氛。"平明大驾"四句，写玄宗回驾时万人夹道歌舞盛况，一句概尽杨氏一门当年的威风。

从"明年十月东都破"到"夜夜狐狸上门屋"，写安史乱后连昌宫的荒废。"明年十月"四句追叙安禄山之乱。"御路犹存禄山过"一句感喟中有讽刺。"两京定后"八句，叙乱定后世事沧桑，兼及长安，眼界稍宽，笔墨遂不限于连昌一宫。"尔后相传"二句，是说从安史乱后，玄宗本人及相传的肃、代、德、顺、宪共为六皇帝，均未幸临，宫遂荒芜。"去年（元和十二年）敕使"以下二十句，诗人巧妙地安排了老翁于乱后二进宫的闻见，备言宫室的荒芜，与前段形成鲜明对比，是一段绘声绘色的文字。中使奉命来连昌宫伐竹，言下已露不堪之意；又照应篇首"满宫竹"四句，说明了"宫边老人为余泣"的起因。"上皇偏爱"八句，写玄宗、杨妃双双人去楼空，宫殿成为蛇燕巢穴，香案腐朽，长出菌类，帘钩反挂，不见人踪。与前段"同凭阑干"一段，形成对照。或云句意为安史乱后玄宗依然下榻连昌宫，大误。

从"我闻此语心骨悲"到篇末，通过与宫边老翁的问答，历叙从开元盛世到天宝之乱的历史变化过程及原因。"今皇神圣"四句，盛赞宪宗讨平吴蜀及淮西藩镇（江南东道使李锜、西川节度使刘辟、淮西节度使吴元济）中兴之功，从而揭示"努力庙谟休用兵"的主题。

《连昌宫词》是一首指陈时事的长篇叙事之作，后半三分之一的篇幅是政治议论，不像《长恨歌》那样自始至终演说一个故事。尽管如此，仍可以看出传奇小说对它产生的影响。诗中运用的材料既有一定历史依据，在具体组织上则不囿于历史事实，有所加工剪裁。据陈寅恪考证，唐玄宗和杨贵妃没有一起去过连昌宫；望仙楼和端正楼，实际上是骊山华清宫的楼名；李谟偷曲事发生在东都洛阳的天津桥上，而不是在寒食节夜里连昌宫墙外；其他如念奴唱歌，二十五郎吹笛，百官队仗避岐薛，杨氏诸姨车斗风等情事，皆本与寿安县的连昌宫无关。凡此皆不无事由，但多出入。从作者自注看，这样处理并非出于误会，而是有意识的艺术概括。全诗熔唐代小说之史才（叙事）诗笔（抒情）议论为一炉，语言优美生动而又平易流畅，可与白居易之作比美。

遣悲怀三首

其一

谢公最小偏怜女，嫁与黔娄百事乖。

顾我无衣搜荩箧，泥他沽酒拔金钗。

野蔬充膳甘长藿，落叶添薪仰古槐。

今日俸钱过十万，与君营奠复营斋。

其二

昔日戏言身后意，今朝都到眼前来。

衣裳已施行看尽，针线犹存未忍开。

尚想旧情怜婢仆，也曾因梦送钱财。

诚知此恨人人有，贫贱夫妻百事哀。

其三

闲坐悲君亦自悲，百年都是几多时！

邓攸无子寻知命，潘岳悼亡犹费词。

同穴窅冥何所望？他生缘会更难期！

惟将终夜长开眼，报答平生未展眉。

元稹在后世往往有无行之讥，或谓其巧宦巧婚，自私自利。其实问题的关键，并不在他比一般士大夫更为无行，而在于他写了脍炙人口的艳诗和悼亡诗，表明他曾爱了一个女人，娶了另一个女人。李太白写"千金骏马换小妾"却不写情诗，人们不说他无行；白居易多的是赠酬歌伎之作，而不写情诗，人们不说他无行；刘禹锡写民间情歌，人们更不会说他无行；李商隐比较危险，写情诗然而本事朦胧，无从索隐，所以也不好说他无行。唯独元稹的情诗写得太明白，人们很容易就考证出他的恋爱史，而无法容忍写情诗的诗人同时是个负心的人，再加上把这个与他后半生的官场钻营联系起来，也就更易上纲上线。

然而就诗论诗，元稹情诗称得上佳作。原因之一是情感内容的真挚。元稹情诗大都是回忆往事的产物，即在回忆中咀嚼过往的情绪，所以其内容多为伤逝、怀旧、悼亡，其中不乏忏悔之情，这些情感内容本来就不同于生活真实，是经过升华、提炼的纯情，极易引起美感与共鸣。

二是写出了女性的可爱。元稹情诗所怀二人，属于不同类型的两种女性——艳诗所怀之双文女士，是一位才貌双全、情有独钟而命运不幸的女性，固然有值得读者深切同情和倾慕之处。悼亡诗所怀之韦丛夫人，虽文化不高，却是一位善良的主妇和一位贤惠的妻子，"悼亡诸诗所以特为佳作者，直以韦氏之不好虚荣，微之之尚未富贵。贫贱夫妻，关系纯洁，因能措意遣词，悉为真实之故。"（陈寅恪）

三是素朴而自然的描写。元稹情诗的好处是工于白描，长于生活细节的描写——如"顾我无衣搜荩箧，泥他沽酒拔金钗；野蔬充膳甘长藿，落叶添薪仰古槐"、"衣裳已施行看尽，针线犹存未忍开；尚想旧情怜婢仆，也曾因梦送钱财"（见其人之乐善好施）、"检得旧书三四纸"全篇（关怀体贴中见夫妇相濡以沫的关系）、"昔日戏言身后意，今朝都到眼前来"（戏言容易、经过方知滋味之难受也）、"闲读道书慵未起（心不在焉也），水精帘下看梳头"等，是可以从诗想见诗中人的。

　　四是言出于衷，颇有警句，如"今日俸钱过十万，与君营奠复营斋"（宋欧阳修《泷冈阡表》云"祭而丰，不如养之薄也"，事异而情同）、"诚知此恨人人有，贫贱夫妻百事哀"（回首患难夫妻寻常细事，但觉事事可哀，而当时不觉也）、"唯将终夜长开眼，报答平生未展眉"（"长开眼"对"未展眉"，造语寻常本色中见奇崛匠心，意谓彻夜失眠，为伊憔悴，终不悔也），等等。情语而有警句，更易流传。

行宫

寥落古行宫，宫花寂寞红。
白头宫女在，闲坐说玄宗。

　　"行宫"指京城以外的皇宫，在这首诗中指东都洛阳的上阳宫。上阳宫是离宫，也称行宫。这首诗作于元和四年（809），通过古老行宫的衰败，抒写抚今追昔的沧桑感慨。诗中的"白头宫女"，即白居易《新乐府》提到的"上阳白发人"。

　　"寥落古行宫，宫花寂寞红。"这两句写老行宫总体印象，有不胜今昔之感。句中主要意象是"行宫""宫花"。"行宫"非同民宅，联系着堂皇；"宫花"非同野花，联系着繁富：都可以通往过去，使人联想到作者

《连昌宫词》"炫转荧煌"四字。作为韵脚的"宫""红"二字，更强化这个感觉。而"寥落""古""寂寞"等形容的加入，却联系着年久、失修、自开自落、顾影自怜，把堂皇、繁富一类感觉完全败坏了。"红"之为色，是与温暖、热烈、鲜艳、发皇通感的，在句中却作了冷清、衰落、黯淡、消沉的点染和反衬，使寥落更其寥落、寂寞更其寂寞，从而令人沮丧。

"白头宫女在，闲坐说玄宗。"这两句写白头宫女闲聊天宝遗事，有无尽怅惘之致。句中主要意象是"宫女""玄宗"。"宫女"是美女，"玄宗"是风流天子，联系着歌舞升平，穷极奢侈。而"白头""闲坐"等形容的加入，却联系着衰老、故事、风流云散、穷极无聊，把歌舞升平一扫而空了。全诗至此，已经重复使用了三个"宫"字，令人浑然不觉，暗含感慨无端。"白头"的"白"字，顶住上文的"红"字，对比极为强烈。有"在"，就有不在——比如"玄宗"。"宫女"而"白头"，就成了历史见证人。末句"闲坐说玄宗"轻描淡写，略不经意，然宫女数十年之辛酸，国家数十年之盛衰，无不含蕴句下。沈德潜评点道："说玄宗，不说玄宗长短。"是说这首诗十分含蓄，令人作历史的反思。还不仅仅如此。

"白头宫女在，闲坐说玄宗"，用今天的话说，这是"口述历史"，是打开尘封的记忆，是见证人讲说历史人物，不像起居注那样系统而正规，她并不会说"玄宗长短"，可能只是点点滴滴披露事实，却有无比的生动性和可信度，有珍贵的史料价值，令人恒存怀想。当我们从荧屏上看到某些仅存的老人，面对记者，倾诉对历史人物的亲身见闻时，有时会自然想起元稹的这两句诗。清人潘德舆说得好："《长恨歌》一百二十句，读者不觉其长；微之《行宫》才四句，读者不觉其短。文章之妙也。"

六年春遣怀八首（录二）

其一

检得旧书三四纸，高低阔狭粗成行。

自言并食寻常事，唯念山深驿路长。

其二

伴客销愁长日饮，偶然乘兴便醺醺。

怪来醒后傍人泣，醉里时时错问君！

　　这组诗作于宪宗元和六年（811）春。是作者为悼念亡妻韦丛而作。韦丛是元稹原配妻子，于元和四年七月下世，年仅二十七岁。韦丛死时，正值元稹在仕途受挫，所以在情感上遭受的打击特别大，常常夜不能寐。著名的《遣悲怀》三首和这一组诗就是在这种情况下写作的。组诗共八首，这里选取的是其二、其五两首。

　　先看"检得"一首。通过一封妻子旧日来信的重新发现和阅读，想起逝者生前对自己的好。此亦人之常情。杜甫《追酬故高蜀州人日见寄》就写过这种情况："自蒙蜀州人日作，不意清诗久零落。今晨散帙眼忽开，迸泪幽吟事如昨。"一封旧信所勾起的回忆，比什么都多。

　　"检得旧书三四纸"二句，写"旧书"的发现。上句的"检得"，表明"旧书"是在清理旧物时发现的；而"三四纸"，则表明"旧书"写在纸上，不过三四张而已。下句"高低阔狭粗成行"，生动地呈现了"旧书"书写状况，字是画成的，大小不一，排列勉强整齐，很不美观。但这正是妻子的亲笔，不是请人代写的那种信。可见韦丛的文化程度不高，

278

写这封信却很用心、很不容易。对诗人来说，见字如见面，是熟悉而亲切的，能唤起对共同生活的许多深情的记忆。

"自言并食寻常事"二句，撮述信中内容。上句说自从丈夫离家后，她生活很节俭。"并食"的意思是两顿并作一顿吃，或两天只吃一天的粮食。这是因为家境贫寒、生活清苦，诚如作者《遣悲怀》所写："野蔬充膳甘长藿，落叶添薪仰古槐。"此外，还有一重原因，则是挂念丈夫，致食量有所减少。"寻常事"三字，是说自己过惯了清苦日子，并不觉得什么，请丈夫不要担心。话是款款道来，字里行间充满温情。"唯念山深驿路长"，相对于上句的"寻常事"，这句说的是不寻常事，也就是自己的唯一担心——怕丈夫旅途艰辛，鞍马劳顿，饮食不调，影响到身体的健康。三、四句，也就形成了一呼一吸，宫商自谐的关系。书信的内容当不止这些，作者只从中选出最令人心动的几句话，使人窥斑见豹地看到了一个妻子对丈夫的付出和关心。

再看"伴客"一首。这首通过醉中失语，表现对死者难舍难分的悲痛。"伴客销愁长日饮"二句，写因丧妻而情绪低落，不免常常借酒浇愁。"伴客"的"客"与第三句中提到的"傍人"，所指相同，应是慰问、开导作者的亲友。"长日饮"指频繁饮酒，指对酒精的依赖；"偶然乘兴"指酒瘾上来（忍不住要喝），"醺醺"形容醉后麻木的状态。唐初王绩诗云："此日长昏饮，非关养性灵。"（《过酒家》）意思是酗酒无益于健康。明知无益于健康还是忍不住要饮，是因为清醒着太痛苦。酗酒是两害相权取其轻。

接下来有一个跳跃，先撇下醉后情事不说，直接写作者醒后看到的一幕，"怪来醒后傍人泣"——他醒后看到旁人在啜泣。于是忍不住追问，然后再回头补叙醉后情事。"醉里时时错问君"——这是别人告诉他的，在醉中他还在口口声声呼唤妻子，或一遍遍追问妻子上哪儿去了。其醉话表明他的潜意识对妻子亡故的这个事实，完全没有接受。对于他这种精神状态，旁人不能不感到揪心；对于他对亡妻的这一份情感，旁人不能不为之感动。近人赖汉屏说得好："悼念逝者，流泪的应该是诗人自己；而诗人偏偏不写自己伤心落泪，只从旁人感泣中见出自己伤心，此其深曲者一。以醉里暂时忘却丧妻之痛，写出永远无法忘却的哀思，此其深曲者二。怀念亡妻的话一句不写，只从醉话着笔；且醉话也不写，只以'错问'二字出之，此其深曲者三。"

悼亡诗是主情的诗体，全靠情感的真挚动人。白描是很重要的，鲁迅在《作文秘诀》一文中说："'白描'却并没有秘诀。如果要说有，也不过是和障眼法反一调：有真意，去粉饰，少做作，勿卖弄而已。"作诗也一样。这两首诗都没有情感的直接倾诉，只是找出生活中最动人的细节予以最朴素的呈现——或是复述妻子信中平淡而贴心的几句话，或是写别人陪饮时伤心得一塌糊涂，就做到了感人至深。

菊花

秋丛绕舍似陶家，遍绕篱边日渐斜。

不是花中偏爱菊，此花开尽更无花。

这是一首咏菊花的诗。宋人周敦颐说："晋陶渊明独爱菊。""菊，花之君子者也。""菊之爱，陶后鲜有闻。"（《爱莲说》）但这一首诗，应该是陶渊明以后表现"菊之爱"的名篇，再往后就要数黄巢的两首菊花诗了。

"秋丛绕舍似陶家"二句，写作者在舍外篱边种了太多菊花，菊花盛开时，就像是办了一个花展。"似陶家"三字，打出陶渊明的招牌，因为说到"菊之爱"，没有人不想到陶渊明和陶诗名句的："采菊东篱下，悠然见南山"、"芳菊开林耀，青松冠岩列"、"酒能祛百虑，菊解制颓龄"，等等。上句言"秋丛绕舍"，下句言"遍绕篱边"，一连用了两个"绕"字，可见作者住所菊花种得之多，开得之繁。此外，也写出作者绕着舍外、篱边看花不厌的情态。直到"日渐斜"。如果是早晨看起，是"秋菊有佳色，裛露掇其英"（陶渊明）。看到黄昏，则"天气日夕佳"（陶渊明），其时霜露已晞，菊花应该更加鲜艳夺目吧。

"不是花中偏爱菊"二句议论，否定自己对菊花的偏爱，却更加表现出这种偏爱。前两句明明已表现出对菊的偏爱，三句却以"不是"作否定。末句却完全翻过来，是更强势的肯定："此花开后更无花"。"此花"当然是指菊花，说菊后更无花，太主观了，太无理了，是可以抬杠的。读者马上可以反问：山茶花（十月开放）呢？木芙蓉（十月开放）呢？水仙（十二月开放）呢？还有梅花呢？这样目中无花的话，都说得出来。不是偏爱菊花的人，怎么会这样呢？而这首诗的诗味，正出在这一句。所表现的是诗人的主观情绪，而不是客观事实。作者"取次花丛懒回顾"，其原因乃在于"曾经沧海难为水"（元稹《离思》）。也就是说，一旦爱上了，就不再移情别恋。

菊花是中国十大名花之一，花中四君子（梅兰竹菊）之一，被赋予了清寒傲雪的品格，以及吉祥、长寿的含义。而古人咏物诗，常常托物言志，如屈原《橘颂》、左思《咏史》（郁郁涧底松）、张九龄《感遇》（江南有丹橘）等都是如此，在写作中不免强此弱彼，谓之尊题，而元稹的这首咏菊诗也是如此。

西归绝句十二首（录一）

五年江上损容颜，今日春风到武关。
两纸京书临水读，小桃花树满商山。

《西归绝句十二首》作于宪宗元和十年（815）元稹自唐州（今河南唐河县）奉召还京途中。组诗十二首，第一首说："春来爱有归乡梦，一半犹疑梦里行。"这是其中第二首，题下原注："得复言、乐天书"。诗中抒写的是途次武关时，得到友人李复言、白居易来信的喜悦之情。

"五年江上损容颜"二句，抚今追昔，写奉召回京的兴奋。上句追忆往事，五年前，元稹因弹奏河南尹房式不法事，被召回罚俸。途经华州敷水驿便宿于驿馆上厅，恰逢宦官仇士良、刘士元等人在此，也要争住在上厅，元稹据理力争，却遭到仇的谩骂，刘更是上前用马鞭抽打元稹，并将他赶出上厅。元稹更因此被贬为职位卑微的江陵（今湖北江陵，诗称"江上"）士曹参军，五年来他的心情是很沮丧的。"损容颜"指容颜憔悴，同组诗有"今日还乡独憔悴，几人怜见白髭须"、"寒窗风雪拥深炉，彼此相伤指白须"、"一夜思量十年事，几人强健几人无"等句，可以参读。下句"今日春风到武关"，写奉召还京、至武关（今陕西商县）又接到友人来信，心情大好——"春风"既指时序，又兼写心情。两句以"五年""今日"相起，有阴霾一扫之感。

"两纸京书临水读"二句，写客中捧读友人来信的喜悦。在"双堠频频减去程，渐知身得近京城"（组诗第一首）之时，接到友人来信，不是一封，而是"两纸"，好事成双，真可谓喜出望外了；信不是从别地来的，而是"京书"——从长安来的，想到老朋友又将见面，更是喜何如之。作者这个时候是船上，而船行在丹河上（组诗第九首："今朝西渡丹河水，心寄丹河无限愁"）。"临水读"不是进舱读，可见读信时的迫不及待。而正当欣喜之情洋溢之际，作者却将情语打住，末句纯出景语："小桃花树满商山"。因为丹河是绕着商山而流，所以看得到两岸新植的桃林，桃花盛开。这句既是舟行所见之景，饶有画意，也是读信的心境，说白了就是心里乐开了花吧。所以末句看似撇开，其实是关合。

人逢喜事精神爽，奉召西归是一喜，途中接到两位挚友的来信又是一喜，看似客观叙事写景，不言心情如何，只描绘商山妍丽春色，而愉快之情已自句下流露。近人俞陛云评："微之五年远役，归至武关，得书而喜，临水开缄细读。前三句事已说尽。四句乃接写武关所见，晴翠商山，依然到眼，小桃红放，如含笑迎人，入归人之目，倍觉有情，非泛写客途风景也。"（《诗境浅说》）正是深情人乃能作此语。

闻乐天授江州司马

残灯无焰影幢幢，此夕闻君谪九江。
垂死病中惊坐起，暗风吹雨入寒窗。

这首诗作于宪宗元和十年（815），元稹出为通州（州治在今四川达州市）司马，病中闻白居易贬官江州司马，而作此诗。诗中写闻此不幸消息时的震惊、凄苦之心情，显示出对挚友的浓厚友谊。

"残灯无焰影幢幢"二句，写听到坏消息时，情境也糟透了。作者贬谪远州，又在生病，又是一个风雨之夜，心境本来不好。室内的灯火，也是"残灯无焰"，快熄灭了。"影幢幢"，被投映在壁上的人影也是昏暗而摇曳不定的。一个坏消息："此夕闻君谪九江"，偏来在这种时候，不啻是雪上加霜。"九江"即江州（今江西九江），隋时称九江郡。皎然《诗式》评："点题在前二句。首句先云'残灯无焰影幢幢'，谓残灯则无光焰，而其影幢幢不明，凡夜境、病境、愁境俱已写出。二句'此夕'，即此残灯之夕再作一读，下五字点乐天之左降，乃逾吃紧。"

"垂死病中惊坐起"二句，极写作者受到的震惊及大自然的感应。按照人之常情，自己在贬谪中，对他人被贬之事，不免感觉麻木。作者却倍感悲凉，正是兔死狐悲，足见关系之非同一般。关于诗歌言情，一种影响很大的主张是含蓄不露，即用意十分、下语三分，或用意精深、下语平易（无名氏《漫斋语录》），如李白的"我寄愁心与明月，随风直到夜郎西"（《闻王昌龄左迁龙标遥有此寄》）。而此诗则用了一种相反的做法，即把抒情推向极致，"垂死"极言病重，"惊坐起"极形猛受刺激之状，"暗风吹雨入寒窗"，黑夜中的风狂雨暴，凉透室内，是极力以景衬情。

主张温柔敦厚的沈德潜予以批评："有过作苦语而失者，元稹之'垂死病中惊坐起，暗风吹雨入寒窗'，情非不挚，成蹙蹴声矣。李白'杨花落尽子规啼'，正不须如此说。"（《说诗晬语》）清人徐增却予以好批："此诗重'此夕'二字。大凡诗中用字，最不可杂乱，此诗若'残'字，若'无焰'字，若'谪'字，若'垂死'字，若'惊'字，若'暗'字，若'寒'字，如明珠一串，粒粒相似，用字之妙，无逾于此。"（《而庵说唐诗》）黄叔灿也说："残灯病卧、风雨凄其，俱是愁境，却分两层写：当此残灯影暗，忽惊良友之迁谪，兼感自己之多病，此时此际，殊难为情。末句另将风雨作结，读之味逾深。"（《唐诗笺注》）而诗中写听到坏消息后陡然一惊的片刻，点到为止，是"有包孕的片刻"，也很含蓄。

白居易读此诗曾说："此句他人尚不可闻，况仆心哉！至今每吟，犹恻恻耳。"（《与元微之书》）可见他是接受的，赞赏的。含蓄是一种美，酣畅也是一种美，而检验其艺术是否成功的唯一标准，只在动人与否。如"仰天大笑出门去，我辈岂是蓬蒿人"（李白）、"惨惨柴门风雪夜，此时有子不如无"（黄景仁）等，将抒情推向极致，却能感人，所以为佳。此诗亦然。

得乐天书

远信入门先有泪，妻惊女哭问何如。
寻常不省曾如此，应是江州司马书！

这首诗当作于宪宗元和十一年（816）作者通州司马任上，其时白居易为江州司马。共同命运把两位挚友连得更紧，常有书信往还于通州与江州之间。作者在文中追忆这一段时光时说："通（州）之人莫可与言诗者，唯妻淑在旁知状。"作者每得白居易信函，总是激动不已。这首诗即从妻女角度，写作者"得乐天（白居易字）书"的激动喜悦，表现了两位大诗人友谊之深。

"远信入门先有泪"二句，写江州来信，引起的两个反应过度。一个反应过度，是作者见信的泪流满面。可见其盼信之切、见信之喜。"远信"二字暗示从江州到通州隔着几个道（省）的路程，"山水万重书断绝"（《酬乐天频梦微之》）也是常事。即使用马传递信件，在路上也不知要走多长时间，而信件关乎挚友间情感的维系。正是这样的前提，决定了作者的反应。而"入门""先有"的呼应，则表明反应来得之快。另一个反应过度，是"妻惊女哭"。面对作者的反应过度，妻子和女儿也反应过度——不啻受到惊吓，女儿竟然还吓哭了，因为预感不妙呀。"问何如"，是提心吊胆，急于打听究竟的情态。

"寻常不省曾如此"二句，揭示事件原委，一块石头落地。上句解释妻女反应过度的原因，是因为平时没有见过作者这样的失态。言下有一点点不好意思，是作者描摹妻女语气之妙。末句"应是江州司马书"，是妻女有了合理的解释，明白了事情的原委，是一块石头落地。表明了妻女对作者的了解，尤其是对作者与白居易交情的了解。元稹、白居易都是新乐府运动的倡导者，在政治主张上是同道，从订交之日起就结下了终身友谊，文学史上并称"元白"。此诗便是元白友谊之见证。

这首诗写得既很生活化，又有戏剧性，且结构新颖，与一般七绝不同。一般的七绝，通常在第三、四句转合，形成一张一弛的关系。而此诗是两段式，前两句捂盖子、设置悬念，后二句揭盖子、抖包袱，是前二张、后二弛，所以新颖。

酬乐天频梦微之

山水万重书断绝，念君怜我梦相闻。
我今因病魂颠倒，唯梦闲人不梦君。

这首诗作于宪宗元和十二年（817）前后作者通州（今四川达州）司马任上。时白居易从江州（今江西九江）寄诗云："晨起临风一惆怅，通川溢水断相闻。不知忆我因何事，昨夜三更梦见君。"（《梦微之》）这首诗就是对《梦微之》的答诗。

"山水万重书断绝"二句，写知道友人梦见自己时的感动。上句的"山水万重"形容通州、江州相距遥远，一点也不夸张。"书断绝"，是说彼此收到对方的来信都不容易。下句"念君怜我梦相闻"，这是对白居易寄诗内容的概括。因为白居易诗中提到"昨夜三更梦见君"，同时还发了"不知忆我因何事"之问。一个"怜"字，表明了诗人的感动。

在古人看来，梦是一种心灵感应。白居易胞弟白行简写过一篇《三梦记》，提到过元、白在梦中的互动，略云：人之梦，异于常者有之。元和四年（808），元微之奉使剑外。去逾旬，予与仲兄乐天等同游曲江。诣慈恩佛舍，遍历僧院，命酒对酬，甚欢畅。兄停杯久之，曰："微之当达梁矣。"命题一篇于屋壁，有"忽忆故人天际去，计程今日到梁州"之句。十许日，获微之书有诗云："梦君兄弟曲江头，也入慈恩院里游。属吏唤人排马去，觉来身在古梁州。"日月与游寺题诗日月率同，盖所谓此有所为而彼梦之者矣。可谓异事。而这首诗中写的，却没有这么巧。

"我今因病魂颠倒"二句，写自己做梦不能如意的烦恼。这两句有一个倒装，末句说"唯梦闲人不梦君"，是陈叙事实：自己非常想梦见对方，梦境却故意捣乱，梦不到好友，偏偏梦见了不相干的人。第三句是自己所找的原因："我今因病魂颠倒"。古人认为梦的成因，是魂不附体的缘故，而诗人解释自己梦中的错乱，是因为身体不好，导致神魂颠倒。本来，以梦中相见来弥补现实中的隔绝，已是退而求其次；殊不知连梦中相见，也做不到，这就更使人感到惆怅。在写作上，这是深入一层的写法。

总之，前两句写对方梦我，后两句写我不梦对方，事异而情同，表现的都是惦念之深。这种情况，就像"愿君多采撷"和"劝君休采撷"（王维《相思》）的关系，措辞虽然相反，表达相思之酷，则并无二致。

重赠乐天

> 休遣玲珑唱我诗，我诗多是别君词。
> 明朝又向江头别，月落潮平是去时。

明陆时雍《诗镜总论》说："凡情无奇而自佳者，景不丽而自妙者，韵使之然也。"的确，有些抒情诗，看起来情景平常，手法也似无过人处，但读后令人回肠荡气，经久不忘。其艺术魅力主要来自回环往复的音乐节奏及由此产生的"韵"或韵味。《重赠乐天》就是这样的一首抒情诗。它是元稹在与白居易一次别后重逢又将分手时的赠别之作。先前当有诗赠别，所以此诗题为"重赠"。

首句提到唱诗，便把读者引进离筵的环境之中。原诗题下自注："乐人商玲珑（中唐歌唱家）能歌，歌予数十诗。"所以此句用"休遣玲珑唱我诗"作呼告起，发端奇突。唐代七绝重风调，常以否定、疑问等语势作波澜，如"莫愁前路无知己，天下谁人不识君"（高适）、"休唱贞元供奉曲，当时朝士已无多"（刘禹锡），这类呼告语气容易造成动人的风韵。不过一般只用于三、四句。此句以"休遣"云云发端，劈头喝起，颇有先声夺人之感。

好朋友难得重逢，分手之际同饮几杯美酒，听名歌手演唱几支歌曲，本是很愉快的事，何以要说"休唱"呢？次句就像是补充解释。原来筵上唱离歌，本已添人别恨，何况商玲珑演唱的大多是作者与对面的友人向来赠别之词呢，那不免令他从眼前情景回忆到往日情景，百感交集，难乎为情。呼告的第二人称语气，以及"君"字与"我"字同现句中，给人以亲切的感觉。上句以"我诗"结，此句以"我诗"起，就使得全诗起虽突兀而款接从容，音情有一弛一张之妙。句中点出"多""别"，已暗逗后文的"又""别"。

三句从眼前想象"明朝"，"又"字上承"多"字，以"别"字贯串上下，诗意转折自然。四句则是诗人想象中分手时的情景。因为别"向江头"，要潮水稍退之后才能开船；而潮水涨落与月的运行有关，诗中写清晨落月，当近望日，潮水最大，所以"月落潮平是去时"的想象具体入微。诗以景结情，余韵不尽。

此诗只说到就要分手（"明朝又向江头别"）和分手的时间（"月落潮平是去时"），便结束，通篇只是口头语、眼前景，可谓"情无奇"、"景不丽"，但读后却有无穷余味，给读者心中留下了深刻印象。原因何在呢？这是因为此诗虽内容单纯，语言浅显，却有一种萦回不已的音韵。它存在于"休遣"的呼告语势之中，存在于一、二句间"顶真"的修辞格中，也存在于"多""别"与"又""别"的反复和呼应之中，处处构成微妙的唱叹之致，传达出细腻的情感：故人多别之后重逢，本不愿再分开；但不得已又别，令人恋恋难舍。更加上诗人想象出在熹微的晨色中，潮平时刻的大江烟波浩渺，自己将别友而去的情景，更流露出无限的惋惜和惆怅。多别难得聚，刚聚又得别，这种人生聚散的情景，借助回环往复的音乐律感，就更能引起读者的共鸣。音乐性对抒情性起了十分积极的作用。

离思

曾经沧海难为水，除却巫山不是云。
取次花丛懒回顾，半缘修道半缘君。

作于元和五年（810）贬官江陵府士曹参军时。诗为旧日情人双文而作，有《梦游春七十韵》可参：“最似红牡丹，雨来春欲暮。梦魂良易惊，灵境难久寓。夜夜望天河，无由重沿溯。结念心所期，反如禅顿悟。觉来八九年，不向花丛顾。”作者自弃双文至娶韦丛，其间正好八九年。

诗的前两句脍炙人口。首先是很有气势，又是沧海，又是巫山，而且朗朗上口，让人一读就喜欢。按，出句语本《孟子·尽心》：“观于海者难为水，游于圣人之门者难为言。”张鷟《游仙窟》亦有“沧海之中难为水，霹雳之后难为雷”之句，大约是唐时习语。对句语本宋玉《高唐赋序》，赋谓巫山朝云乃神女所化，茂如松蓨，美若娇姬，所以作者说相形之下，别处的云都黯然失色。

其次是用隐喻、象征的手法，刻画出一个人深爱另一个人的精神状态——绝对的，专一的，排他的，可谓爱情到位，难于别恋。元稹诗中的名句，一般是以白描、纪实见长的，唯独这一联包蕴密致，运用了象征手法，是可以称为着李商隐之先鞭的。其象征意蕴甚至不限于爱情，可以作更为广义的引申。

至于后两句，清人秦某《消寒诗话》不满于“半缘君”的“半”字，讥为薄情。殊不知另一半“修道”也还是“缘君”，并无二意。用一半加一半的说法，表现欲忘情而不能的心境，更觉唱叹有情。这一特殊句法，到元曲家手中，竟发展出了《一半儿》的曲牌，其末句皆祖此诗。

例如：“碧纱窗外静无人，跪在床前忙要亲；骂了个负心回转身，虽是我话儿嗔，一半儿推辞一半儿肯。"（关汉卿《题情》）"梨花云绕锦香亭，蝴蝶春融软玉屏。花外鸟啼三四声，梦初惊，一半儿昏迷一半儿醒。"（查德卿《拟美人》）"泪痕香沁污鲛绡，墨迹淋漓损兔毫。心事渺茫云路遥，念奴娇，一半儿行书一半儿草。"（失名《开书》）

【吕温】（772～811），字和叔，又字化光，河中（治今山西永济）人，郡望东平（今山东泰安）。唐德宗贞元十四年（798）进士。参与永贞革新，升左拾遗。曾派往吐蕃，后进户部员外郎。为宰相李吉甫所忌，贬道州刺史，后徙衡州，死于任所。有《吕衡州集》。

刘郎浦口号

吴蜀成婚此水浔，明珠步障幄黄金。
谁将一女轻天下，欲换刘郎鼎峙心？

这是一首咏怀古迹的七言绝句，"刘郎浦"在今湖北石首县境长江边，相传为三国吴蜀联姻时刘备到东吴迎亲的地方。吴蜀联姻事见于《三国志·蜀书·先主传》："（刘）琦病死，群下推先主为荆州牧，治公安。（孙）权稍畏之，进妹固好。"作者路过其地，有感于这段史实，即兴口占一绝，故题为"口号"。

"吴蜀成婚此水浔"二句，是撮述史实。不说孙、刘二姓成婚，而径言"吴蜀（二国）成婚"，是大有深意的。言下之意，这是一桩政治婚姻，是国家行为。据《三国志》记载，孙权安排此事，是与周瑜商量过的，周瑜为之谋划道："愚谓大计，宜徙（刘）备置吴，盛为筑宫室，多其美女玩好，以娱其耳目。"而"明珠步障幄黄金"，写吴国方面安排的豪华

290

场面，孙夫人的步障（出行时挡风的帘子）缀满了明珠，新房的帷幕用黄金装饰，这就是周郎妙计的实施。在《三国演义》中，用了整整两回（54、55回）来演绎这个故事。简言之，刘备、诸葛亮识破了其中机关，将计就计，既与吴国结成秦晋之好，又让刘备安全脱身，最后的情节很精彩：周瑜追兵至时，刘备已弃船上岸，得到关羽的接应，岸上军士齐声大叫："周瑜妙计安天下，赔了夫人又折兵。"

"谁将一女轻天下"二句，是抒发议论。议论的针对性很强，分明是对孙权嘲笑，意思是他小看了刘备（"刘郎"）。上句中"一女"与"天下"对举，是一个不对称的选项。然而，面对这样的选项所抉择时，君王的选择并不都像刘备那样的明智，欲令智昏的也不在少数。清人陈于王题《桃花扇》传奇，就有"福王少小风流惯，不爱江山爱美人"的名句，就概括了这一类现象。近世英王爱德华八世，也曾因为"不爱江山爱美人"，后来放弃王位，成了温莎公爵。然而，刘备不是南明的福王，也不是温莎公爵，他是三顾茅庐、隆中对的问策人，有与魏、吴"鼎峙"而立，最终复兴汉业的雄心。"鱼，我所欲也；熊掌，亦我所欲也。二者不可得兼，舍鱼而取熊掌也。"（孟子）而刘备更厉害，他是鱼和熊掌兼收了。而吴国"欲换刘郎鼎峙心"的设计，也不是一般的失算，而是偷鸡不成蚀把米。

这首诗虽然大发议论，但并不直白，而是出以唱叹之音："谁将一女轻天下，欲换刘郎鼎峙心"，似乎是揣摩透了刘备的心事，而代其言志，一代枭雄形象亦跃然纸上。所以仍然是形象思维的结果。清代王士祯《蟂矶灵泽夫人祠》诗云："白帝江声尚入吴，灵祠片石倚江孤。魂归若遇刘郎浦，还记明珠步障无？"三、四句：即用此诗。

【刘禹锡】（772—842）字梦得，唐洛阳人，匈奴血统，北魏孝文帝时改汉姓。贞元九年（793）进士及第，又登博学宏词科。永贞革新为屯田员外郎，后贬朗州（今湖南常德）司马。元和十年（815）召还长安，复出为连州（今广东连）刺史。敬宗宝历二年（826）还洛阳。开成元年（836）以太子宾客分司东都。有《刘宾客集》。

平蔡州三首（录一）

> 汝南晨鸡喔喔鸣，城头鼓角音和平。
>
> 路傍老人忆旧事，相与感激皆涕零。
>
> 老人收泪前致辞：官军入城人不知。
>
> 忽惊元和十二载，重见天宝承平时。

《平蔡州》组诗作于宪宗元和十二年（817），当年唐王朝在宰相裴度的主持下，由李愬率军于雪夜袭破蔡州，生擒淮西叛镇吴元济。组诗共三首，其一写平叛大捷，其二写平叛后百姓的欢欣，其三写平叛的巨大影响。这是第二首，写蔡州被收复第二天城中人民的反应。诗体为七言八句古诗，不可以作七律看。

"汝南晨鸡喔喔鸣"二句，写李愬雪夜破蔡州，第二天清晨的情景。"汝南"即蔡州郡名，"汝南晨鸡"语出《乐府诗集·鸡鸣歌》，据《汉书》应劭注，这就是"四面楚歌"之楚歌，古词云："东方欲明星烂烂，汝南晨鸡登坛唤。"诗人用此，意味着吴元济之众叛亲离，而今日气象一新。"城头鼓角音和平"，城头鼓角不悲，是承平气象的表现，而昨天以前，蔡州城还是军阀割据之地，"所守或匪亲，化为狼与豺"（李白）。一夜之间，就发生天翻地覆的变化，作者本人说此"美愬之入蔡城也，须臾之间，贼无觉者"（据《唐诗纪事》）。真是如有神助。

按，此诗首二字一作"城中"，清人翁方纲认为："古《鸡鸣歌》云：'东方欲明星烂烂，汝南晨鸡登坛唤。'蔡州即汝南地。但曰'晨鸡'，自是用乐府语。而'城中''城头'，两两唱起，不但于官军入城事醒切，抑

且深合乐府神理，似不必明出'汝南'，而后觉其用事也。"（《石洲诗话》）

"路傍老人忆旧事"二句，写城中父老对蔡州光复的反应，是"相与感激皆涕零"。表明了人民对于平叛事业的拥护。安史之乱爆发后，唐王朝借重藩镇来平定一些叛乱，不料藩镇军阀拥兵自重，军事、财政、人事等方面皆不受中央节制，成为不安定因素，和唐朝政治上的一大隐患。而国家的统一、民族的团结，关系到民生，老百姓渴望社会安定，是拥护中集权的。诗中这一笔虽淡淡说来，也表现出唐军的胜利，不但是军事上的，而且是政治上的，是顺应民心的。

"老人收泣前致辞"二句，通过父老的话，赞美李愬用兵如神，而唐军纪律严明。"官军入城人不知"，照应篇首"城头鼓角音和平"，一则表明李愬雪夜破城是一次突袭、奇袭，打了吴元济一个冷不防，所以城中没有发生大的战斗，城中居民没有受到大的惊扰。这种情况，在冷兵器时代才可能做到。一则表明唐军遵守纪律，进入蔡州后不入民宅，上文"相与感激皆涕零"，也是对此而发。

"忽惊元和十二载"二句，赞美唐宪宗实现了唐朝的复兴。"元和十二载"，也就是公元817年，特意标明年代，有以诗存史之意。"重见天宝承平时"，是说宪宗李纯削藩取得巨大成果，重振中央政府的威望，实现了元和中兴，使王朝重见了开元天宝盛世的气象。翁方纲评："此以《竹枝》歌谣之调，而造老杜诗史之地位。……此由神到，不可强也。"（《石洲诗话》）

据《唐诗纪事》说，刘禹锡本人对这组诗非常满意，自夸超过了韩愈《平淮西碑》。其实这种非虚构的或纪实的文字，并不是诗歌的强项，不能与碑文争胜。清人沈德潜评："《纪事》语不足凭，究之柳雅，刘诗远逊韩碑，李义山诗可取而证也。"（《唐诗别裁集》）但他依然选了刘禹锡这三首诗，是因为题材重大，且代表着刘禹锡成就的一个方面。

蜀先主庙

天地英雄气，千秋尚凛然。

势分三足鼎，业复五铢钱。

得相能开国，生儿不象贤。

凄凉蜀故妓，来舞魏宫前。

这首诗作于穆宗长庆二年（822）至四年间。时作者任夔州刺史。"蜀先主庙"即刘备死前托孤于坐落在白帝城（在夔州、今重庆奉节县）之永安宫，后人建庙于此。此诗抚今追昔，意在缅怀刘备，并对蜀汉的兴亡史寄予感慨。

"天地英雄气"二句，写先主庙堂之威严。首句前四字一作"天下英雄"，语出《三国志·蜀志·先主传》："天下英雄，唯使君与操耳。"是曹操对刘备煮酒论英雄的话，是用典。改一字作"天地"，则有囊括宇宙，并吞八荒之心；加一个"气"字，则有庙堂气象。下句"千秋"，则从时间上囊括古今，"尚凛然"是就庙内偶像而言，看上去正气凛然，令人肃然起敬。其人生前之叱咤风云，亦可以想见。南宋刘克庄将此二句，与作者《金陵怀古》"山围故国周遭在，潮打空城寂寞回"等开篇并提，点赞道："雄浑老苍，沉着痛快，小家数不能及也。"（《后村诗话》）

"势分三足鼎"二句，概括刘备一生功业。一是造成了三国鼎立的局面，二是在一定程度上光复了汉业。鼎立本来是形容，而"三足鼎"则成为一个名物，一个重器，因而更加形象。措辞的来历，则是孙楚《为石仲容与孙皓书》语："自谓三分鼎足之势，可与泰山共相终始。"为了与"三足鼎"对仗，诗人从能代表汉业的事物中，选择了一个"五铢

294

钱"。五铢钱是汉武帝元狩五年（前118）铸造的钱币。王莽篡汉自立时，曾废五铢钱。当时民谣曰："黄牛白腹，五铢当复。"至东汉初，光武帝刘秀又依马援建议而重铸，天下称便。"业复五铢钱"，即以光武帝恢复五铢钱，比喻刘备志在光复汉室，而且语亦有来历，与"三足鼎"对得铢两悉称，所以为妙。

"得相能开国"二句，概括刘备一生之得失。刘备一生最英明事，莫过于三顾茅庐，请诸葛亮出山。杜甫《蜀相》诗云："三顾频烦天下计，两朝开济老臣心。"《三国志·蜀志·先主传》载，刘备与诸葛亮情好日密，"关羽、张飞等不悦，先主解之曰：'孤之有孔明，犹鱼之有水也。愿诸君勿复言。'羽、飞乃止。"得人是一方面，善任尤其重要，其所以"能开国"也。"生儿不象贤"，是批评后主刘禅，史称扶不起的阿斗。"不像"即不肖也。而刘禅最为不肖之处，就是《出师表》委婉道出的那句话："亲小人，远贤臣，此后汉所以倾颓也。"总之，中间两联可谓字字确凿，论断简切。

"凄凉蜀故妓"二句，紧扣"生儿"句，感叹后主亡国。《三国志》裴松之注引《汉晋春秋》云，刘禅降魏，被东迁到洛阳，封为安乐县公。司马昭在宴会中使蜀国的女乐表演歌舞，旁人见了都感慨唏嘘，独刘禅喜笑自若，谓此间乐，不思蜀也。"来舞魏宫前"，即咏此事。历代一旦亡国，被掳掠重要对象就有宫中女乐，杜牧《阿房宫赋》写道："妃嫔媵嫱……辇来于秦，朝歌夜弦，为秦宫人。"李后主词亦有："最是仓皇辞庙日，教坊犹奏别离歌，含泪对宫娥。"（《破阵子》）晚清王文濡评："前写先主英雄，何等气概！后及后主昏闇，致堕先业，而蜀妓之舞，正其明证，足为殷鉴。"（《历代诗评注读本》）

作者曾参与永贞革新，失败后贬官在外，至作此诗时已近二十年。宪宗末年信用奸佞，穆宗昏庸无能，诗人作此诗，实有借古讽今之意。清人许印芳认为此诗的特色乃在"全说先主，于庙宇无一语道及，而起结皆扣住'庙'字。"（《瀛奎律髓》汇评）结句以魏宫对照蜀庙，实有照应。前人多谓此诗结句不称，不免太苛。

金陵怀古

潮满冶城渚，日斜征虏亭。

蔡洲新草绿，幕府旧烟青。

兴废由人事，山川空地形。

后庭花一曲，幽怨不堪听。

这首诗当作于敬宗宝历三年（827）。头一年年冬，作者由和州返回洛阳，途经金陵（今南京），诗当作于本年初春。

"潮满冶城渚"二句，写在金陵江边凭吊古迹，触景生情。诗中写到了潮汐，这是长江下游、近海的一种自然现象，指海水在日、月引力作用下发生的潮涨，习惯上称早晨的潮水叫潮，晚上的潮水叫汐。上句写"潮"，下句写时间、是通过"日斜"来暗示的。诗中提到俩地名，一个是"冶城"，春秋时东吴制造兵器的地方；一个是"征虏亭"，为金陵古亭，顾名思义，是为了纪念战争而修建的。这样，两个地名就发生了关系。暗示着金陵在古代，曾经有过的兴旺和强盛。反过来，往事成空，衬托出眼下金陵的冷寂。于是自然流露出吊古伤今之情。

"蔡洲新草绿"二句，扣住眼前景色，继续抒写今昔之慨。这里又提到两个地名，一是"蔡洲"，为江心小岛，东晋陶侃、温峤起兵，讨伐叛将苏峻所经过的地方。一是"幕府"，是江边的一座山，以东晋丞相王导在此建立幕府屯兵驻守而得名。总之，是上演过历史连续剧的地方。而眼前水天空阔，那些个曾经显赫一时的人物，早已被大浪淘尽了。此联"新草绿"与"旧烟青"，洲草丛生、烟霭缭绕，都是眼前景，以"新""旧"二字相起，逼出怀古，言下有不胜沧桑之慨。

"兴废由人事"二句，转入议论，是一篇之警策。上句总收前四句，谓国家兴亡，原取决于人事，所谓"天时不如地利，地利不如人和"（孟子）。"兴废"指国家兴亡，"人事"指人的作为。为什么说这个呢？因为金陵就有地利，诸葛亮曾说："钟阜龙盘、石城虎踞，真帝王之宅。"（《景定建康志》一七《山川志序》）而金陵城头，却演出了六朝繁华而悲恨相续的历史。因此，作者一言以蔽之曰："山川空地形"！这十个字在全诗中立片言以据要，真是掷地有声，是唐诗中引用率最高的诗句之一。

　　"后庭花一曲"二句，总结六朝悲剧的原因，乃在统治者贪图逸乐。这两句上接"兴废由人事"，偏义于追究"废"的原因。"后庭花"全称《玉树后庭花》，是陈后主所制的宫廷艳丽曲调，代表着六朝统治者的奢靡生活和声色享乐。李商隐诗云："历览前贤国与家，成由勤俭败由奢。"（《咏史》）"幽怨不堪听"，是对历史的反思，对靡靡之音、对统治者荒淫误国的否定。

　　元人方回评："每读刘宾客诗，似乎百十选一以传诸世者，言言精确。前四句用四地名，而以'潮''日''草''烟'附之。第五句乃一篇之断案也，然后应之曰'山川空地形'，而末句乃寓悲怆，其妙如此。"（《瀛奎律髓》）按刘禹锡以金陵怀古为主题的诗作甚多，造诣最高者为《西塞山怀古》《金陵五题》，名句如"千寻铁锁沉江底，一片降幡出石头"（《西塞山怀古》）、"万户千门成野草，只缘一曲后庭花"（《台城》），皆可与此诗对读。而此诗"兴废由人事，山川空地形"，则以其警策而广为流传。

昼居池上亭独吟

日午树阴正，独吟池上亭。
静看蜂教诲，闲想鹤仪形。

法酒调神气，清琴入性灵。

浩然机已息，几杖复何铭？

　　这首诗确切的写作时间不可考，据诗意大约作于文宗开成元年（837）分司东都以后，是作者晚年所写的一首闲适诗。

　　"日午树阴正"二句，写夏日正午乘凉池亭的情景。上句写正午树阴清圆，分明是夏日情景，作者显然是在池边亭上乘凉，"独吟"二字，表现出意态的闲适。北宋周邦彦有一首夏日词云："风老莺雏，雨肥梅子，午阴嘉树清圆。"（《满庭芳·夏日溧水无想山作》）意境相近，人在乘凉的时候，心情会渐近自然。

　　"静看蜂教诲"二句，写作者静观物理，从大自然中得到的启示。乍看，"蜂"何能"教诲"？"鹤"有何"仪形"？盖蜜蜂是一种社会性昆虫，宋末戴表元《义蜂行》云："朝朝暮暮与蜂狎，颇识蜂群分等差。一蜂最大正中处，千百以次分来衙。"晋郭璞《蜜蜂赋》云："繁布金房，垒构玉室。咀嚼华滋，酿以为蜜。"蜂巢的结构，是覆盖二维平面的最佳拓扑结构；而蜜蜂采百花而成蜜，具有勤劳与献身的禀性。这种昆虫，确乎能给人多方面的启迪。丹顶鹤形体和谐一致，被古人公认为一等文禽，称一品鸟，被赋予了忠贞清正、品德高尚的文化内涵。《诗经·小雅·鹤鸣》有"鹤鸣于九皋，声闻于天"。道教创始人张道陵修道于鹤鸣山，传说可骑鹤来往，唐诗人薛能诗云："瑞羽奇姿踉跄形，称为仙驭过青冥。"（《答贾支使寄鹤》）晋葛洪《抱朴子》称，鹤为君子所化，作者《鹤叹》亦有"徐引竹间步，远含云外情"之句。总之，这两句以极富理趣而成为名句。

　　"法酒调神气"二句，是诗人的自画像。作者《陋室铭》云："斯是陋室，惟吾德馨。苔痕上阶绿，草色入帘青。谈笑有鸿儒，往来无白丁。可以调素琴，阅金经。"表达了自己高洁傲岸的节操和安贫乐道的情趣。正可以与此二句对读。上句"法酒"指按标准酿造的酒，诗人不说借酒消忧，而说"调神气"，与他在别处所说"暂凭杯酒长精神"（《酬乐天扬州初逢席上见赠》），与下句"清琴入性灵"即"可以调素琴"，都表现出意态的和平及对负面情绪的拒绝。

"浩然机已息"二句，自谓已经修炼到家，百毒不侵。"浩然"语出《孟子》"我善养吾浩然之气"，与上两句衔接甚紧。"机已息"，指已经不存机心（算机之心），用陶渊明的话说，这叫"守拙"，也就是老老实实、本本分分地做人。"几杖复何铭"，不需要任何告诫，连座右铭都不需要了。古人常把铭言刻在书桌或拐杖上，即"几杖铭"（汉代刘向有《杖铭》），亦即座右铭，取其随时可以提醒自己。说座右铭不需要，也就表明修炼到了家，自可以得鱼忘筌了。

总之，这首闲适诗表现的是诗人多年经过政治坎坷，及贬谪生活的历练，已经修炼到宠辱不惊的地步，做到了淡定、踏实、从容、潇洒，而诗中"静看蜂教诲，闲想鹤仪形"一联，堪称名言。有这样一联，诗就站住了。

西塞山怀古

王濬楼船下益州，金陵王气黯然收。

千寻铁锁沉江底，一片降幡出石头。

人世几回伤往事，山形依旧枕寒流。

今逢四海为家日，故垒萧萧芦荻秋。

长庆四年（824）由夔州调任和州刺史途中作。西塞山在今湖北大冶东（一说在今湖北黄石）长江边，山势竦峭，为六朝著名军事要塞。公元280年，西晋大将王浚率水师从益州（今成都市）出发，沿江东下，向东吴发起凌厉攻势。东吴曾在西塞山所在江中以铁锁横截，又暗置丈余铁锥于江心，以为江防。晋军探知此情，以筏先行扫除铁锥，以油船烧熔铁锁，建业即金陵（今南京市）随即失守，吴主孙皓肉袒请降，三国由是归晋。诗即咏其事。

"王濬楼船下益州，金陵王气黯然收"，诗以咏史开篇，"下"字、"黯然收"三字，皆具张力。"下益州"既符合地理态势，晋国水军乃从上游（益州）往下游（金陵）进军，又符合历史事实，这次战争之顺利，给人居高临下，势如破竹之感，于是引出下句"金陵王气黯然收"。"黯然收"的"金陵王气"指东吴，细想来又不局限于东吴，自东吴开始，以后建都金陵的几个王朝，东晋、宋、齐、梁、陈，哪一个当初又不以"虎踞龙盘"之地为可恃？哪一个不是以丢失江山为结局？由此可见，长江天堑不足恃，"金陵王气"不足恃。这里的咏史中已包含着价值判断。"千寻铁锁沉江底，一片降幡出石头"，上句写东吴江防的突破，下句写吴主孙皓的求降，两句将晋军灭吴的经过，巧妙地用"铁锁"与"降幡"两个意象来概括，一重一轻，一沉一出，一下一上，对仗工整，形象生动。

"人世几回伤往事，山形依旧枕寒流"，这两句将咏史的范围扩大，不仅局限于孙吴。"人世几回"句可有二解，一是将"人世"解为人生在世，则意味着诗人不止一次思考过六朝亡国之殷鉴，而为之黯然神伤；二是将"人世"解为世上，则意味着相同的历史悲剧曾多次发生，即杜牧在《阿房宫赋》中所说的"后人哀之而不鉴之，而使后人复哀后人也"。司马迁说："物盛而衰，固其变也"。黄炎培在延安曾对毛泽东说，"其兴也勃焉，其亡也忽焉"，一部历史存在着一个周期律。大凡初时聚精会神，没有一事不用心，没有一人不卖力，只因艰难困苦，只有从万死中觅取一生。继而环境渐渐好转了，精神也渐渐放下了。有的因为历时长久，自然地惰性发作，由少数演为多数，到风气养成，虽有大力，无法扭转，并且无法补救，而至人亡政息。总之，很难跳出这个周期律。这段话有助于对诗意的理解。"山形依旧枕寒流"，一是说自然变化的缓慢，更反衬出朝代兴亡的迅速。二是说"兴废由人事，山川空地形"(《金陵怀古》)，即不可倚恃险要，而懈怠了人事。

"今逢四海为家日，故垒萧萧芦荻秋"，结尾两句表面上是说当时国家太平无事，西塞山江防久已废弃不用。然而，作者通过这片景象，却又像是想要告诉人们什么，却又像是欲说还休。这就需要联系写作的历史背景。远的安史之乱不说，安史之乱后藩镇割据愈演愈烈，唐朝就多次发生过叛乱与平叛的战争，国家真的会长治久安吗？西塞山会不会再度变为阵地前沿呢？诗人借古鉴今，但表达含蓄深沉。清人薛雪称赞道："似议非议，有论无论，笔著纸上，神来天际，气魄法律，无不精到，洵是此老一生杰作。"

酬乐天扬州初逢席上见赠

巴山楚水凄凉地，二十三年弃置身。

怀旧空吟闻笛赋，到乡翻似烂柯人。

沉舟侧畔千帆过，病树前头万木春。

今日听君歌一曲，暂凭杯酒长精神。

作于敬宗宝历二年（826），其时刘禹锡罢和州刺史返洛阳，于扬州席上遇自苏州返洛之白居易。白居易先有《醉赠刘二十八使君》云："为我引杯添酒饮，与君把箸击盘歌。诗称国手徒为尔，命压人头不奈何。举眼风光长寂寞，满朝官职独蹉跎。亦知合被才名折，二十三年折太多。"按白于元和十年（815）贬江州司马，后屡求外任，与刘经历有相似处，但无论就时间和贬所而言都较好于刘，故诗中对刘寄予很深同情，刘禹锡遂作此诗相答。按刘从元和初（805）被贬，至宝历二年，实二十二年，说"二十三年"，是平仄思维的结果。恰如黄巢"待到秋来九月八"，实是"九月九"一样。

"巴山楚水凄凉地，二十三年弃置身"，开篇以沉郁之笔墨，概括二十三年贬谪之经历。永贞革新失败后，诗人先贬朗州（湖南常德）司马，历连州、夔州刺史。朗州在战国属楚地，夔州在秦汉属巴郡，楚地多水、巴地多山，"巴山楚水"泛指所经贬地。与白居易赠诗表示的同情相呼应，这里既未对重返故乡暨东都表示庆幸，也未对多年受到的政治迫害表示愤怒，而是用一种平静的、倾诉的语气叙述二十三年蹉跎岁月，"凄凉地""弃置身"六字自慨，极富感情色彩，使人为诗人长久遭遇的压抑和姗姗来迟的转机无限感慨。

"怀旧空吟闻笛赋，到乡翻似烂柯人"，此联连用两个典故，写此次还洛的沧桑之感。"闻笛赋"指魏晋之际向秀所作的《思旧赋》，向秀与嵇康、吕安为友，嵇吕二人被司马氏所杀，向秀经过嵇康山阳（河南修武）旧居，听到邻人吹笛，遂写了这篇赋以表对故人的怀念。而刘用此典"怀旧"，也就是沉痛悼念千古文章未尽才的柳宗元及其他死于贬所的战友。"烂柯人"典出《述异记》，谓晋人王质入山砍柴，因观仙童下棋，弈终始觉斧柄已朽，回到乡里发现同时代人都死光了。诗人二十余年始还洛阳，人事的变迁也必恍若隔世，自己倒像是个出土文物！两句措意工稳贴切，隽永含蓄。

"沉舟侧畔千帆过，病树前头万木春"，这一联是自感不遇，因白诗有"举眼风光长寂寞，满朝官职独蹉跎"句，意思近于杜甫赠郑虔的"诸公衮衮登台省，广文先生官独冷；甲第纷纷厌粱肉，广文先生饭不足"和李白自形的"大道如青天，我独不得出"，故刘禹锡亦以"沉舟""病树"自喻弃置之身。然而，"千帆过""万木春"二语，却把读者带到一个生生不息、充满希望的境界，其象征意蕴远远超出了感伤的本意。这种情形也发生在杜甫的诗中，如"锦江春色来天地，玉垒浮云变古今"、"无边落木萧萧下，不尽长江滚滚来"，其象征意蕴远远超出了伤春

302

悲秋的本意，这是非常耐人寻味的现象。刘禹锡、杜甫为什么能做到这一点呢？没有别的原因，只是因为诗人的不自我、不唯我。写个人题材能从自己跳出来，写社会题材能把自己放进去，所以诗心广大。"今日听君歌一曲，暂凭杯酒长精神"，最后两句是表达酬谢之意，一点即收。语虽平淡，但拒绝负面情绪，积极面对生活的意思，已溢于言表。

再授连州至衡阳酬柳柳州赠别

去国十年同赴召，渡湘千里又分岐。

重临事异黄丞相，三黜名惭柳士师。

归目并随回雁尽，愁肠正遇断猿时。

桂江东过连山下，相望长吟有所思。

这首诗作于宪宗元和十年（815）夏初。十年前作者与柳宗元等八人以附王叔文为永贞革新，皆贬。至元和十年，例召至京师，又皆出为刺史。刘往连州，柳往柳州。两人出京南行至衡阳，水陆分路，柳宗元作《衡阳与梦得分路赠别》一诗，作者即以此诗相酬。韩愈《柳子厚墓志铭》记载："其（柳宗元）召至京师而复为刺史也，中山刘梦得禹锡亦在遣中，当诣播州。子厚泣曰：'播州非人所居，而梦得亲在堂，吾不忍梦得之穷，无辞以白其大人；且万无母子俱往理。'请于朝，将拜疏，愿以柳易播，虽重得罪，死不恨。遇有以梦得事白上者，梦得于是改刺连州。"由此可见两人友谊之深，明乎此，对于理解这首诗是有相当帮助的。

"去国十年同赴召"二句，撮述彼此被召至京师，而复为刺史的经过。只是初陈梗概，而自己的因诗贾祸，及改授远州刺史时，对方的仗义执言及感人之举，都不细说。彼此是心知肚明的。"渡湘千里又分岐"，十年重逢、千里同行，是难得的缘分和难以忘怀的经历；而"又分岐"是一个重要时间节点，再分离、能否再相逢，则不可知矣。"分岐"义同"分歧"，即各奔前程的意思。这两句对仗开篇，以信手拈来而令人不觉，可谓工于发端。

"重临事异黄丞相"二句，用典以况彼此之处境。作者初次遭贬、即授连州刺史，途中追贬为朗州司马。此时再贬，又授连州刺史，所以是"重临"。而西汉名相黄霸，曾两度出任颖川太守，也是"重临"。但黄霸受汉宣帝信用，其处境之优，则又不敢攀比，所以说"事异"。此句在自嘲中，有调侃意味。乃作者不可救药的乐观主义的表现，与玄都观看花绝句，风味正自相同。"三黜名惭柳士师"，语出《论语·微子》"柳下惠为士师、三黜。"三黜和再贬，差不多。这是以柳下惠代柳宗元，因为当时刘、柳齐名，所以作者表示自愧不如。就拿柳宗元为刘禹锡执言之事而言，韩愈就感慨过："士穷乃见节义"、"（匹夫）闻子厚之风，亦可以少愧矣。"作者的身受，所以感触更深。

"归目并随回雁尽"二句，写临歧分手的惆怅。衡阳有回雁峰，以古人认为雁南飞至衡阳而止得名。过衡阳而说大雁，便是本地风光。"归目"指望乡之目，"回雁"指北归之雁，则此句写出彼此的同情，即心怀京国，用李商隐的话说，是"君问归期未有期"了。"愁肠正遇断猿时"，因为地处湘江流域，"深林杳以冥冥兮，猿狖之所居"（屈原《涉江》），而在愁人耳中，猿啼更是凄苦之音，故古渔歌有"猿鸣三声泪沾裳"之句。而柳宗元的性格，不若作者之开朗，思想压力较大，从《江雪》（千山鸟飞绝）即可见一斑。所以此句言"愁肠"，更多的是从对方的角度着想，而寄予深厚的同情。

"桂江东过连山下"二句，是相约吟诗不辍，为对方打气。上句"桂江"（漓江）指柳宗元将去的柳州、"连山"指作者将赴的连州对举，即有"海内存知己，天涯若比邻"（王勃）之意。"相望长吟有所思"，指分手之后，两地相望、赓歌不辍，可慰相思。"有所思"本乐府篇名，这里用其字面，谓友人之两地相思。不必认为就是读这首诗。盖人生有一种精神支柱，即"德不孤，必有邻"（《论语·颜渊》）。诗人中之道友，即使相隔道里遥阔之两地，亦能赓歌相和。如与刘、柳同时代的元稹、白居易，元贬通州司马时，白贬江州司马，即有大量唱和之作，留下了文学史上一段佳话。而刘、柳的关系，正自相同。这里"相望长吟"，就可以看作是作者对友人的一种约定。

清人纪昀评："此酬柳子厚诗，笔笔老健而深警，更胜子厚原唱。七句绾合得有情。"（《瀛奎律髓》汇评）顺便说，柳宗元"卒死于穷裔"、未能熬到生还京洛，而刘禹锡是等到了那一天的。虽然事关命运和机遇，但与思想性格的差异也有一定关系。

淮阴行五首（录一）

何物令侬羡？羡郎船尾燕。

衔泥趁樯竿，宿食长相见。

《淮阴行》组诗是作者舟行滞留淮阴时所作，写作时间不详，季节是春天。诗取淮阴水上风情入咏，共五首，此其四。此诗内容写一位女子，送夫君乘船远行时的内心独白。

"何物令侬羡"二句，写女子羡燕。诗词写送别，往往从折柳送别写起，如"天下伤心处，劳劳送客亭。春风知别苦，不遣柳条青"（李白）、"那言柳乱垂，尽日任风吹。欲识千条恨，和烟折一枝"（雍裕之），但这首诗撇开送别场面不写，却写女子自问自答。上句问：我羡慕"何物"？下句答："羡郎船尾燕。"当春风吹绿柳条的时节，人们最容易看到的鸟儿就是燕子，这种鸟儿是成双成对，与杨柳相伴，在古诗中有重要地位。

一提到燕子，人们就会想起"燕燕于飞，参差其羽"、"燕燕于飞，颉之颃之"、"燕燕于飞，上下其音"（《邶风·燕燕》）、"将泥红蓼岸，得草绿杨村"（李商隐）、"趁风穿柳絮，冒雨掠花泥"（袁袠）等优美的诗句。不过，诗中女子欣赏的着眼点与众不同。

"衔泥趁樯竿"二句，写为什么羡燕。作者不说女子欲与郎万里相随，仍继续说燕子的话题。而所羡的燕子，又是在夫君所乘船尾樯杆上筑巢的燕子。至少有两重意味，一重是羡慕双双燕子的不离不弃，即"食宿长相见"，这是明说的。另一重是羡慕燕子筑巢船尾、能与郎万里长相随，这是不明说，而读者可以意会的。女子希望自己也能像燕子那样，关照夫君的饮食起居，表达出夫妻之间的款款深情。在诗词中，象征不离不弃的爱情意象，能与燕子相比的，只有比目鱼和鸳鸯鸟了。南唐词人冯延巳《长命女》道："春日宴，绿酒一杯歌一遍。再拜陈三愿：一愿郎君千岁，二愿妾身常健，三愿如同梁上燕，岁岁长相见。"在宋词中《双双燕》还成为一个词牌名。

北宋黄庭坚评点道："《淮阴行》情调殊丽，语气尤稳切。"（《苕溪渔隐丛话》引）不仅如此，这首诗还表现出作者学习民歌的成绩，南朝乐府《三洲歌》云："风流不暂停，三山隐行舟。愿作比目鱼，随欢千里游。"对读可知，此诗实深得南朝乐府神髓。

秋风引

何处秋风至？萧萧送雁群。
朝来入庭树，孤客最先闻。

这首咏秋风的诗，当作于贬谪生涯中。实际上是抒写作者孤独中思乡的情绪，却不从正面下笔，只就秋风与雁声做文章。虽是一首小诗，也是一篇力作。

"何处秋风至"二句，写秋风送来雁声。有一个题前之景，即主人公独处一隅，在庭中徘徊。句中并列了两种秋声，一种是风声，北宋欧阳修有这样的描写："欧阳子方夜读书，闻有声自西南来者，悚然而听之"，"初淅沥以萧飒，忽奔腾而砰湃，如波涛夜惊，风雨骤至。""予谓童子：'此何声也？汝出视之。'童子曰：'星月皎洁，明河在天，四无人声，声在树间。'"（《秋声赋》）注意"声在树间"这个话，风不会自己发声，而吹动树叶时，便有风声。另一种是雁声，"萧萧"是风声，而雁声靠秋风传送，是夹在风声中的。作者写下的是"雁群"，这是为了用韵。而其深意，是暗将自己比作离群孤雁，惊弓之鸟。汉末曹植写道："望范氏之发机兮，播纤缴以凌云。挂微躯之轻翼兮，忽颓落而离群。旅朋惊而鸣逝兮，徒矫首而莫闻。"（《离缴雁赋》）而"雁群"发出的声音，未必不是对离群之雁的一种呼唤。

"朝来入庭树"二句，写作者闻声有感。前两句写秋声，为后两句的抒情做好充分的铺垫，三句是一收："朝来入庭树"，这是说秋风之声、同时也捎带着雁群的叫声，一齐吹达庭树。这一收不是目的，而是为情绪的再度迸发做好准备。全诗的结穴在末句："孤客最先闻。""孤客"本指单身旅居外地的人，语出汉人焦赣《易林·损》："路多枳棘，步刺我足，不利孤客，为心作毒。"在此诗中与"孤臣"（在政治上失势的士大夫）等义，指作者自己。"最先闻"三字，是这首诗最警策、最出彩之处。清人沈德潜说得好："若说'不堪闻'，便浅。"（《唐诗别裁集》）而这一句，也最容易写成"孤客不堪闻"。不但因为平仄合度，而且因为来得最快。其不足之处，是人人都想得到，所以浅。而"孤客最先闻"，不合常理，别人想不到。声波是有速度的，按照常理，谁离声源近、谁"最先闻"。而作者却认为，谁最敏感、谁"最先闻"，换言之，"孤客"对秋声最敏感，在别人不留意时他就注意到了，在声音还不大的时候他就注意到了。虽反常，却合道，这就是此诗的妙处所在了。

清人李锳点赞："咏秋风必有闻此秋风者，妙在'最先'二字为'孤客'写神，无限情怀，溢于言表。"（《诗法易简录》）近人俞陛云更说："四序迭更，一岁之常例，惟乍逢秋至，其容则天高日晶，其气则山川寂寥。别有一种感人意味，况天涯孤客，入耳先惊，能无惆怅？苏颋之《汾上惊秋》，韦应物之《淮南闻雁》，皆同此感也。"（《诗境浅说续编》）俱是解人，故录之，以供读者参考。

石头城

山围故国周遭在，潮打空城寂寞回。

淮水东边旧时月，夜深还过女墙来。

金陵，六朝均建都于此。这些朝代，国祚极短。在它们悲恨相续的史实中包含极深的历史教训，所以金陵怀古后来几乎成了咏史诗中的一个专题。在国运衰微之际，更成为关心政治的作者常取的题材。若论写得早又写得好的篇章，不能不推刘禹锡的《金陵五题》。《石头城》就是这组诗的第一首。

诗一开始，就置读者于苍莽悲凉的氛围之中。围绕着这座故都的群山依然在围绕着它。这里，曾经是战国时代楚国的金陵城，三国时孙权改名为石头城，并在此修筑宫殿。经过六代豪奢，至唐初废弃，二百年来久已成为一座"空城"。潮水拍打着城郭，仿佛也觉到它的荒凉，碰到冰冷的石壁，又带着寒心的叹息默默退去。山城依然，石头城的旧日繁华已空无所有。对着这冷落荒凉的景象，作者不禁要问：为何一点痕迹不曾留下？没有人回答他的问题，只见那当年从秦淮河东边升起的明月，如今仍旧多情地从城垛（"女墙"）后面升起，照见这久已残破的古城。月标"旧时"，也就是"今月曾经照古人"的意思，耐人寻味。秦淮河曾经是六朝王公贵族们醉生梦死的游乐场，曾经是彻夜笙歌、春风吹送、欢乐无时或已的地方，"旧时月"是它的见证。然而繁华易逝，而今月下只剩一片凄凉了。末句的"还"字，意味着月虽还来，然而有许多东西已经一去不返了。

李白《苏台览古》有句云："只今惟有西江月，曾照吴王宫里人。"谓苏台已废，繁华已歇，惟有江月不改。其得力处在"只今惟有"四字。刘禹锡此诗也写江月，却并无"只今惟有"的限制词的强调，也无对怀古内容的明点。一切都被包含在"旧时月""还过"的含蓄语言之中，熔铸在具体意象之中。而诗境更浑厚、深远。

作者把石头城放到沉寂的群山中写，放在带凉意的潮声中写，放到朦胧的月夜中写，这样尤能显示出故国的没落荒凉。只写山水明月，而六代繁荣富贵，俱归乌有。诗中句句是景，然而无景不融合着作者故国萧条、人生凄凉的深沉感伤。

白居易读了《石头城》一诗，赞美道："我知后之作者无复措辞矣。"后来有些金陵怀古诗词受它的影响，化用它的意境词语，恰也成为名篇。如元萨都刺的《念奴娇》中"指点六朝形胜地，惟有青山如壁"、"伤心千古，秦淮一片明月"就是著例；而北宋周邦彦的《西河》词，更是以通篇化用《石头城》《乌衣巷》诗意为能事了。

乌衣巷

朱雀桥边野草花，乌衣巷口夕阳斜。
旧时王谢堂前燕，飞入寻常百姓家。

这首诗也是《金陵五题》中的一首。通过对黄昏时分乌衣巷的描写，抚今追昔，抒写沧桑的感慨。如果给它起一个散文化的题目，可以叫作

《黄昏降临老街》。

"朱雀桥边野草花，乌衣巷口夕阳斜。"这是一个全景。仅是两个地名——"朱雀桥"和"乌衣巷"就能唤起多少历史感，唤起多少对昔日繁华的回忆。朱雀桥为金陵城中秦淮河上浮桥，东晋时建。乌衣巷位于秦淮河南，东吴时设兵营于此，军士皆著黑衣，实为一条老街。同时，这里曾是东晋王导、谢安等贵族居住地，曾经出入过多少的王谢子弟，多少的车骑雍容。然而，眼下黄昏降临，呈现出一派有意味的景色——"野草花"意味着荒凉，"夕阳斜"意味着没落。先前的繁华感觉，遂被一扫而空。

"旧时王谢堂前燕，飞入寻常百姓家。"这是一个特写，黄昏时候燕子归巢的景象。作者看到的是当代民宅，想到的却是古代的豪门。一时凑泊，即景好句中，包含许许多多的潜台词。作者从燕入民宅，联想到老屋易主。有什么比老屋易主更能唤起沧桑感的呢？鲁迅曾经写道："从篷隙向外一望，苍黄的天底下远近横着几个萧索的荒村，没有一些活气。我的心禁不住悲凉起来了。第二日清晨我到了我家的门口了。瓦楞上许多枯草的断茎当风抖着，正在说明这老屋难免易主的原因。"普通人家尚不免有这样的盛衰之感，何况王谢那样的豪门，何况历史的改朝换代。

人们面对历史陈迹的沧桑感慨，大体有两个方面。一个是人为的方面，如社会原因，如生于忧患、死于安乐，等等。一个是自然规律，如任何新的都将会成旧的，任何存在都会走向消亡，等等。刘禹锡面对乌衣巷时，亦不例外，他一方面会反思六朝消亡的社会原因，而产生借古鉴今之意；一方面也会感到自然规律不可抗拒的一面，感到无可奈何。

而今天，人们更喜欢用"旧时王谢堂前燕，飞入寻常百姓家"来表达换了人间的意思。比如，当他们看到某些在过去属于少数人特权的东西，如今成为全民共享的财富，就会立刻想到这两句诗。所以，这两句诗的引用率一直很高。这一点也许是刘禹锡本人始料未及的。

台城

台城六代竞豪华，结绮临春事最奢。

万户千门成野草，只缘一曲后庭花。

台城是六朝时期的台省（中央政府）和皇宫所在地，在今南京市鸡鸣山南乾河沿北，是六朝兴亡盛衰之见证。此诗为《金陵五题》第三首，作于穆宗长庆四年（824）到敬宗宝历二年（826）之间，作者和州刺史任上。

"台城六代竞豪华"二句，写台城六朝竞逐繁华，而陈后主奢靡之极。诗以"台城"开篇，能唤起对金陵王气的联想。"六代"即六朝，指历史上以金陵为都的东吴、东晋、宋、齐、梁、陈六个朝代，其共同特点是绮靡繁华而享国极短。前人多以"金粉"二字相形容，如"偏是江山胜处，酒卖斜阳，勾引游人醉赏，学金粉南朝模样"（孔尚任）、"文章两汉空陈迹，金粉南朝总废尘"（郑燮）。而此诗以"竞豪华"三字尽之。"豪华"前着一"竞"字，则囊括了六朝近四十位帝王、三百多年历史，概括力不可谓不强。下句"结绮临春事最奢"，做入陈后主营造的楼名"结绮""临春"。实际上陈后主所建楼阁还有一座，叫"望仙"。均为高达数十丈、并数十间，窗牖、壁带之类皆以沉檀香木为之，饰以金玉，间以珠翠，其服玩之属，瑰奇珍丽，穷极奢华，近古所未有。陈后主整日倚翠偎红于楼上，不理朝政，自制艳曲《玉树后庭花》《春江花月夜》等，沉湎声色享乐。此处举二概三，"结绮临春"字面，能激发读者的想象力，造成于春暖花开之日张灯结彩的歧义，照应下文"事最奢"，所以为妙。"最"字上接"竞"字，表明陈后主之奢侈，在六朝帝王中登峰造极矣。

"万户千门成野草"二句，写陈亡于隋，足为殷鉴。《史记·孝武本纪》云："于是作建章宫，度为千门万户。"诗人遂以"万户千门"，形容宫殿屋宇规模深广宏大。"成野草"指陈朝国都金陵为隋朝大军所破，终结了金陵作为六朝古都的历史，台城从此荒芜。一个"成"字写出繁华的转瞬即逝。"只缘一曲后庭花"，是追究陈朝亡国原因，说陈后主在《玉树后庭花》之歌舞声中做了亡国之君。一个"只"字遥接"竞"字、"最"字，把亡国原因归咎于一首歌曲，却放过"竞豪华""事最奢"，看似不公平。其实它的意思是，这是压死骆驼的最后一根稻草。《诗大序》说："情发于声，声成文谓之音。治世之音安以乐，其政和；乱世之音怨以怒，其政乖；亡国之音哀以思，其民困。"在形象思维的支配下，《玉树后庭花》就成了亡国之音的典型。近人沈祖棻云："诗人说'一曲后庭花'断送了金陵最后一个王朝，当然不是指这支曲子本身，而是指这支曲子所代表的陈后主的整个逸乐沉沦生活。"（《唐人七绝诗浅释》）

五代韦縠评："陈亡，则江南王气尽矣。首句自六代说起，不止伤陈叔宝也。六朝尽于陈亡，末句可叹可恨。"（《才调集》）近人刘永济评："有惩前毖后之意。诗人见盛衰无常，而当其盛时，恣情逸乐之帝王及豪门贵族，曾不知警戒，大可悯伤，故借往事再三唱叹，冀今人知所畏惮而稍加敛抑也。否则古人兴废成败与诗人何关，而往复低问如此。"（《唐人绝句精华》）按当时唐王朝已走向衰落，朝廷党争、宦官专权、藩镇割据等，困扰重重，作者咏怀古迹，鉴今之意甚明。

阿娇怨

望见葳蕤举翠华，试开金屋扫庭花。

须臾宫女传来信，言幸平阳公主家。

在唐代的宫词中，写汉武帝之陈皇后的"长门怨"是一个专题。陈皇后小字阿娇，本是汉武帝刘彻的表姊妹，据《汉武故事》刘彻幼年为胶东王时，曾对姑妈、阿娇之母讲："若得阿娇作妇，当作金屋贮之。"后来阿娇就成了汉武帝第一位皇后，婚后十余年无子。后来汉武帝在平阳公主处看中歌者卫子夫，卫获幸生子。阿娇因妒忌而失宠，由金屋藏娇到退居长门宫，经历了人生最大的落差。而卫子夫则成为新皇后。这首诗不沿用《长门怨》而新题《阿娇怨》，性质是一样的，而写法更加人性化。

"望见葳蕤举翠华"二句，写阿娇望幸心切。"翠华"本指天子仪仗中以翠羽为饰的旗帜或车盖，遂为皇帝车驾的代称。"葳蕤"则是车驾上的羽饰。"望见"句省略了主语，可以是阿娇本人望见，也可以是指派的宫人望见。正是"风乍起，吹皱一池春水"（冯延巳）。"试开金屋扫庭花"，"金屋"有典，指阿娇居处，句中流露的信息：宫门原来是没有开的，而庭中满地落花是没有打扫的，可见主人心绪不佳；只因为得到一个情报，这才开了宫门，打扫落花来。而"试开"二字，表现得偏不那么自信，是作者用笔微妙之处。清人徐增品味道："是言不开殿扫花，恐其即来；开殿扫花，又恐其不来。且试开一开，试扫一扫看。此一字摹写骤然景况如见，当呕血十年，勿轻读去也。"（《而庵说唐诗》十一）

"须臾宫女传来信"二句，写阿娇希望的落空。"须臾"即片刻之间，第二个情报又到了。此处有一跳跃，就是看到宫女来时，阿娇刹那间的心情，因为害怕听到坏消息，而"不敢问来人"（宋之问）。结果偏偏是坏消息："翠华"未奔"金屋"而来，却去了一个相反方向，一个阿娇最不情愿听到的方向"言幸平阳公主家"。一个"言"字，徐增认为"有无限意思烦难在"，有人阐释道："对于宫女来说，帝来幸，好说；帝不来幸，不好说。帝幸别处，犹好说；帝幸卫子夫家，便不好说。不好说而又不能不说，煞是难对。最后只说帝幸平阳公主家，而不说幸卫子夫处。"（吴汝煜）可谓善会。

陈阿娇、卫子夫两位皇后的本事，俱见《汉书·外戚传》，史实相当复杂。作者去其枝蔓，以简驭繁，虚构了一个人性化的戏剧情节，看似波澜不惊，其实静水深流。全诗举重若轻，不出怨字，而怨字深入骨髓，是其妙处所在。

秋词二首

其一

自古逢秋悲寂寥，我言秋日胜春朝。

晴空一鹤排云上，便引诗情到碧霄。

其二

山明水净夜来霜，数树深红出浅黄。

试上高楼清入骨，岂如春色嗾人狂。

这两首诗作于宪宗元和元年（806）至九年的一个秋天。作者因参与永贞革新而被贬朗州司马期间。一反前人悲秋的传统，写出诗人对秋日的独特感受。

第一首尽翻悲秋之案，抒发激越向上之情。"自古逢秋悲寂寥"二句，与秋思传统叫板。上句"自古"云云，是向上清算。中国诗史上的悲秋，始作俑者是宋玉《九辩》："悲哉秋之为气也！萧瑟兮草木摇落而变衰。憭栗兮若远行，登山临水兮送将归。泬寥兮天高而气清，寂寥兮收潦而水清。憯凄增欷兮，薄寒之中人。怆怳懭悢兮，去故而就新。"所悲的要点是"寂寥"，尤其是远行的人、贬谪中人。后来杜甫肯定了这个传统："摇落深知宋玉悲，风流儒雅亦吾师。怅望千秋一洒泪，萧条异代不同时。"（《咏怀古迹》）"我言秋日胜春朝"，提出相反的命题。作者时在贬中，本来属于宋玉所谓"薄寒之中人"，却提出这样的命题，实在令人耳目一新。秋天是摇落变衰的，而春天是欣欣向荣的，秋日胜春朝，又怎么可能呢？

"晴空一鹤排云上"二句，选取积极的意象，抒发作者主观战斗精神。在宋玉眼中，秋日的意象是："燕翩翩其辞归兮，蝉寂漠而无声。雁雍雍而南游兮，鹍鸡啁哳而悲鸣。"秋日虫鸟，不是悲鸣就是逃窜。作者都不取，独取"晴空一鹤排云上"，其来历是《诗经·小雅·鹤鸣》："鹤鸣于九皋，声闻于天。"不过取鹤的鸣声高亢、洪亮，以其鸣管（颈部）长也。而作者独取鹤的飞翔之姿势，其颈部与腿部俱长而伸直，仗着三级飞羽的强力推送，如箭一般直插云天，在晴空之中，鹤的朱冠白羽（其实是黑白相间），尤为醒目。诗中的排空一鹤，显然不是什么眼前景，而是诗人心造的意象，用来象征一种昂扬的斗志。末句"便引诗情到碧霄"，恰如离弦之箭，直上云霄。毛泽东诗云"诗人兴会更无前"，难得的是作者身处逆境，而依然积极乐观，充满奋发进取的豪情。尽管身处贬谪之中，在精神上并未铩羽而归。

第二首描写秋景，在扬秋抑春中有所反省。"山明水净夜来霜"二句，写秋景。秋高气爽，秋风扫落叶，而秋景给人最大的感觉也就是"山明水净"；而"夜来霜"，则气温骤降。其结果反映在大自然，便是"数树深红出浅黄"。常言道春花秋叶，"何限倚山木，吟诗秋叶黄"（杜甫），黄叶以银杏为美；"秋在万山深处红"（丘逢甲），红叶以枫叶为美。此句的"深红"也好、"浅黄"也好，都是指树叶而言。统而言之，可称秋色，遥起下文与"春色"的对比。

"试上高楼清入骨"二句，写观秋景得到的人生感悟。"试上高楼"指登高望远，"清入骨"是总山明、水净、深红、浅黄而言，感觉是清爽、沉着、冷静的，这个别人也还想得到。末句"岂如春色嗾人狂"，则是发人所未发。"狂"字与"清"字对比，是弱彼而强此，一个"嗾"字则是拟人。意思是秋色强如春色，秋色令人清爽，春色使人发狂。此真诗家语耳，直令人闻所未闻。何以言之？读者不能光看字面，须知人论世。《旧唐书》载，王叔文初得太子李诵（即顺宗）信用，密结当代名士（包括刘、柳）共十余人，定为死交。及永贞革新，春风得意之时，相互唱和，曰管（管仲）、曰葛（诸葛亮）、曰伊（伊尹）、曰周（周公），"凡其党傀然自得，谓天下无人。"这不是"春色嗾人狂"，又是什么！韩愈曾就柳宗元发表感慨说："使子厚在台省时自持其身、已能如司马刺史时，亦自不斥。"（《柳子厚墓志铭》）而作者在逆境中，回首往事，头脑也清醒起来。这番政治历练，付出的代价虽然沉重，也不是没有收获，至少在政治上更加成熟起来。

所有这些，作者都没有直说；而是运用形象思维，以写景诗的形式，通过对秋天的独特感受的抒发，间接地说出。全诗议论、抒情与写景结合，寓意深刻，形象鲜明，是历代秋词中个性最为凸出的作品。

与歌者米嘉荣

唱得凉州意外声，旧人唯数米嘉荣。
近来时世轻先辈，好染髭须事后生。

这首诗当作于文宗大和二年（828）作者入都为主客郎中、集贤学士时。当年作者写过几首赠歌者的诗，皆做入歌者姓名，他们是米嘉荣、穆氏、何戡、田顺郎，这几位歌者也因刘诗而传名后世。赠米嘉荣诗是其中写作较早的一首，《太平广记》二〇四引《卢氏杂记》云："歌曲之妙，其来久矣。元和中，国乐有米嘉荣。"据宋人邓名世《古今姓氏书辨证》，米嘉荣为西域米国人。

"唱得凉州意外声"二句，对米嘉荣的歌唱艺术，予以高度赞美。上句赞美米的歌声，重要的是"意外"二字，即唱出了想不到的好。"意外声"也可以指高难度的声音，比如时人命名的海豚音，因为稀罕，所以可贵。"凉州"，即《凉州词》，本是甘肃武威一带的民歌，由玄宗朝西凉府都督郭知远进献朝廷。据载，当时有一些反对的声音（以为有不良影响），也有人表示欢迎，"意外"也包含有这层意思。而米嘉荣应是以演唱《凉州词》成名的，一提到这首歌的名称，人们就会想到米嘉荣。下句"旧人唯数米嘉荣"，写米的名声。"唯数"二字，表明米嘉荣演唱的独领风骚。对于全诗来说，这两句是未抑先扬，因为以下要写米受冷落：越是把他的歌唱艺术说得高超，就越能引发读者对他的同情。

"近来时世轻先辈"二句，就时人追逐新潮，米嘉荣受到冷落抒发感慨。上句说世风巨变，大众争着追捧新的歌星，而老一辈艺术家受到轻视。这是诗情的一抑，与前二句形成顿挫。作者高明之处，在于他只客观记录事实，不作价值判断。而事实本身，就有两重含意，一重是去故就新乃是不以人的意志为转移的时尚之规律；另一重是世人在泼脏水的时候，往往连孩子一齐倒掉。作者不急于表态，不急于批评世风。给读者留下玩味的空间。下句反而劝慰米嘉荣："好染髭须事后生"。是诗情的又一转折。意思是：老先生你就迁就一下吧，不妨把胡子染黑，好与年轻人混。这话好像是劝人看开，温柔敦厚之至。然而"好染髭须"四字，通过戏言的方式，流露出作者感情倾向。为了推销，必须包装，染胡子就是一种包装，这是正话反说。老子说"信言不美"，说得太直白，艺术效果不好。正话反说，则耐人寻味，读者须听话听音，方能心领神会，作者是在深表同情。

此诗三、四句所题咏的现象，即时移世易、白衣苍狗，不仅在音乐界有，在其他领域甚至政界也存在。因此在后世被广泛引用，成为名言。

据《全唐诗》校，此诗一作："一别嘉荣三十载，忽闻旧曲尚依然。如今世俗轻前辈，好染髭须事少年。"意思完全一样，语言表达较粗糙，当是此诗的初稿。三、四句的"轻前辈""事少年"作对仗、唱叹，意思有了，却语有不安；改为"轻先辈""事后生"则大为生色，以"先""后"二字相起，而"后生"一词，表达更加到位。由于诗韵换了，前两句也必须改，且初稿的开篇，停留在事实表述，依韵改为"唱得凉州意外声"云云，则先声夺人，使全诗大为增色。

听旧宫人穆氏唱歌

曾随织女渡天河，记得云间第一歌。

休唱贞元供奉曲，当时朝士已无多。

这首诗写作者听旧时宫廷乐人穆氏唱歌，而引发的沧桑感慨。《旧唐书·音乐志一》："太常又有别教院，教供奉新曲。太常每凌晨，鼓笛乱发于太乐署，别教院廪食常千人，宫中居宜春院。""旧宫中乐人"的"旧"字，是题中关键字。

"曾随织女渡天河"二句，写作者记忆中穆氏当年的风采。"织女"即织女星，此喻指郡主（太子之女）。因为穆氏是宫廷乐人，所以曾为郡主随行，演唱过歌曲。刘禹锡早年大概就在这种场合下，听到过穆氏的歌唱，并留下了难忘的印象。"记得云间第一歌"，是对穆氏歌声的赞美，既然将郡主比作"织女"，自然将宫中比作"云间"，"第一歌"极言歌声的美妙独一无二。作者并不直接赞美穆氏的歌唱如何时美妙动听，而只说她歌唱的场合是"云间"，她的听众是"当时朝士"，则其歌唱的水平自然可知。刘禹锡醉心音乐，不排除当年曾是穆氏的粉丝，就像杜甫曾经是李龟年的粉丝一样。杜甫《江南逢李龟年》写道："岐王宅里寻常见，崔九堂前几度闻。"也写逢久别重逢，通过对听歌的高贵场合的记忆，来写歌声给人难以磨灭的印象，写法极为相似。

"休唱贞元供奉曲"二句，借写老歌受众不多，抒发着旧零落的感伤。上句以否定词"休唱"作呼告，"供奉曲"指宫廷内演奏的歌曲，全句意思是不要再唱贞元年间供奉皇帝的旧曲了，理由是"当时朝士已无多"。这话还是紧扣歌唱而发的，意思是岁月不居，当时听众（"当时朝士"）不多了。"已无多"接"休唱"而来，不言"无"而言"无多"，是所谓用意十分、措辞三分，微婉入妙。"贞元"乃唐德宗年号，到作者写此诗时，已历顺宗、宪宗、穆宗、敬宗、文宗等五世，回首从前，真是恍如隔世。作者于贞元间擢进士第、登博学宏词科、授监察御史，随即参加王叔文集团，从事永贞革新，然后被贬朗州司马，迁连州刺史，多年后重返京国，不胜物是人非之慨，全借听穆氏唱歌，婉转地表达出来。作者与歌者俱饱经沧桑，就算是歌声依旧，作者也已经没有当年的心情了。以"休唱"作呼告，正表现出其内心的纠结，可谓打倒五味瓶，兴亡盛衰之感，言之令人伤心。

　　明人谢榛云："前两句言宫中之乐如在九霄，后两句谓贞元诸贤立朝尚多君子，今日与贞元不侔矣。闻贞元之乐曲，思贞元之多士，宁无伤今怀古之情乎？诗云：'云谁之思，西方美人。'此诗人之遗意也。"（《唐诗品汇》引）怀古深情，令读者得于言外，所以为佳。

和乐天《春词》

新妆宜面下朱楼，深锁春光一院愁。
行到中庭数花朵，蜻蜓飞上玉搔头。

　　白居易《春词》原作："低花树映小妆楼，春入眉心两点愁。斜倚栏干背鹦鹉，思量何事不回头？"作于文宗大和三年（829）。这首诗是刘禹锡步韵奉和之作。白居易原作写的是一位女子独处楼中，斜倚栏干、背向鹦鹉、面朝楼下、春暖花开的情态，写得楚楚动人。刘禹锡和诗似从白诗结处写起。

"新妆宜面下朱楼"二句，写独处的女子下楼赏花。白诗首句给出的空间是"小妆楼"，此诗即从妆楼即"朱楼"写起，所谓"新妆宜面"就是女子搽脂抹粉与容颜相宜，所谓增一分则太赤、减一分则太白，给人以匀称和谐的美感。"宜面"一作"粉面"、不好，一作"面面"、不通，可见作者用字的推敲。诗中女子如此盛自拂饰，似乎有些"闺中少女不知愁"（王昌龄）的意味。接着便写女子下楼，因为白诗说到楼下"花树"。"深锁春光一院愁"，"春光"二字囊括"花树"在内了，还包含草本的春花。春花盛开，却被园门关住（"深锁"），不免显得寂寞，所以"一院愁"。相比白诗的"春入眉心两点愁"，是说人愁，此诗不说人愁、只说"一院愁"，则移情于物矣。

"行到中庭数花朵"二句，写女子独自赏花的情态。"行到中庭"即下得楼来，"数花朵"，这三字是传神之笔，写出女子百无聊赖的情态。除了小孩儿，谁有工夫去数花朵呢？再说花朵也不容易数清，数乱了再来，再来还可能再乱，徒增烦恼而已。同时这也是铺垫，因为数花朵惊扰了一只蜻蜓，于是蜻蜓一飞，转眼不见了。谜底揭晓，原来是："蜻蜓飞上玉搔头"。"玉搔头"即女子头饰玉簪子，因可以拔下搔头，故称。蜻蜓为什么飞上玉搔头呢？诗人没说，正自耐人寻味。一则蜻蜓喜欢停在物之尖端上，宋人杨万里即有"小荷才露尖尖角，早有蜻蜓立上头"之句。二则"玉搔头"上可以别花朵，蜻蜓可以是选择了女子头上这朵花歇脚。三则作者可能就是把"新妆宜面"的女子比作一朵花，诗句的潜台词是，女子"数花朵"，数来数去，忘记了自己这一朵。读来趣味横生，是全诗最精彩的一笔。

小结一下，白居易《春词》的兴趣点是背面美人，很可能是一首题画诗，比清人陈楚南早了上千年，陈诗云："美人背倚玉阑干，惆怅花容一见难。几度唤他他不转，痴心欲掉画图看。"（《题背面美人图》）妙在作儿童语。刘禹锡此诗则独出机杼，构思巧妙，以白描见长。清人宋顾乐评："末句无谓自妙，细味之，乃摹其凝立如痴光景耳。"（《唐人万首绝句选评》）近人俞陛云评："此春怨词也，乃仅曰'春词'，故但写春庭闲事，而怨在其中。"（《诗境浅说续编》）不为无见，可资参考。

望洞庭

湖光秋月两相和，潭面无风镜未磨。
遥望洞庭山水翠，白银盘里一青螺。

这首诗作于穆宗长庆四年（824）秋，作者在和州刺史任上。此诗描写月下望洞庭湖及君山的优美景色。

"湖光秋月两相和"二句，以铜镜比喻月下洞庭湖面。上句写"湖光""秋月"、一下一上，"两相和"指上下天光、融成一片，未出"望"字而得望字之神。一个"和"字下得工稳，表现出水天一色的融和画境。接着是一个妙喻："潭面无风镜未磨"。"潭面"即湖面，在无风、波浪不兴的时候，就像一面铜镜。将水面比作固体的表面，是化动为静，给人以奇妙的感觉。说"镜未磨"，而不说"镜新磨"（杜牧："秋来江静镜新磨"），是因为协调平仄的缘故。古时铜镜，因为氧化的缘故，过一段时间即需工匠打磨。磨与未磨，两种说法，都是可以的。镜新磨，见湖面之明亮也；而"镜未磨"，则意味着湖面影子隐隐约约，如同镜面没打磨时照物的朦胧感觉。

"遥望洞庭山水翠"二句，再出一喻，写月照洞庭的远景。上句措辞之妙，在合"洞庭"与"洞庭山"（君山）而成句，"山水翠"即包含了君山之青与湖水之碧，而"遥望"二字点题。下句则是一个借喻："白银盘里一青螺"。"白银盘"照应上文"镜未磨"、喻洞庭湖，"青螺"则喻君山。君山是八百里洞庭湖中一个小岛，面积约一平方公里，一名洞庭山。

相传舜帝之二妃葬于此，屈原《九歌》谓之湘君、湘夫人，故后人称此山为君山。"青螺"一说指女子螺髻，一说是古代一种制成螺形的黛墨，女子化妆用以画眉。到过洞庭的人都知道，君山呈现的实际形状，就像是一块黛墨。所以晚唐成都诗人雍陶《咏君山》云："疑是水仙梳洗处，一螺青黛镜中心。"将君山比作湘君（"水仙"）梳洗用的螺形黛墨，更觉形象。也可以看作是对刘禹锡此诗末句的发挥。

这首诗从月下洞庭湖全景，最后聚焦到君山一点，视角是逐渐推进的。诗人将八百里洞庭比作"白银盘里一青螺"，有纳须弥于芥子，举重若轻之感，极富浪漫色彩，对后世有一定影响。除雍陶《咏君山》而外，北宋黄庭坚《雨中登岳阳楼望君山》云"可惜不当湖水面，银山堆里看青山"，也脱胎于此诗。

堤上行三首（录二）

其一

酒旗相望大堤头，堤下连樯堤上楼。
日暮行人争渡急，桨声幽轧满中流。

其二

江南江北望烟波，入夜行人相应歌。
桃叶传情竹枝怨，水流无限月明多。

《堤上行》组诗三首写于穆宗长庆二年（822）至四年，作者任夔州刺史、和州刺史期间。"大堤"古堤名，堤在襄阳府城外，周围有四十多里，商业繁荣。南朝乐府旧有《大堤曲》，一作《襄阳曲》，写当地水上之风土人情。起于梁简文帝，续作者有李白等人。《堤上行》即《大堤曲》的别名。这里选录了组诗的前二首。

第一首。"酒旗相望大堤头"二句，写码头的繁荣。"酒旗相望"，可见岸上酒家很多，那么客官就多，其中有一部分应该是游客，一部分应该是船上的水手。"堤下连樯"，可见江中大小船只之多，主要是大船，桅杆林立，非常抢眼。这里没有明写的是，客船还在上客或下客，货船还在上货或下货。"堤上楼"，除了酒家之外，还包括客栈，以及仿自宫中灯楼而临时搭建的彩楼。按："唐玄宗时，上阳宫建灯楼，高一百五十尺，悬以珠玉，微风将至，锵然成韵。"（《岁华纪丽》）码头的彩楼，不会如此阔气，却也不小气。像这样描写码头繁荣的诗歌，在《全唐诗》中真不多见。

"日暮行人争渡急"二句，写日暮争渡。争渡者何人？大多数应是生意人，早出晚归的人。码头的渡船应该不止一条，但已经是供不应求，有修建大桥的必要了。在大桥没有提上日程，或没有建好之前，渡船还得加油，所以末句是："桨声幽轧满中流"。注意，渡船划得这样热闹，可见摆渡的不止一条船，而"桨声幽轧"不徒发自两桨，还应伴着水手的号子声声，才能有"满中流"的感觉。近人俞陛云说："赋其景并状其声，较'野渡无人舟自横'句，喧寂迥殊矣。"（《诗境浅说续编》）这个联想，其实是拟于不伦。韦应物待渡的渡口，是偏僻萧寂的"野渡"。而此诗所写的渡口，是内河码头，间接反映出唐代的商业文明所达到的程度。

第二首。"江南江北望烟波"二句，写隔岸对歌。举凡商业文明发达的地区，民风也就开放，所以大堤有对歌的风气。"江南江北"，意味着对歌的人两岸都有，而且是隔江（"望烟波"）对歌。因为有渡船之便，可以是男子站一岸，女子站一岸；也可以两岸皆是男女混编，甲队、乙队，隔江对歌。"入夜行人相应歌"，指篝火晚会中把"行人"也拉进来一齐对歌，这是旅游业发展起来的表现。外地游客，通过这种方式体验当地风情，就是活的广告。对歌所具有的商业目的，也实现了。

"桃叶传情竹枝怨"二句，写歌声的动人。民间的对歌，皆以情歌为主，叫作"无郎无姊不成歌"。而"桃叶"即《桃叶歌》，相传为晋人王子敬所作，桃叶是其爱妾的名字；"竹枝"即《竹枝词》，本巴渝民歌，亦以情歌居多。"桃叶"也好，"竹枝"也好，都是情歌的代称，不必就是这两支歌。其实每个旅游胜地，都有一套保留曲目，供接待者和游客选唱，也就可以称为"桃叶""竹枝"了。"水流无限月明多"，末句之妙，在于既是写景——明月之夜面对烟波，又是譬喻歌声的动人，情意之绵长像水流一样长，情意之弥漫像月光一样满。其实，比情意更多的是娱乐，"行人"不可以假戏真做。

总之，这两首绝句有一些人无我有的东西，有一些生气远出的东西，有一些千古如新的东西，有一些"如旦晚间初脱笔砚"的东西，还有一些改革开放之前人们看不懂的东西。今天读起来，一点不隔，正是其价值所在。

踏歌词四首（录二）

其一

春江月出大堤平，堤上女郎连袂行。

唱尽新词欢不见，红霞映树鹧鸪鸣。

其二

新词宛转递相传，振袖倾鬟风露前。

月落乌啼云雨散，游童陌上拾花钿。

《踏歌词》组诗约作于穆宗长庆二年（822）至四年，作者在夔州刺史任上。是作者学习巴渝民歌写作的一组小诗，内容为川江一带风土人情，具有情歌性质。"踏歌"本义为伴随踢踏的徒歌。这里所选为组诗第一首和第三首。

第一首专写对歌。"春江月出大堤平"二句，写春日月圆之夜，对歌女子成群结队出现在大堤（襄阳古堤名）之上。"春江月出"四字，唤起的是对春江花月夜的整个联想，这是一个月圆之夜，按当地风俗，当晚有对歌的表演。"大堤平"，是说大堤的堤坝给表演提供了平台。"堤上女郎连袂行"，写对歌的女子三五成队地出现。"女郎"一词，是南朝乐府《木兰诗》的发明。"郎"是古代对青年俊男的美称，例如周瑜，吴中呼之为郎。"女郎"则是对青年女子的美称，有与男子平起平坐的意思了。比方说家庭妇女，就绝不能呼为女郎。大堤女子可呼"女郎"，是因为她们出得众。"连袂行"，也不是一般的三五成群，而有编队的感觉。语出晋人葛洪《抱朴子·疾谬》："携手连袂（袖），以邀以集。"这样写来，真是"未成曲调先有情"（白居易）了。

"唱尽新词欢不见"二句，写女子对歌好兴致，一直唱到红霞东升。"唱尽新词"，虽然只说"新词"，其实是包含"新词"和所有保留歌曲都唱完，所以唱了整整一个晚上，足见兴致之高。怎么"欢（情郎）不见"呢？南宋谢枋得说："女郎连袂，色必有可观，声必有可听。唱尽新词，而欢爱之情不见，但见红霞映树，闻鹧鸪之声，其思想当何如也？"（《唐诗品汇》引）明人唐汝询也说："新词歌竟，而不见情人，徒见红霞而闻鹧鸪，其怅望何如？"（《删订唐诗解》引）纯属隔靴搔痒。须知这是对歌，而且是女子对歌。所有兴趣都在歌唱上面，正如一首日本和歌所唱那样，歌唱着的嘴，是没工夫接吻的。至于约会，还是另择他日吧。末句"红霞映树鹧鸪鸣"，是写唱了一整夜，意犹未尽，且看满天的红霞，正像女郎脸上的红晕。"鹧鸪鸣"，是因为天明的缘故。鹧鸪的叫声是"行不得也哥哥"，诗中常用来表示思念故乡。而在这首诗中，鹧鸪的叫声是不能影响姑娘们的情绪的。作者不是按规矩出牌，恰恰是他的高明。

第三首兼写舞会。"新词宛转递相传"二句，写女郎们载歌载舞。

这里又一次提到"新词"，当然不能全唱老歌，一定有新词。五代欧阳炯《花间集序》云："则有绮筵公子，绣幌佳人，递叶叶之花笺，文抽丽锦；举纤纤之玉指，拍按香檀。不无清绝之词，用助娇娆之态。"那是豪门的情况。而民间自有民间的作手，"递相传"，是新词写成、先睹为快的样子。"振袖倾鬟"，则是尽情歌舞的样子。水袖在舞蹈中有美化舞容的重要作用，语云："长袖善舞，多钱善贾。"而"倾鬟"则是甩头或摆头的动作。"风露前"是说所有表演都在露天进行，大堤提供了这样的舞台。

"月落乌啼云雨散"二句，写舞会结束的次日，堤上还留下了狂欢的痕迹。"月落乌啼"所暗示的仍然是一整夜，只不过时间在"红霞映树"之前。最耐人寻味的是"云雨散"三字，是不是暗示了男女关系？因为"云雨"语出宋玉《高唐赋》："昔者先王尝游高唐，怠而昼寝，梦见一妇人曰：妾巫山之女也，为高唐之客，闻君游高唐，愿荐枕席。王因幸之。去而辞曰：妾在巫山之阳，高丘之岨，旦为朝云，暮为行雨，朝朝暮暮，阳台之下。"后人因以"云雨"指男女欢会。不过，这只是"云雨"的一个义项。"云雨"还有别的义项，汉末王粲《赠蔡子笃诗》云："风流云散，一别如雨。"后人亦以"云雨"指结束、分离。而在这首诗中，恰恰是用这个义项。套用一句词说：歌舞正贪欢笑，要约哪得工夫。再说，大堤露天也不提供这种场所。末句"游童陌上拾花钿"，是写一夜狂欢之后，堤上留下了物证。这个"花钿"，回应"倾鬟"二字。首饰掉了一地，与这个动作相关。

这个结尾非常有意思，最后出现一个"游童"，与歌舞全不相干，他所扮演的，仅仅是一个证物搜集者的角色。有人说，像齐白石画"蛙声十里出山泉"中的几只蝌蚪，使人见微知著，想象到"蛙声十里"的喧嚣情景，不为无见。

竹枝词（录三）

其一

杨柳青青江水平，闻郎江上唱歌声。

东边日出西边雨，道是无晴却有晴。

其二

山桃红花满上头，蜀江春水拍山流。

花红易衰似郎意，水流无限似侬愁。

其三

山上层层桃李花，云间烟火是人家。

银钏金钗来负水，长刀短笠去烧畲。

　　长庆二年（822）刘禹锡任夔州刺史期间，闻当地民歌《竹枝》，"含思宛转，有淇澳之艳音"，其词不甚雅驯，乃效屈原《九歌》，作《竹枝词》共十一首。这三首放到一起合讲。分别录自《竹枝词》二首其一、《竹枝词》九首其二、其九。

　　所有这些歌词，皆深得民歌神髓。何以言之？首先，它们是道地的情歌。民歌自称"无郎无姊不成歌"，在民间流行最广、数量最多、功能最大（为男女架桥）、美感最强的民歌或山歌，便是情歌。与文人爱情诗（如元稹、李商隐诗）不同，民间劳动男女的爱情思想，较少受封建礼教扭曲，大抵是心想口说，敢说敢做，所以比较自由、活泼、单纯、健康。因而在某种意义上可以说，民歌是进行美育的最好教材。刘禹锡的这些拟民歌都不是写文人的爱情生活，而是描写民间男女的爱情，所以比较元稹、李商隐爱情诗，独有桑间濮上之音，即民间生活气息。

这些诗还表现了民间对歌的风俗，如前面选讲到的"春江月出大堤平"一首中女郎通过唱歌来表达情意；"杨柳青青江水平"一首中女郎从闻歌揣测对方情意，这诗将初恋少女对爱人情意把握不定（所谓"像雾像雨又像风"），心中不够踏实的心情表现得惟妙惟肖。"山上层层桃李花"一首表面上写的是劳动，未言及情，然而细看"银钏金钗""长刀短笠"，一女一男，大有意味，唱的却是《天仙配》"你耕田来我织布，你挑水来我浇园"，是一种极美满的小家庭生活。

其次是多用比兴手法。民歌大都为劳动者即兴创作，往往触物起情，兴语多就地取材，刘禹锡《竹枝词》等拟民歌就具有民歌的这一本色，"山桃红花满上头""山上层层桃李花""杨柳青青江水平"皆是先言春景，以引起所咏之词；兴象妍美而外，复多巧比妙喻，如"山桃红花满上头"中以"花红易衰"比男子薄幸，以"水流无尽"比女方怨思，一反通常所谓"落花有意，流水无情"的习惯用喻，极有新意。

再次是多用谐音双关。这是民歌尤其是六朝民歌常用的手法，《竹枝词》有极富新意的运用，如"东边日出西边雨，道是无晴却有晴"，这既是以谐音双关"无情""有情"，同时又有以天气的变幻不定，形容对方态度的不够明朗，不好把握的喻义成分。谢榛谓此二句"措辞流丽，酷似六朝"，就是指它与六朝民歌多用谐音双关语暗示男女恋情手法酷似。

竹枝词九首（录一）

瞿塘嘈嘈十二滩，人言道路古来难。
长恨人心不如水，等闲平地起波澜。

这首诗是《竹枝词》第七首，以瞿塘峡水路起兴，感慨世道人心之险恶。

"瞿塘嘈嘈十二滩"二句，写瞿塘峡水路之险。瞿塘峡是长江三峡第一峡，滩多水急，旧时峡口有一巨大石滩称"滟滪堆"，极易触礁，船毁人亡之事是经常发生的，古歌谣有："滟滪大如马，瞿塘不可下；滟滪大如猴，瞿塘不可游；滟滪大如龟，瞿塘不可回；滟滪大如象，瞿塘不可上。"故又有"瞿塘天下险"之称。《行路难》本是乐府古题，概括了行旅中人的感受，而诗中的"人言道路古来难"则是特指瞿塘峡的航道，可以说难上加难。

"长恨人心不如水"二句，以瞿塘峡水，喻人心险恶。上句是个半截话，"不如水"什么，并没有在本句中说出，而于下句中暗示。"等闲平地起波澜"，这是直指人心的，意同于无事生非。同时又是一个譬喻，即把人心比水——"起波澜"是水的特征，但水起波澜须是大风在起作用，不至于"等闲平地"、即平白无故兴起狂澜。近人俞陛云释云："瞿唐以险恶著称，因水为万山所束，巨石所阻，激而为不平之鸣，一入平原，江流漫缓矣。若人心则平地可起波澜，其险恶殆过于瞿唐千尺滩也。"（《诗境浅说续编》）

白居易有一首新乐府写人心险恶道："天可度，地可量，唯有人心不可防。但见丹诚赤如血，谁知伪言巧似簧。劝君掩鼻君莫掩，使君夫妇为参商。劝君掇蜂君莫掇，使君父子成豺狼。海底鱼兮天上鸟，高可射兮深可钓。唯有人心相对时，咫尺之间不能料。君不见李义府之辈笑欣欣，笑中有刀潜杀人。阴阳神变皆可测，不测人间笑是瞋。"同样是缘事而发，但白居易这一首像散文那样直说，失之浅白。刘禹锡此诗却不直说其事，加以变形，即从瞿塘峡之滩险说起，点到即收，反而余味无穷。

清人吴乔说："意喻之米，文喻之炊而为饭，诗喻之酿而为酒；饭不变米形，酒形质尽变。"（《围炉诗话》）意思是诗不能像散文那样直说，虽是缘事而发，却必须变形，而比兴就是一种有效的变形手法。此诗成功之处，即在于此。

杨柳枝词九首（录一）

> 塞北梅花羌笛吹，淮南桂树小山词。
> 请君莫奏前朝曲，听唱新翻杨柳枝。

《杨柳枝词》组诗作于文宗开成五年（840），是作者晚年与白居易唱酬之作。白居易有组诗共八首，其一即序诗云："六幺水调家家唱，白雪梅花处处吹。古歌旧曲君休听，听取新翻杨柳枝。"刘禹锡作九首，这是第一首，亦即序诗，显然脱胎于白居易作，不过后出转精罢了。

"塞北梅花羌笛吹"，二句并列两种前朝（汉代）流行歌曲或曲调。上句"梅花"即《梅花落》，汉横吹曲名，本属笛曲，故曰"羌笛吹"。南朝鲍照、吴均、陈后主、徐陵、江总至唐初卢照邻、沈佺期等都有《梅花落》歌词。下句"淮南桂树小山词"，指《楚辞》中的《招隐士》篇，相传为西汉淮南王刘安门客小山所作，颇为后世传诵，诗云："桂树丛生兮山之幽，偃蹇连蜷兮枝相缭。……猿狖群啸兮虎豹嗥，攀援桂枝兮聊淹留。王孙游兮不归，春草生兮萋萋。"乐府杂曲歌辞《王孙游》曲，即从此词化出。以上两种歌词，到唐代都在流行或仍有影响，李白诗云："黄鹤楼中吹玉笛，江城五月落梅花"（《与史郎中钦听黄鹤楼上吹笛》）、王维诗云："春草明年绿，王孙归不归？"（《送别》）即是明证。而《梅花落》中的意象梅花，《招隐士》中的意象桂树，均属植物序列，正好拿来与《折杨柳枝词》中的意象杨柳、相提并论。这两句只是并列两种古歌旧曲，并没有下任何断案，它们所代表的是过气的经典，诗人的言外之意悠然可会。清人赵翼《论诗》云："满眼生机转化钧，天工人巧日争新。预支五百年新意，到了千年又觉陈。"即一切的古歌旧曲，都曾经新鲜过，但流行既久，总有陈旧的一天。这个意思，为后两句说推陈出新，做好了铺垫。

"请君莫奏前朝曲"二句，是在前两句基础上发出的诗歌宣言。上句以呼告语，要求诗人不要重复古人、不要老调重弹，因为听众读者已感到审美疲劳了。这种意思后来鲁迅也表达过，"我以为一切好诗，到唐已被做完。今后若非能翻出如来手心的齐天大圣，大可不必措手。"注意这里的"翻"字，即翻出如来手心的"翻"。下句正好用了这个字："听唱新翻杨柳枝。""新翻"二字很有意思，因为乐府旧曲本有《折杨柳》曲，配合演唱的歌词称《折杨柳歌词》，汉魏六朝人所作大都为五言诗。而唐代文人尤其是白居易、刘禹锡手里，都改用了最新流行的七言绝句的形式来写作，从内容到形式，都令人耳目一新。而诗人这里正是在表达一种诗歌主张，那就是不断推陈出新。赵翼《论诗》云："李杜诗篇万口传，至今已觉不新鲜。江山代有才人出，各领风骚数百年。"仍然是这个主张。

因为是组诗的序诗，表达创作主张正是题中应有之义。这首诗的原创，应属白居易，但作者后出转精。"请君莫奏前朝曲"二句，比"古歌旧曲君休听"二句，在形式上更接近对仗，而语气更加饱满，因此更觉精警动人。

柳枝词

清江一曲柳千条，二十年前旧板桥。
曾与美人桥上别，恨无消息到今朝。

这首《柳枝词》，明代杨慎、胡应麟誉之为神品。它有三妙。

一、故地重游，怀念故人之意欲说还休，尽于言外传之，是此诗的含蓄之妙。首句描绘一曲清江、千条碧柳的清丽景象。"清"一作"春"，两字音韵相近，而杨柳依依之景自含"春"意，"清"字更能写出水色澄碧，故作"清"字较好。"一曲"犹一湾。江流曲折，两岸杨柳沿江迤逦展开，着一"曲"字则画面生动有致。旧诗写杨柳多暗关别离，而清江又是水路，因而首句已展现一个典型的离别环境。次句撇景入事，点明过去的某个时间（二十年前）和地点（旧板桥），暗示出曾经发生过的一桩旧事。"旧"字不但见年深岁久，而且兼有"故"字意味，略寓风景不殊人事已非的感慨。

前两句从眼前景进入回忆，引导读者在遥远的时间上展开联想。第三句只浅浅道出事实，但由于读者事先已有所猜测，有所期待，因而能用积极的想象丰富诗句的内涵，似乎看到这样一幅生动画面：杨柳岸边兰舟催发，送者与行者相随步过板桥，执手无语，充满依依惜别之情。末句"恨"字略见用意，"到今朝"三字倒装句末，意味深长。与"二十年前"照应，可见断绝消息之久，当然抱恨了。只说"恨"对方杳无音信，却流露出望穿秋水的无限情思。此诗首句写景，二句点时地，三、四句道事实，怀思故人之情欲说还休，"悲莫悲兮生别离"的深沉幽怨，尽于言外传之，真挚感人。可谓"用意十分，下语三分"，极尽含蓄之妙。

二、运用倒叙手法，首尾相衔，开阖尽变，是此诗的章法之妙。它与《题都城南庄》（崔护）主题相近，都用倒叙手法。崔诗从"今日此门中"忆"去年"情事，此诗则由清江碧柳忆"二十年前"之事，这样开篇就能引人入胜。不过，崔诗以上下联划分自然段落，安排"昔—今"两个场面，好比两幕剧。而此诗首尾写今，中二句写昔，章法为"今—昔—今"，婉曲回环，与崔诗异趣。此诗篇法圆紧，可谓曲尽其妙。

三、白居易有《板桥路》云："梁苑城西二十里，一渠春水柳千条。若为此路今重过，十五年前旧板桥。曾共玉颜桥上别，恨无消息到今朝。"唐代歌曲常有节取长篇古诗入乐的情况，此《杨柳曲》可能系刘禹锡改白居易作付乐伎演唱。

诗歌对精练有特殊要求，往往"长篇约为短章，涵蓄有味；短章化为大篇，敷衍露骨"（明谢榛《四溟诗话》）。《板桥路》前四句写故地重游，语多累赘。"梁苑"句指实地名，然而诗不同于游记，其中的指称、地名不必坐实。篇中既有"旧板桥"，又有"曾共玉颜桥上别"，则"此路今重过"的意思已显见，所以"若为"句就嫌重复。删此两句构成入手即倒叙的章法，改以写景起句，不但构思精巧而且用语精练。《柳枝词》词约义丰，结构严谨，比起《板桥路》可谓青出于蓝而胜于蓝。刘禹锡的绝句素有"小诗之圣证"（王夫之）之誉，《柳枝词》虽据白居易原作改编，也表现出他的独到匠心。

浪淘沙九首（录二）

其一

濯锦江边两岸花，春风吹浪正淘沙。

女郎剪下鸳鸯锦，将向中流匹晚霞。

《浪淘沙》是唐代教坊曲，为七言绝句体，较早的作者有刘禹锡、白居易、皇甫松等。刘禹锡《浪淘沙》组诗九首，此诗原列第五，赞美成都织锦业，兼写锦江之美，有民歌风味。南朝梁代李膺《益州记》记载："锦城在益州南、笮桥西流江南岸，昔蜀时故锦官也。其处号锦里，城塘犹在。"

"濯锦江边两岸花"二句，写锦江春色。唐代的成都锦江两岸多花，杜甫有"晓看红湿处，花重锦官城"之句。而成都织锦业发达，江边经常有女工濯锦。"春风吹浪正淘沙"却不是说濯锦，而是说淘金。盖唐代淘金作业也由女子充当。作者在另一首《浪淘沙》中写道："日照澄洲江雾开，淘金女伴满江隈。美人首饰侯王印，都是沙中浪底来。"而在这首诗中，作者却将淘金之事，作为濯锦之事的一个陪衬。

"女郎剪下鸳鸯锦"二句，写女郎濯锦。织锦女工将从织锦机上才剪下来的锦缎拿到锦江透水。"将向中流匹晚霞"，这个"将"是拿来的意思，本来是将锦缎拿到锦江濯洗，诗人不这样说，却说是拿到中流去与倒映江中的晚霞比美。而蜀锦颜色之绚丽，就可想而知了。是诗人措辞之妙。据说唐代的锦江，因为濯锦的缘故，江面有锦缎的颜色，元稹即有"锦江滑腻峨眉秀"之句。在现实生活中，这是一种手工业污染，但不严重。在诗中反而成了锦上添花，是因病致妍。

总之，这首诗诗词俱美，又很通俗，和《竹枝词》的风味差不多。顺便说，刘禹锡平生并未到过成都。不过他在穆宗长庆元年（821）冬，被任命为夔州（今重庆市奉节县）刺史，接触到巴东民歌竹枝词，并为之加工，写作了大量拟民歌，《浪淘沙》是其中的一种。他对蜀江上游的成都，必是十分向往，并从传闻中略知一二。《竹枝词》有云："日出三竿春雾消，江头蜀客驻兰桡。凭寄狂夫书一纸，住在成都万里桥。"内容当是一位家住成都万里桥边的女子，托"江头蜀客"给在外经商的丈夫捎信的叮咛。写得活灵活现，亦是出自诗人的想象。

其二

日照澄洲江雾开，淘金女伴满江隈。

美人首饰侯王印，尽是沙中浪底来。

此诗原列第六，生动地描绘了当时民间采金业的兴盛情景，并对劳获不均的现象抒发感慨。

"日照澄洲江雾开"二句，写江边淘金的热闹场景。上句描写雾散日出好天气，适合淘金作业，同时衬托出劳动场面的壮美。黄金是最早被发现和使用的金属之一，我国至迟在商代中期已掌握了制造金器的技能。世界上没有任何一种金属能像黄金这样长久介入人类经济生活，并对社会产生如此重大的影响。金子那耀眼夺目的光泽和无与伦比的物理化学特性，有着神奇的永恒的魅力，成为世人共同追求的财富。唐代民营采金业有所发展，民间对沙金进行了大规模开采。此诗下句"淘金女伴满江隈"，是关于唐时淘金作业由女子承担的最早记录，同时表现了对淘金女付出的劳动的赞美和讴歌。在唐五代诗词中，写到淘金劳作的除此句外，还有三例："洞丁多斫石，蛮女半淘金"（许浑）、"翠鬟女、相与，共淘金"（毛文锡）、"越女淘金春水上"（薛昭蕴），无一例外地为女子作业，是因为沙里淘金，需要特别细心的缘故。

"美人首饰侯王印"二句，是抒发社会不公的感慨。上句写金子的用途，因为贵重，所以金子多用于锻造奢侈品如"美人首饰"，和权力地位的象征物如"王侯印"。此句运用了句中排比的句式，充满唱叹之音，逼出下句："尽是沙中浪底来"！感慨深沉，至少包含三层意思。第一层意思是来之不易。制作首饰、侯王印的金子，是从浪底沙中一颗一颗拣出来的。第二层意思是劳者不获，获者不劳。就像一首民谣所唱的："泥瓦匠，住草房。纺织娘，没衣裳。卖盐的，喝淡汤。种田的，吃米糠。当奶妈的卖儿郎，淘金的老汉一辈子穷得慌。"第三层意思是著处不知来处苦，谓女伴淘沙拣金之劳，"美人""侯王"或未知也。恰如白居易《缭绫》所写，一方面是织女的辛劳："丝细缲多女手疼，扎扎千声不盈尺"；一方面则是昭阳舞人的浪费："汗沾粉污不再着，曳土踏泥无惜心"。

总之，这首诗选题独步一时，作者抒发的感慨十分深沉，表现出深切的人文关怀。而在语言上，则做到了深入浅出，余味无穷。

望夫山

终日望夫夫不归，化为孤石苦相思。
望来已是几千载，只似当时初望时。

传说古时候有一位妇女思念远出的丈夫，立在山头守望不回，天长日久竟化为石头。这个古老而动人的传说在民间流行极为普遍。此诗所指的望夫山，在今安徽当涂县西北，唐时属和州。此诗题下原注"正对和州郡楼"，可见作于刘禹锡和州刺史任上。

全诗紧扣题面，通篇只在"望"字上做文章。"望"字三见，诗意也推进了三层。一、二句从"望夫石"的传说入题，是第一层，"终日"即从早到晚，又含日复一日时间久远之意。可见"望"者一往情深。"望夫"而"夫不归"，是女子化石的原因。"夫"字叠用形成句中顶真格，意转声连，便觉节奏舒徐，音韵悠扬。次句重在"苦相思"三字，正是"化为石，不回头"（王建《望夫石》），表现出女子对爱情的忠贞。

"望来已是几千载"，比"终日望夫"意思更进一层。望夫石守候山头，风雨不动，几千年如一日。——这大大突出了那苦恋的执着。"望夫"的题意至此似已淋漓尽致。殊不知在写"几千载"久望之后，末句突然出现"初望"二字。这出乎意料，又尽情入妙。古话说"白头如新"，此诗后二句意近之。因为"初望"的心情最迫切，写久望只如初望，就有力地表现了相思之情的真挚和深切，这里"望"字第三次出现，把诗情引向新的高度。三、四句层次上有递进关系，但通过"已是"与"只似"虚词的呼应，又有一气呵成之感。

这首诗是深有寓意的。刘禹锡在永贞革新运动失败后，政治上备受打击和迫害，长流远州，思念京国的心情一直很迫切。此诗即借咏望夫石寄托这种情怀，诗意并不在题中。同期诗作有《历阳书事七十韵》，其中"望夫人化石，梦帝日环营"两句，就是此诗最好的注脚。纯用比体，深于寄意，是此诗写作上第一个特点。

此诗用意虽深，语言却朴质无华。"望"字一篇之中凡三致意，诗意在用字重复的过程中步步深化。这种反复咏叹突出主题的手法，形象地再现了作者思归之情，含蓄地表达了他坚贞不渝的志行，柳宗元《与浩初上人同看山寄京华亲故》"若为化得身千亿，散作峰头望故乡"，与此诗有相同的寄意。但柳诗"望故乡"用意显而诗境刻意造奇；此诗不直接写"望故乡"之意，却通过写石人"望夫"，巧妙地传达出来，用意深而具有单纯明快之美。陈师道因而称赞它"语虽拙而意工"。这是此诗写作上又一特点。

综上两方面，可以说此诗体现了刘禹锡绝句能将深入与浅出高度统一的艺术优长。

【柳宗元】(773—819) 字子厚，唐河东（今山西永济）人。德宗贞元九年（793）进士及第，十九年擢监察御史里行。顺宗永贞中（805）参与革新，同年宪宗即位，革新失败，贬永州（今属湖南）司马。元和十年（815）回京，复出为柳州（今属广西）刺史。有《柳宗元集》。

秋晓行南谷经荒村

杪秋霜露重，晨起行幽谷。

黄叶覆溪桥，荒村唯古木。

寒花疏寂历，幽泉微断续。

机心久已忘，何事惊麋鹿？

这首诗作于永贞元年（805)，柳宗元因参加王叔文革新集团被贬永州司马任上。在唐代，司马是一个安置迁谪的闲职，白居易这样形容："刺史守土臣，不可远观游；群吏执事官，不敢自暇佚；惟司马绰绰，可以从容于山水诗酒间。""州民康非司马功，郡政坏非司马罪，无言责，无事忧。""若有人蓄器贮用急于兼济者居之，虽一日不乐；若有人养志忘名安于独善者处之，虽终身无闷。"（《江州司马厅记》）"秋晓行南谷经荒村"，正是"司马绰绰，可以从容于山水诗酒间"的写照。

"杪秋霜露重"二句，写早起初入南谷的感受。"南谷"为永州地名。"杪秋"即晚秋，"霜露重"则气温低，是晚秋天气的特点。"晨起行幽谷"，作者起了个大早，冒着霜露，走进幽深的山谷。因为远离政治中心，又远离市井，加之"无言责，无事忧"，作者在永州养成了早起的习惯，徜徉山水、可以散心，呼吸新鲜空气、可以使头脑清醒。这一联是对仗，但"谷"字韵脚，属仄韵入声，使此诗体在古近之间。

"黄叶覆溪桥"二句，写行过荒村之所见。上句写黄叶覆盖在溪桥上面，既然有"溪桥"，表明这一带曾经有人，但是黄叶覆盖，又可见很久无人，其境荒寂可知。这里的居民都上哪去了，是迁徙了？还是死绝了，都不得而知。下句并列"荒村""古木"，中间著一"唯"字，更证明无人，生态回归到原始。此诗的诗题及正文都表明，作者这一次是独行，面对这样的荒村，其心情悲凉可想而知。

"寒花疏寂历"二句，继续写沿途的秋景。上句说秋花如菊科之类，开得稀疏零落，聊胜于无。"幽泉微断续"是说泉水声不大且时断时续，这样的声音更显得周围山林的寂静。此色此声，亦足幽赏，所谓"寒花之态，疏淡而寂寥，幽泉之声，微闻其断续，此皆天地自然之妙。"（《古唐诗合解》）这一联两句平仄格式相同，不成对仗。今之初学者往往大惊小怪，而唐人多不介意。

"机心久已忘"二句，写忽逢野鹿的惊喜。这一天的早行，即未"偶然值林叟"或"隔水问樵夫"，连空谷足音都没有听到，却遇到了野鹿，也是值得高兴的事。永州一带有麋鹿，又叫四不像。当时柳宗元写过一篇《临江之麋》，讲过有人从山中抱回幼鹿饲养的故事。所以这天碰到野鹿是真实的事，而麋鹿见人后，很警觉地逃走，也是实际情况。作者没有直说忽逢野鹿的欣喜，反而是自嘲了一下：你不是自以为放下了吗，为什么野鹿见了你就逃呢？"机心"指算计之心。关于动物具有识机心的本能，《列子·黄帝》有一则著名的故事，说海上有好鸥鸟者，鸥鸟皆从之游，其父闻之，令其捕捉，明日到海上，鸥鸟皆舞而不下。宋人黄彻评："'机心久已忘，何事惊麋鹿。'又《放鹧鸪词》云：'破笼展翅当远去，同类相呼莫相顾。'惜乎知之不早尔。"（《䂮溪诗话》）意思是，在识别机心上，人不如动物敏感。

全诗是循行踪为线索，逐步展开描写。明人唐汝询评此诗，则曰："此叙山行之景，因言机心已忘，则当入兽不乱，何为惊此麋鹿乎？此乃辋川落句翻案。"（《唐诗选脉会通评林》）意思是，此诗结尾较王维《终南山》等五律具有别趣。不但为永州南谷一带风光存照，同时表现出作者对大自然和生活的热爱，通过自我调侃，有揶揄人性的意味。

雨后晓行独至愚溪北池

宿云散洲渚，晓日明村坞。
高树临清池，风惊夜来雨。
予心适无事，偶此成宾主。

这首诗作于宪宗元和五年（810）亦即作者被贬永州司马的第六个年头。关于愚溪，作者《愚溪诗序》云："灌水之阳有溪焉，东流入于潇水。或曰：冉氏尝居也，故姓是溪为冉溪。""予以愚触罪，谪潇水上。爱是溪，入二三里，得其尤绝者家焉。古有愚公谷，今予家是溪，而名莫能定，士之居者，犹龂龂然，不可以不更也，故更之为愚溪。""北池"在愚溪钴鉧潭北约六十步，是作者经常游憩之所。

"宿云散洲渚"二句，写"雨后晓行"一路光景。"宿云"指昨夜就有的云。"洲渚"是水中的小块陆地。从上句看，愚溪北池一带洲渚，昨夜是雨云笼罩的，而到清晨，已是云开雾散。"晓日明村坞"，旭日的光辉照到山村林坞（坞指地势周围高而中央洼的地方）。人的心情也会随着天气的雨转晴，而变得开朗起来。所以有晓行之事。

"高树临清池"二句一气贯注，是作者在北池上，想象昨夜的风雨。池边高大的树木，被夜雨清洗过了，倒影在水中，水面却漂着树叶，仿佛诉说着昨夜的风雨。"风惊夜来雨"句，正像孟浩然《春晓》的"夜来风雨声，花落知多少"一样，是对昨夜的回忆。宋人吴可说："'惊'字甚奇"（《藏海诗话》）。奇在何处？作者眼前的景象是晴明的、平静的，他偏偏从落叶之类的迹象，看出昨夜的风狂雨暴。从无声处感受到风雨声，这是诗中的一个亮点。

以上四句通过"云散""晓日""高树""清池"，写出北池之上，雨霁云销的明丽图景。

"予心适无事"二句，则写作者徘徊池上，流连忘返。这层意思没有直说，而是通过比拟手法呈现的，诗中把北池比作主人，把自己比作闲适无事、愿意留下来不走的客人。通过主人殷勤留客的比拟，表达了作者流连忘返的意思。"偶此成宾主"，是诗中另一个妙语。意思是，虽然成了客人，却没有事先得到主方的邀请；虽然是不速之客，却又受到主方的热情接待。"偶此"云云，好比说——缘分哪。

这首诗只六句，是一首五言古风。顺便说，今人写旧诗如不讲平仄，写六句就好。因为写成八句，很容易被人当作律诗予以评谈。要不然，就写十句或十句以上，免得别人说长道短。

中夜起望西园值月上

觉闻繁露坠，开户临西园。

寒月上东岭，泠泠疏竹根。

石泉远逾响，山鸟时一喧。

倚楹遂至旦，寂寞将何言。

　　这首诗与前诗作于同一年，即元和五年（810），作者在潇水西愚溪畔购得一地，经过疏泉穿池、构亭筑屋，住了下来，同时还自己经营了菜园。此诗写中夜起坐，仰见月出，通过静夜中各种细微的声响描写，抒发谪居中幽郁的情怀。"西园"指作者住宅西边的菜圃。

　　"觉闻繁露坠"二句，紧扣题面写中夜起床。一个"觉"字，表明是半夜醒来。"闻繁露坠"，是听到露水滴下的声音，这种声音本来不大，但在静夜中听来，却很清晰。于是作者清醒起来，一时不能入睡，干脆披衣起床，"开户临西园"。"临西园"干什么？一是寻找滴露的声源。此外，菜圃里应该新种了大白菜、萝卜之类秋种冬收的菜。既然学了老圃，就不能四体不勤、五谷不分，早起看看作物生长情况，也是必须的。所以这两句，是作者最靠近陶渊明的诗。

　　"寒月上东岭"二句，写"值月上"。诗中见月，就像陶渊明"悠然见南山"，是不期然而然的收获。关于月亮，有个口诀："上上上西西，下下下东东。"意即上弦月出现在上半月上半夜，月出西岭、西（左）边亮；下弦月出现在下半月下半夜，月出东岭、东（右）边亮。诗中"寒月"（秋月）下半夜、出于东岭，肯定是下弦月了，而且是在下半月。"泠泠疏竹根"，滴露的声源找到了。孟浩然写静夜有"竹露滴清响"之句，露是从竹叶上滴下来的，竹丛下有泉流，"泠泠"是泉流的声音。

　　"石泉远逾响"二句，写静夜听见的泉声和鸟声。上句写石泉，紧接"泠泠"而来，怎么会"远逾响"呢？可以推断，远处有滩，而水在下滩时，声音会传得很远。于是这一笔，就拓宽了诗境的空间。"山鸟时一喧"，那就是"月出惊山鸟，时鸣春涧中"（王维）了，只要把"春"字改成"秋"字就行了。所有这些声音，都是表现夜静的。"时一喧"，就是偶尔啼叫一声，鸟叫是因为月出，会短暂地打破夜的岑寂，而鸟啼之后，夜会显得愈发安静。

"倚楹遂至旦"二句，写作者起床后彻夜未眠，很寂寞也很享受。因为是夜晚，除了月色，更多的是听觉的享受，"繁露""泠泠""石泉""山鸟"，等等，静夜中所有天籁，构成了一种和鸣。所以作者靠着柱子，一直在谛听，头脑清醒着，没有昏昏欲睡的感觉。"寂寞"肯定是寂寞，"将何言"直译是：没有什么话说。而"没有什么话说"，包含的意思之一，就是很满意、很享受，包括享受自己的寂寞。明人陆时雍评："语有景趣，然此等景趣在冥心独悟者领之。"（《唐诗镜》）可谓善会。

清人王尧衢评此诗："即事成咏，随景写情，颇有自得之趣。然毕竟有'迁谪'二字横于意中，欲如陶、韦之脱，难矣。"（《古唐诗合解》）这是知人论世之见，从总体上讲，柳宗元达不到陶式的洒脱。不过，单就这首诗而言，无论是写法还是心境，都是相当接近陶渊明的。

渔翁

渔翁夜傍西岩宿，晓汲清湘燃楚竹。

烟销日出不见人，欸乃一声山水绿。

回看天际下中流，岩上无心云相逐。

此篇作于永州。作者所写的著名散文《永州八记》，于寄情山水的同时，略寓政治失意的孤愤。同样的意味，在他的山水小诗中也是存在的。此诗首句的"西岩"即指《始得西山宴游记》的西山，而诗中那在山青水绿之处自遣自歌、独往独来的"渔翁"，则含有几分自况的意味。主人公独来独往，突现出一种孤芳自赏的情绪，"不见人""回看天际"等语，又都流露出几分孤寂情怀。而在艺术上，此诗尤为后人注目。苏东坡赞叹说："诗以奇趣为宗，反常合道为趣。熟味此诗有奇趣。"（《全唐诗话续编》卷上引惠洪《冷斋夜话》）"奇趣"二字，的确抓住了此诗主要的艺术特色。

首句就题从"夜"写起，"渔翁夜傍西岩宿"，还很平常；可第二句写到拂晓时就奇了。本来，早起打水生火，亦常事。但"汲清湘"而"燃楚竹"，造语新奇，为读者所未闻。事实不过是汲湘江之水、以枯竹为薪而已。不说汲"水"燃"薪"，而用"清湘""楚竹"借代，诗句的意蕴也就不一样了。犹如"炊金馔玉"给人侈靡的感觉一样，"汲清湘"而"燃楚竹"则有超凡绝俗的感觉，似乎象征着诗中人孤高的品格。可见造语"反常"能表现一种特殊情趣，也就是所谓"合道"。

一、二句写夜尽拂晓，从汲水的声响与燃竹的火光知道西岩下有一渔翁在。三、四句方写到"烟销日出"，按理此时人物该与读者见面，可是反而"不见人"，这也"反常"。然而随"烟销日出"。绿水青山顿现原貌，忽闻橹桨"欸乃一声"，原来人虽不见，却只在山水之中。这又"合道"。这里的造语亦奇："烟销日出"与"山水绿"互为因果，与"不见人"则无干；而"山水绿"，与"欸乃一声"更不相干。诗句偏作"烟销日出不见人，欸乃　声山水绿"，尤为"反常"。但"熟味"二句，"烟销日出不见人"，适能传达一种惊异感；而于青山绿水中闻橹桨欸乃之声尤为悦耳怡情，山水似乎也为之绿得更其可爱了。作者通过这样的奇趣，写出了一个清寥得有几分神秘的境界，隐隐传达出他那既孤高又不免孤寂的心境。所以又不是为奇趣而奇趣。

结尾两句是全诗的一段余音，渔翁已乘舟"下中流"，此时"回看天际"，只见岩上缭绕舒展的白云仿佛尾随他的渔舟。这里用了陶潜《归去来辞》"云无心而出岫"句意。只有"无心"的白云"相逐"，则其孤独无伴可知。

关于这末两句，东坡却以为"虽不必亦可"。这不经意道出的批评，引起持续数百年的争论。南宋严羽，明胡应麟，清王士祯、沈德潜同意东坡，认为此二句删好。而南宋刘辰翁、明李东阳、王世贞认为不删好。刘辰翁以为此诗"不类晚唐"正赖有此末二句（《诗薮·内编》卷六引），李东阳也说"若止用前四句，则与晚唐何异？"（《怀麓堂诗话》）两派分歧的根源在于对"奇趣"的看法不同。

苏东坡欣赏此诗"以奇趣为宗"，而删去末二句，使诗以"欸乃一声山水绿"的奇句结，不仅"余情不尽"（《唐诗别裁》），而且"奇趣"更显。而刘辰翁、李东阳等所菲薄的"晚唐"诗，其显著特点之一就是奇趣。删去此诗较平淡闲远的尾巴，致使前四句奇趣尤显，"则与晚唐何异？"其实"晚唐"诗固有猎奇太过不如初盛者，亦有出奇制胜而发初盛所未发者，岂能一概抹杀？如此诗之奇趣，有助于表现诗情，正是优点，虽"落晚唐"何伤？自然，选录作品应该维持原貌，不当妄加更改；然就谈艺而论，可有可无之句，究以割爱为佳。

登柳州城楼寄漳、汀、封、连四州刺史

城上高楼接大荒，海天愁思正茫茫。

惊风乱飐芙蓉水，密雨斜侵薜荔墙。

岭树重遮千里目，江流曲似九回肠。

共来百越文身地，犹自音书滞一乡！

作于元和十年（815）夏初至柳州贬所时。同年被召还京改贬漳（属福建）、汀（福建长汀）、封（广东封开）、连（广东连县）州刺史的四个人，是韩泰、韩晔、陈谏、刘禹锡，俱属"八司马"之列。诗即寄赠他们四个人的。

"城上高楼接大荒，海天愁思正茫茫"，首写登高望远，兴起愁思。

大荒指辽阔的原野或边远之地，"高楼"与"大荒"互形，则高益高、远益远，境界尤为莽苍，尤能兴起心事之浩茫；柳州下临潭水（即今柳江），"海天"实是江天，乃夸张愁思之漫无边际。两句境界宏大阔远，工于发端。

"惊风乱飐芙蓉水，密雨斜侵薜荔墙"，进而点明作者是风雨登楼，一倍增其愁情。"芙蓉""薜荔"，撷芳于楚辞（《离骚》"制芰荷以为衣兮，集芙蓉以为裳"、"揽木根以结茝兮，贯薜荔之落蕊"），以譬君子；"惊风""密雨"以譬小人；"飐"而曰"乱"、"侵"而曰"斜"，以譬政治迫害，显有主观感情色彩；而取象尽出眼前景，故喻义如水中著盐，不见痕迹。就写景言，这两句是近景。

"岭树重遮千里目，江流曲似九回肠"，三联写远景，仍具比义。何焯云："岭树句喻君门之远，江流句喻臣心之苦"，乃就系心君国立言；从寄赠角度看，则心驰神往，而重岭密林遮断千里之目，漳、汀、封、连四州殆不可见，相思愁肠遂有如九曲之江水。

"共来百越文身地，犹自音书滞一乡"，结尾抒发感慨。言南中交通不便，不要说互访不易，连互通音信也很困难。诗人的高明之处，在于先下"共来"二字，然后再以"犹自"反跌，以启各散五方之意，由此收到了沉郁和唱叹的效果，形象地表现了他的九曲回肠。

柳州城西北隅种柑树

手种黄柑二百株，春来新叶遍城隅。
方同楚客怜皇树，不学荆州利木奴。
几岁开花闻喷雪，何人摘实见垂珠？
若教坐待成林日，滋味还堪养老夫。

这首诗作于宪宗元和十年（815）至十四年作者被贬柳州（今属广西）刺史任上。通过种柑树一事，反映了作者不偷合取容的坚贞品质，使人想到屈原的《橘颂》，与此同时，也流露了久谪僻壤的哀怨。

"手种黄柑二百株"二句，写作者亲植果树，俱得成活的喜悦。诗题已点明植树地点，是"柳州城西北隅"，上句交代树种（"黄柑"）及数量（"二百株"）。"手种"二字，表明躬亲其事，充满亲切的感觉。"黄甘"即黄柑，汉司马相如《上林赋》郭璞注："黄甘，橘属而味精。"今人谓之脐橙。下句"春来新叶遍城隅"，是柑树苗俱已成活的形象写照，虽无一字及于抒情，而字里行间充满喜悦之情。"新叶"二字，下得尤好，使人如睹柑树欣欣向荣的景象。

"方同楚客怜皇树"二句，用典以写植树动机，可圈可点。上句的"楚客怜皇树"，指屈原写《橘颂》，颂曰："后皇嘉树，橘徕服兮。受命不迁，生南国兮。""嗟尔幼志，有以异兮。独立不迁，岂不可喜兮。""苏世独立，横而不流兮。""秉德无私，参天地兮。"对橘树的美德作了热情洋溢的赞美。下句"荆州利木奴"，指三国时荆州人李衡做吴丹阳太守，曾派人于武陵（今湖南常德）龙阳汜洲上作宅，种柑橘千株。临死嘱其子曰"吾州里有千头木奴"，可以足用。其妻曾不以为然，道："人患无德义，不患不富。"事见《三国志》卷四十八《孙休传》裴松之注。此事亦可以褒，而作者以"不学"对上句"方同"，属于对仗中的"反对"。刘勰论属对曰："反对为优，正对为劣。……反对者，理殊趣合者也。"（《文心雕龙·丽辞》）此处即妙在"反对"，借题发挥，赋诗以明志，用八个字概括，就是：独言不迁，不患不富。"后皇嘉树"本屈赋语，摘出二字以对"木奴"，前人谓之"奇甚"（《瀛奎律髓》）

"几岁开花闻喷雪"二句，想象黄柑开花、结果的景象，希望早日看到那一天。"几岁"即何年、是计算时间，"何人"、则不必是自己，都表现出一种殷切期盼之情。以"喷雪"形容白花怒放，以"垂珠"形容硕果累累，皆属愿景，而巧比妙喻、生动形象，倾注了作者对柑树的深情。

言外之意是：自己能等到那一天吗？也可以是：自己真的要在此地待到那一天吗？有一点不是滋味。

"若教坐待成林日"二句，把话说回来，假如真能等到那一天也不错。"成林日"指黄柑挂果之日。"滋味还堪养老夫"，字面意思是说，能亲口品尝到手种黄柑的滋味，补一补身体，未尝不是一桩美事。作者实足年龄不过四十来岁，自称"老夫"，这既是古人的习惯，也不免有迟暮之感。清人姚鼐评："结句自伤迁谪之久，恐见甘之成林也，而托词反平缓，故佳。"（《五七言今体诗钞》）何焯评："结句正见北归无复望矣，悲咽以谐传之。"（《义门读书记》）皆知人论世之语，不为无见。出以旷达语，则是作者对负面情绪的拒绝，退后一步自然宽，这叫会想。

苏东坡赞赏柳宗元诗"外枯而中膏，似淡而实美"（《东坡题跋》二）。几乎等于对陶渊明诗的评价了。而这首诗对苏诗的影响真的很大，东坡诗云："自笑平生为口忙，老来事业转荒唐。长江绕郭知鱼美，好竹连山觉笋香。"（《初到黄州》）与柳宗元此诗的风味，就极其相似。

江雪

千山鸟飞绝，万径人踪灭。

孤舟蓑笠翁，独钓寒江雪。

此诗作于永州，为唐人五绝名篇。诗中描绘了一幅寒江独钓图。

"千山鸟飞绝，万径人踪灭。"两句是背景、远景，是一片白茫茫大地真干净的雪景。这空旷的世界图景隐含着双重意蕴，一是象征政治气候的严寒，以衬托后二句表现的对这种严寒的无所谓；一是隐含封建士大夫的某种人生观念，也就是《红楼梦》十二支曲尤其是《尾声·飞鸟各投林》所表现的看破红尘的观念，实际上也就是对现实的一种否定，所以这两句也就成为对人生彻悟的禅境。

"孤舟蓑笠翁，独钓寒江雪。"两句是近景、特写，是处于前述画面中心的人物。这人以渔翁形象出现，为蓑衣箬笠覆盖，端坐船头，俨若禅定。他坐在冰天雪地中而不为冰雪所动，他在垂钓而心不在鱼——与其说在钓鱼不如说在钓雪。这是一个象征，不为险恶严寒所动的独立不迁的精神境界的象征。

通过"孤""独"与"千山""万径"的对比，严寒与不畏严寒的对比，诗人赞美了"贫贱不移，威武不屈"的精神，成功地表现了一种人格美。前人认为诗中渔翁乃诗人"托此自高"（唐汝询），十分中肯。

总之，这首诗中寒江独钓的渔翁，是一个诗歌意象，象征着一种等待、一种坚守。也许他钓不到什么，等不到什么，但正如一首歌所唱的那样"我的心在等待，永远在等待，我的心在等待、在等待"，也就是永不言弃。

重别梦得

二十年来万事同，今朝歧路忽西东。

皇恩若许归田去，晚岁当为邻舍翁。

这首诗作于宪宗元和十年（815）。时作者与刘禹锡同时奉诏从各自的贬所永州、朗州回京，次年三月又分别被任为远离朝廷的柳州刺史和连州刺史，一同出京赴任，至衡阳分路。诗即分手时作。因为先写过一诗赠别，意犹未尽，故再作一诗，题曰"重别"。

"二十年来万事同"二句，概说彼此共同遭遇的宦海浮沉与世事沧桑，抒发临歧的感慨。单看上句，如果掩去末字，让读者去猜，多半要猜成"非"字，即"二十年来万事非"。谁知他是"二十年来万事同"，但这恰恰是刘、柳二人交谊的写照。二人的友谊从德宗贞元年间算起（785—805），贞元末年共同参与王叔文集团，推行永贞革新，后来风云变幻，二人同遭政治打击，被贬远州司马；十年后同被召回京师，又同被出为远州刺史。夸张些说，正是"万事同"了。先说同，是为了后说不同。"今朝歧路忽西东"，便是说不同了。"歧路"即岔路口，标志着手分的时间节点。要说没有惆怅，那是不真实的。但作者强压住内心的悲伤，掩藏对前途的不祥预感不表，但叙事实。一个"忽"字却写出光阴飞逝、转瞬成各的惊心。二人此去，一往广西（柳州）、一往广东（连州），正切"西东"二字。

"皇恩若许归田去"二句，是宕开一笔，预约后会。两句合起来，只是一个条件复句。在遭遇政治逆境、忧谗畏讥的人，最好的退路就是回家种田，而往往办不到。因为会引发猜忌。所以做过政要的人，有时候想做一个老百姓，也会成为一种奢望。果能幸而获准，真叫"恩准"。"若许归田去"只是一个假设——假设皇上开恩。"晚岁当为邻舍翁"，晚年最大的心愿就是彼此做邻居。作者出语平淡，却一往情深。非患难之交，断难出此。联想到韩愈《柳子厚墓志铭》所记柳宗元曾在关键时刻，为刘禹锡挺身而出、情愿舍己，足见他对刘禹锡的看重，正是："人生得一知己足矣，斯世当以同怀视之。"（鲁迅）

这首诗基本上是直说，不可以学。但传统诗歌有此一法，称为赋。"赋者，敷也，敷陈其事而质言之者也。"（朱熹）其所以动人，全靠真情。在行文上，清人汪森评："'二十年''今朝''晚岁'，笔法相生之妙。"（《韩柳诗选》）指出了此诗沿着过去、今天和未来的轨迹陈情，表现了一个持续在时间上的过程，是典型的诗态。

酬曹侍御过象县见寄

破额山前碧玉流，骚人遥驻木兰舟。
春风无限潇湘意，欲采蘋花不自由。

这首诗作于宪宗元和十年（815）至十四年柳州刺史任上。当时作者得到友人曹侍御从象县（今广西象州）寄来的赠诗，虽然其地距柳州治所不很远，但两人未能见面。作者便写了这首诗深表慰问。

"破额山前碧玉流"二句，写作者得到赠诗，想象曹侍御泊舟象县的情景。"碧玉流"当指柳江，形容江水澄明若碧玉之色，感觉十分美好。只是山叫什么不好，偏偏叫作"破额山"，与"碧玉流"属词不类，而偏偏又出现在作者政治碰壁、远谪不归的时候。"骚人遥驻木兰舟"，曹侍御有诗相寄，故称之"骚人"即诗人。不过"骚人"还有一种含义，就是政治失意者，故有"迁客骚人"的词组。如此看来，曹侍御仕途也不顺。"遥驻"是说曹侍御泊舟象县而止，不能来柳州。"木兰舟"却是船的美称，与"碧玉流"词彩相侔，也许曹诗中描绘了泊舟处的风光之美，使诗人神往。而"骚人遥驻木兰舟"，也不免有"目眇眇兮愁予"（《九歌·湘夫人》）之感。

"春风无限潇湘意"二句，写捧读友人赠诗，想要会面却不能。"春风"固然是点明季节，加上"无限"二字，则有得到友人寄诗问候、如坐春风的感觉。南朝柳恽诗云："汀洲采白蘋，日暖江南春。洞庭有归客，潇湘逢故人。故人何不返？春花复应晚。不道新知乐，只言行路远。"（《江南曲》）而柳宗元初贬永州（今属湖南）时所作《愚溪诗序》云："灌水之阳有溪焉，东流入潇水。……余以愚触罪，谪潇水上。"而"潇湘"一带，又是屈子行吟之地。这里的所谓"潇湘意"，是用柳恽诗语，表达作者欲与故人相会之意。"欲采蘋花不自由",亦从柳恽诗化出。不过是说,想见一面,未能如愿,却说得如此蕴藉,如此委婉,如此动人。这两句不是自说自话,也不是单就代曹侍御说话,而是写出彼此之同情,即曹侍御不得自由,作者亦不得自由也。其原因与迁谪中人,动辄得咎的处境有关。有人认为诗中抒写怀念旧友之情,并表达对迁谪生活之不满与愤慨,些些小事,尚不自由,胸中之老大不然可知。清人沈德潜则认为:"欲采蘋花相赠,尚牵制不能自由,何以为情乎?言外有欲以忠心献之于君而未由意,与《上萧翰林书》同意,而词特微婉。"(《唐诗别裁集》)皆知人论诗,可供参考。

这首诗"风调非常优美,情思却抑郁苦闷。""末句所包含的深沉愤郁并没有破坏全诗的风调。"(刘学锴)综观全诗,有两类诗词话语,一类是"碧玉流""木兰舟""春风""蘋花"等意象,是愿景和情操的象征,有"折芳馨兮遗所思"(屈原)之意;一类是"破额山""骚人""潇湘意""不自由"等,有"诗可以怨"(孔子)之意。"木兰""蘋花""骚人""潇湘",皆脱化自楚辞,使全诗具有芬芳悱恻之美,可谓骚之苗裔。

柳州二月榕叶落尽偶题

宦情羁思共凄凄,春半如秋意转迷。
山城过雨百花尽,榕叶满庭莺乱啼。

"气之动物,物之感人,故摇荡性情,形诸舞咏。"而最感人的风物是殊域的风物,对景物最敏感的人是来自远方的人。榕树为常绿乔木,高可达四五丈,是热带的一种风景树。这种树换叶往往在春天,不同他木之于秋季落叶。柳宗元在南方看到这种"春半如秋"的景象很有感触,便写下这首诗。

一、二句写自己谪居柳州的心境。古人称仕途奔波为宦游，一般说来，"宦情"与"羁思"总是联系在一起的。而柳宗元笔下的这两个词儿还有特定的内容：他所谓的"宦情"是指政治上遭受打击的怨抑；他所谓的"羁思"是远流边鄙的寂寥孤凄。在同一个时期所写"岭树重遮千里目，江流曲似九回肠"（《登柳州城楼》）、"海畔尖山似剑芒，秋来处处割愁肠"（《与浩初上人同看山》）就反映出他心情的凄苦。"共凄凄"是双重的凄苦。这种心境中的人不免善感，在春天本有伤春情绪，何况"春半如秋"。"凄"与"迷"是相关的两种心境。"宦情""羁思"之外加上特异的物候，这就在双重的凄凄之上加上了第三重，于是乎"意转迷"。

三、四句写景，是"春半如秋"的具体描写。"山城"指柳州，因南方气温高，二月遇雨，百花即已凋零，而榕树又正好脱叶，满庭飞舞，景象如同秋天。而秋天比春天更容易动人离思，对于"宦情羁思共凄凄"的远谪之人，感染力极其大。加之"秋景"之中，又有春莺乱啭——提醒愁人：这毕竟是春天。这就把伤春和悲秋两种情绪杂糅起来了。莺声本美，无所谓"乱"，由于人心烦乱，所以听起来也觉得它"乱"了。

将心境与物色打成一片，景物萧索，因了伤心人别有怀抱、以我观物的缘故，反过来又更增其伤心，结果是宦情羁思更凄凄了。一般说来，柳宗元在贬谪期间所写的诗不像刘禹锡那样乐观，那样能振奋人心，但它较深刻反映了封建时代被压抑的正直有志之士的悲愤。

与浩初上人同看山寄京华亲故

海畔尖山似剑芒，秋来处处割愁肠。
若为化得身千亿，散上峰头望故乡。

柳宗元贬谪永州十年后，被放到比永州更边远的柳州做刺史。他曾写道："十年憔悴到秦京，谁料翻为岭外行"（《衡阳与梦得分路赠别》）。表面上的量移，实际上是政治迫害的继续。在柳州，柳宗元更多地接近州民，认真办了许多有利于百姓的事，受到民间称颂。但他的内心深处并没有忘记。

一个秋高气爽的日子，和尚浩初从临贺到柳州来拜望柳宗元。这和尚是潭州人，很有文化，也耽爱山水。柳宗元陪同他一起登览。面对奇峭有如尖刀直插云天的山峰，翘首北方，不见京国，柳宗元不禁触动了隐衷，真是"登高欲自舒，弥使远念来"（《湘口馆》）。这样便吟成了这首《与浩初上人同看山寄京华亲故》。"上人"原本是佛教称有道德的人，后来被用作僧人的代称。

诗的第一句是写登览所见的景色，广西独特的风光之一是奇特突兀的山峰。苏东坡说："仆自东武适文登，并行数日。道旁诸峰，真如剑芒。诵子厚诗，知海山多奇峰也。"可见"海畔尖山似剑芒"，首先是写实，是贴切的形容。不仅仅是形容，同时又是引起下句奇特的联想的巧妙的设喻。剑芒似的尖山，这一惊心动魄的形象，对荒远之地的逐客，真有刺人心肠的感觉。

略提一下诗人十年环境的变迁，可以加深对这两句诗的理解。自永贞革新失败，"二王八司马事件"接踵而来，革新运动的骨干均被贬在边远之地。十年后，这批人有的已死贬所。除一人先行起用，余下四人与柳宗元被例召回京，又被复出为边远地区刺史。残酷的政治迫害，边地环境的荒远险恶，使他有"一身去国六千里，万死投荒十二年"的感喟。虽然回不到京国，不由他不想念它和那里的亲友。他曾写过"岭树重遮千里目，江流曲似九回肠"的诗句，这与此诗的"海上尖山似剑芒，秋来处处割愁肠"都是触景生情，因景托喻，有异曲同工之妙。

"割愁肠"一语，是根据"似剑芒"的比喻而来，由山形产生的联想。三、四句则由"尖山"进一步生出一个离奇的想象。前面已谈道，广西的山水别具风格，多山峰；山峰又多拔地而起，不相联属。韩愈诗云"山如碧玉簪"即由山形设喻。登高望时，无数山峰就像无数巨大的石人，伫立凝望远方。由于主观感情的强烈作用，在诗人眼中，这每一个山峰都是他自己的化身。又使他感到自己只有一双眼睛眺望京国与故乡，是不能表达内心渴望于万一，而这成千的山峰，山山都可远望故乡，于是他突生奇想，希望得到一个分身法，将一身化作万万千千身，每个峰头站上一个，庶几可以表达出强烈的心愿。这个想象非常奇妙，它不但准确传达了诗人的眷念故乡亲友的真挚感情，而且不落窠臼。它虽然离奇，却又是从实感中产生，有真实生活基础，不是凭空构想，所以读来感人。